URSULA POZNANSKI
ARNO STROBEL

anonym

thriller

ROWOHLT
TASCHENBUCH VERLAG

Veröffentlicht im Rowohlt Taschenbuch Verlag,
Reinbek bei Hamburg, April 2018

Umschlaggestaltung Hafen Werbeagentur, Hamburg
Umschlagabbildung Alexander Nolting / Getty Images
Satz aus der Minion Pro, InDesign,
bei Pinkuin Satz und Datentechnik, Berlin
Druck und Bindung CPI books GmbH, Leck, Germany
ISBN 978 3 499 27092 5

anonym

Mord ist der Wollust nah
wie Rauch dem Feuer.

WILLIAM SHAKESPEARE

prolog

Sie stoßen ihn in den Dreck und reißen ihm alles vom Leib. Ausrüstung, Uniform, die Unterwäsche. Sie schlagen und treten auf ihn ein. Er versucht, Gesicht und Genitalien zu schützen, indem er sich zusammenkrümmt und die Arme um den Kopf schlingt.

Es sind zwanzig oder dreißig Gestalten in wallenden Gewändern, manche von ihnen tragen darüber Patronengurte. *Ansar Dine.*

Sie haben ihn und seine beiden Kameraden in einem kleinen Kaff im Norden Malis, unweit von der Stadt Azawad, überwältigt, durch das sie bei einer Kontrollfahrt mit dem Jeep am späten Nachmittag gekommen waren. Serge und Ralf sind bei dem Überfall erschossen worden, ihn selbst haben sie mit Gewehrkolben niedergeknüppelt und zum Dorfrand geschleppt.

Mit lautem Geschrei fesseln sie ihm die Hände vor dem Körper, zerren ihn brutal zu einem der Häuser und drücken ihn mit dem Rücken zur Wand in die Hocke. Seine Unterarme liegen auf den nackten Oberschenkeln.

Einer von ihnen kommt auf ihn zu und zeigt ihm eine Handgranate. Er kennt das Modell. Eine amerikanische M67, Wirkungsradius fünfzehn Meter, im Umkreis von fünf Metern tödlich. Von den fanatischen Arschlöchern bei Überfällen erbeutet oder von Unterstützern auf dem Schwarzmarkt besorgt.

Der Mann spuckt ihm unverständliche Worte in der Sprache der Tuareg entgegen, zieht den Splint ab und wirft ihn achtlos auf den Boden. Er verpasst ihm einen schnellen und festen Stoß gegen die nackte Brust, der ihn nach hinten kippen lässt. Die Hauswand verhindert, dass er auf den Rücken fällt. Bevor er sich aus der schrägen Lage befreien kann, schiebt der Kerl die Handgranate zwischen die Hauswand und seine Schulterblätter. Er stöhnt auf. Das metallene Ei drückt hart gegen seine Wirbelsäule, der Sicherungsbügel schabt ihm die Haut ab.

Von irgendwoher dringen Schreie zu ihnen herüber. Hohe, hysterische Schreie. Die Männer werfen ihm noch einen letzten, verächtlichen Blick zu, dann wenden sie sich ab.

Er konzentriert sich darauf, den Druck seines Rückens gegen die Handgranate konstant zu halten. Wenn sie abrutscht und herunterfällt, wenn sie auch nur verkantet und der Sicherungsbügel nicht mehr eingedrückt bleibt, ist es vorbei. Genau drei Sekunden bis zur Detonation. Zu kurz, um sich aus dieser Position heraus in Sicherheit zu bringen.

Das Geschrei wird lauter. Zwei der Ansar-Dine-Kämpfer kommen aus einer kleinen Gasse und zerren eine Frau hinter sich her. Nein, es ist keine Frau. Er kann sie auf die Entfernung nicht genau erkennen, aber … sie ist höchstens fünfzehn Jahre alt. Sie trägt westliche Kleidung, das schwarze Haar hängt ihr wirr ins Gesicht.

Ein Stück von ihm entfernt bleiben die Männer stehen und stoßen sie in den Dreck. Sie krümmt sich zusammen, genau wie er zuvor. Die Männer brüllen eine Weile auf sie ein, dann zerren sie ihr die Kleidung vom Körper. Bevor sie jedoch die Hände vor dem Körper fesseln, stülpen sie ihr eine Burka über, die ein Dritter bringt. Erst dann wird sie auf die Füße und in seine Richtung gezerrt. Als sie ihn erreichen, hört er ihr Wimmern. Er erkennt die Panik in ihrer Stimme, die Angst vor dem Unausweichlichen.

Minuten später lehnt das Mädchen ein paar Meter neben ihm in der gleichen Position wie er mit dem Rücken gegen die Wand.

Die Kerle stehen zusammen, beobachten sie noch eine Weile. Dann wenden sie sich ab und verschwinden in einer Gasse. Nur zwei von ihnen bleiben und setzen sich im Schatten eines Hauses etwa fünfzig Meter entfernt in den Sand.

Er überlegt, wie lange das Mädchen wohl durchhalten wird. Zwei Stunden, vielleicht drei. Wenn sie einen starken Willen hat und körperlich fit ist.

Sie redet fast ununterbrochen in weinerlichem, flehendem Ton auf ihn ein. Sie spricht französisch, und doch versteht er kaum ein Wort. Er schaut zu ihr hinüber, sagt, sie soll den Mund halten und ihre Kraft sparen. Sie redet weiter. Weint weiter.

Seine Beine schlafen ein. Nach einer halben Stunde versinkt die Sonne. Es wird nur Minuten dauern, bis es dunkel wird. Die Dämmerung in diesem verdammten Land ist kurz.

Menschen tauchen auf, Einheimische. Sie bleiben stehen, senken ihren Blick aber sofort, als sie die beiden Bewaffneten entdecken, und verschwinden mit schnellen Schritten wieder.

Das Mädchen hält keine drei Stunden durch. Auch keine zwei.

Gleichzeitig mit der Detonation, die ihm fast die Sinne raubt, rasen stechende Schmerzen durch seinen ganzen Körper. Etwas spritzt ihm ins Gesicht. Warm, nass. Es kostet ihn fast unmenschliche Kraft und Konzentration, aber er schafft es, nicht umzufallen. Erst als er die Stimmen der Kämpfer hört, nimmt er seine Umgebung wieder wahr. In weitem Umkreis sind die glühenden, dampfenden Reste der Burka verteilt. Dazwischen ebenfalls dampfende, abgetrennte Gliedmaßen und zerfetzte Reste des jungen Körpers.

Das Bild verschwindet. Alles verschwindet.

Er öffnet die Augen, starrt an die Decke über sich. Es ist kein langsames Herübergleiten vom Traum in die Realität, sondern ein übergangsloser Wechsel vom Schlaf in den Wachzustand. Wie eine Lampe, die man anknipst.

Für einen kurzen Moment kehren seine Gedanken zu diesem Traum zurück, dieser hundertsten Wiederholung eines seiner Erlebnisse. In Afghanistan, im Kosovo, in Mali. Zwölf Stunden hatte es damals gedauert, bis ein Konvoi der regulären französischen Armee die Gruppe Ansar-Dine-Kämpfer vertreiben und ihn aus seiner Lage befreien konnte. Zwölf Stunden, in denen diese Wichser ihn abwechselnd beobachteten und darauf warteten, dass die Kraft ihn verließ und er eine falsche Bewegung machte. In denen er reglos dahockte, nackt, der Körper ein einziger Schmerz, das Gesicht mit trocknenden Teilen des zerfetzten Mädchens bedeckt. Nur von einem Gedanken beherrscht: ihnen diese Genugtuung nicht zu geben.

Er richtet sich auf, kehrt in die Gegenwart zurück. Der bevorstehende Tag wird seine ganze Konzentration erfordern.

Der Traum hinterlässt keinerlei emotionale Regung in ihm.

Damals wie heute herrscht in seinem Inneren absolute Leere. Sie ist nützlich, diese Leere. Damals wie heute.

1

Es ist kurz vor acht, als ich am Präsidium ankomme. Ich finde einen Parkplatz ganz außen, sodass die Gefahr von Macken im Lack oder gar Beulen durch fremde, forsch aufgerissene Türen immerhin halbiert ist. Nach Abstellen des Motors warte ich noch, bis die letzten Takte von John Miles' «Music» verklungen sind, bevor ich aussteige. Lauwarmer Wind streicht über mein Gesicht, am Himmel ist kein Wölkchen zu erkennen. Alles deutet auf einen gelungenen Wochenstart hin.

Allerdings treffe ich am Eingang Helmut Vogelbusch, was mich dazu veranlasst, meinen Optimismus etwas zu relativieren. Vogelbusch ist ein Kollege Anfang fünfzig und eigentlich ein netter Kerl. Leider hat er das ausgeprägte Bedürfnis, nicht nur die Welt, sondern auch jeden ihrer Bewohner zum Guten zu verändern. Ob der das nun möchte oder nicht.

«Guten Morgen», begrüßt er mich freundlich, doch der demonstrative Blick über mein Hemd, das neue maßgeschneiderte Sakko und hinunter zu den rahmengenähten Schuhen lässt mich ahnen, dass ich so glimpflich nicht davonkommen werde. Helmut kauft seine Sachen ausschließlich in einem Shop für Fair-Trade-Kleidung und Bio-Mode. Jeder weiß das.

An diesem Morgen jedoch verkneift er sich eine Bemerkung zu meinem Outfit. Stattdessen richtet sich sein Blick an mir vorbei auf den Parkplatz. Ich ahne, was das bedeutet.

«Na, mit dem Auto da? Alleine?»

«Wie war dein Wochenende?» Ich versuche, seine Frage geflissentlich zu übergehen und mich in Smalltalk zu retten.

«Weißt du eigentlich, dass nur 25 Prozent aller Autos auf unseren Straßen für 90 Prozent des Schadstoffausstoßes verantwortlich sind?»

Wir betreten die Eingangshalle des Präsidiums.

«Ja, ich weiß, dass es …», setze ich an, doch Vogelbusch lässt sich weder beirren noch beschwichtigen.

«Ein so kleiner Teil an Fahrzeugen sorgt für 95 Prozent des Rußausstoßes, 93 Prozent der Kohlenmonoxid-Emissionen und 76 Prozent der organischen Schadstoffe wie etwa Benzol. Du fährst doch diese uralte englische Dreckschleuder, nicht wahr? Wie heißt das Ding noch mal?»

Ich seufze innerlich. «Es ist ein Jaguar E-Type und ja, er ist alt. Aber eine Dreckschleuder ist dieser Wagen trotzdem nicht.»

Doch, ist er, und das weiß ich auch. Aber bei diesem Auto den Spritverbrauch auch nur zu erwähnen, ist praktisch ein Sakrileg.

Wir erreichen den Aufzug. Warten. Vogelbusch sagt nichts mehr, doch die Art, wie er mich ansieht und dabei den Kopf schüttelt, dieser Blick zwischen Mitleid und Entsetzen … er irritiert mich mehr als jede verbale Belehrung.

Die Aufzugtür gibt die leere Kabine frei. Vogelbusch drückt den Knopf für die dritte Etage, wir starren vor uns auf den Boden und schweigen.

Oben angekommen, nicken wir uns zu. Ich wende mich ab und wähne mich schon in Sicherheit, als er mir ein «Informier dich doch einfach mal über deinen persönlichen CO_2-Abdruck» hinterherruft. Dann gehen wir in unsere jeweiligen Büros.

Ich verdränge Vogelbusch aus meinen Gedanken, schalte den Computer an, werfe einen Blick auf die Uhr. Viertel nach acht. In 15 Minuten beginnt das Montagmorgen-Meeting der Abteilung LKA 4, Kapitaldelikte.

Während die Systemmeldungen über den Monitor huschen, fällt mein Blick auf den leeren Schreibtisch gegenüber. Heute soll meine neue Partnerin anfangen. Ich weiß so gut wie nichts über sie und bin gespannt. Sie soll noch recht jung sein.

«Buchholz?»

Mein Blick fällt auf die offene Tür, in der gerade meine Chefin auftaucht. Magdalena Arendt, Erste Kriminalhauptkommissarin.

Es gehört zu ihren Eigenarten, noch im Flur den Namen desjenigen zu rufen, den sie Sekunden später heimsuchen wird. In ihrer Stimme schwingt stets etwas Vorwurfsvolles mit, ein Unterton, der selbst meinen Namen wie eine Anklage klingen ließ.

Dabei glaube ich zu wissen, dass sie mich mag. Oder zumindest die Art, wie ich meinen Job erledige.

«Sie kommen genau richtig. Wir haben einen Toten in der Peutestraße. Auf einem alten Fabrikgelände, auf der Seite des Hovekanals. Die Kollegen in Uniform sind schon da. Nehmen Sie jemanden von nebenan mit, ich komme nach. Auf geht's.»

Das war's dann mit dem guten Wochenstart. Ich stehe auf. «Irgendwelche Details?»

«Ja, der Hinweis auf die Leiche kam anonym per Telefon. Und zwar gleich mehrfach.»

«Mehrfach? Liegt der Tote an einer belebten Stelle?»

«Nein. Die Anrufer haben was von einem Forum im Internet gesagt, in dem ein Hinweis gepostet wurde.»

«Ein Forum.» Ich kann nicht glauben, was ich gerade gehört habe. «Sie meinen, jemand entdeckt eine Leiche, und statt uns zu informieren, postet er den Fundort in einem Internetforum?»

Arendt schüttelt den Kopf. «Es klang eher so, als würde sich jemand damit brüsten, den Mann getötet zu haben. Die Kollegen von der IT sind schon dran. Und jetzt los.»

Ich folge Arendt. Nebenan sitzt Christoph Janning am Schreibtisch, das trifft sich gut.

«Komm mit», sage ich. «Bei diesem herrlichen Wetter sollte man sowieso nicht im Büro hocken.»

Christoph fährt sicher und routiniert, aber wir müssen quer durch Hamburg und brauchen trotz Blaulichts und Sirene gute zwanzig Minuten bis zur Veddel.

An der Einfahrt zu dem ehemaligen Betriebsgelände steht ein Kollege. Er winkt uns durch und nickt mir mit steinerner Miene zu, als wir an ihm vorbeifahren.

Der längliche Backsteinbau wirkt düster, die dunklen, glaslosen Fensterlöcher tun ihr Übriges. Dahinter liegt grau und bleiern der Hovekanal.

Wir fahren über einen matschigen Weg auf zwei Männer und eine Frau in Uniform zu, die vor dem rot-weißen Absperrband postieren. Weiter hinten sehe ich Kollegen der Spurensicherung in weißen Papieroveralls. Einer von ihnen kniet ebenso wie der Rechtsmediziner neben dem auf dem Boden liegenden Körper, einem gewaltigen Fleischberg in dunklem Anzug. Wir steigen aus und zwängen uns ebenfalls in dünne, weiße Schutzoveralls. Dann schlüpfen wir unter dem Absperrband hindurch.

Der Tote liegt vor einer Reihe hoher Bambussträucher, hinter denen das Gelände zum Hovekanal hin steil abfällt. Neben einem losen Haufen Splitt sind Pflastersteine aufgestapelt. Große, dunkle Lachen aus getrocknetem Blut, durchsetzt mit schimmernden Scherben und undefinierbaren Bröckchen, sehen aus, als hätte jemand sie um die Leiche herum arrangiert.

Ich nicke Dr. Diewald zu, als er zu mir hochsieht. «Guten Morgen. Können Sie schon was sagen?»

«Moin.» Er deutet mit dem Kinn zum Kopf des Toten, dessen zerschnittene Lippen auseinanderklaffen und den Blick auf die Mundhöhle freigeben. Die untere Gesichtshälfte des Mannes ist komplett mit einer Schicht aus eingetrocknetem Blut überzogen.

«Sein Mund ist voller Glasscherben und -splitter. Sehr dünne Splitter, vielleicht von zertrümmerten Weingläsern. Genaueres kann ich erst nach der Obduktion sagen.»

Er betrachtet das schwammige Gesicht zwei, drei Sekunden lang. «Aber es sieht danach aus, als ob er eine gute Portion der Scherben geschluckt hätte. Die müssen Mundraum, Rachen und Speiseröhre schwer verletzt haben.»

Er deutet auf die Lachen neben dem Körper. «Wenn ich mir diese Schweinerei hier so ansehe … Offensichtlich hat er sich mehrfach übergeben. Er ist regelrecht ausgeblutet, erst nach innen, dann nach außen. Das ist ungewöhnlich. Selbst wenn die Scherben ihm Schnittwunden zugefügt haben … dieser Blutverlust ist unverhältnismäßig. Könnte sein, dass er Gerinnungshemmer genommen hat.»

Der Mann liegt auf seinen Armen, die unter dem Rücken verschränkt sind. Die Augen starren blicklos gegen den Himmel. Das vollkommen durchtränkte Hemd spannt sich über gewaltige Fettwülste an Brust und Hüfte, zwei Knöpfe sind abgeplatzt und lassen den dunkel verfärbten Stoff auseinanderklaffen wie eine breite Fleischwunde. Die Haut darunter ist ebenfalls blutverschmiert, nur an einer Stelle neben dem wulstig nach außen gestülpten Nabel schimmert sie käsig. Die Krawatte hängt seitlich über das Doppelkinn herab, die untere Hälfte liegt in einer eingetrockneten Lache.

«Wie bringt man jemanden dazu, Glasscherben zu schlucken?», frage ich. Der Rechtsmediziner zuckt mit den Schultern. «Keine Ahnung. Vielleicht hat man ihm die Nase zugehalten, und als er nach Luft geschnappt hat … rein damit. Auch das werden wir wohl bei der Obduktion erfahren.»

«Der Mann heißt Michael Kornmeier, Rechtsanwalt aus Eppendorf», erklärt der Kollege von der Spurensicherung neben mir. «Er hatte seine Brieftasche mit dem Ausweis in der Innentasche des Sakkos. Da stecken auch noch über dreihundert Euro drin.»

«Familie?»

«Wird gerade gecheckt.»

«Sind seine Hände unter dem Rücken gefesselt?»

«Ja, mit Kabelbinder.»

Ich nicke und wende mich wieder an den Rechtsmediziner.

«Können Sie mir schon was zum Todeszeitpunkt sagen?»

«Sie wissen, wie ungenau das immer ist, aber es wird in der Zeit zwischen Mitternacht und vier Uhr passiert sein.»

Ich betrachte den gewaltigen Körper und frage mich, ob die Art des Todes etwas mit seiner Fettleibigkeit zu tun hat.

Diewald erhebt sich und deutet auf den Toten. «Er muss höllische Schmerzen gehabt haben. Und es ging nicht schnell. Eine Scheißart zu sterben.»

Das Geräusch eines ankommenden Autos hinter mir lässt mich den Kopf wenden. Ein grauer 5er-BMW. Meine Chefin.

Erst als sie schon angehalten hat, erkenne ich eine Person auf dem Beifahrersitz. Beide Türen werden geöffnet, Arendt steigt aus und mit ihr eine junge Frau. Sie ist vielleicht Anfang dreißig und hat ihre kastanienbraunen Haare am Hinterkopf zu einem unordentlichen Knäuel zusammengesteckt. Ich gehe auf die beiden zu und betrachte die Frau genauer. Sie trägt eine enganliegende Jogginghose und ein mindestens ebenso enges Tanktop, auf dem sich an beiden Seiten große, ovale Schweißflecke abzeichnen. Ich schaudere. Die Füße stecken in schmutzigen Laufschuhen, und auch sonst wirkt sie nicht eben so, als wolle ich dicht neben ihr stehen. Sie lässt sich einen Overall geben und streift ihn mit ein paar schnellen Bewegungen über. Hoffentlich ist das nicht meine neue Partnerin. Arendt wirft einen kurzen Blick über meine Schulter zu dem Toten, bevor sie sich mir zuwendet. «Das ist Oberkommissarin …»

«Nina Salomon», fällt die Frau ihr ins Wort und streckt mir die Hand entgegen. Der Blick, mit dem sie mich dabei mustert, erinnert mich irgendwie an den des Kollegen Vogelbusch: vorwurfsvoll und ein wenig abschätzig.

Ich zwinge mich, meine Gedanken beiseitezuwischen, und ergreife ihre Hand. Ihr Händedruck ist ungewöhnlich fest für den einer Frau.

«Sie kommen gerade vom Sport?», frage ich und deute auf den Overall, der nun ihr Outfit komplett verdeckt.

«Ja.» Wieder dieser musternde Blick. «Und Sie? Vom Shoppen?»

Oha! Noch nicht richtig angekommen und schon frech werden. Das kann ja heiter werden. Heimlich wische ich mir die Hände an meinem Mantel ab.

«Schön, dass Sie sich auf Anhieb verstehen», sagt Arendt und deutet mit dem Kopf zu dem Toten. «Ich habe Frau Salomon auf dem Handy beim Joggen erwischt und sie direkt an ihrer Laufstrecke abgeholt, damit sie bei Ihrem ersten gemeinsamen Fall von Anfang an dabei ist. Also, was wissen wir bisher?»

Ich versuche, mich von dem Blick loszureißen, mit dem Nina Salomon mir selbstbewusst in die Augen sieht. Nein, nicht selbstbewusst. Dreist. Das ist der richtige Begriff für diese Art der …

«Buchholz?»

«Ähm … ja.» Ich wende mich meiner Chefin zu, ordne meine Gedanken und gebe ihr in knappen Sätzen einen ersten Bericht. Aus den Augenwinkeln sehe ich, dass mich Salomon kurz angrinst und dann an mir vorbei zu dem Toten geht.

«Ach, und es war kein Raubmord», beeile ich mich, fertig zu werden. «In seiner Brieftasche stecken über dreihundert Euro.»

Damit wende ich mich von Arendt ab und habe mit ein paar schnellen Schritten Salomon erreicht, die neben dem Toten in die Hocke gegangen ist. «Haben Sie mal Handschuhe für mich?», fragt sie einen der Kollegen.

Der Mann nickt eifrig und zieht ein Paar der dünnen Handschuhe aus seinem Overall. Ich bin versucht, sie zu fragen, was sie vorhat, halte mich aber erst einmal zurück. Als die Handschuhe sitzen, packt Salomon den Toten an der linken Schulter und dreht ihn mit verblüffender Leichtigkeit ein Stück zur Seite.

Ein paar Sekunden lang betrachtet sie die hinter dem Rücken gefesselten Hände, dann lässt sie den schweren Körper wieder zurücksinken.

«Ist Ihnen womöglich schon einmal der Gedanke gekommen, dass die Spurensicherung vielleicht noch nicht fertig ist und Sie gerade Spuren verwischen?», frage ich, irritiert über die Selbstverständlichkeit, mit der die junge Dame hier auftritt.

«Ja, deswegen habe ich danach gefragt, während Sie brav Bericht erstattet haben.»

«Hören Sie …», möchte ich aufbrausen, besinne mich aber und zwinge mich zur Ruhe. «Und was haben Sie mit dieser spektakulären Aktion jetzt erreicht? Sie haben festgestellt, dass die Hände des Opfers gefesselt sind. Das hätte ich Ihnen auch sagen können. Allerdings wäre es dazu notwendig gewesen, dass Sie nachfragen, bevor Sie überflüssigen Aktionismus an den Tag legen.»

«Vor allem habe ich festgestellt, dass der Mann ermordet worden ist.»

«Ach, tatsächlich?»

Sie erhebt sich und macht einen Schritt auf mich zu. Unsere Gesichter sind jetzt nur noch einen knappen Meter voneinander entfernt. Mit langsamen Bewegungen zieht sie sich die Handschuhe von den Fingern.

«Ja. Ich hatte in meiner alten Abteilung einen Fall, in dem ein Mann einen Mord vortäuschen wollte, weil seine Lebensversicherung bei Selbstmord nicht gezahlt hätte. Er hat sich selbst die Hände hinter dem Rücken gefesselt. Wir sind darauf gekommen, weil er es durch die mangelnde Bewegungsfreiheit nicht geschafft hat, die Kabelbinder so eng zu ziehen, wie das ein anderer getan hätte.»

Sie wartet ein paar Sekunden, dann fügt sie hinzu: «Hier sitzen sie so fest, dass sie dem Mann ins Fleisch schneiden. Da war eindeutig jemand anderes am Werk. Aber Sie als erfahrener Kollege wussten das sicher längst. Beim nächsten Mal werde ich also Sie fragen, statt nachzuschauen.»

Sie wendet sich ab und geht auf den Rechtsmediziner zu, der ein paar Meter abseits steht und an seiner Kamera hantiert.

Nach zwei Schritten bleibt sie stehen und dreht sich zu mir um.

«Übrigens … Ich freue mich auf die Zusammenarbeit.»

2

Fünfeinhalb Kilometer, und es fühlt sich immer noch scheiße an. Puls 172, zeigt die Uhr an meinem Handgelenk, das heißt pro Minute hundertzweiundsiebzigmal stechendes Pochen hinter meinen Schläfen – wenn das kein Spaß ist.

Aber – selbst schuld.

Ich erhöhe mein Tempo, entweder es geht dann endlich besser, oder ich kotze eben in die Außenalster. Laufen hilft gegen Wut und gegen Kater, heißt es, beides könnte ich heute gut brauchen.

Aber offensichtlich mache ich etwas falsch. Die Kopfschmerzen durchlaufen gerade ein Upgrade von heftig auf höllisch, und dem Jogger, der mir lächelnd entgegenkommt, würde ich am liebsten das Grinsen aus dem Gesicht schlagen. Der dichte Berufsverkehr auf der vierspurigen Straße neben mir hebt meine Laune auch nicht unbedingt.

Wahrscheinlich wäre Taekwondo heute doch die bessere Wahl gewesen, aber ich habe noch keine Zeit gehabt, mich nach einem Studio umzusehen. Es war schon schwierig genug, auf die Schnelle eine Wohnung zu finden.

Selbst schuld.

An allem. Auch an dieser letzten Nacht, die ich besser ohne Alkohol und ohne Mann verbracht hätte. Aber nein, plötzlich hält Nina es nicht mehr aus, allein unter ihren Umzugskisten, in der großen fremden Stadt. Also geht sie aus, trinkt fünf Tequila und nimmt sich einen Künstler mit nach Hause.

Ich sollte beim Laufen nicht lachen, das gibt dann auch noch Hustenanfälle.

Dumme Idee jedenfalls, die Sache mit Tom. Jetzt, bei Tageslicht betrachtet. Er macht nicht den Eindruck, als wäre er nur auf einen One-Night-Stand aus, er schmiedet schon vorsichtige Pläne.

Ich würde dich gern malen. Dein Gesicht, so, wie es jetzt aussieht, verträumt und wild zugleich.

Ich fühle, wie mein Magen rebelliert, und weiß nicht, ob die Erinnerung oder der Restalkohol dafür verantwortlich ist.

Ich dumme Kuh.

Kann sein, dass ich das mit der Wut besser in den Griff bekommen würde, wenn nicht zusätzlich noch die Hälfte meiner Gedanken Behringers Tonfall hätten. Selbst schuld. *Selbst schuld, Salomon. Wenn Sie nicht begreifen, dass Sie Teil eines Teams sind, dann werden Sie eben kein Teil dieses Teams mehr sein. Ich erspare Ihnen das Disziplinarverfahren, aber Sie lassen sich besser versetzen.*

Sechs Kilometer und weiße Blitze vor den Augen. Die Kopfschmerzen haben gewonnen. Ich laufe langsam aus, greife nach der Wasserflasche und hole die Tabletten aus meiner Gürteltasche. Zwei Thomapyrin, dann sollte ich mich in einer halben Stunde wieder wie ein Mensch fühlen. Und fähig sein, so zu tun, als würde ich mich freuen über die – wie hat Behringer es genannt? – neue Chance.

Tabletten in den Mund stecken, zweimal draufbeißen, dann wirken sie schneller. Nicht drauf achten, wie scheißbitter das schmeckt. Runterspülen.

Ich habe die Wasserflasche noch an den Lippen, als mein Handy klingelt. Eine Mobilnummer, aber keine, die ich eingespeichert habe.

«Salomon», melde ich mich knapp.

«Guten Morgen, Frau Salomon, hier spricht Arendt. Wir hatten schon gemailt, erinnern Sie sich?»

Allerdings. Magdalena Arendt, Erste Kriminalhauptkommissarin. Ich werfe einen Blick auf die Uhr – bin ich zu spät? Wir hatten halb zehn vereinbart …

Sie wartet meine Antwort nicht ab. «Wir werden uns leider nicht wie geplant in meinem Büro kennenlernen. Es gab heute Morgen ei-

ro
ro
ro

URSULA POZNANSKI wurde 1968 in Wien geboren. Sie war als Journalistin für medizinische Zeitschriften tätig. Nach dem fulminanten Erfolg ihrer Jugendbücher «Erebos», «Saeculum», «Layers» landete sie bereits mit ihrem ersten Thriller «Fünf» auf den Bestsellerlisten. Bei Wunderlich folgten «Blinde Vögel» und «Stimmen» sowie zusammen mit Arno Strobel die Bestseller «Fremd», «Anonym» und «Schatten». Die Autorin lebt mit ihrer Familie in der Nähe von Wien.

ARNO STROBEL, 1962 in Saarlouis geboren, studierte Informationstechnologie und arbeitete lange bei einer großen deutschen Bank in Luxemburg, bis er sich an das Schreiben von Romanen wagte. Mit seinen Psychothrillern «Der Trakt», «Das Wesen», «Das Skript», «Der Sarg», «Das Dorf», «Die Flut» und «Tiefe Narbe» erklomm Strobel die Bestsellerlisten. Er lebt mit seiner Familie in der Nähe von Trier.

«Lebendig und packend, manchmal ganz schön brutal.»
NEUE PRESSE

«‹Anonym› ist ungewöhnlich konstruiert. Nicht vorhersehbar. Und erzählt keine Geschichte, die wir schon zigmal gelesen haben, wenn wir Krimis mögen.»
WDR 2 LESEN

nen Leichenfund, sehr wahrscheinlich ein Gewaltverbrechen, ich bin auf dem Weg dorthin. Wo sind Sie gerade? Zu Hause?»

Ich schlucke den Rest des bitteren Breis, der mir noch am Gaumen klebt. «An der Außenalster. Ich war gerade laufen.»

«Wo genau?»

Ich sehe mich um. So gut kenne ich Hamburg noch nicht. «Ziemlich nah am Zentrum. Nicht weit von mir ist diese Brücke ...»

«Die Kennedybrücke», unterbricht sie mich. «Sehr gut, ich kann in etwa fünf bis sieben Minuten bei Ihnen sein. Warten Sie auf mich vor dem Atlantic, ja?»

Ich brauche ein paar Sekunden, bis ich begreife, dass sie das Hotel Atlantic meint. Noch bevor ich bestätigen kann, hat sie schon aufgelegt.

Wir treffen beinahe gleichzeitig ein. Ihr Nobelschlitten hält direkt neben mir, das Beifahrerfenster gleitet nach unten. «Sind Sie Nina Salomon?»

Ich nicke und steige ein.

Aschblonder Pagenkopf, teurer Hosenanzug, dezentes, fast maskulines Parfum. Sie wirft mir nur einen kurzen Blick zu, verliert aber kein Wort über mein fleckiges Tanktop, sondern kommt sofort zur Sache.

«Es tut mir leid, dass Sie jetzt keine Zeit haben, sich erst mal zu akklimatisieren und im Team zurechtzufinden», sagt sie, während sie sich wieder in den Verkehr einordnet. «Aber da Sie mit Buchholz arbeiten werden und er den neuen Fall übernimmt, dachte ich, es wäre gut, wenn Sie gleich mit einsteigen.»

«Sehe ich genauso.» Ich lehne mich im Sitz zurück. Gnädigerweise beginnen die Tabletten jetzt zu wirken. Arendt hat gute Chancen, mir sympathisch zu werden. Schnörkellos und effizient, das mag ich bei Kollegen.

Eine Weile sitzen wir schweigend nebeneinander, und gerade, als ich sie fragen will, ob sie mir schon etwas zu dem neuen Fall erzählen kann, ergreift sie wieder das Wort. «Ich habe den anderen nicht erzählt, warum Sie sich haben versetzen lassen. Es ist meiner Meinung nach nicht nötig, dass jeder das weiß. Aber ich erwarte, dass Sie sich bei uns an die Regeln halten.»

Ich sehe sie von der Seite an und zähle bis drei. «Das ist der Plan», murmele ich dann, froh darüber, meinen ersten Impuls unterdrückt zu haben. Ich bin mittlerweile so daran gewöhnt, sofort in Verteidigungsstellung zu gehen, dass ich bereits eine scharfe Entgegnung auf den Lippen hatte.

Wir erreichen unser Ziel knapp fünfzehn Minuten später. Ein aufgelassenes Industriegebäude, vor dem mehrere Autos parken. Ein Stück weiter links der vertraute Anblick von Menschen, die sich über etwas beugen. Über jemanden. Andere stehen zu zweit oder dritt daneben und unterhalten sich.

«Okay.» Arendt stellt den Motor ab und öffnet die Fahrertür. «Sehen wir uns das mal an.»

Wir steigen aus. «Aber zuerst werde ich Ihnen Buchholz vorstellen», verkündet sie und geht voran, auf zwei Männer zu, die uns den Blick auf die Stelle versperren, an der das Opfer liegen muss.

Beide tragen die weißen Einwegoveralls, die innerhalb der Absperrung Pflicht sind, haben aber die Kapuzen bereits abgestreift und die obersten Klettverschlüsse geöffnet. Der eine Mann – auffällig klein, schütteres Haar, breites Lächeln – nickt uns freundlich entgegen.

Der andere trägt unter dem Overall ein dunkles Sakko.

Ich schicke Stoßgebete zum Himmel, dass der Zwerg mein künftiger Partner ist, vor allem, weil der Zweite mich ansieht, als wäre ich gerade aus einer Jauchegrube gekrochen. Schnösel.

Arendt und ich steigen ebenfalls in die obligatorischen Overalls und tauchen unter dem Absperrband durch. Von hier aus gelingt es mir, einen ersten Blick auf den Toten zu erhaschen. Anzugträger, stark übergewichtig, hat viel Blut verloren. Er interessiert mich deutlich mehr als die zwei Männer, vor denen wir nun stehen. Ich werde das mit der Begrüßung kurz halten.

Arendt nickt dem Sakkoträger zu. Na klar, alles andere wäre auch zu schön gewesen. «Buchholz, das ist Oberkommissarin …» Sie zögert kurz, als wäre mein Name ihr entfallen.

«Nina Salomon», springe ich ein und strecke Buchholz meine Hand entgegen, die er sichtlich widerwillig ergreift. Bestimmt riecht sie jetzt stundenlang nach *Dior Homme*, er muss kürzlich darin gebadet haben. Mein Blick streift die polierten Maßschuhe, die er unter den halbdurchsichtigen Plastiküberziehern trägt. Meine Güte.

«Sie kommen gerade vom Sport?», fragt er.

Toll beobachtet. «Ja. Und Sie? Vom Shoppen?»

Er zuckt mit keiner Wimper. Schade. Hätte mir Spaß gemacht, sein Selbstbild schon von Beginn an wenig ins Wanken zu bringen.

«Schön, dass Sie sich auf Anhieb verstehen.» Arendt wirft mir einen warnenden Blick zu und Buchholz einen, den ich nicht deuten kann. «Ich habe die Frau Oberkommissarin auf dem Handy beim Sport erwischt und sie direkt an ihrer Laufstrecke abgeholt, damit sie bei Ihrem ersten gemeinsamen Fall direkt von Anfang an dabei ist. Also, was wissen wir bisher?»

Buchholz antwortet nicht gleich, sieht mich immer noch an. Ob er Haarspray verwendet? Gel ganz bestimmt. Außerdem, das entdecke ich jetzt erst, sind seine Fingernägel manikürt.

«Buchholz!», wiederholt Arendt, deutlich lauter diesmal.

«Tut mir leid.» Er räuspert sich. «Der Tote wurde heute Morgen kurz vor acht Uhr gefunden, eine Viertelstunde später waren die ersten Kollegen da. Die Todesursache scheint sehr ungewöhnlich zu sein, der Mann hat Glassplitter geschluckt, die ihm so schwere innere Verletzungen zugefügt haben, dass er verblutet ist. Dazu kann Dr. Diewald sicher noch mehr sagen.» Buchholz beobachtet mich aus den Augenwinkeln, als wäre er nicht sicher, ob das alles auch wirklich für meine Ohren bestimmt ist. Na gut. Ich mache mir ohnehin lieber selbst ein Bild.

Ich lasse ihn stehen und gehe auf den Toten zu, bedacht darauf, weder in Blut zu treten noch die nummerierten Aufsteller zu verschieben.

Er liegt auf dem Rücken und auf seinen Händen, die nicht zu sehen sind. Ein Bein ist leicht angewinkelt, er hat stark aus dem Mund geblutet.

«Nina Salomon, Oberkommissarin», stelle ich mich den Spurensicherern vor. «Kann ich? Oder sind Sie noch nicht so weit?»

Beide nicken. «Wir sind fast fertig», sagt der Kleinere von ihnen und rückt für mich ein Stück zur Seite. Ich gehe in die Hocke.

«Haben Sie mal Handschuhe für mich?»

Diesmal ist es der größere Kollege, der nickt und mir ein Paar hinüberreicht.

Neben mir sind eben die Maßschuhe aufgetaucht. Rahmengenäht, na klar. Ich tue, als hätte ich es nicht bemerkt, fasse den Toten an der Schulter und drehe ihn zur Seite.

Kabelbinder, so festgezurrt, dass sie tief in die fettgepolsterten Handgelenke schneiden. Aufgequollenes Fleisch rund um die Fesseln.

«Ist Ihnen gar nicht der Gedanke gekommen, dass die Spurensicherung vielleicht noch nicht fertig ist und Sie gerade Spuren verwischen?» Buchholz klingt jetzt ernsthaft erbost. Hält er mich für eine Anfängerin?

«Ja, deswegen habe ich danach gefragt, während Sie brav Bericht erstattet haben.»

Okay, das *brav* hätte ich mir sparen können. Andererseits ist es ganz gut, wenn wir die Fronten sofort klären. Ich werde ihn auch künftig nicht vor jedem Handgriff um Erlaubnis fragen.

«Hören Sie», beginnt er, bremst sich aber sofort wieder. Atmet durch. «Und was haben Sie mit dieser Aktion jetzt erreicht?», fährt er fort, betont ruhig. «Sie haben festgestellt, dass die Hände gefesselt sind. Das hätte ich Ihnen auch sagen können. Allerdings wäre es dazu notwendig gewesen, dass Sie nachfragen, bevor Sie überflüssigen Aktionismus an den Tag legen.»

Gekränkten männlichen Stolz habe ich noch nie besonders ernst nehmen können. Trotzdem verkneife ich mir die Antwort, die mir auf der Zunge liegt, und erkläre ihm meine Gründe. Schmiere ihm am Ende sogar noch ein wenig Honig ums Maul, wenn auch mit sarkastischem Unterton, aber damit wird Buchholz künftig ebenso klarkommen müssen wie ich mit seiner Duftwolke.

Wichtiger ist im Moment der Gerichtsmediziner, der eben dabei ist, die Fotos auf seiner Kamera zu sichten. Ich gehe zu ihm, vielleicht lässt er mich über seine Schulter schauen.

Diesmal geht Buchholz mir nicht nach. Wahrscheinlich hat er dran zu knabbern, dass diese erste Runde an mich geht.

Ein guter Zeitpunkt für ein Friedensangebot. Ich drehe mich noch einmal zu ihm um. «Übrigens – ich freue mich auf die Zusammenarbeit.» Was in diesem Moment nicht mal gelogen ist.

Trotzdem bereue ich den Satz schon wenig später, denn Arendt nimmt ihn zum Anlass, mir die Rückfahrt in ihrem Wagen zu verweigern, nachdem der Tote abtransportiert ist und alle sich auf den Weg ins Präsidium machen. Stattdessen winkt sie den sympathischen Kleinen mit dem schütteren Haar zu sich.

Mir nickt sie nur kurz zu. «Fahren Sie mit Buchholz», sagt sie.

Schweigend gehen wir zum Parkplatz. Jetzt, wo er den Overall abgelegt hat, habe ich Gelegenheit, Daniel Buchholz in seiner ganzen designergekleideten Herrlichkeit zu betrachten. Ich muss mich mit aller Kraft zusammenreißen, um keine unpassenden Bemerkungen abzusondern. *Erst ein Mordopfer, dann ein Modeopfer*, zum Beispiel.

Nein. Für den ersten Tag hat er schon genug Nina Salomon zu verdauen.

Wir haben schließlich Zeit.

3

Ich bemerke die Blicke natürlich, mit denen meine neue Kollegin mich auf dem Weg zum Dienstwagen mustert. Als wir das Fahrzeug erreicht haben, bleibe ich stehen. «Wenn Sie Fragen haben – nur keine Scheu. Ich beiße nicht.»

Jetzt bekommt ihr Blick etwas Provokantes. «Laufen Sie immer so rum?»

«Was meinen Sie mit *so*?»

«Na, so halt. Sie sehen aus, als hätten Sie nachher noch einen Termin auf der Bank oder so was.»

«Ah, verstehe.» Ich nicke mehrmals, was mir aus unerfindlichen Gründen dabei hilft, den Ärger über ihre Bemerkung zu unterdrücken.

«Nein, es ist kein Termin auf der Bank. Es hat eher etwas mit dem Bild zu tun, das man als Kriminalbeamter in der Öffentlichkeit abgibt.» Nach einem langen, demonstrativen Blick auf die großflächigen Schweißflecke auf ihrem Shirt steige ich ein und schnalle mich an, während Salomon sich neben mir auf den Sitz fallen lässt und die Tür zuknallt. Ich lenke den Wagen vom Gelände und biege in die Peutestraße ein.

«Was halten Sie von der Sache?» Ihr Ton ist nun sachlich.

«Ich denke, es ist noch zu früh für Spekulationen. Fest steht, dass es kein Raubmord war.»

«Haben Sie ernsthaft in Betracht gezogen, dass man ihn hat Glas fressen lassen, um ihn anschließend auszurauben?»

Ich schaue sie kurz an. Ihr Blick ist offen. «Nein, habe ich nicht.

Aber es ist mir auch noch nicht möglich, Ihre Kombinationsgabe einzuschätzen.»

Erst zieht sie die Augenbrauen hoch, dann grinst sie. «Machen Sie sich um mich mal keine Sorgen.»

Immerhin kann sie auch einstecken, nicht nur austeilen. «Die Glasscherben sind nicht das einzig Ungewöhnliche. Es hat mehrere anonyme Hinweise per Telefon gegeben. Offenbar hat jemand den Fundort in einem Internetforum bekanntgemacht. Dadurch haben wir überhaupt erst etwas von dem Mord mitbekommen.»

Salomon zieht die Stirn kraus. «Welches Forum?»

«Weiß ich nicht. Das erfahren wir nachher.»

«Jemand, der die Leiche entdeckt hat?»

«Oder jemand, der mit der Tat zu tun hat. Die Spezialisten sind schon dran.»

«Hm … Stand auch was über die Glasscherben in diesem Forum?»

«Nicht dass ich wüsste. Wie gesagt, wir …»

«… werden nachher mehr dazu erfahren», fällt sie mir ins Wort. «Vielleicht hat das Übergewicht des Opfers etwas mit der Todesart zu tun? Auf verquere Art und Weise?»

«Ja, dieser Gedanke schoss mir auch durch den Kopf, als ich den Mann da liegen sah. Andererseits – warum sollte jemand so etwas tun? Wen könnte es gestört haben, dass der Mann dick war?»

Ich sehe aus den Augenwinkeln, dass sie sich mir zuwendet. «Er war mehr als einfach nur dick, er war adipös. Aber außer seiner Frau und seinem Arzt sollte das eigentlich niemanden interessieren.»

Ich nicke. «Da ist noch was: Der Rechtsmediziner sagte, dass der Mann offenbar Blutgerinnungsmittel genommen hat. Das sei der Hauptgrund dafür, dass er so stark geblutet hat. Er meinte, das Verschlucken der Splitter allein sei kein Garant dafür, dass er auch stirbt.»

«Hm …», macht Salomon. «Könnte heißen, dass der Täter ihn gar nicht zwingend umbringen wollte.»

«Ja. Oder dass er wusste, welche Medikamente er nimmt.»

Eine Weile sitzen wir schweigend nebeneinander.

«Übrigens.» Ich mache eine kurze Pause und sehe erneut zu ihr hinüber. «Was halten Sie davon, wenn wir kurz zu Ihnen fahren, damit Sie sich duschen und umziehen können?»

Sie winkt ab. «Das hat Zeit. Der Fall ist jetzt wichtiger, die Sache mit dem Forum interessiert mich brennend.» Glaubt die Frau Oberkommissarin vielleicht, mich nicht?

«Ja, aber so viel Zeit muss sein. Wenn es wichtige Erkenntnisse gibt, werden wir sie sofort erfahren. Ich fände es durchaus angebracht, wenn Sie diese …» Mir fällt kein passender Begriff ein. «… diese verschwitzten Sportsachen gegen vernünftige Kleidung austauschen würden, bevor Sie Ihre neue Dienststelle betreten.»

Sie stößt ein kurzes Lachen aus. «So, Sie fänden das also angebracht. Dann geben Sie mir doch bitte fachkundige Tipps. Was trägt man denn so auf meiner neuen Dienststelle, während man versucht, einen Mord aufzuklären? Das kleine Schwarze mit Seidenstrumpfhose oder lieber den hellen Hosenanzug mit weißem Blüschen und Pumps?»

Das kann ja heiter werden. «Für den Anfang würde es schon genügen, wenn Sie aufhörten, so schnippisch zu reagieren. Falls Sie – aus welchen Gründen auch immer – partout nicht in Ihre Wohnung wollen, kann ich Ihnen von mir aus auch mit einem Ersatzhemd von mir aushelfen. Das ist Ihnen zwar einige Nummern zu weit, aber zumindest ist es trocken und frisch.»

Wenn ihr der Zustand ihrer Wohnung ebenso wichtig ist wie der ihrer Kleidung, möchte ich sie lieber nicht betreten.

«Und wahrscheinlich ist es irgendein überteuertes Designerteil. Nein danke, dann lieber zu mir nach Hause.»

Sie nennt mir die Adresse in Ottensen.

Nach zwanzig Minuten biege ich in die Straße ein und finde tatsächlich eine Parklücke wenige Meter neben dem Haus, in dem Salomons Wohnung liegt.

Sie löst den Gurt und öffnet die Beifahrertür. «Ich hoffe, Sie sind einigermaßen fit. Vierter Stock, kein Lift.» Nachdem wir ausgestiegen sind, fügt sie hinzu: «Nicht dass Sie nachher womöglich einen Schweißfleck auf ihrem frisch gebügelten Hemd haben und wir auch noch zu Ihnen müssen.»

Ich schlucke hinunter, was ich in einem ersten Impuls entgegnen möchte, nehme mir aber vor, recht zeitnah ein paar ernste Worte mit meiner neuen Partnerin zu reden, wenn sie vorhaben sollte, weiter in diesem Ton mit mir zu sprechen.

Die Fassade des Hauses könnte zwar einen neuen Anstrich vertragen, spiegelt aber mit ihren aufwendigen Stuckornamenten trotzdem noch etwas vom Glanz der Gründerzeit wider.

Obwohl ich mir einbilde, körperlich fit zu sein, atme ich schwer, als wir endlich vor der Wohnungstür angekommen sind.

Salomon schüttelt den Kopf und steckt den Schlüssel ins Schloss. «Sie werden mir jetzt aber nicht kollabieren?»

«Keinesfalls», stoße ich aus und versuche, meiner Stimme einen festen Klang zu geben. Bevor ich hinzufügen kann, dass einige Treppen mehr nötig wären, bevor ich kollabiere, klingelt mein Handy.

«Marc hier.»

«Ja, was gibt's?» Ich folge Salomon in die Diele der Wohnung. Sie schließt die Tür und sieht mich an, als erwarte sie, dass ich ihr noch während des Telefonates berichte, was Marc mir sagt.

«Du klingst ja völlig außer Atem. Bist du quer durch Hamburg gelaufen?»

«Nein. Warum rufst du an?»

«Wegen dieses Forums. Die haben nicht nur den Fundort der Leiche veröffentlicht. Es hat da sogar eine Ankündigung für den Mord gegeben.»

«Wie bitte?», rufe ich aus. Salomon sieht mich an, als würde sie mir am liebsten das Telefon aus der Hand reißen.

«Ja. Die IT-Spezialisten sind an der Seite dran und versuchen, an den Betreiber heranzukommen. Wird allerdings nicht einfach, die Domain ist in Tonga registriert. Du weißt ja, dass die keine Daten rausrücken. Die Adresse lautet *www.morituri.to*.»

«O Mann. Was gibt es doch für kranke Typen.»

«Ja. Aber vielleicht haben wir Glück, und die ITler kommen irgendwie an den Betreiber ran. Wer so dämlich ist, sich mit einem Mord zu brüsten, macht möglicherweise auch einen Fehler, der ihn auffliegen lässt.»

Mein Gefühl sagt mir gerade etwas anderes. «Wir werden sehen. Ich bin in einer halben Stunde im Präsidium. Mit unserer neuen Kollegin.»

«Wer war das?», fragt Salomon, kaum dass ich aufgelegt habe. «Was ist los?»

Ich versuche, meine Gedanken zu ordnen, und berichte ihr, was ich gerade erfahren habe. «Haben Sie einen Computer hier?»

«Ja, mein Notebook, aber das nützt nichts. Ich habe noch keinen Internetzugang.»

«Dann beeilen Sie sich, damit wir ins Präsidium kommen.»

«Ich habe ja gleich gesagt, es gibt Wichtigeres, als …»

Ich winke ab. «Nun beeilen Sie sich bitte.»

«Jaja. Gehen Sie solange da rein, Sie werden schon irgendwas finden, worauf Sie sitzen können. Ich bin mit dem Auspacken noch nicht sehr weit gekommen.» Damit verschwindet sie hinter einer Tür.

Ich betrete das recht geräumige Wohnzimmer und schaue mich um. Überall stehen Umzugskisten, nur vereinzelt sind dazwischen schmale Gänge frei. Drei hohe Fenster an der gegenüberliegenden Wand fluten den Raum mit Licht. Links von mir warten zwei verpackte Regale darauf, aufgebaut zu werden. Ein Kabel hängt von der Mitte einer kunstvollen Stuck-Rosette herab und mündet nach etwa einem Meter in einer metallenen Fassung, in der eine nackte Glühbirne steckt.

Ich bücke mich zu einer der Kisten herab, klappe den Deckel auf, betrachte den Inhalt. Einige Bücher, zwei kleine Holzkästchen, ein Telefon mit einem Kabelknäuel daran. Nichts, was mir auch nur das Geringste über Nina Salomon verrät. Ich weiß nicht einmal, warum sie zu uns versetzt worden ist. Das einzige, was ich weiß, ist, dass sie nicht viel Wert auf ihr Äußeres legt und ein verdammt loses Mundwerk hat. Aber das werden wir …

«Wissen Sie, was *Morituri* bedeutet?», kommt es aus dem Flur. Sie muss die Badezimmertür geöffnet haben, denn ich kann sie deutlich verstehen.

«Ja, selbstverständlich.» Allein schon die Frage ist eine Frechheit. Eine von vielen.

«Die Todgeweihten. Klingt eigentlich nach einem Gamer-Forum.» Pause.

«Am liebsten würde ich mir diese Seite sofort ansehen.»

Ich fahre zusammen, denn Salomon steht hinter mir im Wohnzimmer. Ich habe nicht gehört, dass sie hereingekommen ist. Sie trägt einen Bademantel, die Haare hängen ihr nass auf die Schultern.

«Kennen Sie sich mit dem Darknet aus?»

Sie zuckt mit den Schultern. «Gut genug, um hier und da dort herumzustöbern.»

«Dienstlich, will ich doch hoffen.»

«Aber selbstverständlich, Herr Hauptkommissar», flötet sie und verdreht dabei die Augen.

Grundsätzlich kümmern sich die Kollegen der Cybercrime-Abteilung um das Darknet, aber auch wir kommen bei unseren Ermittlungen gelegentlich damit in Berührung und durchlaufen immer wieder entsprechende Schulungen.

Der normale Internetuser weiß meist gar nichts von der Existenz dieses Netzwerks, und das ist auch so gewollt. Wer hineinwill, muss von Teilnehmern mit einem Link eingeladen werden. Ein geschlossenes System. Sehr sicher. Und meist sehr illegal.

«Ich springe noch schnell in meine Klamotten. Bin in drei Minuten fertig, dann können wir los.»

Sie braucht vier Minuten, bis sie mit noch immer nassen Haaren zurückkommt und verkündet, wir könnten los. Sie trägt jetzt eine verwaschene, löchrige Jeans und dazu ein enges, dunkelblaues T-Shirt. Informell ist noch ein schwacher Ausdruck für diese Freizeitkluft. Auf den Rücken hat sie einen kleinen Lederrucksack geschnallt. Die Laufschuhe hat sie gegen andere Turnschuhe getauscht, die zumindest halbwegs sauber sind.

«Na, Herr Hauptkommissar? Zufrieden mit meinem Erster-Tag-auf-der-neuen-Dienststelle-Outfit?»

Ich winke ab.

«Fragen Sie nicht. Fahren wir.»

4

Tom ist nicht mehr in der Wohnung, als wir dort ankommen – endlich etwas, das glatt läuft an diesem Tag. Obwohl mich bei der Vorstellung, wie Buchholz dreingesehen hätte, wenn ihm aus dem Bad ein nackter Mann entgegengekommen wäre, doch ein wenig Bedauern erfasst. Ein nackter Mann mit einem Tattoo, das das rechte Schulterblatt bedeckt und das aussieht, als wären einer Blume Ninjasternzacken gewachsen. Badass, könnte man denken, bis man ihn ein bisschen näher kennt.

In Summe ist es natürlich gut, dass sie sich nicht über den Weg laufen, Buchholz macht mir das Leben auch ohne Einblick in meine Bettgeschichten sicher schon schwer genug. So, wie ich ihn einschätze, ist Sex für ihn mit deutlich zu vielen Körperflüssigkeiten verbunden, um eine Option zu sein. Wer weiß, dabei könnte man ja ins Schwitzen kommen.

Das alles verblasst zur Nebensächlichkeit, als das Präsidium anruft. Ich würde mich am liebsten sofort vor den Computer setzen und mir dieses Forum ansehen – *Morituri*, was für ein Hohn –, aber ich habe ja noch die Vorstellungsrunde vor mir. Händeschütteln mit den Ober- und Hauptkommissaren, lächeln, so tun, als würde ich mich freuen.

Als wir endlich wieder im Auto sitzen, gibt Buchholz immerhin Gas und ignoriert zwei rote Ampeln, was ihn mir ansatzweise sympathischer macht.

Morituri. Das Wort geht mir nicht aus dem Kopf, *morituri te salutant*, der Gruß der Gladiatoren in der römischen Arena. Wenn jemand eine Seite ins Netz stellt und darauf einen Mord ankündigt, legt er sich damit selbst die Schlinge um den Hals. Wahrscheinlich haben wir es also mit einem Narzissten zu tun, einem Größenwahnsinnigen. Die sind meist schnell gefasst, weil sie auf Bewunderung angewiesen sind und den Mund nicht halten können.

Eine Sache, die auch Buchholz offenbar schwerfällt. «Mir geht die Tötungsart nicht aus dem Kopf. Glasscherben schluckt man nicht freiwillig, kann es aber nur dann tun, wenn man nicht geknebelt ist. Theoretisch hätte das Opfer die ganze Umgebung zusammenschreien müssen.»

«Gibt es dort Wohnungen? Sah für mich nicht danach aus.»

«Nein, aber vielleicht hat jemand in einem der benachbarten Betriebe Nachtschicht gemacht. Die Gegend wird auch immer wieder von Pärchen frequentiert, die … ungestört sein wollen.»

Unwillkürlich muss ich grinsen. *Ungestört.* «Ja, das kann ich verstehen. Total romantische Ecke.»

Buchholz wirft mir einen schnellen Blick zu, während er gleichzeitig auf die Gegenfahrbahn schwenkt, an einem Auto vorbei, das in zweiter Spur parkt. «Ich habe Sie gar nicht für den romantischen Typ gehalten. Aber wie auch immer – es finden sich dort häufig Paare ein, die schnellen Sex haben wollen. Die Chance, dass jemand in der Nähe war und etwas mitbekommen hat, dürfen wir nicht außer Acht lassen.»

Da liegt Buchholz nicht falsch, nur hat, wer zum Vögeln ins Industriegebiet fährt, dafür einen Grund. Und zwar den, dass er nicht ertappt werden will. Das heißt, er wird den Mund halten, selbst wenn er etwas gehört hat.

«Anonyme Anrufer», murmle ich.

«Ganz richtig», bestätigt Buchholz. «Auf die müssen wir achten.»

Wir parken direkt vor dem sternförmigen Polizeigebäude, und Buchholz geht voran, in die Lobby, an deren hinteren Ende sich die Schleuse befindet. Die beiden uniformierten Kollegen, die am Empfang sitzen, nicken ihm zu.

«Das ist Nina Salomon», erklärt er. «Sie gehört ab heute zu unserem Team.»

Und sie hat es eilig, würde ich gern hinzufügen. Stattdessen lächle ich und höre die nächste halbe Stunde nicht mehr damit auf, während ich versuche, mir alle Namen zu merken. Inklusive der dazugehörigen Gesichter.

Der erste, der mir entgegenschießt, heißt Marc, mit Nachnamen Müller. Wir sind etwa im gleichen Alter, und mir gefallen die Jeans, die er trägt. Im Gegensatz zu Buchholz, der sich den Besenstiel immer noch nicht aus dem Arsch gezogen hat, ist er sofort per du mit mir, hat es dafür aber eilig. Er hängt am Computer und sichtet *Morituri*. Am liebsten würde ich mich ihm sofort anschließen, aber da ist auch noch ein Kollege namens Helmut, der meine Hand gar nicht mehr loslässt.

«Wieso hast du dich von Bremen versetzen lassen?», will er sofort wissen. Sein Ton soll wohl einfühlsam klingen, aber bei mir beißt er auf Granit.

«Weil Hamburg so schön ist», strahle ich ihn an. «Und die Kollegen so gar nicht neugierig.»

Jetzt lässt er meine Hand doch los. «Wenn du mit Buchholz in einem Zimmer bist, achte bitte darauf, dass er nicht zu lange lüftet. Wir heizen sonst nach draußen.»

Ich muss ihn völlig verständnislos angesehen haben, denn er schüttelt den Kopf, als hätte er es mit einem kleinen Kind zu tun. «Schlecht für die Umwelt. Für das Klima. Und teuer obendrein.»

Aha. «Wie lange darf Kollege Buchholz denn lüften?», frage ich. Mit meiner Aufmerksamkeit bin ich längst wieder bei Marc, der seinen Bildschirm fixiert, eine Hand konzentriert vor den Mund gelegt. «Sagen wir, bei einer Außentemperatur von zwölf Grad?»

«Zwei Minuten reichen völlig für einen Luftaustausch im Zimmer», antwortet Helmut wie aus der Pistole geschossen.

«Ich werde meinen Timer stellen», sage ich todernst, bevor Buchholz mich weiterzerrt. Ins Büro der Chefin.

Dort immerhin dauert es nicht lange. Arendt ist alles, was sie mir sagen wollte, bereits vorhin im Auto losgeworden und beschränkt sich jetzt darauf, mich im Team zu begrüßen. Mit Handschlag. Dass ich es eilig habe, an die Arbeit zu kommen, scheint ihr zu gefallen.

Marc rückt ein Stück zur Seite, als ich mir einen Stuhl vor seinen Computer stelle. www.morituri.to. Der Thread, durch den er sich gerade liest, heißt Ein würdiger Sieger.

Ich würde ihm am liebsten die Maus aus der Hand nehmen und noch einmal nach oben scrollen, zum Anfang. «Es geht um das Opfer?», mutmaße ich.

«Ja. Sie bezeichnen Kornmeier als Gewinner, das ist an Zynismus kaum noch zu überbieten.»

«Lässt sich irgendwo herauslesen, warum sie das tun?»

Marc zuckt mit den Schultern. «Bisher habe ich noch nichts dergleichen gefunden, aber ich bin auch erst eine halbe Stunde dran.»

Ich hätte den anderen Kandidaten bevorzugt, schreibt jemand namens Calvin4545. Den musikalischen Makler. Vielleicht hätte er gesungen :-))

«Was heißt anderer Kandidat? Welcher musikalische Makler?» Ich rücke noch ein Stück näher, Marc räuspert sich.

«Das versuche ich gerade herauszufinden.» Er klingt plötzlich reserviert, wahrscheinlich presche ich mal wieder zu schnell vor. Ist aber sein Problem, nicht meines.

«Kannst du mir den Thread öffnen, in dem der Mord als durchgeführt gemeldet wird?»

Er seufzt. «Ich bin schon weiter, tut mir leid, aber wenn ich hier fertig bin, gebe ich dir gern einen Überblick.»

Ja, sicher. Ich schiebe den Stuhl zurück und laufe aus dem Zimmer, finde Buchholz im Nebenraum, telefonierend.

«Auf welchen Rechnern hier ist TOR installiert?»

Er winkt mich fort, als wäre ich eine Fliege, die ihm lästig ist.

«TOR», wiederhole ich. «Der Browser. Habe ich ihn auf meinem

Computer? Und den allgemeinen Zugang? Bekomme ich den von Ihnen?»

Er ignoriert mich. «In einer halben Stunde», sagt er in den Hörer. «Warten Sie bitte auf mich, falls es ein paar Minuten länger dauert.» Er legt auf und sieht mich endlich an. «Ich fahre jetzt in die Gerichtsmedizin, zur Leichenöffnung. Fragen Sie doch einfach Marc oder jemand anderen hier. Vielleicht ziehen Sie auch gleich jemanden von der Abteilung Cybercrime hinzu, das sollten wir ohnehin tun, wenn an dieser *Morituri*-Sache etwas dran ist. Die Zugangsdaten für Ihren Computer finden Sie in der schwarzen Mappe neben dem Bildschirm.» Damit steht er auf, nimmt seine Jacke vom Haken und geht. Beschwingt irgendwie, als wäre die Aussicht, bei der Obduktion eines übergewichtigen Anwalts dabei zu sein, einem gemeinsamen Nachmittag mit mir im Büro klar vorzuziehen.

In der schwarzen Mappe findet sich nicht nur mein Zugangscode für Computer und Intranet, sondern auch eine Telefonliste. Das LKA 54 ist die Abteilung Cybercrime, und meine Hand wandert bereits in Richtung Telefon, aber dann überlege ich es mir doch noch mal anders. Erst will ich wissen, wie weit ich auf eigene Faust komme, helfen lassen kann ich mir später immer noch.

TOR ist nicht installiert, das hatte ich vermutet. Kein Problem, es zu ändern, aber es kostet mich Zeit, während sich Marc im Nebenraum jede Menge Vorsprung herausrecherchiert.

Im Darknet gibt es keine Suchmaschinen, jedenfalls keine verlässlichen. Gefunden wird nur, wer gefunden werden will oder zu ungeschickt ist, sich entsprechend abzusichern. Ich schätze, dass *Morituri* weder im Hidden Wiki noch auf Torlinks aufscheinen wird.

Muss auch nicht sein, ich habe schließlich die Adresse. Die Seite öffnet sich unmittelbar, sie ist in Braun- und Rottönen gehalten, die Muster an den Rändern erinnern an Arkaden, sollen vielleicht die Bogengänge des Kolosseums darstellen. Ein bisschen Antike, ein bisschen Mystik, aber beides zurückhaltend. Das war vorhin schon mein Eindruck, als ich Marc über die Schulter gesehen habe.

Der Aufbau ist schnell zu durchschauen. Das Herzstück ist ein Forum, ohne große Struktur, ohne Rubriken. Einfach nur untereinandergereihte Beiträge, die sich nach Aktualität sortieren. Ganz oben festgepinnt ein Thread mit dem Titel Willkommen.

Ich klicke ihn an. Der Text ist kurz.

Wir alle müssen sterben, früher oder später. Für wen soll es, deiner Ansicht nach, früher sein?
Die Spielregeln sind einfach. Ihr trefft eure Wahl, ich bin der Arm, der das Schwert führt.
Unsere Arena ist Hamburg.

Die Kommentarfunktion ist ausgeschaltet, es gibt allerdings darunter ein Fenster für persönliche Nachrichten.

Ich klicke hinein und erhalte die Meldung, dass ich mich registrieren muss, um schreiben zu können.

Wenn ich einen Account hätte, könnte ich dann tatsächlich jemanden vorschlagen, der sterben soll?

Ich kehre zum Forum zurück, der Thread ganz oben trägt den Titel And the first winner is … dead; er hat stolze 253 Kommentare.

Trajan heißt der Verfasser des Beitrags, in kleinen kursiven Buchstaben steht «Admin» unter dem Namen.

Der Name des Gewinners – manche werden es erraten haben – lautet Michael Kornmeier. Man wird ihn bald finden, und zwar auf einem aufgelassenen Fabrikgelände am Hovekanal.
Er hat sich gewissermaßen zu Tode verschluckt. Kein schöner Anblick.
Das nächste Voting startet morgen um neun Uhr. Es werden vier Kandidaten zur Auswahl stehen.

Ich sehe mir die Uhrzeit an, um die das Posting online gestellt worden ist. Heute, 5 Uhr 29. Da gab es noch keinen Anruf, keine Meldung, nichts dergleichen.

Unter Trajans Text tobt ein Krieg zwischen «Seid ihr völlig wahnsinnig geworden?», «Wir wollen Bilder sehen!!!», «Ich hoffe wirklich, das ist bloß ein Fake», «Yeah! Kill, kill, kill!» und «Ich informiere jetzt die Polizei».

Das ist die Quintessenz der Postings, in unzähligen Varianten ausformuliert. Irgendjemand hat Michael Kornmeier sogar angerufen, ihn offenbar auch erreicht und findet all die gutgläubigen Idioten jetzt sehr lustig.

Weil er vermutlich nicht bedenkt, dass es den Namen mehr als einmal geben könnte.

Ich gehe ins Nebenzimmer, wo Marc nicht einmal aufsieht, als ich zur Tür hereinkomme. «Trajan – bist du auf den auch schon gestoßen?»

Er nickt, ohne den Bildschirm aus den Augen zu lassen. «Natürlich. Das nächste Voting startet morgen – das letzte finde ich aber nirgendwo.»

«Wahrscheinlich gelöscht», mutmaße ich. «Wer hat diese Seite eigentlich gemeldet?»

Er tastet nach einem Computerausdruck und hält ihn mir hin. «Dreiundzwanzig verschiedene Leute, bei gut zwei Dritteln müssen wir die Telefonnummern erst ausforschen. Wie sich jetzt herausgestellt hat, gab es bereits vor drei Tagen erste Hinweise auf die Seite, denen wurde aber nur halbherzig nachgegangen.»

Weil niemand sie ernst genommen hat, weil so vieles andere wichtiger war … «Von den Leuten der Abteilung Cybercrime?»

«So ist es. LKA 54.» Nun blickt er doch hoch, ein bisschen genervt. «War es das? Wenn du etwas herausgefunden hast, das mir entgangen ist, immer her damit, wenn nicht – würde ich hier gerne weitermachen. Infos austauschen können wir immer noch bei der Abendbesprechung.»

«Na wunderbar.» Die Kollegen der Abteilung «Meine Erkenntnisse gehören mir», kenne ich noch aus Bremen. Marc hätte sich dort vermutlich zu Hause gefühlt.

Ich kehre zurück an meinen Computer und arbeite mich weiter durch den Thread, der immer länger wird. Die Meldung über den Leichenfund ist noch nicht an die Öffentlichkeit gegeben worden, also mischt sich auch viel Ungläubigkeit in die Beiträge.

Was ist denn jetzt mit dem Typen am Hovekanal?

Alles nur Theater, ist auch besser so.

Es gibt immer noch Leute, die diesen Schwachsinn glauben, kaum zu glauben.

Ich schaue auf die Uhr. Keine Ahnung, wann Arendt der Presse Bescheid geben will, aber lang kann sie sich nicht mehr Zeit lassen. Die Öffentlichkeit wird üblicherweise knapp nach den Angehörigen informiert, zumindest im Groben.

Doch Trajan kommt ihr zuvor. Ein neuer Thread erscheint ganz oben auf der Liste, der Betreff lautet: Neugierig?

Nein, neugierig ist das falsche Wort, eher bis oben hin angefüllt mit bösen Ahnungen. Zu Recht.

Es ist ein Foto, aufgenommen vermutlich kurz nach Sonnenaufgang. Warmes Licht auf Kornmeiers verzerrten Zügen, seinen zerschnittenen Lippen und der Blutlache, in der er liegt. Jedes Detail gut sichtbar.

Ich greife zum Hörer, die Mappe ist noch bei der Telefonliste aufgeschlagen. LKA 54, Cybercrime. Ich wähle die erste Nummer, die mir ins Auge springt.

«Andressen», meldet sich eine tiefe Stimme am anderen Ende der Leitung.

«Hier Salomon, Mordkommission. Nein, Sie kennen mich noch nicht, das tut jetzt aber nichts zur Sache. Diese *Morituri*-Seite – ist Ihnen die ein Begriff?»

Kurzes Zögern. «Ja, natürlich, wir …»

«Bestens. Dann nehmen Sie den Dreck jetzt vom Netz. Sofort.»

5

Für die Fahrt ins Uniklinikum Eppendorf werde ich etwa zwanzig Minuten brauchen. Ich hätte Salomon natürlich mitnehmen können, damit sie die Rechtsmedizin kennenlernt. Aber es ist mir im Moment ganz recht, mich mit Dr. Diewald unterhalten zu können, ohne dass mir meine neue Kollegin bei jedem zweiten Satz ins Wort fällt. Wir müssen möglichst schnell allen Spuren nachgehen; diese Forumsgeschichte könnte sich als eine ganz heiße Sache herausstellen. Salomon scheint sich im Web gut auszukennen und ist im Moment am Computer wahrscheinlich nützlicher als mit mir zusammen in der Rechtsmedizin.

Die Ampel vor mir springt auf Gelb. Ich bremse hart ab und komme kurz davor zum Stehen. Ein Jogger in kurzen roten Shorts überquert vor mir die Straße. Seine sehnigen Beine deuten darauf hin, dass er regelmäßig längere Strecken läuft. Meine Gedanken nutzen den Jogger als Brücke zurück zu Salomon.

Ich mache mir doch selbst was vor, wenn ich mir einrede, ihre Computerkenntnisse seien der Grund dafür, dass ich sie nicht mitgenommen habe. Die Wahrheit ist, dass ich sie anstrengend finde und keine Lust auf ihre provokanten Bemerkungen habe, während ein Mordopfer seziert wird.

Wir werden miteinander auskommen müssen, und natürlich werden wir das auch schaffen. Aber im Moment reicht mir die Dosis Nina Salomon, die ich gerade hatte.

Ich betrete den Sezierraum. Die Tür schließt sich hinter mir, und ich bemühe mich, möglichst flach zu atmen, um meine Nase und auch meinen Magen an diesen einzigartigen Geruch zu gewöhnen.

Während der Ausbildung graute es mir am meisten vor dem Anblick einer geöffneten Leiche. Ein fataler Irrtum, wie ich bei meiner ersten Obduktion feststellen musste: Es war dieser unbeschreibliche Gestank, der meinen Mageninhalt krampfhaft nach oben steigen ließ.

Der klebrig-süßliche Geruch, der aus dem Inneren einer frischen Leiche aufsteigt, ist schon sehr markant, der Verwesungsgeruch eines schon mehrere Tage toten Körpers jedoch ist geradezu unerträglich und löst sofort Ekel und Brechreiz aus.

Rechtsanwalt Michael Kornmeier aus Eppendorf ist gottlob noch recht frisch, und so dauert es nicht lange, bis ich mich halbwegs akklimatisiert habe.

Kornmeiers gewaltiger, schwammiger Körper liegt nackt auf einem der beiden Seziertische. Der Brustkorb ist vom Hals bis fast zum Becken aufgeschnitten, die entstandene Öffnung wird von chromblitzenden Spreizern fixiert.

«Ah, da sind Sie ja.» Diewald kommt aus einem Nebenraum, bleibt am Tisch stehen und reibt sich die Hände. Seine dunklen, von silbernen Fäden durchzogenen Haare sind wie immer streng nach hinten gegelt.

«Mein Verdacht hat sich bestätigt. Kommen Sie, ich erkläre es Ihnen.» Er winkt mich lächelnd zu sich und freut sich offensichtlich, dass er mit seiner Vermutung recht hatte. Der Stolz auf sein Wissen. Als ich vor der Leiche stehe, ist der Geruch ungeheuer intensiv. An der Schnittstelle, direkt unter der Haut, sieht man eine dicke, gelbliche Schicht. Fett.

«Sehen Sie mal hier», sagt Diewald und zeigt mit der Spitze eines Kugelschreibers auf etwas in Kornmeiers Brustraum, das mich entfernt an einen dünnen Fahrradschlauch erinnert, dem man mit einer Rasierklinge etliche kleine Schnitte zugefügt hat.

«Die Verletzungen an der Speiseröhre sind ebenso wie die im

Mund- und Rachenraum zwar nicht trivial, hätten aber im Normalfall nicht zu diesem enormen Blutverlust und damit zum Tod geführt, ganz wie ich es schon vermutet hatte. Ich habe NOAKs in seinem Blut gefunden. Das ist die Abkürzung für *Neue Orale Antikoagulantien*, die es erst seit einiger Zeit gibt. Diese Mittel sollen bei Patienten mit Vorhofflimmern oder einem erhöhten Thrombose- und Embolierisiko erprobte Vitamin-K-Antagonisten wie *Marcumar* oder *Falithrom* ersetzen. NOAKs ermöglichen eine Gerinnungshemmung mit individuell konstanter Dosierung und ohne relevante Nahrungs- oder Arzneimittelinteraktionen.»

«Das heißt, er war quasi ein künstlicher Bluter?»

Diewald wiegt den Kopf hin und her. «Zum Todeszeitpunkt ganz sicher. Ich konnte aber keine Indikatoren finden, die den Einsatz eines Blutgerinnungsmittels erforderlich gemacht hätten. Zudem hatte er etwa die zwanzigfache Dosis dessen im Blut, was man einem Patienten höchstens geben würde.»

«Dann hat der Täter ihm diese NOAKs eingeflößt, bevor er ihn mit Scherben gefüttert hat? Wie schnell wirkt dieses Zeug?»

Diewald schiebt die Unterlippe ein Stück vor. «Bei normaler Dosierung braucht das schon eine Weile, aber bei der Menge, die dieser Mann intus hatte, war schätzungsweise nach einer Stunde praktisch keine Blutgerinnung mehr vorhanden.»

«Und wie wird dieses Medikament verabreicht?»

«In Tablettenform. Normalerweise nimmt man eine Tablette am Tag, hier müssen es etwa zwanzig gewesen sein. Wie sie eingenommen wurden, kann ich noch nicht sagen. Vielleicht nach der Analyse dessen, was er erbrochen hat. Sein Magen ist leer.»

Ich ziehe mein kleines Notizbuch aus der Tasche, mache mir ein paar Notizen und schaue Diewald wieder an. «Dieses Erbrechen … Kam das von den Scherben oder den Tabletten?»

«Wahrscheinlich weder noch. Als die Scherben Rachen und Speiseröhre verletzt haben, muss das Blut durch die Gerinnungshemmer wie ein kleiner Bach in seinen Magen gelaufen sein. Durch den schnellen Blutverlust ist ihm wahrscheinlich schlecht geworden, der volle Magen hat sein Übriges dazu getan.»

Auch diese Info notiere ich, während Diewald noch von Kornmeiers vergangenen und aktuellen Krankheiten erzählt.

Als ich mich verabschiede, verspricht Diewald, mir die noch ausstehenden Laborergebnisse schnellstmöglich zukommen zu lassen.

Für den Rückweg brauche ich länger, der Verkehr in der Innenstadt hat stark zugenommen. Nach etwas mehr als einer halben Stunde komme ich wieder am Präsidium in Alsterdorf an und gehe ohne Umwege zu Arendts Büro, um ihr über Diewalds Erkenntnisse zu berichten.

Sie hört sich meine Zusammenfassung an und stellt nur zwei, drei Zwischenfragen. Als ich fertig bin, bedankt sie sich und greift nach einem Dokumentenstapel am Rand des Schreibtischs. Das Gespräch ist aus ihrer Sicht offenbar beendet.

«Eine Frage habe ich noch.»

Arendt schaut von dem Dokument auf.

«Warum ist Salomon hier?»

«Ich würde doch denken, weil sie sich hierher hat versetzen lassen.» Eine typische Arendt-Antwort.

Ich überlege mir die Formulierung meines nächsten Satzes genau. «So, wie ich sie bisher erlebt habe, könnte ich mir gut vorstellen, dass sie in Bremen Probleme mit den Kolleginnen und Kollegen hatte.»

Arendt legt das Blatt vor sich ab und faltet die Hände. «So, das könnten Sie. Und wie kommen Sie nach nur wenigen Stunden auf diese Idee?»

Das ist ja mein Problem. Es ist ein Bauchgefühl, das ich nicht näher beschreiben kann. Zumindest nicht, ohne Gefahr zu laufen, als Chauvi dazustehen, der vorschnell über eine jüngere Kollegin urteilt.

«Das ist schwer zu beschreiben», versuche ich es, worauf Arendt erwartungsgemäß reagiert.

«Das dachte ich mir. Ich glaube nämlich, dass Frau Salomon eine gute Polizeibeamtin ist und dass die Gründe, aus denen sie sich hierher hat versetzen lassen, keine Relevanz für ihre Arbeit bei uns haben.»

«Das sehe ich etwas anders.» Es ärgert mich, dass ich mein Gefühl nicht mit Fakten untermauern kann. Noch mehr ärgert mich, dass Arendt definitiv wissen muss, warum Salomon zu uns kam, es mir aber partout nicht sagen möchte. «Ich werde schließlich mit ihr zusammenarbeiten. Das heißt, wenn in Bremen irgendetwas vorgefallen ist, das zu ihrer Versetzung geführt hat, kann es durchaus wichtig für mich sein, das zu wissen.»

Es klopft an der Tür, doch noch ehe Arendt reagieren kann, wird sie schon geöffnet, und Meierhofer rauscht ins Büro. Der Staatsanwalt trägt seinen üblichen dunklen Anzug mit Weste, die so eng über seinem Bauchansatz spannt, dass ich befürchten muss, dass mir bei seinem nächsten Atemzug die Knöpfe um die Ohren fliegen. Die bunte Krawatte ist eine Beleidigung für die Augen, der braune Gürtel beißt sich mit dem Braunton der Schuhe, die zudem aussehen, als seien sie seit Wochen nicht mehr geputzt worden. Seinen kurzen Haaren fehlt jeglicher Schnitt, und nicht zum ersten Mal ärgert es mich, dass mir solche Dinge sofort ins Auge springen. Und mich ablenken.

«Wo stehen wir mit Kornmeier?», fragt er barsch, noch bevor er neben mir angekommen ist.

Ich schaue Arendt an und kann ihre Gedanken lesen: Sie schätzt Meierhofers Ton überhaupt nicht.

«Herr Buchholz kommt gerade aus der Rechtsmedizin zurück», sagt sie betont ruhig. «Was wir bisher wissen, ist Folgendes.» Damit fasst sie meinen Bericht kurz zusammen. Die Glasscherben, die Gerinnungshemmer, das Erbrechen.

«Das heißt, der Täter kennt sich in Medizin aus», schlussfolgert Meierhofer. Er sieht zu mir herunter, als würde ihm erst in diesem Moment bewusst, dass ich auch da bin.

«Nicht zwingend», sage ich mit freundlichem Lächeln. «Es reicht vollkommen, wenn er einen PC hat. Wenn man wissen möchte, was Glasscherben beim Verschlucken anrichten, findet man das im Internet. Und wenn man daraufhin Informationen zu Medikamenten braucht, die einen Menschen mit inneren Verletzungen innerhalb kurzer Zeit verbluten lassen, findet man sie sicher ebenso.»

«Aha. Was wissen wir also bisher über den Täter? Gar nichts.»

«Doch», widerspricht Arendt und erzählt Meierhofer von dem Forum und was die Kollegen bisher darüber herausgefunden haben. Nach wenigen Sätzen unterbricht der Staatsanwalt sie. «Gut, gut. Da ist noch etwas. Das möchte ich aber unter vier Augen mit Ihnen besprechen.» Das Stichwort für meinen Abgang. Und ich bin nicht böse darum.

Ich nicke Arendt zu und mache mich auf den Weg nach draußen. «Ach, Herr Buchholz», ruft sie mir nach, als ich die Tür fast erreicht habe. «Zu Ihrer Frage von eben: Wenn Sie etwas unbedingt wissen möchten … dann reden Sie doch mit der Person selbst.»

Ich nicke und verlasse den Raum. Genau das habe ich vor.

6

Zwei Stunden später hat Cybercrime-Andressen nach eigenen Angaben fünfmal versucht, *Morituri* vom Netz zu nehmen, ohne jeglichen Erfolg. «Die eigentliche Seite liegt im Darknet», erklärt er uns, «das muss man sich vorstellen wie eine Blackbox, in der die Adresse nicht aufzuspüren ist. Von dort wird sie hundertfach auf fremde Server im regulären Web gespiegelt.» Er sucht sichtlich nach Worten, die auch für Normalsterbliche verständlich sind. «Das heißt, die Seite kommt praktisch aus dem Nichts. Sobald man einen dieser Mirrors löscht, landet der User auf einer exakten Kopie. Ist wie ein Drache mit dreißigtausend Köpfen.» Er lacht unfroh. «Zeig mir mal den Ritter, der die alle abschlägt.»

Dass er sich selbst mit einem Ritter vergleicht, ist beinahe niedlich. «Und wie sieht es mit der Identität des Betreibers aus? Oder des Admins, falls das zwei verschiedene Irre sind? Kannst du die herausfinden?»

«Da sind die Chancen noch geringer. Wie schon gesagt: Darknet. Die Anonymität ist der Witz dran, verstehst du? Sonst hätten wir doch längst alle Leute eingelocht, die Kinderpornos dort verbreiten.» Ich starre auf den Bildschirm. Die Mitgliederzahl des Forums erhöht sich stetig, vor meinen Augen, und das Bewusstsein, dass wir dem machtlos gegenüberstehen, weckt in mir den Wunsch, etwas kaputt zu machen. Vielleicht Buchholz' merkwürdige Designer-Schreibtischlampe, die aussieht wie ein sich im Wind blähendes, chromfarbenes Segel.

«Versuch bitte trotzdem weiterhin alles», sage ich, wieder an Andressen gewandt. «Und gib mir Bescheid, wenn du auf irgendeinen grünen Zweig kommst.»

Es kam gerade in den Nachrichten ... lautet der Titel eines neuen Threads, der während unseres Telefonats von einer MissyLissy gepostet wurde. Nun, als ich auflege, hat er bereits 65 Antworten. Sie stammen diesmal von Leuten, die das alles bislang für einen schlechten Scherz gehalten haben – trotz des Fotos.

Verdammtes Arschloch. R.I.P. Michael Kornmeier.

Mein Beileid den Angehörigen.

Oh Gott, lass das bitte nicht wahr sein!!!

Ich habe eben diese Seite bei der Polizei angezeigt.

Warte nur, bis wir wissen, wer du bist.

Und so weiter. Dazwischen, nur vereinzelt Stimmen wie:

Aber er war Anwalt ;-)

Er wird es schon verdient haben.

Der wäre sowieso bald an Herzverfettung krepiert.

Es wird Zeit, in diesem Forum nicht nur mitzulesen, sondern auch mitzumischen. Wahrscheinlich sollte ich mich erst mit Buchholz absprechen oder wenigstens Marc nebenan Bescheid geben – aber die haben mir beide ziemlich deutlich demonstriert, dass sie selbst gern ihr eigenes Süppchen kochen.

Außerdem führt am nächsten Schritt ohnehin kein Weg vorbei.

Ich nenne mich Leyla, wegen des Clapton-Songs, und weil das ein Name ist, den der durchschnittlich komplexbeladene Mann vermutlich sexy findet. Genau die Gruppe möchte ich gerne ködern.

Ich suche mir den Thread mit dem Foto. *Neugierig?*

Ohne zu lesen, was in den 267 Kommentaren oberhalb steht, schreibe ich meinen eigenen dazu.

Macht euch doch nicht alle ins Hemd. Das ist ein Fake, hundertprozentig. Da versucht jemand, sich aufzuspielen, und ihr fallt drauf rein.

Jetzt sollten sich umgehend ein paar der Besserwisser melden. Einige Vertreter aus der kostbaren Gruppe derer, die unfähig sind, der Versuchung zu widerstehen, recht zu haben. Das sind die Gleichen, die sich auch später kaum zurückhalten werden, wenn es darum geht, jemanden anzuschwärzen. Ich werde mir die Nutzernamen notieren. Gleichzeitig weiß ich, dass das vermutlich sinnlos ist, aber es gibt mir immerhin das Gefühl, die Oberhand zu behalten.

Schau doch mal genauer hin, schreibt der Erste bereits. Es ist schon offiziell.

Dann folgen Schlag auf Schlag drei Links zu Nachrichtenseiten und, ebenfalls in kurzen Abständen, zweimal der Hinweis darauf, ich solle doch bitte die Klappe halten, wenn ich keine Ahnung hätte.

Um Himmels willen, wirklich?, schreibe ich. Aber warum? Was hat der Mann denn getan?

Die schnellste Antwort kommt von jemandem namens RogerRabbit: Er hat gewonnen. Dahinter sieben Smileys.

Ich setze eben zu einer Antwort an, als es an der Tür klopft. «Jetzt nicht», rufe ich, doch das beeindruckt meinen Besucher kein Stück. Die Tür fliegt auf, und das Männchen kommt herein, der Kollege, den Buchholz vorhin am Fundort der Leiche bei sich hatte. Er kann wirklich nur einen Meter fünfundsechzig groß sein, höchstens, und hält sich sehr gerade, wie kleine Männer das meistens tun. Er strahlt pure Gelassenheit aus, gepaart vielleicht mit ein bisschen Neugierde, aber ohne jede Unsicherheit.

Wurde sein Name vorhin nicht genannt? Oder habe ich ihn bloß vergessen?

«Noch mal hallo und willkommen im Team», sagt er und schließt die Tür hinter sich. «Wir haben uns noch gar nicht vernünftig vorgestellt. Ich bin Christoph Janning.»

«Nina Salomon.»

Sein Händedruck ist trocken und fest. «Ich weiß. Ohne den toten Anwalt wärst du heute Thema Nummer eins hier.» Er zieht sich Buchholz' Drehstuhl heran und setzt sich neben mich. Seine Füße berühren den Boden nur mit Mühe. Er sieht, dass ich es bemerke, und grinst. «Du kannst dich der Fraktion anschließen, die mich Gnom nennt, oder der, die Floh witziger findet. Ich kann mit beidem leben.»

Das glaube ich ihm sogar. «Wie nennt Buchholz dich?»

«Einfach nur Christoph.»

«Einfach nur Christoph finde ich gut.» Ich drehe den Bildschirm ein Stück in seine Richtung und vergrößere das Foto mit dem toten Kornmeier, das Trajan ins Forum gestellt hat. «Hast du das schon gesehen?»

Er schüttelt den Kopf und beugt sich vor.

«Nach allem, was ich in den letzten zwei Stunden aus diesem Forum herausgelesen habe, ist er nur deshalb tot, weil er in einem Voting die meisten Stimmen bekommen hat.» Ich erkläre Christoph in groben Zügen, was ich bisher über das Forum weiß. Er unterbricht mich kein einziges Mal. Blickt auch noch schweigend auf den Monitor, als ich mit meinem Monolog fertig bin.

«Und sie sagen, es gibt eine nächste Runde?», erkundigt er sich schließlich.

«Ja. Morgen geht eine neue Liste mit Kandidaten online.»

Er klopft mit den Fingern auf die Schreibtischplatte. «Bis dahin werden wir diese Seite nicht geknackt kriegen.» Ein Blick auf die Uhr, dann steht er auf und legt mir eine Hand auf die Schulter. Zu meiner eigenen Überraschung zucke ich nicht zurück.

«Den Täter vor der Nase zu haben und trotzdem nicht das Geringste über ihn zu wissen – das hab ich auch noch nicht erlebt», murmelt er. «Aber was du da machst, ist gut. Misch sie ein bisschen auf, vielleicht lockst du ja jemanden aus der Reserve.»

Er geht, und ich beschließe, dass ein paar Minuten Pause mir jetzt nicht schaden können. Ich klicke das Forum weg und mache mich auf die Suche nach einem Kaffeeautomaten.

Als ich ihn finde, ist dort bereits jemand damit beschäftigt, drei Tassen zu füllen und auf ein Tablett zu stellen. Eine Frau, etwa in meinem Alter, mit dunklem, asymmetrischem Pagenschnitt. «Pia», stellt sie sich vor und nickt, als ich ihr meinen Namen nenne. «Du arbeitest mit Daniel Buchholz zusammen, nicht wahr?»

«Ja.»

«Na dann viel Glück.» Sie schnappt sich ihr Tablett und will gehen.

«Was soll das heißen?»

Pia bleibt stehen, unschlüssig. «Ach nichts. Es ist nur – Daniel und Frauen … egal, du wirst es ja selbst sehen.»

Sie ist aus der Tür, bevor ich noch mal nachhaken kann. «Die Taste für den doppelten Espresso hängt manchmal», höre ich sie noch von draußen rufen.

Ich drücke genau diese Taste gleich zweimal, und sie hängt kein bisschen, was ich als gutes Zeichen werte.

Vorschnell, wie sich zeigt. Als ich hinter meinen Schreibtisch zurückkehre und das Forum wieder öffne, findet sich dort ein neuer Thread. Verfasst von Trajan.

Liebe Staatsdiener, herzlich willkommen bei Morituri!
Natürlich habt Ihr unseren ersten Gewinner gefunden, und natürlich seid Ihr nun längst auf diese Seite gestoßen. Seht Euch um, macht es Euch gemütlich. Ich wünsche Euch einen schönen Aufenthalt und gute Unterhaltung; ich kann Euch versprechen, es bleibt spannend.

Neue Kommentare dazu treffen im Fünf-Sekunden-Rhythmus ein, wieder ist die ganze Bandbreite vertreten. Von «Ihr müsst diesen Wahnsinn stoppen», bis «Fickt euch, Bullen» – alles da.

Ich studiere jeden einzelnen Eintrag. Vielleicht kann man gerade bei diesem Posting die Spreu ganz gut vom Weizen trennen. Die Pöbler sind dabei vergleichsweise uninteressant, ich halte eher Ausschau nach Usern, bei denen die Feindseligkeit nur unterschwellig aufblitzt. Die mir das Gefühl vermitteln, sie freuten sich ebenso wie Trajan darauf, uns vor der nächsten Leiche stehen zu sehen, genau zu wissen, wie es zu dem Mord gekommen ist, und den Mörder trotzdem nicht zu kennen.

Meine größte Hoffnung liegt derzeit bei der Spurensicherung. Wenn der Täter auch nur ein Haar verloren oder seine Handschuhe zu früh abgestreift hat, sind wir einen riesigen Schritt weiter.

Mein Telefon klingelt, Christoph ist dran. «Wir müssen uns auf einiges gefasst machen. *Morituri* ist schon in den Medien – auf Spiegel online, Focus online, praktisch überall. Von den Sozialen Medien ganz zu schweigen.»

Ich öffne den normalen Browser, tippe *Morituri* in die Google-News-Suche ein. Schon jetzt über zweihundert Treffer. Das ist ein Albtraum, allerdings einer, der vorherzusehen war. Die Mitgliedszahlen des Forums werden sich in Kürze verzehnfachen, was hauptsächlich den Neugierigen zu verdanken sein wird.

Es ist jetzt schon schwierig, alle aktuellen Beiträge im Forum zu verfolgen. In ein paar Stunden wird es ein Ding der Unmöglichkeit sein.

Ich wechsle zurück zu *Morituri.* Der Polizei-Thread erfreut sich immer noch großer Beliebtheit, die Stimmung pendelt zwischen Wut, Häme und Verachtung. Ich scrolle mich durch und bleibe bei einem Eintrag hängen. Nein, ich habe mich nicht getäuscht. Da hat jemand die Nerven verloren.

Warte nur ab, schreibt Timo776, wir sind dir schon auf der Spur, Trajan, und wir werden dich kriegen, auch wenn du dich noch so arrogant aufbläst. Dich und diesen ganzen Mob hier, der glaubt, er kann sich straflos daran aufgeilen, wie wahllos Menschen umgebracht werden!

Nicht wahllos, ganz im Gegenteil, hatte ein anderer User daruntergeschrieben und einen Smiley drangehängt.

Ich merke jetzt erst, dass ich an meinem linken Daumennagel beiße, und ziehe den Finger aus dem Mund. Kann dieser Timo einer aus unserem Team sein? Dann muss er raus. Wer sich jetzt schon provozieren lässt, am ersten Tag der Ermittlungen, der steht den Rest nicht durch, denn das wird noch viel schlimmer werden.

Ein Stück tiefer finde ich Trajans Antwort.

Hallo Timo776, schön, dich kennenzulernen! Wusste ich doch, dass die Exekutive interessiert hier mitlesen wird. Ich wünsche dir viel Vergnügen dabei. Falls du dachtest, ich würde dich jetzt sperren – wieso sollte ich? Du bist mir ebenso willkommen wie jeder andere hier. Vielleicht hast du ja sogar einen Vorschlag für die nächste Runde?

Ich springe auf, laufe ins Nebenbüro, zu Marc. «Sag mal, schreibst du im Forum mit?»

Er sieht irritiert auf. «Nein. Ich habe mit lesen genug zu tun.»

«Okay. Aber irgendein Kollege ist drin und hat sich eben als Polizist geoutet.» Ich zeige ihm den Thread und den entsprechenden Beitrag. «Das läuft ja jetzt schon alles aus dem Ruder.»

Marc liest, schüttelt leicht den Kopf, sagt aber nichts mehr.

«Wir müssen zumindest ausschließen können, dass es jemand von uns ist», dränge ich.

«Ist ausgeschlossen», sagt er knapp. «Zumindest für mich.»

Okay, verstanden. Christoph ist, wie es scheint, der Einzige hier, mit dem man vernünftig sprechen kann.

Ich gehe wieder in mein Büro, Buchholz ist immer noch nicht zurück. Wahrscheinlich besser so.

7

Salomon schaut nur kurz auf, als ich das Büro betrete, dann konzentriert sie sich wieder auf den Bildschirm.

«Na, schon irgendwas Brauchbares entdeckt?»

Sie nickt mehrmals, ohne den Blick vom Monitor abzuwenden. «Ich habe mich im Forum registriert, um dort mitschreiben zu können. Es ist unfassbar, was diese Idioten posten. Und offenbar hat sich ein Kollege dazu hinreißen lassen, sich als Polizist zu erkennen zu geben.»

Ich wollte mich gerade setzen, halte aber inne. «Was?»

Salomon nickt und deutet auf den Monitor. «Hier, ich habe es gerade vor mir.»

Ich gehe um meinen Schreibtisch herum, stütze mich auf der Oberkante ihrer Rückenlehne ab und schaue ihr über die Schulter. Es dauert ein paar Sekunden, bis ich den besagten Kommentar entdeckt habe.

«Verdammt», entfährt es mir, nachdem ich auch die Antwort des Administrators gelesen habe. «Das ist doch genau das, was Trajan möchte. Er will uns vorführen. Und dieser … Timo tut ihm den Gefallen und serviert ihm eine Steilvorlage. Kann das jemand von uns sein?»

Salomon schüttelt den Kopf. «Schon gecheckt. Müller ist sicher, wir beide sind die Einzigen, die einen Account haben.»

«Vielleicht jemand von der Cybercrime-Abteilung. Scheint jedenfalls ein ziemlicher Anfänger zu sein.»

Ich gehe zurück zu meinem Schreibtisch, logge mich an meinem

Computer ein, öffne das Mailprogramm. Unter den wenigen neuen Nachrichten scheint nichts Wichtiges sein.

«Was sagt der Rechtsmediziner?», fragt Salomon und lenkt mich damit wieder ab. Ich erzähle ihr in wenigen Sätzen, was ich von Diewald erfahren habe.

«Das heißt, der Täter hat Kornmeier irgendwie dieses Blutverdünnungszeug eingeflößt und dann eine Stunde lang gewartet, bevor er ihn mit Glasscherben gefüttert hat?»

«Sieht ganz so aus.»

«Aber warum macht er sich solche Mühe?»

«Vielleicht, weil er seinen Fans im Forum was Spektakuläres bieten wollte. Möglichst viel Blut. Wie viele Mitglieder sind es mittlerweile eigentlich?»

Salomon lässt ihre Finger über die Tastatur huschen, klickt ein paarmal auf der Maus herum und schüttelt schließlich ungläubig den Kopf. «Über dreihunderttausend. Und es werden von Minute zu Minute mehr.»

Dreihunderttausend. Wie viele davon wohl einfach nur Gaffer sind, wie man sie von jedem schweren Autounfall kennt? Typen, die sich daran aufgeilen, wenn anderen furchtbare Dinge passieren.

Und ich frage mich, wie viele andererseits dieses perverse Treiben durch ihre Kommentare aktiv mitgestalten.

«Haben Sie die Adresse des Opfers?»

«Ja.» Salomon schiebt einige Zettel auf dem Schreibtisch herum und greift einen heraus. «Eppendorfer Landstraße. Er war verheiratet. Keine Kinder.»

«Wer von uns war dort?»

«Moment … Oberkommissar Kannstein und Hauptkommissarin Peters. Kenne ich beide noch nicht.»

Manuela Peters wird oft von Arendt zu Angehörigen losgeschickt, wenn es darum geht, schlechte Nachrichten zu überbringen. Ich drücke mich vom Stuhl hoch. «Okay, ich höre mal nach, wie es dort gelaufen ist, und dann statten wir Frau Kornmeier einen Besuch ab.»

«Ich wollte eigentlich noch …»

«Wenn ich es richtig verstanden habe, sind ja noch einige andere Kollegen mit diesem Forum beschäftigt», unterbreche ich sie und verlasse das Büro. Ich habe gerade keine Geduld für Diskussionen mit ihr.

Manuela Peters' Büro liegt am Ende des Flurs. Sie schreibt gerade an ihrem Bericht, als ich hereinkomme. Ich erfahre, dass Kornmeiers Frau Nicole heißt und die Nachricht vom Tod ihres Mannes erst verhältnismäßig gefasst aufgenommen hat, dann aber zusammengebrochen ist. Mittlerweile hat sich ein Arzt um sie gekümmert, und ihre drei Jahre ältere Schwester ist bei ihr. Den Versuch, der Frau Fragen zu stellen, haben die Kollegen schnell aufgegeben.

Eine Viertelstunde später sitzt Salomon neben mir im Auto. Während der Fahrt in die Eppendorfer Landstraße bin ich fast versucht, sie nach dem Grund für ihre Versetzung von Bremen nach Hamburg zu fragen, lasse es dann aber doch sein. Vielleicht ist es besser, damit noch ein paar Tage zu warten. Außerdem gibt es im Moment Wichtigeres. Also erzähle ich ihr, was ich von Peters über ihren Besuch bei Kornmeiers Frau erfahren habe, und konzentriere mich ansonsten auf den Verkehr. Überall stehen SUV und andere Luxusautos in der zweiten Reihe, einige parken dreist ordnungsgemäß abgestellte Autos zu. Dadurch ist es so eng, dass ich mich nur mit Mühe die Straße entlangfädele. Das viele Geld, das die Leute hier besitzen, scheint ihnen zu suggerieren, sie müssten sich nicht an die Verkehrsregeln halten.

Die Wohnung liegt in ersten Etage eines vierstöckigen Altbaus. Die Frau, die uns die Tür öffnet, ist der Beschreibung nach Kornmeiers Schwägerin. Sie ist fast so groß wie ich, vielleicht eins achtzig, und sehr schlank. Deutlich hervortretende Wangenknochen dominieren ihr Gesicht, das von braunen, in der Mitte gescheitelten Haaren eingerahmt wird, die glatt bis auf die Schultern fallen.

«Guten Tag. Mein Name ist Buchholz, LKA Hamburg. Das ist meine Kollegin Salomon. Wir möchten bitte mit Frau Kornmeier sprechen.»

Einige Sekunden lang schaut die Frau mich an, als hätte sie meine

Worte nicht verstanden, doch dann nickt sie stumm und geht einen Schritt zur Seite. Ich tausche einen schnellen Blick mit Salomon und betrete die Wohnung. Wir bleiben in der geräumigen Diele stehen und warten, bis die Frau die Tür geschlossen hat.

«Mein Name ist Klassen», sagt sie. «Susanne Klassen. Ich bin Nicoles Schwester.»

Das Wohnzimmer ist riesig und sehr hell gehalten. Nicole Kornmeier liegt auf einer weißen Ledercouch, die Teil einer ganzen Landschaft aus Sesseln, großen Sitzkissen und Zwei- und Dreisitzern ist. Ich kann nicht viel von ihr erkennen, denn eine Flut von blonden Haaren hat ihren Kopf fast vollständig unter sich begraben.

Falls sie uns bemerkt hat, lässt sie es sich nicht anmerken. Ihre Schwester geht zu ihr, beugt sich ein wenig hinunter und legt ihr eine Hand auf die Stirn. «Hier sind ein Mann und eine Frau von der Polizei, die mit dir sprechen möchten.»

Nicole Kornmeier streicht mit einer unendlich langsamen Bewegung die Haare aus dem blassen Gesicht und betrachtet uns mit einem Blick, als versuche sie herauszufinden, ob sie uns schon mal begegnet ist.

«Frau Kornmeier, es tut uns leid, dass wir Sie stören müssen», sagt neben mir Salomon. Ich kann förmlich heraushören, wie sehr sie sich bemüht, ihrer Stimme einen sanften Klang zu geben. «Aber wir müssen Ihnen dringend ein paar Fragen stellen. Denken Sie, dass Sie in der Lage sind, sie uns zu beantworten?»

Statt einer Antwort nickt die Frau und richtet sich langsam auf. Als sie es schließlich geschafft hat, sitzt sie mit in den Schoß gelegten Händen bewegungslos und stumm da und fixiert einen Punkt irgendwo zwischen uns. Sie ist etwas kleiner als ihre Schwester. Ich schätze sie auf Mitte dreißig. Sie wirkt zart und zerbrechlich, doch selbst die geröteten Augen und die unnatürlich blasse Haut können nicht verbergen, dass sie bildhübsch ist. Unwillkürlich stelle ich mir vor, wie zerbrechlich und schmal sie erst neben ihrem Mann ausgesehen haben muss.

«Dürfen wir uns setzen?», frage ich vorsichtig. Statt Nicole Kornmeier nickt ihre Schwester und zeigt auf eine Dreisitzer-Couch neben uns.

«Frau Kornmeier, es tut uns sehr leid, was passiert ist», beginne ich, als wir Platz genommen haben, und fische gleichzeitig mein Notizbuch aus der Innentasche des Sakkos. Sie sieht mich an.

«Ja, mir tut es auch sehr leid.» Sie spricht so leise, dass ich mich anstrengen muss, um sie zu verstehen.

Ich warte einen Moment, bevor ich weiterrede. «Gibt es jemanden, dem Sie diese Tat zutrauen?»

Ihr Blick wird erst fragend und wandert dann wie hilfesuchend zu ihrer Schwester und wieder zu mir zurück.

«Wie … meinen Sie das?»

«Gibt es vielleicht jemanden, der wütend auf Ihren Mann war?»

«Warum sollte jemand wütend auf Michael sein? Er ist ein … er *war* ein so liebevoller Mensch.» Tränen lösen sich aus ihren Augenwinkeln und ziehen glänzende Spuren über ihre Wangen.

Ich nicke. «Er war Anwalt. Womit genau hat er sich beschäftigt?»

«Strafrecht. Er war Prozessanwalt.» Immer wieder macht sie eine Pause zwischen einzelnen Worten, als müsse sie sich den Rest des Satzes überlegen.

«Hatte er ein bestimmtes Fachgebiet?», schaltet sich Salomon ein. Nicole Kornmeier schüttelt den Kopf. «Nein. Aber er war sehr erfolgreich.»

«Hat er vielleicht mal Drohungen erhalten?», übernehme ich wieder. «Wenn er erfolgreich war, muss es ja immer wieder jemanden gegeben haben, der gegen ihn verloren hat. Vielleicht war jemand deswegen wütend auf ihn?»

«Nein. Nicht dass ich wüsste.»

«Was ist mit der Sache vor zwei Jahren?», wirft Susanne Klassen ein.

«Was?»

«Diese Sache mit dem Mädchen, deren Vater immer wieder angerufen hat. Einmal ist er doch sogar hier aufgetaucht.»

«Aber das ist doch schon zwei Jahre her.»

«Das ist egal», sage ich. «Was war das für eine Sache?»

«Aber was sollte das …» Pause. Sekundenlang. «Es ging um eine junge Frau. Sie wurde …» Wieder stockt sie. Ein erneuter, hilfesuchender Blick zu ihrer Schwester. «Kannst du es erzählen, bitte? Ich …»

Susanne Klassen nickt und schaut mich offen an. «Sie war noch sehr jung, höchstens sechzehn, glaube ich. Ein Mann hat sie angeblich tagelang vergewaltigt. Man hat sie auf einer Müllkippe gefunden. Sie hat den Mann auf Fotos der Polizei wiedererkannt. Ein vorbestrafter Sexualstraftäter, er hat sie wohl über das Internet kontaktiert. Michael hat ihn verteidigt. Er hat erreicht, dass der Kerl freigesprochen wurde.»

Der Blick, den die Frau jetzt ihrer Schwester zuwirft, hat sich verändert. Für einen kurzen Moment glaube ich, etwas wie Vorwurf darin zu sehen. Nur Sekunden, dann wendet sie sich wieder mir zu. «Der Vater des Mädchens hat danach ein paarmal hier angerufen. Er hat Michael vorgeworfen, schuld daran zu sein, dass der Vergewaltiger seines Kindes frei herumlaufen darf. Ich kenne das auch nur aus Michaels Erzählungen. Es ist wohl immer schlimmer geworden, bis er irgendwann hier vor der Tür gestanden hat. Michael hat schließlich erreicht, dass der Mann sich ihm nicht mehr nähern durfte.»

«Gab es konkrete Drohungen?», hakt Salomon nach.

«Ich bin nicht sicher, aber ich glaube nicht. Jedenfalls hat Michael nichts davon erzählt.»

Ich wende mich wieder an Kornmeiers Frau. «Wissen Sie mehr darüber? Etwas, das Ihre Schwester vielleicht vergessen hat?»

«Nein.»

«Können Sie uns den Namen des Mannes nennen?»

«Nein, ich … Ich weiß es nicht mehr.» Sie schlägt die Hände vor ihr Gesicht, beginnt zu schluchzen. Ihre Schwester geht zu ihr und legt den Arm um sie, streichelt ihr über die blonden Haare.

«Frau Kornmeier», setzt Salomon nach einer Weile vorsichtig wieder an, doch ich unterbreche sie, indem ich aufstehe.

«Ich denke, das reicht für den Moment. Wir melden uns noch mal bei Ihnen.» Als keine der beiden Frauen reagiert, füge ich hinzu: «Wir finden alleine raus.»

Als ich die Wohnungstür hinter uns zugezogen habe, sagt Salomon: «Okay, diesen Fall von vor zwei Jahren haben wir schnell. Fragt sich nur, ob uns das weiterhilft.»

Ich schließe auf der Treppe zu ihr auf. «Bisher ist es der einzige Hinweis.»

«Ja, leider.» Sie wirft mir einen schnellen Blick zu. «Ich hoffe trotzdem, Sie wollen jetzt nicht einem zwei Jahre alten Fall nachspüren, wenn wir wissen, dass schon ab morgen in dem Forum über den nächsten Mord abgestimmt wird.»

I

Er lässt den Zähler nicht aus den Augen. 356 877. Zwei Sekunden, dann ist es wieder einer mehr. Und noch einer. Und noch einer.

Sie sammeln sich, die Schäfchen, rund um das Bild, das er ihnen zum Bestaunen gegeben hat. Und sie blöken durcheinander, finden es teils geil, teils furchtbar – aber auf jeden Fall aufregend. Niemanden lässt es kalt, niemand bewahrt die Ruhe, alle wollen sie teilhaben, auf die eine oder andere Weise.

Er hatte es sich gut überlegt, welches Ende er dem Anwalt bescheren würde. Kein alltägliches jedenfalls, da hat sein Publikum sich mehr verdient. Es sollte optisch etwas bieten, aber nicht dazu zwingen, sofort den Blick abzuwenden.

Er liest sich durch, wie sie über die Details rätseln, die die Polizei ihnen nicht verrät. Woher das ganze Blut? Hat man ihm in den Mund geschossen?

Nein, dann wäre es ihm nicht über die Brust, sondern aus dem Hinterkopf gelaufen, das sähe anders aus …

Lauter Experten des Grauens.

Wenn sie denken, der Anwalt hätte Scherben schlucken müssen, weil er dick war, oder ausbluten müssen, weil er andere hatte bluten lassen – bitte sehr. Für diese Art von billigen Metaphern hat er zwar nichts übrig, aber wenn es die Menge freut …

Ihm selbst geht es um etwas völlig anderes.

Er trinkt einen Schluck Wasser. 358 248. Sie finden sich aus allen Ecken und Enden der Welt ein – die meisten kommen natürlich aus dem deutschsprachigen Raum, aber gevotet wird in aller Herren Länder. Es gibt Übersetzungsprogramme – doch eigentlich bedarf das Bild keiner Erklärung in Worten.

Wie komfortabel, von Japan oder Norwegen aus mitentscheiden zu können, wer leben und wer sterben soll. Ein Teil des Spiels zu sein und gleichzeitig nicht Gefahr zu laufen, sein Opfer zu werden. Spannung ohne Risiko, und alle Plätze liegen in der ersten Reihe.

Für die nächste Runde hat er seine Wahl bereits getroffen; vier Kandidaten, vier ganz unterschiedliche Motive, aus denen jemand ihnen den Tod wünscht. Er ist unendlich gespannt, für welchen dieser Menschen die Masse sich entscheiden wird. Ob sie seine Vermutung bestätigen oder ihm eine der seltenen Überraschungen in seinem Leben bereiten wird.

Auf welche Weise er diesmal vorgehen wird, steht jedenfalls schon fest, unabhängig vom Ergebnis der Abstimmung. Die Vorbereitungen sind im Gange, es sieht vielversprechend aus.

Der Tötungsakt wird völlig anders ablaufen als beim letzten Mal und definitiv eine Steigerung bieten.

Das ist wichtig. Auf keinen Fall will er sich wiederholen oder auch nur selbst zitieren, und noch weniger darf er hinter seiner letzten Darbietung zurückbleiben. Er wird den einen ein Spektakel liefern und den anderen ihre Hilflosigkeit vor Augen führen.

361339.

Wie lange wohl noch, fragt er sich, bis sie ihn von höchster Stelle her anflehen werden, die Sache zu beenden. Und was sie ihm dafür anbieten.

Was auch immer es sein wird, er freut sich jetzt schon darauf, es ihnen um die Ohren zu schlagen.

8

Daniel lässt nicht locker, also telefoniere ich zehn Minuten lang herum und habe am Ende einen Namen und eine Adresse. Das Opfer der zwei Jahre zurückliegenden Vergewaltigung heißt Denise Wilbers und wohnt mit seiner Familie ein Stück außerhalb von Hamburg, in Barsbüttel.

«Wir fahren hin», erklärt Buchholz.

«Sie meinen, Sie fahren hin. Ich mache mich jetzt auf den Weg zurück ins Präsidium und versuche, noch etwas Sinnvolles ...»

Er greift nach meinem Arm. «Frau Salomon, ich sage es noch einmal in aller Ruhe: Wir fahren hin. Denise Wilbers ist bisher die einzige Person, die wir persönlich befragen können. Sie ist mehr als ein Nickname, es gibt eine Verbindung zwischen ihr und dem Opfer. Das alles kann Ihnen doch nicht entgangen sein?»

Kommt er mir jetzt ernsthaft mit Ablauf nach Lehrbuch? Ich ziehe meinen Arm aus seinem Griff. «Wenn Sie nach Schema F vorgehen wollen, bitte. Aber es reicht doch wirklich, wenn einer seine Zeit verschwendet, oder? Während wir hier rumstehen, läuft die Diskussion im Forum weiter, jede Minute Dutzende neue Beiträge, vielleicht ist ein entscheidender Hinweis dabei ...»

«Es gibt ausreichend Leute, die dort mitlesen», unterbricht er mich. Ich kann seiner Stimme anhören, dass seine Höflichkeit gleich erste Sprünge bekommen wird. Gut so. «Die Abteilung Cybercrime, Kollege Müller, wahrscheinlich auch Vogelbusch. Sie sind dort ...», er sucht sichtlich nach dem passenden Wort, «entbehrlich.»

«Cybercrime hat alle Hände voll damit zu tun, die Seite vom Netz zu nehmen, und kriegt es nicht hin», entgegne ich. «Müller ist am Ball, ja, aber alleine ist es zu viel für ihn, und außerdem …» Ich beende den Satz nicht. *Außerdem will ich den Treffer landen* wirft kein gutes Licht auf mich.

Ich hole Atem und lächle ihn so freundlich an, wie es mir möglich ist. «Ich nehme U-Bahn und Bus und bin in einer halben Stunde wieder an meinem Schreibtisch. Wir sehen uns später.»

«Frau Salomon.» Ich hatte mich bereits auf den Weg gemacht, aber sein Ton lässt mich noch einmal stehenbleiben. Schluss mit höflich, na also. Dann können wir vielleicht endlich wie normale Menschen miteinander reden.

«Frau Salomon, Sie kommen mit. Möglicherweise haben Sie das vorhin missverstanden – es war kein Vorschlag und schon gar keine Bitte, sondern eine Anweisung. Ich bin Ihr Vorgesetzter, ich dachte, das hätten Sie verstanden.»

Ich sehe ihn ein paar Sekunden lang schweigend an. Dann knalle ich die Hacken zusammen und salutiere übertrieben zackig. «Zu Befehl. Sir.»

Die Provokation prallt an ihm ab. Es kommt auch nichts à la *Sie haben mir gerade noch gefehlt*, er geht einfach nur zum Auto und setzt sich hinters Steuer. Bleibt mir nichts übrig, als hinterherzulaufen. Er lässt den Motor an, sobald ich die Beifahrertür öffne.

Die Fahrt verläuft schweigend, was mir viel unangenehmer ist, als wenn wir uns weiter ein wenig angeblafft hätten. Das ist das Einzige, das ich bislang von meiner Zeit in Bremen vermisse. Ulf, mit dem ich dort zusammengearbeitet habe, war gestrickt wie ich. Laut, direkt, niemals ein Blatt vor dem Mund. Wir konnten uns anbrüllen, uns die schlimmsten Dinge an den Kopf werfen, nur um drei Minuten später am gleichen Strang zu ziehen, als wäre nie etwas gewesen.

Das kann ich mir mit Buchholz-ich-bin-Ihr-Vorgesetzter abschminken.

Die Wilbers wohnen in einer Vierzimmerwohnung, die schon bessere Zeiten gesehen hat. Der untersetzte Mann mit Brille, der uns geöffnet hat, ist Manfred Wilbers, Denises Vater. Er sieht uns ratlos an. Als wir ihm erklären, weswegen wir hier sind, bittet er uns herein.

Abgewetzte Teppiche, drei Sofas, die ein U bilden, in Betongrau. Dekoriert mit bunten Kissen, die an ihrer Aufgabe, Fröhlichkeit und Leben in dieses Wohnzimmer zu bringen, kläglich scheitern.

«Ich weiß nicht, ob Denise mit Ihnen sprechen wird», sagt Wilbers und stellt für jeden von uns ein Glas Wasser auf den Couchtisch. «Sie ist Fremden gegenüber sehr scheu.»

Dafür hat sie mein vollstes Verständnis. Der Kollege, der mir vorhin am Telefon den Namen genannt hat, hat mir bei der Gelegenheit auch einen kurzen Abriss des Falls gegeben: Der Mann, dessen Opfer sie wurde, hielt sie nicht nur zwei Tage fest und vergewaltigte sie in dieser Zeit rund acht- oder neunmal, er steckte auch ihren Kopf mehrmals in einen Eimer voll Wasser, verprügelte sie mit einer Hundeleine, pinkelte sie an und brach ihr am Ende die Nase.

Olaf Resch, der im vergangenen November bei einem Verkehrsunfall starb, alkoholisiert. Der aber zuvor dank der Geschicklichkeit von Dr. Michael Kornmeier für nicht schuldig befunden wurde. Es habe sich um einvernehmlichen Geschlechtsverkehr gehandelt, stellte das Gericht fest, ein wenig härter zwar, aber das sei auch der ausdrückliche Wunsch des Mädchens gewesen. Das damals sechzehn Jahre alt war.

Heute ist sie achtzehn, und sie versteckt sich hinter ihren langen braunen Haaren und hinter gut vierzig Kilo Übergewicht. Zögernd betritt sie das Wohnzimmer.

Hinter ihr kommt ein großgewachsener blonder Mann herein, etwa zwanzig Jahre alt. Er hat eine Hand auf ihrer Schulter, als solle sie keine Sekunde lang vergessen, dass er bei ihr ist.

«Denise, Henri – wir haben Besuch von der Polizei», erklärt Wilbers mit müder Stimme.

Das Mädchen blickt kaum auf, doch ihr Bruder geht sofort in Abwehrhaltung. An der Art, wie Buchholz sich neben mir aufrichtet, spüre ich, dass er es auch merkt.

Er stellt uns vor, spult diesen ganzen Begrüßungs- und Erklärungskram ab, der dazugehört, obwohl er niemanden interessiert, und rückt dann mit der Nachricht heraus, dass Michael Kornmeier tot ist. Ermordet.

Ich beobachte die drei genau. Der Vater ist ehrlich erstaunt, er hört zum ersten Mal davon. Erst öffnet er den Mund, als wollte er etwas sagen, dann blickt er nur lächelnd auf seine Schuhspitzen.

Die Tochter rührt sich nicht, aber sie wirkt so sediert, dass das kein Wunder ist.

Der Sohn hingegen wusste es schon. Er versucht zwar, Überraschung vorzutäuschen, indem er Mund und Augen aufreißt, aber er wählt die falsche Dosierung. Zu viel des Guten. Ich hake meinen Blick an ihm fest. «Kann es sein, dass Sie schon davon gehört hatten?», frage ich ihn freundlich.

Er schüttelt entschlossen den Kopf. «Nein. Mir ist das völlig neu.»

«Erstaunlich», entgegne ich, «wo doch in den Nachrichten schon ausführlich darüber berichtet wurde.»

Nun ist er einen Augenblick sprachlos. Ziemlich sicher hat er seine Information direkt aus dem Forum. Selbst wenn der Vorschlag, Kornmeier zu töten, nicht von ihm kam – Henri Wilbers hat das mitbekommen, jede Wette, aller Wahrscheinlichkeit nach kennt er auch das Foto des Toten. Viel Blut bei Sonnenaufgang.

«Wir schalten den Fernseher selten ein», murmelt der Vater. Er hat die Reaktion seines Sohnes nicht bemerkt, das bisschen Aufmerksamkeit, das er an den Tag legt, ist auf die Tochter gerichtet.

«Kennen Sie ein Internetforum namens ‹*Morituri*›?», höre ich Buchholz fragen.

Der Blick der Tochter bleibt stumpf, der des Sohnes flackert. Ich schätze, er fragt sich gerade, ob wir trotz aller Anonymität, die im Darknet herrscht, seine Spuren dort nachverfolgen können. Es wäre sträflich, diesen Moment der Unsicherheit nicht zu nutzen.

«Sie haben da mitgeschrieben, nicht wahr, Herr Wilbers?» Ich sage es, als wäre es eigentlich erwiesen. «Eine interessante Plattform. Können Sie uns etwas darüber erzählen?»

Henri zögert kurz, schüttelt dann den Kopf. «Ich weiß überhaupt nicht, wovon Sie reden.»

In diesem Moment hebt Denise den Kopf. Sie sieht keinen von uns richtig an, ihr Blick bleibt an unseren Wassergläsern hängen. «Ich bin froh, dass er tot ist», sagt sie. Ihre Stimme ist kräftig und brüchig zugleich. Als würde sie nicht oft verwendet.

Ihr Vater macht eine unbeholfene Bewegung mit der Hand, als wolle er Denise streicheln, dafür aber nicht zu ihr gehen.

«Das kann ich mir vorstellen», sage ich und merke, wie sich Buchholz neben mir regt. Mein Verständnis für Denises Erleichterung über den Tod Kornmeiers passt ihm nicht. Sein Problem, er hätte mich ja nicht mitnehmen müssen.

«Wie war Kornmeier während des Prozesses?», ergreift er das Wort. «Hat er Ihnen sehr zugesetzt?»

«Er war ein Dreckschwein», antwortet Henri an ihrer Stelle. «Hat die Dinge so gedreht, dass es am Ende klang, als hätte Denise sein Arschloch von Mandanten *verführt.*»

Nun schafft Denises Blick es bis zu mir. Sie sieht mich an, ohne dass ich aus ihrem Gesicht irgendeine Emotion ablesen könnte. «Es war, als würde alles noch einmal passieren», sagt sie. «Und noch einmal und noch einmal. Vor Leuten, die anschließend feststellen, es war doch gar nichts.»

Meine Finger verkrallen sich in der fadenscheinigen Sitzpolsterung des Sofas. Ich weiß, was sie meint, und ich kann mir vorstellen, wie Kornmeier es gemacht hat.

«Dann lasst uns doch noch einmal auf das Forum zurückkommen», schlage ich vor. «Wir gehen stark davon aus, dass es etwas mit dem Mord zu tun hat.»

«Wir wissen nichts von einem Mord», sagt der Bruder scharf. «Und nichts von einem Forum.»

Mir ins Gesicht lügen zu lassen fand ich schon immer schwierig.

«Wissen Sie was?», sage ich zu ihm. «Es wäre gut, mit uns zu kooperieren, denn wenn man die Familie des Toten fragt, ob Kornmeier Feinde hatte, fällt denen sofort Ihr Vater ein. Sonst niemand.» Ich wende mich Manfred Wilbers zu. «Sie standen so oft vor Kornmeiers Tür und haben ihm gedroht, dass er am Ende ein Kontaktverbot gegen Sie erwirkt hat, nicht wahr?»

Denise steht auf und geht aus dem Wohnzimmer, offenbar wird es ihr zu viel. Ihr Bruder will ihr folgen, doch Buchholz hält ihn mit einer entschlossenen Geste zurück.

«Stimmt. Das war, als ich noch gekämpft habe», sagt Wilbers. «Damit habe ich längst aufgehört. Ich versuche nur noch Denise zu helfen.» Er lächelt seinem Sohn zu. «Wir beide versuchen das.»

Ja, und Henri ist dafür vielleicht einen etwas ungewöhnlichen Weg gegangen. Stillsitzen klappt nicht mehr, ich stehe vom Sofa auf und nehme den Bruder ins Visier. «Ich hatte vorhin den Eindruck, der Name des Forums sagt Ihnen etwas. *Morituri.*»

Kopfschütteln. «Nie gehört.»

«Sind Sie da ganz sicher? Hm. Dann könnten wir doch gemeinsam in Ihr Zimmer gehen und einen Blick auf Ihren Computer werfen. Ich muss ohnehin noch nach einer guten Pizzeria in Ottensen googeln, da würden wir zwei Fliegen mit einer Klappe schlagen.»

Ich gehe auf ihn zu, er erhebt sich vom Sofa, unsicher, wie er mich am besten zurückhalten soll.

«Salomon!» Nicht laut, aber scharf. Als würde Buchholz einen unfolgsamen Hund zurückpfeifen.

«Ja? Ich verspreche, wenn Herr Wilbers ein paar Pornoseiten offen hat, ignoriere ich das völlig. Mich interessiert wirklich nur das, was Sie eigentlich auch interessieren sollte.» Ich stehe nun direkt vor Wilbers, der den Weg nicht freigibt.

«Frau Salomon, wir sind hier fertig.»

Kein Staatsanwalt wird uns angesichts der Faktenlage eine Hausdurchsuchung genehmigen. Nicht, wenn es noch dreißig, vierzig andere Leute gibt, die Kornmeier im Lauf seiner Karriere vor den

Kopf gestoßen hat. Und das ist so, keine Frage. Wie bei jedem Anwalt.

Eine Hand auf meiner Schulter, ich wirble herum. Buchholz sieht mich an, nicht drohend, aber warnend. «Wir fahren. Herr Wilbers, auf Sie kommen wir bei Gelegenheit noch einmal zurück. Seien Sie doch bitte so freundlich, sich bei uns zu melden, wenn Ihnen doch noch etwas einfällt, das uns weiterhelfen könnte.» Er drückt dem Vater eine Visitenkarte in die Hand und schiebt mich zum Ausgang.

Ich hatte meine Wut bisher eigentlich gut im Griff. Sowohl die über die Lügen des Bruders als auch die über das Schicksal des Mädchens. Erst jetzt, als wir aus der Wohnung treten, überschwemmt sie mich wieder mit ihrer altbekannten Wucht.

Ich beiße die Zähne zusammen und laufe die Treppen nach unten, nehme immer zwei Stufen auf einmal.

Ich bin froh, dass er tot ist.

Oh ja, Denise, aus deiner Sicht verstehe ich das nur allzu gut, aber der Typ hat ihn Scherben fressen lassen. Hat dein Bruderherz dir das erzählt?

Während Buchholz noch zwei Stockwerke über mir ist, finde ich vor dem Haus eine Mülltonne, gegen die ich treten kann.

9

Als ich das Haus verlasse, steht Salomon schon am Wagen. Den Rücken gegen die Beifahrertür gelehnt, die Hände tief in den Taschen vergraben. Sie hat das Gesicht abgewandt und starrt auf die Straße, als ob dort etwas ungemein Interessantes vor sich ginge.

Ich gehe auf sie zu und überlege, ob ich meinem Ärger über ihr Benehmen nachgeben soll. Ich habe die kaum greifbare Ahnung, dass das Gespräch mit den Wilbers sie nicht nur in beruflicher Sicht berührt hat.

Ich verschiebe die Entscheidung und steige ins Auto. Sie bleibt noch eine Weile draußen stehen, ehe sie sich schließlich seufzend auf den Beifahrersitz fallen lässt. Will sie mich damit provozieren? «Wegen vorhin …», fange ich an.

«Ja, ja, ich weiß. Sie können sich Ihre Belehrungen sparen.» Ihr Blick ist starr auf die Frontscheibe gerichtet.

Nein, ich werde mich jetzt nicht hinreißen lassen. Ich werde ruhig bleiben.

«Vielleicht hören Sie einfach damit auf, mir ins Wort zu fallen, bevor Sie wissen, worauf ich hinausmöchte.»

Nun wendet sie sich mir doch zu. «Was sollen Sie schon sagen? Dass wir auf keinen Fall einen Durchsuchungsbe…»

«Ich hatte da drinnen das Gefühl, hinter Ihrem Eifer könne mehr als nur berufliches Interesse stecken.»

Ein Schatten huscht über ihr Gesicht, nur ein kurzer Moment der Überraschung, aber doch ausreichend, um mir zu zeigen, dass ich mit meiner Vermutung richtigliege.

«Mehr als berufliches Interesse? Was meinen Sie damit?»

Ich sehe keine Veranlassung, mich zu wiederholen. Und zum ersten Mal, seit ich Nina Salomon kenne – was ja erst wenige Stunden sind –, weicht sie meinem Blick aus, starrt wieder gegen die Frontscheibe.

«Es geht Sie nichts an.»

«Ja, mag sein», sage ich mit ruhiger Stimme. «Ich habe auch nicht behauptet, dass es mich etwas angeht. Ich habe Ihnen lediglich meine Eindrücke mitgeteilt.»

Ich starte den Motor, fahre los. Die ersten Minuten legen wir schweigend zurück. Ich weiß nicht, ob Salomon nachdenkt oder einfach nur sauer ist, aber wie auch immer – ich warte.

Es dauert zehn lange Minuten, bis sie ihr Schweigen bricht. «Es gab da mal was. Das ist schon eine Weile her. Aber ich möchte nicht darüber reden. Nicht jetzt.»

Ich nicke. «Okay.»

Mehr gibt es dazu nicht zu sagen. Immerhin kennen wir uns kaum. Aber es beruhigt mich, dass die Bandbreite der Kommunikation mit meiner neuen Partnerin sich nicht ausschließlich auf Besserwissereien und Herumgemeckere beschränkt.

Ich konzentriere mich wieder auf den Verkehr und lenke meine Gedanken zurück zu dem Fall. Wenn wir im Präsidium sind, wird es die erste Abendbesprechung der SoKo *Morituri* geben. Ich bin gespannt, was die Kollegen vom Cybercrime herausgefunden haben. Vielleicht ist es ihnen endlich gelungen, die Seite vom Netz zu nehmen. Ich schätze, es wird ein langer Abend werden.

Der Gedanke hat noch einen weiteren im Schlepptau. Martina Schlebeck. Wir haben uns vor einer Woche bei einer Vernissage kennengelernt und uns bereits einmal auf einen Kaffee getroffen. Eine sehr aparte Erscheinung: Mitte dreißig, schlank, gutaussehend. Stilsicher bei der Auswahl ihrer Kleidung. Bei diesem ersten Date wirkte sie ein wenig angespannt, aber das ist ja auch nicht ungewöhnlich, wenn man jemanden kaum kennt.

Wir sind verabredet, dieses Mal zum Essen. Heute Abend. Mist!

«Was?», fragt Salomon. Mir ist nicht aufgefallen, dass ich es laut ausgesprochen habe.

«Ach, ich habe etwas vergessen.»

Ich nestle mein Smartphone aus dem Sakko, wähle aus der Liste der zuletzt angerufenen Nummern die von Martina, drücke auf *Anruf* und halte das Gerät ans Ohr. Während ich dem monotonen Tuten zuhöre, spüre ich Salomons Blick auf mir. Stört es mich, dass sie zuhört? Nein, tut es nicht. Sie darf ruhig mitbekommen, dass ich eine Verabredung absage.

«Ich glaube es ja nicht.» Salomon stößt ein zischendes Lachen aus. «Herr Hauptkommissar Ich-liebe-die-Dienstvorschriften-Buchholz telefoniert während der Fahrt.»

Bevor ich etwas entgegnen kann, habe ich Martinas Stimme im Ohr. «Hallo?»

«Ja, ich bin's, Daniel. Hör mal, ich habe da ein Problem wegen heute Abend. Mir ist leider beruflich etwas dazwischengekommen. Tut mir leid, dass ich so kurzfristig absage, aber wir haben eine Abendbesprechung, an der ich teilnehmen muss. Ein neuer Fall.»

Zwei, drei laute Atemzüge. «Fällt dir das wirklich erst eine Stunde vor unserer Verabredung ein? Ein guter Start ist das ja nicht gerade.» Sie seufzt übertrieben gequält. «Sag es mir gleich: Wenn wir uns öfter sehen sollten, muss ich dann jedes Mal damit rechnen, dass du mir kurz vorher einen Korb gibst?»

«Einen Korb? Also bitte, ich habe dir doch erklärt …»

«Dass du eine wahnsinnig wichtige Besprechung hast, ja. So wahnsinnig wichtig, dass du sie keinesfalls meinetwegen verschieben kannst. Ehrlich, wir stehen noch ganz am Anfang, aber wenn das schon so losgeht …» Wieder seufzt sie. «Andere Männer würden die Besprechung absagen, nicht das Date. Ist dir eigentlich klar, dass das jetzt die Phase ist, in der du einen guten Eindruck machen solltest?»

Mit dieser Reaktion habe ich nicht gerechnet, und mich beschleicht die Ahnung, dass ihre Anspannung bei unserem ersten, kurzen Zusammenkommen vielleicht damit zu tun hatte, dass sie womöglich *immer* angespannt ist. Ich bemühe mich um einen ruhigen Ton, alleine schon, weil Salomon neben mir sitzt und mit Sicherheit sehr aufmerksam zuhört. «Martina, wir werden das Essen kurzfristig nachholen, ganz sicher. Aber heute Abend …»

«… kann ich zusehen, wo ich bleibe, das habe ich verstanden. Wird sicher toll. Der Fernseher, ich und eine Flasche Wein. Für alles andere ist es jetzt nämlich schon zu spät, aber das wird ja sogar dir klar sein.» Sie lacht humorlos. «Ich wünsche dir eine gelungene Besprechung.» Wieder lacht sie auf. «Oder ist es gar eine *Besprechung*?» Die Anführungszeichen, die sie mit ihrer Stimme um das letzte Wort legt, sind deutlich zu hören. «Beim nächsten Mal jedenfalls …»

«Beim nächsten Mal», falle ich nun ihr ins Wort, und meine Stimme ist jetzt kaum noch beherrscht, «kannst du dich sehr gerne verabreden, mit wem du möchtest. Mit einer Ausnahme, und das bin ich. Ich verzichte dankend und wünsche dir noch einen schönen Fernsehabend.»

Ich lasse das Telefon zurück in die Innentasche meines Sakkos gleiten und spüre dabei Salomons Blick auf mir.

«Was?»

«Ach, nichts», sagt sie im Plauderton. «Ich finde es nur interessant, dass unter der Beamtenschale aus edlem Zwirn doch tatsächlich ein Mensch zu stecken scheint.»

Nach einem Moment des Schweigens fügt sie hinzu: «Sie kennen sich schon länger?»

«Nein. Praktisch noch gar nicht. Wir haben uns bisher nur einmal kurz getroffen.»

«Oh.»

«Ja. Und ein zweites Mal wird es nicht geben.»

Falls das bei Salomon irgendwelche Fragen aufwirft, stellt sie sie nicht, und ich bin ihr dankbar dafür.

Im Präsidium hat man schon auf unsere Rückkehr gewartet. An der Abendbesprechung nehmen neben Salomon und mir die Chefin,

Müller, Janning, Vogelbusch und Pia Lindner teil. Außerdem noch ein Kollege vom Cybercrime, von dem ich schon im Vorfeld erfahre, dass bisher jeder Versuch, *Morituri* vom Netz zu nehmen, gescheitert ist.

Ich wechsle neben dem Eingang zum Besprechungsraum ein paar Worte mit Arendt, als Pia den Raum betritt. Auf meinen freundlichen Gruß hin nickt sie nur nervös und ist sichtlich bestrebt, möglichst schnell ein paar Meter zwischen uns zu bringen.

Ihr neuer Kurzhaarschnitt steht ihr nicht, stelle ich fest. Ich mochte die alte Frisur an ihr lieber, die langen Haare haben ihre feinen Gesichtszüge besser betont. Damals, als wir diese eine Nacht …

«Dann wollen wir mal», reißt Arendt mich aus meinen Gedanken und deutet nach vorne.

Den Anfang macht sie selbst. «Herrschaften, wir stecken gewaltig in der Klemme. Die Tatsache, dass dieses Forum auf irgendeine Art mit dem Mord zu tun zu haben scheint, ist nicht nur uns, sondern auch den Usern der sozialen Netzwerke aufgefallen. Mehr davon hören wir gleich von dem Kollegen der IT-Fachabteilung.» Sie streicht ihren Rock glatt. «Mindestens ebenso schlimm ist aber, dass die Presse mir deswegen im Nacken sitzt. Sie alle kennen die Dynamik, die entsteht, wenn ein Thema bei Facebook oder Twitter hohe Wellen schlägt. Die Medien greifen es auf und machen reißerische Storys daraus. Wir brauchen also dringend Erfolge. Irgendetwas, das wir an die Öffentlichkeit geben können. Halten Sie sich ran.»

Mit einem kurzen Nicken in meine Richtung setzt sie sich.

Ich berichte kurz von der Obduktion und frage Pia, ob sie den Bericht des Rechtsmediziners schon verteilt habe.

«Ja, natürlich», entgegnet sie, unverhältnismäßig gereizt, wie ich finde.

Ich registriere Salomons Blick, der von Pia zu mir und wieder zurück wandert, schiebe das aber beiseite und berichte, was wir von Kornmeiers Frau und seiner Schwägerin erfahren haben. Zu dem

Gespräch mit den Wilbers spare ich Salomons Einlagen aus und beschränke mich auf unsere Vermutung, dass der Bruder des Vergewaltigungsopfers *Morituri* zumindest kennt.

Salomon fällt mir dankenswerterweise nicht ins Wort, sodass ich schließlich an den Kollegen Andressen übergeben kann.

Der erhebt sich mit einem Gesichtsausdruck, als hätte er gerade herzhaft in eine Zitrone gebissen.

«Da gibt es nicht viel zu sagen, außer: Fehlanzeige auf ganzer Linie. Wer immer hinter diesem Forum steckt, der kennt sich verdammt gut damit aus, wie man Websites nicht nur versteckt, sondern auch so geschickt immer wieder spiegelt, dass wir hundert IP-Adressen sperren können, ohne auch nur das Geringste an der Online-Präsenz der Seite zu ändern.»

«Oder er hat jemanden, der sich damit auskennt», wirft Salomon ein, woraufhin der Mann nickt. «Ja, das ist selbstverständlich auch möglich.» Er zieht einen Zettel aus der Tasche und wirft einen Blick darauf. «In den sozialen Netzwerken ist wegen dieses Forums schon einiges los, also werden immer mehr Leute darauf aufmerksam.» Ein erneuter Blick auf den Zettel. «Bis vor einer halben Stunde haben sich fast eine halbe Million User dort angemeldet.»

Arendt nickt ihm zu. «Bleiben Sie weiter dran. Ich werde zusehen, ob wir vielleicht noch Spezialisten vom BKA dazubekommen. Ach, und noch etwas», sagt sie mit einem entschuldigenden Lächeln in die Runde. «Das gehört zwar nicht hierher, aber ich vergesse es sonst: Kann sich einer von euch Computerleuten mein Notebook ansehen? Irgendwas stimmt mit dem Ding nicht, es ist furchtbar langsam geworden.»

Sie setzt sich wieder, und ich ergreife das Wort. «Marc, vielleicht machst du gleich mit dem Forum weiter?» Müller erhebt sich.

«Mittlerweile wird in dem Forum im Sekundentakt gepostet, es ist uns schon jetzt nicht mehr möglich, alle Beiträge zu lesen. Was wir bisher gesehen haben, legt allerdings die Vermutung nahe, dass in *Morituri* nicht nur als Erstes über den Mord an Kornmeier berichtet wurde, sondern dass das Forum, beziehungsweise sein Betreiber, initial dafür verantwortlich ist.»

Neben mir stöhnt Salomon auf. «Aber das wissen wir doch alles schon. Hast du in den letzten Stunden gar nichts Neues herausgefunden?»

Doch, hat er. Das sehe ich Müllers Gesicht an. Ich kenne dieses nur mit Mühe zurückgehaltene Grinsen, bevor er etwas Wichtiges zu berichten hat.

«Dazu komme ich jetzt. Kurz bevor ich zur Besprechung kam, wurde ein Thema von gestern wieder sichtbar, das der Admin offensichtlich versteckt hatte.»

Salomon richtet sich neben mir auf dem Stuhl auf. Ihr ganzer Körper scheint unter Strom zu stehen.

«Den Kopf bildet eine Graphik mit vier farbigen Balken, unter denen jeweils eine Kurzbeschreibung steht.» Müller macht eine Pause von drei, vier Sekunden. «Unter dem Balken mit dem höchsten Ausschlag steht: *Der Anwalt, der einen Vergewaltiger vor seiner gerechten Strafe bewahrt hat.*»

Das sofort entstehende Gemurmel wird von Arendt unterbunden, indem sie um Ruhe bittet.

«Also gab es tatsächlich eine Abstimmung darüber, wer ermordet wird», fasse ich zusammen.

«Und der Admin einer Website, die so clever verschachtelt und versteckt ist, dass unsere Spezialisten sie nicht vom Netz nehmen können, ist so dämlich, das aus Versehen sichtbar zu machen?» Salomon schüttelt den Kopf.

«Auch darüber haben wir schon nachgedacht, liebe Kollegin», erklärt Müller, sichtlich von ihr genervt.

«Und wir sind zu dem Schluss gekommen, dass er das mit Absicht gemacht hat. Er spielt mit uns.»

«Bisher sehr erfolgreich», ergänzt Arendt, erhebt sich und verlässt den Raum.

II

Er folgt dem Mann in ausreichend großem Abstand. Jedes Mal, wenn der Alte stehenbleibt, weil sein Köter die Nase in ein Grasbüschel oder an einen Laternenpfahl steckt, um an der Pisse von anderen Kötern zu schnuppern, verlangsamt er seine Schritte. Der Mann bemerkt ihn nicht, er ist viel zu sehr auf seinen Hund fixiert. Nur einmal beobachtet der Alte seine Umgebung genauer und zwingt ihn damit dazu, sich abzuwenden und interessiert das Haus zu betrachten, vor dem er gerade steht: Als das Vieh am Rand eines gepflegten Vorgartens in den Hinterläufen einknickt und den Kopf zischen die Schultern zieht, als wolle es sich die Augen aus dem Schädel pressen. Erst als der kleine Scheißhaufen auf dem Rasen vollendet ist, spazieren Mann und Hund ganz ungerührt weiter.

Er folgt den beiden jetzt schon zum zweiten Mal auf ihrer Runde. Sie gehen offensichtlich immer dieselbe Strecke. Das vereinfacht die Sache, falls es nötig wird.

Als sich Minuten später die Haustür hinter dem Alten geschlossen hat, geht er zufrieden zu seinem Auto, das er in einer Parallelstraße abgestellt hat, und macht sich auf den Weg zu seinem nächsten Ziel.

Er braucht fast eine halbe Stunde, bis er das große Gebäude erreicht hat. Er weiß, hier ist die Situation etwas schwieriger. Keine Spaziergänge dreimal am Tag, immer die gleiche Strecke. Keine festen Zeiten, nach denen er sich richten kann. Und doch ist er sicher, er wird einen Weg finden. Er hat noch immer einen Weg gefunden, auch in weitaus schwierigeren, manchmal ausweglos erscheinenden Situationen.

Er stellt den Kleinwagen auf dem regulären Besucherparkplatz ab und geht so zielstrebig auf den breiten Haupteingang zu, als wüsste er genau, wohin er wollte.

In der Halle bleibt er stehen, orientiert sich kurz und wendet sich dann nach rechts, auf die Wand mit der großen Hinweistafel zu. Er findet schnell, wonach er gesucht hat, steigt kurz darauf in den Aufzug und fährt in die vierte Etage.

Hier muss er vorsichtiger sein. Noch unauffälliger. Wegweiser an den Wänden zeigen ihm den Weg. Zweimal biegt er in dem Labyrinth der Gänge mit den blankpolierten Linoleumböden ab, dann hat er sein Ziel erreicht.

Er verlangsamt seine Schritte, checkt die Türschilder zu beiden Seiten, findet schließlich den Namen, den er gesucht hat, gleich neben dem großen Raum mit der Glasfront, in dem sich zum Glück gerade niemand aufhält. Er bleibt stehen, schaut sich um. Ein paar Sekunden nur, das reicht. Er wendet sich ab und geht den Weg zurück, den er gekommen ist.

Er hat es sich schon gedacht, doch nun weiß er es sicher: Hier oben wird es auf keinen Fall gehen. Viel zu riskant. Er wird sich etwas anderes überlegen müssen, aber das bereitet ihm kein Kopfzerbrechen. Er kann sich schnell auf neue Situationen einstellen. Das konnte er schon immer.

10

Die Besprechung ist ein Witz. Einer plustert sich dicker auf als der Nächste. Die Krönung ist Müller, der denkt, es sei eine Leistung, ein Balkendiagramm zu finden.

Kaum ist Arendt aus der Tür, bin ich es ebenfalls. Diesen ganzen verschwendeten Nachmittag, an dem ich vor dem Computer wirklich etwas hätte bewegen können, nehme ich Buchholz ziemlich übel.

Ein Blick ins Forum zeigt mir, dass ich keine Chance habe, die Flut an Beiträgen zu bewältigen, die in den letzten Stunden hinzugekommen sind. Dafür finde ich den Voting-Beitrag, der Kornmeiers Schicksal besiegelt hat, sehr schnell. Der Anwalt, der einen Vergewaltiger vor seiner gerechten Strafe bewahrt hat liegt gut acht Prozentpunkte vor der Lehrerin, die mit den Mobbern in der Klasse gemeinsame Sache macht. Weit abgeschlagen sind Der Makler mit einer Schwäche für Jazz, der seinen Kunden Bruchbuden zu Wucherpreisen andreht und Der Busfahrer, der heranlaufenden Fahrgästen jedes Mal im letzten Moment die Tür vor der Nase schließt.

Insgesamt eine interessante Auswahl und keine große Überraschung, dass Kornmeier dieses Rennen gewonnen hat.

Gewonnen. Von wegen. Ich muss aufhören, mir die Wortwahl des Täters zu eigen zu machen.

Und ich muss anfangen, auf mehreren Ebenen zu arbeiten. Neben TOR öffne ich meinen normalen Browser. Eine Seite Facebook, eine Twitter. Dort ist Kornmeiers Tod Thema Nummer eins, unter dem Hashtag *Morituri* komme ich auf rund siebenunddreißigtausend Treffer.

Nicht zu überblicken. Nicht zu bewältigen, was eine Tragödie ist, denn ich bin sicher, es ließen sich User identifizieren. Die, die auf allen Kanälen die gleichen Nicknames verwenden. Krümelmonster77 auf *Morituri* ist vielleicht unter dem gleichen Namen auf Twitter – und dann haben wir ihn.

Auf Facebook hat sich eine Gruppe formiert, die sich «Stoppt *Morituri*» nennt und schon knapp zweitausend Mitglieder hat. Die meisten lesen auch im Darknet mit und zitieren immer wieder Postings, die sie besonders erschüttern.

Eine zweite Gruppe nennt sich «Arena Hamburg», dort wird hauptsächlich gewitzelt. Wen man nicht alles entführen und herschaffen könnte, um ihn den Regeln entsprechend auf die Votingliste setzen zu dürfen. Jede Menge Politikernamen tauchen da auf.

Trotzdem ist man im öffentlichen Netz größtenteils betroffen. Von katastrophaler Selbstjustiz ist die Rede, von barbarischen Zuständen, von Verrohung der Gesellschaft.

Jemand hat eine Graphik erstellt, die den Schriftzug *Morituri* um ein d in Form einer Galgenschlinge erweitert: Mordituri. In den letzten vier Stunden wurde das Bild allein auf Facebook über dreitausendmal geteilt.

Trotzdem werden die Anmeldungen im Forum selbst immer zahlreicher, der Zähler läuft schneller als jede Zapfsäulenanzeige. Für die sensationsgierige Masse außerhalb von Hamburg muss es ja auch ein Fest sein: zuzusehen, was passiert. Unerkannt, ungefährdet.

Ein schneller Anruf bei Andressen von Cybercrime. «Versucht ihr immer noch, die Seite wegzubekommen?»

Er seufzt gequält. «Oh ja, und wie. Wir haben jetzt sogar die Kollegen in den USA an Bord, die tun auch ihr Möglichstes. Siehst ja, mit wie viel Erfolg.»

Okay. Dann werde ich mein Möglichstes tun, dieses Nest von innen aufzumischen. Sobald es uns gelingt, einen ans Licht zu zerren, der bewiesenermaßen jemanden für die Schlachtbank vorgeschlagen hat, wird der Rest der Ratten sich verkriechen. Wo keine Spieler, da kein Spiel.

Ich suche mir den Thread heraus, der die für morgen geplanten Nominierungen ankündigt.

Das ist doch alles getürkt, schreibe ich als Leyla. Ist doch viel zu riskant, wirklich jemanden zu nennen, den man tot sehen will. Sobald das Opfer bekannt ist, macht die Polizei sein ganzes Umfeld rund. Das riskiert doch keiner, der noch einigermaßen klar in der Birne ist.

Die Antworten fließen im Sekundentakt herein. Einige der User stimmen mir zu, ein paar andere versuchen, mir noch einmal die Prinzipien des Darknet und des Deepnet zu erläutern.

Ich blicke nicht auf, als die Tür sich öffnet. Buchholz stellt mir ungefragt einen doppelten Espresso auf den Schreibtisch.

«Danke.»

«Was gibt's Neues?»

«So viel, dass es mich fast erschlägt.» Er setzt sich auf seinen Platz, ebenfalls mit einer Tasse in der Hand. Im gleichen Moment ertönt ein Signalton aus den Lautsprechern meines Computers. Über meinem *Morituri*-Postfach erscheint eine rote Eins.

Ich klicke die Nachricht sofort an. Sie kommt von jemandem, der sich BigBastard nennt, und sie ist ziemlich genau das, was ich mir gewünscht habe.

Hey, Leyla, ich wollte dir nur sagen, du liegst falsch. Hier ist nichts getürkt. Ich habe selbst einen Vorschlag gemacht und kann es kaum erwarten, morgen die Liste zu sehen. Vielleicht hat mein Kandidat eine Chance :-)

Wenn jemand sich BigBastard nennt, steht er möglicherweise auf die Bewunderung devoter Mäuschen, zumindest ist das die Taktik, die ich versuchen werde.

Echt jetzt? Das finde ich total mutig von dir. Was ist, wenn sie dir auf die Schliche kommen?

Buchholz beugt sich vor. «Sagen Sie mir, was Sie da schreiben?»

Ich schüttle den Kopf. «Ist gerade ungünstig.» Was der Wahrheit entspricht, denn die Antwort von BigBastard ist schon da.

Mir auf die Schliche kommen? Können sie doch gar nicht. Das ist ja der Witz.

So. Und jetzt mal Köder auswerfen, vielleicht funktioniert es ja.

Ein bisschen Angst macht mir das alles schon. Ich bin auch aus Hamburg, kann ja sein, dass jemand mich loswerden will.

Seine Reaktion besteht aus einer Zeile von Smileys, die wahrscheinlich beruhigend wirken sollen, und einer Frage.

Wieso? Bist du ein böses Mädchen?

Jetzt bin ich mit Smileys dran.

Kommt darauf an, was du darunter verstehst.

Er reagiert wie erwartet. BigBastard will wissen, wie alt ich bin und was ich so mache, und ich versuche, alle seine Phantasien zu erfüllen. Leyla ist zweiundzwanzig, brünett und arbeitet als Kellnerin. Wo genau, verrät sie nicht. Dafür erzählt sie, dass sie tätowiert ist. Dezent. Und gepierct. Aber auch hier gilt: Wo genau, verrät sie nicht.

Buchholz ist aufgestanden und hat sich hinter mich gestellt. Es ist wahrscheinlich der falsche Zeitpunkt, um ihm zu sagen, dass ich es nicht leiden kann, wenn man mir beim Arbeiten über die Schulter schaut. Immerhin kommentiert er nicht, was ich tue.

Ich finde dich spannend, Süße, schreibt BigBastard gerade. Schickst du mir mal ein Foto?

Klar. Die Katze im Sack kaufen, das geht gar nicht. Trotzdem bringt seine Frage mich in Verlegenheit. Ich würde ihn gern treffen, besonders dann, wenn sein Vorschlag morgen auf der Liste erscheint, aber ich habe nicht die geringste Lust, ihn vorab wissen zu lassen, wie ich aussehe.

Vielleicht, antworte ich, wieder mit einem Haufen Smileys dran. Aber nicht jetzt. Lass mich doch morgen mal wissen, ob dein Vorschlag mit dabei ist. Tschüs!

Ich lehne mich im Stuhl zurück. «Er ist nur einer von sechshundertdreißigtausend Usern», sage ich leise, «aber vielleicht haben wir Glück, und sein Wunschopfer ist morgen wirklich mit dabei auf der Liste.»

Buchholz hat sich gegen meine Schreibtischplatte gelehnt und betrachtet mich mit unergründlichem Blick. «Nicht schlecht», sagt er schließlich. «Aber Ihnen ist klar, wenn Sie sich wirklich mit diesem Charmebolzen treffen wollen, dann im Rahmen einer koordinierten Aktion. Nicht auf eigene Faust.»

Es gelingt mir, nicht die Augen zu verdrehen. «Wenn Sie so großen Wert darauf legen.»

Er nickt. «Ich habe vorhin noch mit dem Staatsanwalt gesprochen, einen Durchsuchungsbefehl für die Wohnung der Wilbers können wir uns abschminken.»

«Tja. Schade, dass Sie mich nicht einen schnellen Blick auf Henri Wilbers' Rechner haben werfen lassen.»

«Ja. Schade», stimmt er mir zu. «Aber trotzdem richtig. Bei uns laufen die Dinge nun mal anders, und ich schätze, das war auch in Bremen so.»

Da trifft er ins Schwarze. Ich wende mich wieder meinem Computer zu und klicke einen neuen Thread auf, schon damit Buchholz nicht auf die Idee kommt, tiefer zu bohren.

Aber er geht nicht an seinen Platz zurück. Als ich das nächste Mal hochschaue, lehnt er immer noch da und sieht mich an.

«Ist noch etwas?»

«Ja, gewissermaßen.»

«Und zwar?»

Er grinst. Zum ersten Mal glaube ich, in seinem Gesicht etwas Spitzbübisches zu entdecken. «Wir könnten das mit dem Sie bleiben lassen und uns duzen. Einverstanden?»

Das kommt jetzt überraschend. «Okay. Gerne.»

Er greift nach der Mineralwasserflasche, die halbvoll am Tisch steht, und gießt jedem von uns ein halbes Glas ein. Dann reicht er mir meines, als wäre mindestens Chablis drin.

«Auf gute Zusammenarbeit. Ich bin Daniel.»

«Nina. Kann ich dich Dani nennen?»

Sein Lächeln reduziert sich um etwa die Hälfte. «Unter gar keinen Umständen.»

«Och.» Ich proste ihm zu und trinke. «Ist eigentlich Marc auch noch hier? Oder schon nach Hause gegangen?»

Buchholz kehrt nun doch auf seinen Platz zurück und stellt sein Glas neben einem Riesenstapel Papier ab. «Marc betrachtet es als Ehrensache, der Letzte zu sein, der das Büro verlässt. Ehrgeizig, weißt du? Bei einem Fall wie diesem wird er absolut bis zum Umfallen arbeiten und mit allen Mitteln dafür sorgen, dass das niemandem entgeht.»

So habe ich mir das vorgestellt. «Also kein Teamplayer?»

«Alles andere als das.»

Die Tür geht auf, Christophs kurze Gestalt wird sichtbar. «Leute, ich gehe heim, die Familie probt schon den Aufstand. Wir sehen uns morgen.»

Als hätten wir es abgesprochen, heben wir beide grüßend unser Wasserglas in seine Richtung. Ich kann mir ein Lachen kaum verkneifen; ist vielleicht auch die Müdigkeit. «Sieh mal, kaum sind wir per du, schon funktionieren wir total synchron.»

Wieder das Grinsen. «So hoch hatte ich meine Erwartungen gar nicht geschraubt.»

Die nächsten fünf Stunden wende ich die Augen kaum vom Computer. Ich weiß nicht genau, wonach ich suche, nur dass ich es erkennen werde, wenn ich es plötzlich vor mir habe. Doch die Menge der Einträge ist schlicht unüberschaubar, vieles wiederholt sich, manches ergibt nicht den geringsten Sinn.

Dass Tom mir eine SMS geschickt hat, sehe ich erst, als sie schon über eine Stunde alt ist.

> Wie war dein Tag? Wollen wir gemeinsam zu Abend essen? Kisten ausräumen? Oder gar … mehr?

Ich schreibe ihm schnell zurück, dass ich in Arbeit ertrinke und mich in den nächsten Tagen melden werde. Wahrscheinlich ist er bis dahin nicht mehr interessiert. Kann ich auch nicht ändern.

Um kurz nach eins gebe ich auf. Die Buchstaben auf dem Bildschirm verschwimmen vor meinen Augen, mein Rücken schmerzt, als hätte mir jemand Nägel in die Wirbelsäule geschlagen.

«Schluss für heute?», erkundigt sich Daniel.

«Ja. Es geht nicht mehr.»

«Bei mir ähnlich. Aber hey, wir haben Marc übertrumpft. Der ist vor einer halben Stunde raus.»

Das habe ich gar nicht mitbekommen. Ich reibe mir die Augen, und im gleichen Moment fällt mir ein, dass ich nicht mit dem Auto hier bin. Arendt hat mich heute Morgen aufgegabelt, danach bin ich mit Daniel gefahren. Keine Ahnung, wie ich jetzt am besten nach Hause komme.

Ich werfe einen Blick in mein Portemonnaie. «Was kostet ein Taxi von hier nach Ottensen?»

Er zuckt die Schultern. «Fünfundzwanzig Euro? Ungefähr? Aber es ist doch Quatsch, ein Taxi zu nehmen. Ich bringe dich.»

«Echt?» Seit wir per du sind, ist er wirklich sympathischer geworden.

«Klar.» Er lächelt und legt mir eine Hand auf die Schulter. «Obwohl – willst du wirklich zurück zwischen deine Kisten? Pass auf, ich mache dir einen Vorschlag: Ich wohne in Eppendorf, das ist bloß ein paar Minuten von hier. Wir fahren zu mir, trinken noch ein Gläschen, und ich beziehe dir die Couch. Was hältst du davon?»

Pias Bemerkung von heute Mittag ergibt plötzlich Sinn, und meine gute Laune ist mit einem Schlag beim Teufel. Denkt er wirklich, so läuft das? So schnell, so billig?

Ich schüttle seine Hand ab. «Ach. Da schätzt aber jemand die Situation ganz falsch ein.»

«Was? Welche Sit…»

«Denkst du wirklich, bloß weil dein Date für heute Abend geplatzt ist, mache ich dir spontan die Lückenbüßerin? Gleich am ersten Arbeitstag eine schnelle Nummer mit der neuen Kollegin? Die hat ja noch gar nicht ausgepackt, wie praktisch, da können wir das Ganze sogar als Fürsorge tarnen.»

Sein fassungsloser Blick lässt mich noch mitten im Satz ahnen, dass ich vielleicht auf dem falschen Dampfer bin, aber leider schaffe ich es jetzt nicht mehr, mich zu bremsen.

«Du denkst, ich will etwas von dir?», bringt er mühsam heraus.

«Macht leider ganz den Eindruck.»

In seine Augen tritt jetzt der gleiche harte Ausdruck, den er bei dem Telefonat im Auto hatte. «Das ist so was von nicht mein Stil und du bist so was von nicht mein Typ, dass ich kaum Worte dafür finde, ohne beleidigend zu werden.» Er stopft ein paar Unterlagen in seine Tasche und geht zur Tür. Dort dreht er sich noch einmal um, blass vor Wut.

«Du musst ja wirklich beschissene Erfahrungen gemacht haben, dass du auf ein freundliches Angebot derartig reagierst.»

«Allerdings. Und ich habe kein Bedürfnis nach einer weiteren Erfahrung dieser Art.»

Er reißt die Tür auf. «Das tut mir sehr leid für dich, aber mach dir keine Sorgen, was mich betrifft. Falls du Geld fürs Taxi brauchst, in meiner Schreibtischschublade liegt ein Fünfziger, den kannst du dir leihen. Gute Nacht.»

Er zieht die Tür hinter sich zu. Sie kracht ins Schloss.

Kaum dass er draußen ist, tut mir meine Unterstellung leid. Ich bin versucht, ihm eine Nachricht zu schicken, lasse es aber bleiben. Morgen sind wir beide ruhiger, dann ist Gelegenheit genug, die Dinge zu klären.

Den Fünfziger lasse ich, wo er ist, denn ich habe vorhin im Besprechungsraum ein Sofa gesehen. Dort rolle ich mich unter meiner Jacke zusammen.

Die ganze Nacht im Präsidium verbringen, schon am ersten Arbeitstag. Das soll Marc mir mal nachmachen.

11

Mit hinter dem Kopf verschränkten Händen liege ich im Bett und starre gegen die Schlafzimmerdecke. Ich bin aufgewühlt, kann nicht einschlafen. Zu viele Dinge, die mich nicht zur Ruhe kommen lassen. Der Mord. Dieses Forum, dessen Betreiber, die Gründe für sein Tun.

Ist er einfach nur ein psychopathischer Irrer? Oder der IT-Nerd ohne Freunde, ein unscheinbarer Lebensverlierer, der einmal in seinem Leben Beachtung haben möchte? Zumindest die ist ihm schon jetzt gewiss, und ich möchte mir gar nicht ausmalen, was in den nächsten Tagen los sein wird, wenn wir nicht ganz schnell eine Spur zu ihm finden. Vielleicht werden die Kollegen vom Cybercrime morgen mehr Erfolg haben. Oder Müller. Oder Salomon.

Salomon. Der nächste Grund, aus dem ich keinen Schlaf finde. Ich bin stinkwütend und weiß dabei noch nicht einmal genau, was der eigentliche Auslöser dieser Wut ist. Ihre bescheuerte Reaktion auf meinen Vorschlag? Diese Arroganz, mit der sie ganz selbstverständlich annimmt, dass jeder Mann automatisch etwas von ihr will? Oder die Tatsache, dass ich ihr dieses Angebot überhaupt gemacht habe, nachdem ich den ganzen Tag über immer wieder in den Genuss ihrer liebenswürdigen Art gekommen bin? Ich hätte es wirklich besser wissen können. Das Grübeln darüber macht mich noch wütender. Ein Teufelskreis.

Die viel zu hellen roten Leuchtziffern des Radioweckers machen aus der flachen Lampe über mir einen urzeitlichen Riesenkäfer mit leicht gewölbtem Rückenpanzer, dessen Konturen sich in der dunklen Fläche der Decke verlieren. Ich versuche, die Kanten zu erkennen, und habe auf einmal das Gefühl, die Käferlampe bewege sich. Die Müdigkeit. Ich schließe die Augen und kann nichts dagegen tun: Salomon huscht sofort wieder durch meine Gedanken. Nein, sie huscht nicht, sie poltert. So, wie sie es den ganzen Tag über getan hat. Kann man mit einer solchen Frau auf Dauer zusammenarbeiten? Kann *ich* das? Möchte ich das?

Da schätzt aber jemand die Situation ganz falsch ein!

Was bildet die sich eigentlich ein? Diejenige, die diese Situation vollkommen falsch eingeschätzt hat, war sie selbst. Ich stehe nicht auf Frauen, die einem bei jedem zweiten Satz ins Wort fallen, die rechthaberisch sind und respektlos. Und erst recht nicht auf Schweißflecken und gammelige Klamotten.

Plötzlich ist die Erinnerung an Ulla in meinem Kopf, und in einem Winkel meines Verstandes bin ich froh, damit Salomons Existenz zumindest für den Moment verdrängen zu können.

Wir hatten uns auf der Geburtstagsfeier eines ehemaligen Kollegen kennengelernt. Sie war groß, schlank und verdammt gutaussehend. Die Chemie zwischen uns schien zu stimmen, zumindest so lange, bis sie um zwei Uhr nachts auf der Couch in meiner Wohnung ganz nah an mich heranrückte.

Schweiß. Alter Schweiß.

Ich habe noch ihren ungläubigen Blick vor mir, als ich erklärte, plötzlich todmüde zu sein. Daraufhin rückte sie noch näher an mich heran und flüsterte mir mit heiserer Stimme zu, sie würde die Müdigkeit schon vertreiben. Ihr säuerlicher Wein-Atem gab mir den Rest.

Als ich ihr ein Taxi rief, meinte sie noch, das könne jetzt nicht mein Ernst sein und dass ihr so was ja noch nie passiert sei. Ich drückte ihr den Mantel in den Arm und schob sie sanft, aber bestimmt zur Tür. Sie bescheinigte mir, ein Vollidiot zu sein, der nicht wisse, was er wolle.

Sie hatte vielleicht recht, und ich bin tatsächlich ein Idiot. Sie sah wirklich sehr gut aus. Und war bei Gott nicht die erste attraktive Frau, der ihr Geruch, ihre Kleidung oder sonstige Kleinigkeiten zum Verhängnis wurden. In einem Fall war es bloß Lippenstift auf den Zähnen, ich kann wirklich nicht ganz bei Trost sein.

Es steckt einfach mehr vom Erbgut meiner Mutter in mir, als ich mir normalerweise eingestehe.

Meine Gedanken werden undeutlich, doch bevor ich ins sanfte Nichts des Schlafes gleite, ist mir, als würde ich intensiven Schweißgeruch wahrnehmen.

Der unangenehm helle Ton des Weckers zieht mich eine Stunde früher als sonst aus einem traumlosen Schlaf. Es dauert nur wenige Sekunden, bis der neue Fall sofort wieder meine Gedanken beherrscht.

Während ich mich mit geschlossenen Augen vom heißen Wasser der Dusche in den neuen Tag geleiten lasse, nehme ich mir vor, Nina Salomon gegenüber das Thema vom Vorabend nicht mehr anzusprechen. Zumindest vorerst nicht. Wir haben eine schwierige Aufgabe zu lösen, und je mehr Zeit und Gedanken wir dabei mit persönlichem Kram verschwenden, desto größer wird die Wahrscheinlichkeit, dass Kornmeier nicht das letzte Opfer dieses Forums war.

Nach einem wachsweich gekochten Ei, zwei Scheiben Toast und einem Glas frisch gepresstem Orangensaft räume ich die Küche auf und mache mich auf den Weg ins Präsidium.

Ich bin überrascht, als ich gegen halb acht das Büro betrete und Salomon schon an ihrem Schreibtisch sitzen sehe. Sie trägt dieselben Sachen wie am Vortag, was bedeutet, dass sie sich doch kein Taxi mehr genommen hat.

«Guten Morgen», sage ich und versuche dabei, dem Klang meiner eigenen Stimme zu lauschen. Ich hoffe, es hat so neutral geklungen, wie ich es beabsichtigt hatte.

Sie schaut hoch und nickt mir zu. «Morgen.»

«Haben Sie im Büro übernachtet?»

«Ach, sind wir jetzt wieder beim Sie?»

Das hatte ich nicht beabsichtigt. «Nein, sorry, ich bin wohl noch nicht richtig wach. Also: Hast du hier übernachtet?»

«Ja, drüben im Besprechungsraum.» Die Andeutung eines Lächelns umspielt ihre Lippen. «Müller hat echt große Augen gemacht, als er um sieben ins Büro kam und ich ihn freundlich begrüßt habe.»

«Das kann ich mir vorstellen.» Ich setze mich an den Schreibtisch und schalte den Monitor ein. «Gibt es schon irgendwas?»

«Nein, aber die Chefin ist auch schon da. Meeting um Viertel nach neun.»

«Um Viertel nach?»

Sie nickt. «Ja, um neun soll die neue Liste im Forum erscheinen. Andressen konnte ich noch nicht erreichen, aber einen anderen Kollegen von Cybercrime. Die haben Nachtschicht geschoben und stehen mit amerikanischen Spezialisten in permanentem Kontakt. Bisher allerdings Fehlanzeige.»

Ich nicke und widme mich meinem Bildschirm. Salomon scheint ebenso wie ich wenig Interesse daran zu haben, den Vorabend noch mal zu erwähnen.

«Ach, und wirf mal einen Blick auf die Onlineausgaben der gängigen Zeitungen.»

Ich ahne schon, was mich erwartet, als ich als Erstes die Adresse eines Boulevardblattes eingebe, doch als die Seite dann aufgebaut ist, bin ich doch überrascht.

Der Header nimmt nicht nur die gesamte Breite des Monitors ein, sondern er füllt ihn fast komplett aus. In großen, blutroten Lettern schreit mir auf schwarzem Hintergrund entgegen:

Das Mörderforum
Fast eine Million Mitglieder stimmen über nächstes Opfer ab!
Hamburger Polizei ratlos

Darunter ist ein Screenshot der Startseite von *Morituri* zu sehen. Einer Eingebung folgend bewege ich den Mauszeiger auf das Foto, wobei aus dem Pfeil eine Hand wird. Ein Klick bestätigt meine Befürchtungen. Der hinterlegte Link bringt mich direkt zum Forum, und das über meinen normalen Browser. Im ersten Moment frage ich mich, wie das möglich ist, dann fällt mir Andressens Erklärung mit den gespiegelten Seiten ein.

«Verflucht», stoße ich aus und schlage unwillkürlich mit der flachen Hand auf den Schreibtisch. Salomon wirft mir einen überraschten Blick zu.

«Müssen diese Idioten die Leute unbedingt mit der Nase draufstoßen?»

«Du meinst die Verlinkung? Die haben fast alle. Aber eigentlich macht das auch keinen großen Unterschied mehr. Ob die Leute die Adresse nun eintippen oder gleich mit einem Klick dahin kommen – sehen wollen es wahrscheinlich die meisten.» Damit hat sie wohl recht.

Ich widerstehe dem Impuls, den obersten Thread des Forums mit dem Titel Neue Abstimmung ab neun Uhr anzuklicken, und schließe das Fenster, nachdem ich sekundenlang auf die aktuelle Userzahl gestarrt habe.

975 434! In der Nacht sind also rund 300 000 neue Mitglieder hinzugekommen.

Mir wird übel, wenn ich mir vorstelle, was in einigen Stunden los sein wird, wenn noch mehr Leute die Artikel gelesen haben. Und wenn die ausländische Presse auf die Sache aufspringt, was sie zweifellos tun wird.

Ich überfliege den Artikel, in dem reißerisch über das Forum und den Bezug zum Mord an Kornmeier berichtet wird. Auch die Startseiten anderer Zeitungen werden vom gleichen Thema beherrscht. Selbst sonst als seriös oder konservativ bekannte Blätter lassen sich die Chance nicht entgehen, über *Morituri* zu berichten, obwohl ihnen klar sein muss, dass sie damit die Mitgliederzahl des Forums zusätzlich in die Höhe treiben.

Ich besorge Kaffee für Salomon und mich und verbringe einige Zeit damit, die Berichte von Kollegen zu lesen, die sich fast alle mit dem Forum befassen. Um Punkt neun Uhr starren sowohl Salomon als auch ich gebannt auf den Monitor. Alle paar Sekunden drücken wir die F5-Taste, damit die Seite sich neu aufbaut und die aktuellen Veränderungen anzeigt. Eine Minute nach neun ist die neue Liste da. Es sind vier potenzielle Todeskandidaten.

Ein Mann, dessen Hund sein Geschäft mit Vorliebe auf den Rasen der Nachbarn verrichtet.

Eine Ehefrau, die es mit dem Bruder ihres Mannes treibt.

Ein unfähiger Arzt, der seine Fehler auf die Kollegen schiebt, während er sich an Privatpatienten dumm und dämlich verdient.

Ein Kerl, von dem jeder weiß, dass er ein Flüchtlingsheim angezündet hat.

Als ich zehn Minuten später neben Salomon im Besprechungsraum sitze, habe ich das Gefühl, dass mein Magen in einer großen Hand liegt, die sich langsam, aber unerbittlich zur Faust schließt.

Arendt eröffnet die Sitzung, indem sie uns die Kandidatenliste noch einmal vorliest, danach legt sie den Zettel vor sich hin, schiebt sich die Lesebrille in die Haare und lässt den Blick in die Runde schweifen.

«Wir werden uns auf diese Beschreibungen konzentrieren und versuchen herauszufinden, wer damit gemeint sein könnte.»

«Na dann herzlichen Glückwunsch», sagt ein junger Kollege neben mir. «Wir werden in Hamburg wahrscheinlich Hunderte von Leuten finden, die gemeint sein könnten …»

«Dann werden Sie eben Hunderte von Leuten überprüfen», entgegnet Arendt scharf. «Wir haben zwei Tage Zeit, die Richtigen zu finden. Das müssen wir schaffen, egal wie, sonst haben wir übermorgen das nächste Opfer. Und noch etwas …»

Wieder macht Arendts Blick die Runde. «Der Täter hat angekündigt, dass es dieses Mal eine *zusätzliche Überraschung* geben wird. Zitat Ende. Was auch immer es ist, es wird den Zulauf zum Forum weiter verstärken.»

Die Tür wird geöffnet, alle Köpfe fahren herum. Staatsanwalt

Meierhofer macht sich weder die Mühe, die Tür wieder zu schließen, noch hält er sich mit Begrüßungsfloskeln auf.

«Warum sitzen Sie hier rum, statt diesen Irren zu jagen?», poltert er los. «Wissen Sie denn nicht, dass diese neue Liste online ist?» Er baut sich neben Arendt auf, die zwei Schritte zur Seite macht.

«Doch, wir haben gerade ...», setzt Arendt an, wird aber von Meierhofer mit einer ungeduldigen Handbewegung unterbrochen. «Mir sitzt der Erste Bürgermeister im Nacken. Ich habe zudem einen Anruf vom Innenministerium erhalten – und ich spreche hier vom *Bundesinnenministerium* –, und ich hatte ein kurzes, aber äußerst aussagekräftiges Gespräch mit dem Generalbundesanwalt.»

Er macht eine Pause, ehe er fortfährt. «Um es kurz zu machen: Nicht nur mein Allerwertester hängt gerade stark im Wind, sondern der von Ihnen allen.»

12

«Ich weiß genau, dass meine Frau mit meinem Bruder schläft, aber ich will wirklich nicht, dass sie stirbt. Ich will mich doch noch nicht einmal von ihr scheiden lassen, jedenfalls jetzt noch nicht.» Der Mann spricht laut, hektisch und so schnell, dass ich Schwierigkeiten habe, ihn zu verstehen.

«Sie denken, Ihre Frau könnte eine der Personen auf der Liste sein? Wer sollte sie denn vorgeschlagen haben?»

«Sie ist es ganz sicher!» Der Mann klingt nun, als wäre er den Tränen nahe. «So etwas tut doch normalerweise niemand, oder? Und wir leben in Hamburg.»

Ich notiere mir seinen Namen und den seiner Frau, erwähne dabei aber nicht, dass er schon der Dritte innerhalb der letzten zwei Stunden ist, der von einer Affäre zwischen Bruder und Ehefrau weiß oder sie zumindest vermutet.

Das Telefon steht, seit wir aus dem Besprechungsraum zurückgekommen sind, keine Sekunde still.

«Mein Chef ist so einer. Dr. Wegerich, der ist Augenarzt in der Asklepios-Klinik. Ich kenne ein paar Leute, die würden ein Fass aufmachen, wenn er verschwinden würde. Nicht dass Sie denken, ich hätte ihn vorgeschlagen – aber ein oder zwei Kollegen würde ich das schon zutrauen.»

«Der Nachbar meines Schwagers lässt seinen Hund ständig in fremde Vorgärten machen. Wollen Sie einen Namen und eine Adresse?»

Ich will. Ich schreibe sowohl die Namen und Daten der Anrufer wie auch der vermuteten Zielperson auf. Auch bei der Mutter, die mich schluchzend bittet, ihren Sohn zu schützen, auch wenn es sein *könnte*, dass er mal einen Brandsatz auf ein Haus geworfen hat, in das Flüchtlinge einziehen sollten. Aber es war ja keiner drin. Und es täte ihm von Herzen leid.

Geschützt werden will auch der Mann aus Altona, der sich gleichzeitig weigert, mir Namen oder Adresse zu nennen. «Ich weiß genau, wer sich da an mir rächen will», schreit er ins Telefon. «Der hat mir schon zwei Hunde vergiftet, und jetzt soll ich dran sein!»

«Sagen Sie mir doch bitte, wie Sie heißen.»

«Und wenn ich das tue, bekomme ich dann Polizeischutz?»

Natürlich bekommt er den nicht, was ich ihm auch sage. Er brüllt mich an, dass ich eine rücksichtslose Polizeischlampe sei, die nur Steuergelder kassiere und dafür keinen Finger krumm machen wolle. «Dann werde ich mich eben selbst verteidigen, mit allen Mitteln. Ihr werdet euch wundern!» Damit legt er auf.

Ich lasse den Hörer neben dem Telefon liegen, ich brauche eine Pause von all dem Wahnsinn. Buchholz macht dasselbe durch, auch er schreibt verbissen bei jedem einzelnen Anrufer mit. Wenn Namen, wenn Hinweise sich wiederholen, werden wir ihnen zuerst nachgehen.

Ein Blick auf meinen Computer verrät mir, dass im Voting derzeit der Hundehalter knapp vor dem Arzt liegt, gefolgt von der untreuen Ehefrau und, weit abgeschlagen, dem Brandstifter. Das ist nicht nur menschlich unbegreiflich, sondern auch ermittlungstechnisch eine Katastrophe. Die Anzahl der Hundebesitzer in Hamburg ist unüberschaubar hoch.

Ich kann meinen Blick nicht von den Balken wenden. Die Menschen machen mit, stimmen über das Sterben eines anderen ab. Sie können es nicht mehr für einen Scherz halten, unmöglich, nicht nachdem Kornmeiers Bild im Forum gepostet wurde. Nicht nachdem der Mord an ihm seit gestern die Medienberichterstattung beherrscht.

Trotzdem tun sie es, vielleicht mit dem gleichen Gefühl, mit dem ich und meine beste Freundin als Kinder an Gegensprechanlagen fremder Häuser geklingelt haben und dann weggelaufen sind. Es war verboten, aber wir waren schnell. Wir wurden nicht erwischt.

Trajan hat im Lauf der letzten Nacht einen neuen Thread eröffnet und ihm den Titel Redet mir ins Gewissen gegeben.

Ihr wollt, dass es aufhört? Dann sagt mir, warum. Überzeugt mich.

Viertausendzweihundertzwölf Menschen sind dieser Aufforderung bisher gefolgt, auf die eine oder andere Art. In wesentlich kürzerer Zeit haben rund hundertachtundsechzigtausend User ihre Stimme für den Tod eines Unbekannten abgegeben.

Ich schiebe meinen Stuhl zurück und stehe auf. «Mir ist schlecht.» Buchholz, der seit zwei Stunden durchtelefoniert, blickt irritiert auf und nickt mir zu. Erlaubnis erteilt. Ich darf mich ausklinken.

Auf dem Weg zum Aufzug treffe ich Christoph, der kommentarlos meine Hand nimmt und drückt. «Seht ihr Land, irgendwo?»

«Kein Stück. Zu viele Hinweise sind schlimmer als gar keine, wir haben null Chance, allen nachzugehen.» Ich drücke den Rufknopf. «Und dann stell dir mal vor, jemand nennt uns das richtige Opfer, und wir reagieren nicht.»

Er fährt sich durch das schüttere Haar. «Ja, dann grillen sie uns.»

Unten angekommen, stelle ich mich für ein paar Minuten ins Freie. Frische Luft. Kühler Wind.

Trajan weiß bestimmt, was bei uns los ist, und ich schätze, er kommt aus dem Lachen gar nicht mehr heraus. Ich frage mich, wie er sich vorbereitet. Natürlich verfolgt er die Abstimmung, bereitet schon mal alles vor, um sich den vermutlichen «Gewinner» zu holen – oder? Die Frage ist, spielt er tatsächlich fair? Oder hat er das Ergebnis längst vorab festgelegt, das Opfer bereits in seiner Gewalt, und das Ganze ist Show?

Alles denkbar. Alles möglich.

Ich wünschte, ich hätte nicht zu rauchen aufgehört.

Als ich wieder ins Büro komme, telefoniert Daniel immer noch. Mittlerweile hat er aber die Ärmel seines Ralph-Lauren-Hemds bis zu den Ellenbogen hochgekrempelt und wirkt, als sei seine Geduld bereits am Limit. «Ja, ich habe den Namen aufgeschrieben. Ja. Natürlich. Es tut mir sehr leid, dass Sie bei der Dialyse unhöflich behandelt wurden, aber … nein. Okay. Ich fürchte, ich muss das Gespräch jetzt beenden, danke für Ihren Anruf.» Kaum hat er aufgelegt, klingelt das Telefon sofort wieder. Er starrt es an, schüttelt mutlos den Kopf.

«Das bringt doch alles nichts», sage ich.

«Doch.» Er lächelt schief. «Kopfschmerzen.»

Zur Belohnung für diesen ersten, schwachen Anfall von Humor krame ich in meiner Handtasche, finde die Aspirin-Schachtel und drücke für ihn zwei Tabletten aus dem Blister. Einen Moment lang sieht er mich an, als frage er sich, wie riskant es sei, seinem Körper etwas zuzuführen, das von mir kommt, dann schluckt er sie mit dem letzten Rest Kaffee aus seiner Tasse. Wir müssen die Taktik ändern. Die Leute aus der Anonymität in die Realität holen. Ich rufe meinen Chat von gestern wieder auf. BigBastard. Ich will ein paar Gesichter sehen.

Na, ist der Nachbar mit dem inkontinenten Hund deiner?, tippe ich, lösche es aber sofort wieder. Klingt nach zu viel Hirn.

Hallo, beginne ich meinen zweiten Versuch. Hast du die neuen Vorschläge schon gesehen? Ist deiner dabei?

Kaum drei Minuten später ist die Antwort da.

Nein, leider nicht. Dabei war meiner viel cooler als diese vier lahmen Spackos. Aber vielleicht habe ich beim nächsten Mal mehr Glück.

Dass BigBastard um diese Zeit online sein kann, spricht entweder dafür, dass er arbeitslos zu Hause sitzt, oder dass er einen Job am Computer hat.

Ich schreibe, dass ich ihm die Daumen drücke und wie mutig ich es von ihm finde, dass er gegen die Leute, die ihn ankotzen, auch etwas tut.

Er kauft mir jedes Wort ab. Fragt noch einmal nach einem Foto. Als ich ihn vertröste, wird er frech.

Bist du schüchtern oder hässlich?

Ganz sicher nicht hässlich, schreibe ich zurück. Aber es kriegt niemand ein Foto von mir, von dem ich nicht auch eines habe.

Fünf Sekunden später lädt er eines in den Chat hoch. Wie meistens deckt sich die Wirklichkeit nicht mit der Vorstellung, die ich mir vorher gemacht habe. BigBastard ist ziemlich groß, wie es scheint, aber weder dick noch muskulös. Auf dem Bild sitzt er an einem Holztisch, irgendwo im Freien, vor sich ein Bier, das die gleiche Farbe hat wie sein Haar. Schwarzes T-Shirt mit Motörhead-Schriftzug, das ist so ziemlich das Bedrohlichste an ihm. Wenn man mal von den schiefen Zähnen absieht, die er beim Lächeln zeigt.

Ich lobe ihn für seinen guten Musikgeschmack und stelle nebenbei fest, dass ich blonde Männer mag. Zwei gut platzierte Komplimente später fragt er mich nach einem Treffen.

Zwanzig Uhr, schreibe ich. The Rock Café, St. Pauli.

Er ist begeistert, fragt mich nach keinem Foto mehr, nur noch nach meiner Telefonnummer. Die ich ihm ebenfalls nicht gebe.

Das Bild, das er gepostet hat, drucke ich aus und lege es vor Daniel auf den Tisch. «Hier. Einer aus der Masse hat sich schon gezeigt. Ich schätze, er wird mir schildern können, wie das mit den Nominierungen abläuft, vielleicht hatte er direkten Kontakt zu Trajan.»

Mit unbewegter Miene betrachtet Daniel das Foto. «Wie hast du das hingekriegt? Verabrede etwas für morgen, am besten um die Mittagszeit. Wir werden zwei Leute in direkter Nähe postieren, am besten im gleichen Lokal, sonst ist es viel zu gefährlich.»

Ich hätte es ahnen müssen. «Quatsch. Ich treffe ihn heute Abend.»

Daniel legt den Ausdruck auf den Tisch. «Das tust du nicht. Keine Alleingänge.»

«Lass jetzt ja nicht wieder den Chef raushängen», fahre ich ihn an. «Ich reiße mir hier den Arsch auf, um die Ermittlungen vorwärtszubringen, und du bremst mich aus?»

«Hals-über-Kopf-Aktionen sind gegen die Regel und hochgefährlich», gibt er zurück, ebenfalls lauter als gewöhnlich. «Ich weiß deinen

Einsatz zu schätzen, glaube mir, aber niemand hat etwas davon, wenn eine gute Idee verpufft, weil sie chaotisch ausgeführt wird.»

Ich zähle innerlich bis sieben. «In Ordnung», sage ich folgsam. «Dann machen wir es, wie du sagst.»

Der verblüffte Ausdruck in seinem Gesicht wäre durchaus auch ein Foto wert. «Danke, Nina. Gib mir Bescheid, wenn du weißt, wann genau und in welchem Lokal.»

Eine Stunde später erkläre ich betrübt, dass BigBastard morgen leider den ganzen Tag über aus der Stadt ist und ich ihn deshalb nicht treffen kann. Was ich verschweige, ist, dass ich nicht nur ihn treffe, sondern mich für heute Abend auch noch mit einem zweiten User verabredet habe, um einundzwanzig Uhr dreißig, mit einem gewissen Manxxo.

BigBastard hat zugenommen, seitdem das Foto am Holztisch von ihm geschossen wurde, aber ich erkenne ihn trotzdem, nicht nur an dem Bier, das er auf der Bar vor sich stehen hat.

Mich hingegen würde keiner erkennen, wenn er nicht sehr genau hinsieht. Make-up, Haarteil bis fast zum Hintern, dekolletiertes Kleidchen und die passenden Schuhe. Anti-Nina.

Er hört mich nicht kommen, dazu ist die Musik zu laut, also dreht er sich erst um, als ich mich auf den Barhocker neben ihn setze und ihn anstrahle. «Hallo.»

Das ganze Rumgefake macht sich sofort bezahlt. BigBastard macht ein Gesicht, als hätte er im Lotto gewonnen, ohne gespielt zu haben. «Bist du … Leyla?»

«Die bin ich.» Ich werfe das falsche Haar über die Schulter zurück. «Also eigentlich Lena. Aber nicht im Internet.»

«Leyla passt toll zu dir.»

«Und du?» Es fällt mir schwer, den Blick von seinen schiefen Zähnen zu wenden. «Ich glaube, ich will dich nicht Bastard nennen.»

Er zwinkert mir zu und winkt den Barmann her. «Benni. Was möchtest du trinken?»

Ich wünsche mir Campari Soda, was er mir mit Gönnermiene bestellt. «Und für mich noch ein Bier. Bei deinem Anblick brauche ich Abkühlung.»

Ich lache, als hätte ich noch nie ein so originelles Kompliment gehört.

Fünf Minuten später frisst Benni mir aus der Hand. Er findet es unglaublich, dass man in einem Forum wie *Morituri* so tolle Frauen kennenlernen kann. Was mich denn dorthin gezogen hat. Wie es mir dort gefällt.

Ich lüge bereitwillig und ausführlich. Ziere mich erst, als es darum geht, wie aufregend es ist, was dort passiert.

«Früher hat es öffentliche Hinrichtungen gegeben», schreit Benni gegen die Musik an. «Das fehlt den Menschen eben heute, nicht wahr?»

Ich stimme eifrig nickend zu. Fünf Minuten später erzählt er mir von seinem früheren Chef, dem Arschloch, das ihn aus seiner Speditionsfirma entlassen hat, weil da zwei leere Bierflaschen im Fahrerhaus des Lkw lagen.

«Und dafür hast du ihn vorgeschlagen?», frage ich.

«Klar.»

«Das kann ich total verstehen. Echt, du.» Ich lege ihm eine Hand auf den Arm. «Sag mal – dieser Trajan. Hast du mit dem so richtig persönlich Kontakt gehabt? Was ist das für ein Typ?»

Dass ich mich kurzfristig auch für jemand anders interessiere als für ihn, gefällt ihm gar nicht, das ist spürbar. «Wir haben uns nur geschrieben. Er wollte wissen, wie mein Ex-Chef heißt, wo er wohnt, ein paar persönliche Dinge über ihn. Und den genauen Grund, warum ich ihn so hasse.»

«Dein Grund ist wirklich gut», stelle ich fest. «Ich kapiere überhaupt nicht, dass Trajan ihn nicht auf die Liste gesetzt hat. Dummkopf.»

«Ja, nicht wahr?» Jetzt ist Benni wieder voll da. «Wenn man Hornik aus der Welt schaffen könnte, das wäre ein echter Gewinn für die Menschheit.»

Hornik. Spedition. Ich notiere es im Geiste und nehme einen Schluck vom noch fast unberührten Campari Soda. «Wie lang hat er denn Zeit zum Überlegen gehabt – also, Trajan? Vielleicht ist dein Vorschlag ja zu knapp gekommen.»

«Glaub ich nicht.» Bennis Knie berührt meines, nimmt kurz wieder Abstand, kehrt zurück. «Da waren fünf Tage dazwischen. Ich habe meinen Vorschlag schon gemacht, da lief noch das erste Voting.» Er zuckt die Schultern. «Aber vielleicht kommt Hornik ja auf die nächste Liste. Es heißt, wer mal genannt wurde, kann jederzeit wieder drankommen.»

Seine Hand greift nach meiner, umschließt sie warm und viel zu feucht. Drei Minuten lang halte ich das aus, dann murmle ich, dass ich kurz rausmuss. «Ich glaube, ich vertrage den Campari heute nicht.»

Er will mich begleiten, aber ich winke ab. Nur kurz Luft schnappen.

Um die Ecke finde ich einen Taxistand.

Für Manxxo wische ich mir die Hälfte der Farbe aus dem Gesicht und schnalle das Haarteil ab, um ihn nicht zu verschrecken. Er kann, seinem Foto nach, höchstens zweiundzwanzig sein und versucht das durch einen brustlangen Bart zu verschleiern.

Er steht auf, als ich das Café betrete, und reicht mir eine schlaffe Hand. «Hallo, Leyla.»

«In Wirklichkeit Lena», strahle ich ihn an.

Im Unterschied zu Benni ist er nicht sofort bereit, mir seinen Namen zu nennen. Er ist auch keiner von denen, die jemanden für die Schlachtbank vorgeschlagen haben, sondern nennt sich selbst einen «stillen Beobachter».

«Trajan hat Allmachtsphantasien», sagt er düster. Er hat sich Kaffee bestellt, und ich schließe mich ihm an. «Ich war einer der ersten User im Forum. Zu Beginn war es noch lustig, weißt du? Hat ja keiner wirklich ernst genommen. Aber jetzt …» Er ballt seine Hände zu Fäusten. «Hast du das Foto gesehen? Von dem Anwalt?»

«Ja.» Ich schlucke und atme demonstrativ tief durch. «Und es kann wirklich jeden treffen. Dich. Mich. Ich überlege schon, ob ich nicht weg soll aus Hamburg.»

«Ist vielleicht eine gute Idee», sagt Manxxo. «Die Polizei wird nämlich gar nichts tun können, außer Trajan hinterlässt ihnen DNA-Spuren, die sie verwerten können.»

Da ist der Kleine ziemlich dicht an der Wahrheit. «Denkst du wirklich?», frage ich unschuldig.

«Ja. Ich bin einigermaßen gut mit Computern. Ich habe schon versucht, ihm ins Handwerk zu pfuschen, aber das kann man vergessen.» Er sieht mir erstmals direkt in die Augen. «Warum wolltest du dich wirklich mit mir treffen? Ich glaube dir keine Sekunde, dass dir mein Foto gefallen hat. Nicht einer Frau wie dir.»

Die Antwort, die ich ihm auftische, ist nur eine halbe Lüge. «Ich suche Verbündete», sage ich. «Ich denke nämlich das Gleiche wie du: dass die Polizei der Sache nicht gewachsen ist. Aber vielleicht kann man das System von innen zum Einsturz bringen.»

Der Gedanke gefällt ihm. Die nächste halbe Stunde wirft er mit der Beschreibung technischer Tricks und Feinheiten um sich, und ich merke zusehends, wie die kurze Nacht und der lange Tag, die hinter mir liegen, ihren Tribut fordern.

Er hält mich nicht auf, als ich ihn irgendwann unterbreche und mich verabschiede. «Lars», sagt er zum Schluss noch, als hätte ich es mir jetzt verdient, seinen wirklichen Namen zu erfahren.

Diesmal suche ich länger nach einem Taxi, doch als ich endlich drinsitze, fühlt sich die Vorstellung, allein zwischen meine Umzugskisten zurückzukehren, schmerzlich kalt an.

Wahrscheinlich bereue ich es morgen, aber für den Moment ist es richtig. Ich ziehe mein Handy aus der Tasche und rufe Tom an.

«Du fehlst mir», lüge ich. «Kannst du in zwanzig Minuten bei mir sein?»

13

Ich wache sechzehn Minuten nach sechs auf und schalte den Wecker aus, bevor er vier Minuten später sein unseliges Frühwerk beginnen kann. Eine Weile bleibe ich noch liegen und zwinge mich, die Augen offen zu halten, während die Gedankenmaschinerie in meinem Kopf anläuft. Die Ereignisse des Vortages rauschen an mir vorbei, ein Film im schnellen Vorlauf, der hier und da an markanten Stellen in normale Geschwindigkeit zurückfällt, wenige Sekunden nur, um gleich darauf wieder Tempo aufzunehmen.

Das Morgenmeeting ist eine solche Stelle, ebenso wie die vielen Anrufe von Leuten, die glauben, einen der Nominierten zu kennen oder gar selbst einer von ihnen zu sein. Dann die Unterhaltungen mit Nina, wenn sie auch kaum mehr waren als bloßer Informationsaustausch und fachliche Diskussion. Trotzdem haben wir unseren zweiten gemeinsamen Arbeitstag verhältnismäßig gut gemeistert, nachdem der erste so schlecht angelaufen war und so unangenehm geendet hatte.

Ich schiebe diese Gedanken beiseite und schwinge die Beine aus dem Bett. *Morituri.* Das ist es, worauf es sich zu konzentrieren gilt. Alles andere wird sich hoffentlich einspielen.

Um fünf nach sieben sitze ich im Wagen und versuche, ihn zu starten. Zehn Minuten später habe ich eine junge Frau am Telefon, die mir erklärt, Stephan Grünewald, der Werkstattmeister der Jaguar-Vertretung, sei so früh noch nicht in der Firma. Es sei schließlich erst kurz nach sieben.

«Ich weiß, wie spät es ist», versichere ich genervt.

«Aber meinem Wagen ist das egal, er springt ungeachtet der unchristlichen Zeit nicht an, und ich muss jetzt zur Arbeit. Sagen Sie Herrn Grünewald also bitte, er soll ihn bei mir zu Hause abholen lassen. Buchholz ist mein Name. Daniel Buchholz.»

«Buchholz», repetiert sie. «Daniel … Um welches Modell handelt es sich bei dem Fahrzeug?»

«Es ist ein E-Type.»

«Uii», macht sie bewundernd. «Ein wunderschöner Wagen, wenn er gepflegt ist. Sind Sie denn ganz sicher, dass er nicht mehr fahrbereit ist, Herr … Buchholz?»

Ich spüre ein Prickeln auf der Stirn. «Ja, bin ich.»

«Aha. Und wie macht sich der Fehler bemerkbar?»

Ich atme tief durch. «Er. Springt. Nicht. An.»

«Springt nicht an», wiederholt sie langgezogen. «Das habe ich. Und die Adresse?»

«Die ist Herrn Grünewald bekannt», erkläre ich mit angestrengter Beherrschtheit und lege nach einem schnellen «Dankeschön und auf Wiedersehen» auf, bevor sie die nächste Frage stellen kann. Der Tag hat Potenzial.

Ich rufe mir ein Taxi und bin um zehn vor acht im Büro. Nina sitzt schon an ihrem Schreibtisch, das Telefon am Ohr. Sie sieht alles andere als ausgeschlafen aus. Ihre Haut ist fahl, unter ihren Augen liegen dunkle Schatten.

«Guten Morgen», sage ich. Sie nickt mir zu und hebt zum Gruß die Hand. Ich warte, bis sie das Telefon zur Seite legt.

«Wieder jemand, der glaubt, auf der Liste zu stehen?»

Sie nickt und reibt sich mit den Handflächen übers Gesicht.

«Hast du diese Nacht etwa auch im Büro verbracht?»

Ihre Brauen heben sich. «Nein, wie kommst du darauf?»

«Ach, nur so.»

In der Morgenbesprechung verkündet Arendt, dass die SoKo *Morituri* um das Doppelte erweitert wird. Es kommen zusätzliche Profiler, IT-Spezialisten vom BKA, Psychologen und zwei Beamte aus dem

Innenministerium, über deren Aufgabe sie jedoch keine näheren Angaben machen kann. Oder möchte.

Dialoge aus dem Forum werden wiedergegeben. Andressen berichtet, dass die Versuche, die Seite aus dem Netz zu entfernen, weiterlaufen. Um es kurz zu machen: Wir kommen keinen Schritt voran.

«Verdammter Mist», sagt Nina, als wir endlich nach draußen gehen. «Wie kann es sein, dass unsere ach so gut ausgebildeten Spezialisten es nicht schaffen, diese Seite zu blockieren?»

Ich halte ihr die Tür offen. «Die Hacker-Szene ist unseren Leuten immer einen Schritt voraus. Die entwickeln schneller Viren, Trojaner und Möglichkeiten, illegale Webseiten zu betreiben, als wir hinterherkommen. Das ist leider ...»

Ich verstumme und bleibe stehen, Nina sieht mich irritiert an. «Was ist?»

«Komm mit», fordere ich sie auf und wende mich um. Ich habe Glück, Andressen ist gerade erst im Begriff, den Besprechungsraum zu verlassen, aber ich stelle mich ihm in den Weg. «Sagen Sie, kennen Sie Leute aus der Hackerszene?»

Er zögert einen Moment, als denke er darüber nach, worauf ich mit dieser Frage hinauswollen könnte. «Kennen ist zu viel gesagt, aber wir haben immer mal wieder mit denen von der WPC zu tun. Warum?»

Wir schauen uns an und wissen beide, dass ich keine Ahnung habe, was WPC bedeutet. Aber Andressen sieht offenbar keine Veranlassung, von sich aus mit einer Erklärung herauszurücken. Also tue ich ihm den Gefallen.

«Was bedeutet WPC?»

«*Web Professionals Community.* Ein eingetragener Verein. Alles Freaks, die von sich behaupten, jedes System knacken zu können. Und das meistens auch schaffen.»

Tatsächlich, den vollen Namen habe ich schon mal irgendwo gehört oder gelesen.

«Wie jetzt?» Nina lehnt sich gegen die Wand und schüttelt ungläubig den Kopf. «Ein eingetragener Verein von Hackern?»

Andressen stößt die Art von Lachen aus, mit dem man Ahnungslosen ankündigt, dass man ihnen gleich großes Wissen zuteilwerden lässt.

«Eher eine Jobbörse für Computergenies. Das Prinzip ist recht einfach: Die Jungs und Mädels hacken sich in ein sensibles System ein und hinterlassen eine Botschaft. Sonst nichts. Sie zerstören nichts, verändern nichts. Lassen nur eine Visitenkarte da und gehen wieder. Ganz offiziell. Die Firmen – oder auch staatliche Stellen – möchten natürlich wissen, durch welches Schlupfloch man ihr System knacken kann. Was ist da naheliegender, als jemanden für die IT-Security einzustellen, der solche Schlupflöcher finden und somit auch schließen kann?»

«Sind die irgendwie telefonisch oder per Mail zu erreichen?», möchte ich wissen, womit ich ein breites Grinsen auf Andressens Gesicht zaubere.

«Man kann sogar persönlich mit ihnen sprechen, wenn man Glück hat. Die WPC sitzt nämlich in Hamburg. Aber was wollen Sie von denen?»

Noch bevor ich antworten kann, sehe ich Andressen an, dass er versteht. Und im nächsten Moment, dass er sich darüber ärgert, noch nicht selbst daran gedacht zu haben.

«Wir wollen dieses Forum vom Netz haben», antwortet Nina und enthebt mich damit endgültig einer Antwort. «Da ist es doch naheliegend, sich mit Leuten zu unterhalten, die angeblich jedes System knacken können.»

«Nicht schlecht», sagt sie, als wir wenig später unser Büro erreicht haben, sieht mich dabei aber nicht an.

Eine knappe halbe Stunde später sind wir unterwegs nach Harburg, in dem sich neben dem Zentrum der Technischen Universität mit über 5000 Studenten auch der eingetragene Vereinssitz des WPC befindet.

Die unterste der etwa zwölf bis fünfzehn Klingeln des heruntergekommen wirkenden Gebäudes ist handschriftlich mit den Buchstaben

WPC beschriftet. Als sich nach dem ersten Versuch nichts tut, drücke ich den Knopf erneut und lasse den Finger diesmal für vier, fünf Sekunden liegen, bis schließlich metallisches Summen ertönt und sich die Tür aufdrücken lässt. Ein Geruch nach modriger Feuchtigkeit beherrscht den düsteren Flur.

«Noble Behausung», flüstert Nina und rümpft die Nase.

Ich weiß nicht genau, was ich vom äußeren Erscheinungsbild eines Hackers erwartet habe, aber der Mann, der in der Tür steht und uns jetzt fragend ansieht, enttäuscht mich ziemlich. Er ist etwa Anfang dreißig, weder fett noch dürr, trägt keinen zauseligen Bart und keine Hornbrille. Auch seine Klamotten sind unauffällig. Sweatshirt, Jeans, Turnschuhe. Alles in allem ein vollkommen normaler Durchschnittstyp.

«Guten Morgen, mein Name ist Buchholz, LKA Hamburg. Das ist meine Kollegin Nina Salomon.»

Er verschränkt die Arme vor der Brust. «Aha. Worum geht's?»

«Wir haben ein paar Fragen. Dürfen wir reinkommen?»

Er macht keine Anstalten, den Eingang freizugeben. Stattdessen wiederholt er gelangweilt: «Worum geht's?» Es fehlt nur noch, dass er jetzt eine Feile aus der Tasche zieht und beginnt, sich damit die Nägel zu maniküren.

«Wie ich schon sagte, wir haben ein paar …»

«Es geht um *Morituri*», fällt Nina mir ins Wort. Wieder einmal.

Der gelangweilte Ausdruck im Gesicht des Jünglings weicht einem amüsierten Grinsen, während er die Arme sinken lässt und einen Schritt zur Seite macht.

«Einige von uns haben sich schon gefragt, wie lange es wohl dauern wird, bis die Ordnungshüter bei uns anrufen. Dass sie uns gleich zu zweit einen Besuch abstatten, ehrt uns natürlich besonders.»

Jedes seiner Worte trieft vor Ironie, und alles in mir schreit danach, diesem Bürschchen etwas Passendes zu entgegnen, aber das verbietet mir meine Höflichkeit. Außerdem sind wir vielleicht auf die Hilfe dieser Leute angewiesen. Also halte ich mich zurück und begnüge mich damit, ihm einen warnenden Blick zuzuwerfen. Vor uns liegen zwei verschlossene Türen, also warte ich, dass der Mann vorausgeht. Er hat schon die Hand auf der Klinke der rechten Tür, als er sich noch mal zu uns umdreht.

«Sie werden natürlich verstehen, dass ich mir Ihre Dienstausweise ansehen muss, bevor ich Sie in die heiligen Hallen lasse.» Er grinst überheblich. Wortlos greife ich in die Innentasche meines Sakkos und zeige ihm den Ausweis. Nina tut es mir gleich. Er mustert die Ausweise übertrieben genau. «Buchholz und Salomon. Gut. Sie dürfen rein.»

«*Herr* Buchholz und *Frau* Salomon», zischt Nina neben mir mit vibrierender Stimme. «Und jetzt möchte ich Ihren Namen wissen.»

«Jens. Vogt.» Er öffnet die Tür.

Die *heiligen Hallen* stellen sich als ein etwa 70 bis 80 Quadratmeter großer Raum heraus. Ich zähle neben diversen Schränken, einem Fahrrad und unzähligen Computern sechs Schreibtische, auf denen jeweils zwei große Monitore stehen und die allesamt mit Papieren, Büchern, Schnellheftern und anderem Kram beladen sind.

Vor zweien sitzen Männer, ein dritter ist mit einer jungen Frau besetzt, die sich uns als Einzige zuwendet.

«Hey, hört mal alle her», ruft Vogt. «Wir haben hohen Besuch von der Polizei.»

«Guten Morgen», ergreife ich das Wort. «Mein Name ist Buchholz, LKA Hamburg. Das ist meine Kollegin Salomon. Es geht um *Morituri*, ich nehme an, der Name sagt ihnen allen etwas.»

Einer der beiden jungen Männer lehnt sich in seinem Stuhl zurück und verschränkt die Hände vor dem deutlich sichtbaren Bauchansatz. Er dürfte etwas jünger sein als Vogt und entspricht mit seinem flusigen Dreitagebart schon eher meiner Vorstellung eines Computer-Nerds. «Natürlich sagt der uns was. Interessante Sache.»

«Interessant?», versetzt Nina scharf. «Sie wissen aber schon, dass es eine direkte Verbindung zwischen diesem Forum und einem Mordfall gibt. Das finden Sie interessant?»

Er hebt die Schultern. «Aus fachlicher Perspektive ja. Zumindest weiß man dort, wie man Userzahlen generiert. Schauen Sie sich die Neuregistrierungen doch an. Außerdem ist die Seite klasse aufgezogen. Nicht nachzuverfolgen. Da weiß jemand absolut, was er tut.»

«Ich wüsste als Erstes gerne die Namen von Ihnen allen», sage ich und ziehe mein Notizbuch hervor. «Und was Sie tun, wenn Sie nicht hier vor Computern sitzen.»

Vielleicht verlieren diese Typen etwas von ihrer Selbstsicherheit, wenn wir ihre Namen kennen. Überraschenderweise bekomme ich die Auskunft ohne dumme Sprüche. Die junge Frau und Vogt sind Informatiker, Paul Johansen und Rainer Gerber Mathematiker.

«Hat jemand von Ihnen schon etwas mit diesem Forum zu tun gehabt?», fragt Nina, während ich noch schreibe. «Oder eine Vorstellung davon, wer der Betreiber sein könnte?»

Der etwas Füllige mit dem Dreitagebart, der sich als Paul Johansen vorgestellt hat, steht auf und schenkt sich an einem Tischchen Apfelsaft in einen Plastikbecher. «Natürlich hat niemand von uns damit zu tun. Keine Ahnung, wer so was macht.»

«Was aber nicht heißt, dass wir so etwas nicht auch könnten», ergänzt Vogt.

Ich blicke zu ihm hinüber. «Wenn Sie so etwas auch könnten, dann müssten Sie ja auch wissen, wie man an die Seite rankommt, um Sie abzuschalten.»

Wieder verzieht sich sein Gesicht zu einem unverschämten Grinsen. «Was wäre Ihnen diese Information denn wert?»

Bevor ich zu einer scharfen Entgegnung ansetzen kann, nehme ich aus den Augenwinkeln eine Bewegung wahr. Im nächsten Moment hat sich Nina vor Vogt aufgebaut.

«Was uns die Information wert ist?», faucht sie ihn an. «Zum Beispiel, dass wir deinen kleinen Arsch verschonen und dich nicht wegen Behinderung der Ermittlung in einem Mordfall in den Bau stecken.» Sie tritt so nah auf ihn zu, dass er zurückweicht, bis er die Wand im Rücken hat. «Wolltest du eben wirklich einen Preis für deine Hilfe aushandeln? Das machst du dann auch, wenn jemand neben dir ersäuft, oder? Dreihundert Euro, dann streckst du vielleicht die Hand aus und ziehst ihn aus dem Wasser? Außer natürlich, du findest die Show zu *interessant.* Ja, nicht wahr? So tickst du.»

«Nina!», versuche ich sie zu bremsen, doch sie tut, als hätte sie mich nicht gehört.

«Wenn du also irgendeine Idee hast, wie wir dieses Scheißforum loswerden können oder wer dahintersteckt, dann mach gefälligst den Mund auf, und zwar schnell, sonst nehme ich dich mit aufs Präsidium und stecke dich für die nächsten vierundzwanzig Stunden in eine Zelle.»

Ich mache einen Schritt auf Nina zu, packe sie am Oberarm. Ihr Kopf schnellt zu mir herum, ihre Augen funkeln mich aufgebracht an. Ich merke, dass alle uns anstarren, und ich hoffe, sie versteht mich auch ohne Worte.

Sie nickt widerwillig, wendet sich dann wieder Vogt zu. «Also?»

Das Grinsen ist jetzt vollkommen aus Vogts Gesicht verschwunden. «Ähm … nein …», stammelt er vollkommen überrascht.

«Niemand von uns weiß etwas darüber, wer dieses Forum betreibt», sagt neben mir Manuela Donell, die Informatikerin, mit ruhiger Stimme und wirft Vogt einen strafenden Blick zu. «Du bist so ein idiotischer Angeber, Jens.»

Es fällt Nina sichtlich schwer, von Vogt abzulassen, aber schließlich wendet sie sich um und geht ein paar Schritte zur Seite.

«Haben Sie denn eine Idee, wie man diese Seite vom Netz bekommen könnte?», frage ich Donell. Sie scheint die Vernünftigste aus der Truppe zu sein. Bevor sie antworten kann, schaltet sich Johansen ein.

«Nein. Das ist nämlich aussichtslos. Sie können hundert IP-Adressen blockieren, jedes Mal wird ein anderer Server sofort eine aus dem Darknet gespiegelte Version bereitstellen. Keine Chance. Davon mal ganz abgesehen … Immer, wenn in der Vergangenheit die Polizei bei uns aufgetaucht ist, wollte man uns ans Bein pinkeln, weil wir doch so böse Hacker sind. Und jetzt stehen Sie hier und wollen unsere Hilfe?»

Damit wendet er sich demonstrativ wieder seinem Monitor zu.

Ich nicke zu Nina hinüber und deute zur Tür. Hier werden wir nichts mehr erfahren.

«Ich begleite Sie hinaus», bietet Gerber an, der bisher noch kaum ein Wort gesagt hat. Er geht uns auf dem muffigen Flur voraus, lehnt die Tür hinter sich an und flüstert: «Haben Sie eine Karte mit Ihrer Telefonnummer? Ich höre mich mal in der Szene etwas um. Vielleicht erfahre ich ja was.»

Ich nicke, fische eine Visitenkarte aus meinem Portemonnaie und gebe sie ihm.

Erst, als wir draußen vor dem Haus angelangt sind, bleibe ich wieder stehen und sehe Nina an. «Was war das dadrinnen gerade? Die Typen haben sich schlimm verhalten, aber deine Reaktion …»

Sie misst mich mit einem Blick, der noch kälter ist als der, mit dem sie vorhin Vogt an die Wand genagelt hat. «Der Typ nennt *Morituri* interessant, aber in Wahrheit findet er es einfach nur geil, hast du das nicht gemerkt? Der hat Spaß beim Zugucken. Der will gar nicht, dass es schon aufhört, und wenn ich darüber nachdenke, war ich noch viel zu höflich zu ihm.»

Damit wendet sie sich ab und geht zum Wagen.

III

Er muss die Stelle nach ganz bestimmten Kriterien aussuchen. Vor allem eine Bedingung muss erfüllt sein, was die Suche extrem schwierig macht. Alles andere ist längst vorbereitet.

Über zwei Stunden fährt er nun schon am Elbufer entlang, biegt in jeden befahrbaren Weg ein, der in Richtung Fluss von der Straße abgeht. Manchmal, wenn es die Situation erlaubt, stellt er den Wagen am Straßenrand ab und läuft schmale Fußwege entlang zum Ufer. Um kurze Zeit später mit der Erkenntnis zurückzukehren, dass auch diese Stelle seinen Anforderungen nicht genügt.

Irgendwann geht die Elbchaussee in die Dockenhudener Straße über. Auch hier bietet sich ihm immer wieder ein ähnliches Bild. Die meisten Uferplätze sind abgelegen genug, das ist nicht das Problem. Oft kann er auch mit dem Auto zumindest bis in die Nähe des Wassers fahren, was von großem Vorteil ist. Letztendlich scheitert es aber immer wieder an der gleichen Sache. Oder besser, am Fehlen einer Sache.

Er möchte die Suche schon abbrechen, als er etwa hundert Meter vor sich eine weitere kleine Straße entdeckt, die nach links abzweigt. Er folgt ihr. Erst führt sie an Häusern mit gepflegten Vorgärten entlang, dann durch weitläufiges, freies Gelände, das entfernt an flache Dünen erinnert.

Schon als er noch mindestens dreihundert Meter vom Ufer entfernt ist, entdeckt er, wonach er gesucht hat. Er registriert es nüchtern, so, wie man das Umspringen einer Ampel auf Grün registriert, nachdem man lange gewartet hat.

Etwa hundert Meter vor der Stelle endet der Weg. Er parkt den Wagen und steigt aus. Ein schmaler Sandweg führt von seinem Standort aus in einem Bogen zur Elbe. Das wird er schaffen. Jetzt und auch später.

Er geht den Weg entlang bis zum Ufer, betritt die Betonplattform, die etwa drei Meter ins Wasser ragt, und legt den Kopf in den Nacken. Ja, das ist exakt das, was er gesucht hat. Sein Blick tastet sich an den Konturen entlang, sucht die richtigen Stellen. Als er sie entdeckt hat, wendet er sich ab und geht zum Auto zurück. Dort öffnet er den Kofferraum, betrachtet eine Weile den Inhalt und greift sich dann die rote Plastikkiste. Sie ist schwer, so schwer, dass er keuchend die Luft ausstößt, als er sie über den Rand des Kofferraums hebt.

Die Vorbereitungen dauern etwa eine Stunde. Niemand wird ihn bemerken, da ist er sicher. Obwohl es früher Nachmittag ist. Man wird ihn für einen Arbeiter halten, der irgendwelche Reparaturen durchführt. Und auch das Ergebnis seines Tuns wird niemandem auffallen, nicht einmal, wenn jemand direkt davorsteht. Man wird denken, alles muss so sein, wie es jetzt ist.

Zufrieden lässt er sich auf einem großen Stein nieder, zieht das Smartphone aus der Tasche und schaut sich den Stand der Abstimmung an. Recht deutlich ist eine Tendenz zu erkennen. Er steckt das Gerät wieder in die Tasche, legt die Unterarme auf den Knien ab und richtet den Blick auf die silbrig schimmernde Wasseroberfläche. Dann geht er gedanklich die nächsten Schritte durch.

14

Ich habe mich im Beifahrersitz verkrochen und starre beharrlich aus dem Seitenfenster, trotzdem kann ich Daniels Blick auf mir spüren.

Die ersten zehn Minuten vergehen schweigend, und ich will gerade anfangen, mich zu entspannen, als er sich räuspert. «Immer noch wütend?», fragt er beiläufig.

«Geht so.»

«Du wirst Probleme bekommen, wenn dir solche Ausrutscher öfter passieren. Vogt wird sich nicht beschweren, aber der Nächste oder Übernächste wahrscheinlich schon.»

Meine Augen brennen; die letzte Nacht war zu kurz. Dafür aber schön, in Toms Armen.

«Ich habe ja jetzt dich», sage ich, immer noch ohne Daniel anzusehen. «Als Vorbild für gutes Benehmen und als Aufpasser, der mich sofort wegzerrt, wenn ich jemandem zu nahe trete.»

Er seufzt hörbar. «Immer auf Krawall gebürstet.»

Ich schließe die Augen. «Nein. Nicht immer.» Es klingt, als würde ich einlenken, was ich eigentlich gar nicht möchte. Lieber wäre mir, Daniel würde mich mit Vorwürfen überschütten, die ich einen nach dem anderen zurückschmettern könnte, bis ich müde und der Schmerz in meinem Inneren besänftigt wäre.

«Nicht immer», wiederholt er leise. «Ja, das Gefühl habe ich auch. Genau deshalb wüsste ich gern …»

Zum Glück lässt er den Satz unvollendet, und ich würde mir lieber die Zunge abbeißen, als nachzuhaken. Als wir kurz darauf an einer

Ampel halten, bitte ich ihn, bei der nächsten Apotheke kurz stehenzubleiben. Ich muss den Aspirin-Bestand aufstocken.

Ein neuer Stapel Papier auf meinem Schreibtisch. Die Anrufer des Vormittags mit ihren Ängsten und Vermutungen. Lustlos schiebe ich den Haufen beiseite, schalte den Computer an und logge mich bei *Morituri* ein.

Ich hätte nicht damit gerechnet, aber die Verhältnisse haben sich geändert. An erster Stelle liegt nun nicht mehr der Nachbar mit dem Hund, sondern der Arzt. *Der seine Fehler auf die Kollegen schiebt, während er sich an Privatpatienten dumm und dämlich verdient.*

Das ist eine hervorragende Nachricht. Ich drehe den Monitor ein Stück, sodass auch Daniel einen Blick darauf werfen kann. «Hast du's schon gesehen?»

Er beugt sich zu mir herüber. «Der Arzt ist in Führung gegangen?»

«Genau. Und das mit ziemlichem Vorsprung.» Ich wühle nun doch in dem Stapel am Schreibtisch, sortiere die Blätter nach Nominierten. Der Nachbar/Köter-Teil ist bei weitem der umfangreichste, Ärzte und betrügerische Ehefrauen halten sich in etwa die Waage. Fremdenfeindliche Brandstifter scheint es nur wenige zu geben.

«Einer sucht in den Anrufprotokollen nach Mehrfachnennungen, der andere geht die Hamburger Kunstfehlerprozesse der letzten Jahre durch?», schlage ich vor.

Daniel lächelt mir zu. «Das halte ich für einen ausgezeichneten Ansatz.»

Eine halbe Minute später habe ich auch seinen Papierstapel vor mir liegen und sortiere weiter, während er das Online-Archiv des Hamburger Justizportals durchsucht.

Zum ersten Mal, seit dieser Fall über uns hereingebrochen ist, habe ich das Gefühl, voranzukommen, denn drei Namen in den eingegangenen Meldungen wiederholen sich mehrfach.

Da ist einmal Dr. Gottfried Passow, Plastischer Chirurg. Ehemals am Universitätsklinikum Eppendorf, jetzt niedergelassen mit eigener kleiner Privatklinik an der Außenalster.

Am zweithäufigsten genannt wird ein Dr. Benedikt Valent, Orthopädischer Chirurg am Marienkrankenhaus, der ebenfalls nebenbei eine Privatpraxis führt.

Der Dritte ist sogar Professor, heißt Roman Michael Escher und leitet die Abteilung für Gastroenterologie des Asklepios Westklinikums Hamburg.

Ich googele nach Adressen, suche Fotos zu den Namen, drucke alles aus und lege es Daniel auf den Schreibtisch. «Wirf doch bitte mal einen Blick drauf. Irgendwelche Überschneidungen?»

Während er blättert und liest, überprüfe ich den Stand der Abstimmung bei *Morituri*. Der Arzt hat seine Führung ausgebaut, sehr unwahrscheinlich, dass sich da in den nächsten Stunden noch etwas ändert.

«Passow», sagt Daniel nachdenklich. «Ja, der war mitangeklagt in einem Prozess wegen ärztlicher Behandlungsfehler. Aufgeplatzte Silikonimplantate, angeblich das beste Produkt am Markt, in Wahrheit aber asiatische Billigware.» Er scrollt auf der Seite weiter nach unten. «Das war vor vier Jahren, da war er nebenbei noch Mitbetreiber einer anderen Privatklinik. Wurde aber freigesprochen, weil niemand ihm nachweisen konnte, dass er wusste, was er da implantiert – der schwarze Peter landete bei der Verwaltung.»

Ich blättere durch die Anrufprotokolle. «Scheint auch sonst ein Herzchen zu sein. Despotisch zu den Mitarbeitern, ich habe hier allein drei, die gekündigt haben, weil sie seinen Führungsstil unerträglich fanden.»

Dagegen sind es bei Dr. Benedikt Valent hauptsächlich ehemalige Patienten, die sich gemeldet haben. «Fünf schreiben, sie mussten anderswo nachoperiert werden.» Ich reiche Daniel die entsprechenden Protokolle. «Hast du zu ihm auch etwas in deiner Datenbank?»

Er gibt etwas in die Suchmaske ein. «Nein. Oder warte, doch, da scheint er einmal auf. Allerdings nur als Zeuge. Er hat in dem Fall nicht selbst operiert, das war ein junger Arzt, der kurz zuvor seine Ausbildung abgeschlossen hatte. Und dann offenbar eine Hüft-OP vermasselt hat. Mit tödlichem Ausgang.» Daniel liest, scrollt weiter, schüttelt den Kopf. «Der jüngere Chirurg gab an, er hätte unter Aufsicht von Valent operiert und nach seinen Anweisungen gehandelt. Der Anästhesist und die OP-Schwestern sagten aus, Valent wäre nur kurz zu Beginn der Operation dabei gewesen und dann weggerufen worden.»

«Und? Was kam raus bei dem Prozess?»

«Ein Schuldspruch wegen schwerer Behandlungsfehler vor und während der Operation infolge von Selbstüberschätzung für den jungen Arzt. Sechs Monate auf Bewährung, dazu eine Zahlung von siebentausend Euro.»

«Nur der eine Treffer?»

Daniel nickt. «Sonst taucht der Name Valent nirgendwo im Archiv auf.»

Also jede Menge unzufriedener Patienten, aber kein einziger Kunstfehlerprozess. Könnte trotzdem passen.

«Und Escher?»

«Zu dem finde ich keinen einzigen Eintrag. Nichts.» Daniel steht auf und greift nach seiner Jacke. «Ich schlage vor, wir beginnen mit Passow. Einverstanden?»

Die Jogger, die uns an der Außenalster entgegenkommen, erinnern mich schmerzlich daran, dass ich mich ihnen so bald nicht mehr werde anschließen können. Der Fall vereinnahmt alles, jedes bisschen Energie, das ich aufbringen kann.

Trotzdem tut die frische Luft mir gut. Der Anblick des Wassers, die Lebendigkeit um mich herum. Daniel ist gut zehn Meter vor mir, dreht sich jetzt um und winkt mich mit einer ungeduldigen Geste heran. «Komm doch bitte. Es ist gleich da vorne.»

Ein schneeweißer Altbau, vierstöckig und stuckverziert, mit Giebeln über den Fenstern und einer Marmortreppe, die zum Eingang führt. Ästhetikzentrum Passow, verkündet eine sehr schlicht gehaltene transparente Tafel, die neben der Türglocke angebracht ist.

Daniel klingelt, kaum fünf Sekunden später summt der Türöffner. Am Empfang sitzt eine Frau, die sichtlich schon mehrmals mit Dr. Passows Skalpell Bekanntschaft gemacht hat. Perfektes Näschen, formschön aufgeplusterte Lippen, keine einzige Linie im Gesicht.

Ich beobachte Daniel, der seinen Dienstausweis zieht, doch das charmante Erobererlächeln, das ich halb erwartet habe, bleibt aus. «Daniel Buchholz, Kriminalpolizei. Das ist meine Kollegin Nina Salomon. Wir müssten dringend Dr. Passow sprechen.»

Das Empfangsfräulein verzieht keine Miene. Könnte sie wahrscheinlich auch gar nicht. «Dr. Passow ist gerade in einem Patientengespräch. Wenn Sie ein paar Minuten warten würden …»

Nun lächelt Daniel doch, aber nicht charmant. «Ich sagte dringend, und das meinte ich auch so.»

Die Frau zögert. Obwohl sich noch immer kein Muskel in ihrem Gesicht rührt, ist ihr anzusehen, dass sie Angst hat, ihren Chef zu stören, sogar wenn die Polizei sie dazu auffordert. Muss ja ein reizender Mensch sein.

Schließlich greift sie nach dem Telefon und drückt die Zwei. Nach einer halben Ewigkeit wird am anderen Ende abgehoben. «Dr. Passow, es ist jemand von der Kriminalpolizei hier. Es ist dringend, sagt er.»

Buchholz nimmt ihr sanft den Hörer aus der Hand und lauscht kurz auf das, was in ziemlich scharfem Ton herausdringt. «Guten Tag, Dr. Passow, mein Name ist Buchholz, und ich glaube nicht, dass Sie Ihrer Mitarbeiterin im Anschluss noch einmal erklären müssen, was Sie unter einer Anweisung verstehen. Ich würde Sie aber bitten, zu uns herauszukommen. In Ihrem eigenen Interesse.» Damit legt er den Hörer zurück auf die Station.

Wir warten. Drei Minuten, fünf. Es klingelt an der Tür, eine Patientin, die gleich einen Termin hat und ins Wartezimmer weiterverwiesen wird.

Während ich diesmal völlig ruhig bleibe, merke ich, wie in Daniel die Anspannung wächst. Es ist offensichtlich, dass Passow uns spüren lassen will, wer hier der Herr im Haus ist. Endlich öffnet sich am Ende des vor uns liegenden Gangs eine Tür, und eine hochgewachsene Gestalt in weißem Arztmantel tritt heraus.

«Es tut mir sehr leid», erklärt Passow im Näherkommen. «Ich bin heute wirklich beschäftigt. Worum geht es?»

«Um Ihr Leben», sagt Daniel knapp. «Sind Sie interessiert daran, dass wir es schützen?»

Das Chefarztzimmer ist eine Ansammlung von Statussymbolen. Teure Möbel, Urkunden an der Wand, daneben Fotos von Passow auf seinem Segelboot.

Der Mann selbst sitzt uns gegenüber und hält einen Ausdruck mit der Beschreibung aus dem Forum in Händen. *Ein unfähiger Arzt, der seine Fehler auf die Kollegen schiebt, während er sich an Privatpatienten dumm und dämlich verdient.*

Sein Lächeln ist überheblich, als er mir den Zettel über den Tisch zurückschiebt. «Damit kann unmöglich ich gemeint sein.»

«Das sehen aber eine Menge Leute anders», entgegnet Daniel. «Wir haben seit heute Morgen Hunderte Anrufe bekommen. Ihr Name fiel erstaunlich oft.»

Passow betrachtet seine Hände. Lange Finger, gepflegte Nägel. «Ach, wissen Sie – ich verdiene gut, das ist wahr. Was, wie Ihnen die Logik eigentlich sagen müsste, daran liegt, dass ich weder unfähig bin noch Fehler mache, die ich anderen in die Schuhe schieben müsste.»

«Gut für Sie», sage ich und ziehe ein weiteres Blatt aus meiner Tasche – das ausgedruckte Foto von Kornmeier in seiner Blutlache. «Bei der letzten Abstimmung war ein Anwalt der sogenannte Sieger. Das hier war sein Preis. Diesmal wird es aller Voraussicht nach ein Arzt sein, auf den die Beschreibung passt, die Sie eben gelesen haben.» Ich strahle ihn mit aller Herzlichkeit an, die mir zur Verfügung steht. «Wollen Sie Personenschutz? Falls nicht, sind Sie uns sofort wieder los.»

Das Bild macht ihm Angst, auch wenn er es gut zu verbergen weiß. Nach einigem Kopfschütteln und der wiederholten Feststellung, dass das doch alles Wahnsinn ist, erklärt er sich einverstanden.

Wir warten, bis die Kollegen, die ihn bewachen sollen, da sind, dann kehren wir zum Auto zurück.

Das Marienkrankenhaus liegt von hier aus näher als die Asklepios-Klinik, also steuert Daniel dorthin. «Vielleicht könntest du schon vorab anrufen, damit uns Valent nicht auch warten lässt?»

Gute Idee. Ich wähle die Nummer des Krankenhauses, lande in der Zentrale und bitte die Telefonistin, mich mit Dr. Benedikt Valent aus der Orthopädie zu verbinden.

Warteschleifenmusik. Eine halbe Minute lang, dann habe ich wieder die Telefonistin am Apparat. «Tut mir leid, Dr. Valent hebt nicht ab.»

«Aber er hat heute Dienst?»

«Das weiß ich nicht, da müssen Sie im Abteilungssekretariat fragen.» Sie versucht, mich auch dahin zu verbinden, doch es ist besetzt, und das Krankenhaus taucht bereits vor uns auf.

Die Orthopädie liegt in Haus eins, und diesmal hält Daniel sich nicht lange mit Höflichkeiten auf. Ich hatte schon in Passows schicker Privatklinik den Eindruck, dass die Umgebung ihm Unbehagen bereitet. Als wir jetzt den Gang zum Chefbüro der Orthopädie entlanglaufen, besteht daran keinerlei Zweifel mehr.

Er klopft an die Tür, wartet keine Antwort ab, sondern tritt sofort ein, den Dienstausweis schon in der Hand. «Daniel Buchholz, Kriminalpolizei.»

Die Sekretärin blickt irritiert auf. «Ja … bitte?»

«Ich habe vorhin schon versucht anzurufen», werfe ich ein, betont ruhig. «Leider waren Sie nicht erreichbar. Wir müssten dringend mit Dr. Valent sprechen.»

Die Frau lacht auf. «Ja, das müssten wir auch. Für ihn hätte heute Mittag eine lange Operation auf dem Plan gestanden, aber er ist nach seiner Mittagspause nicht mehr aufgetaucht.»

Scheiße. Daniel und ich wechseln einen hastigen Blick. Das darf jetzt einfach nicht passieren.

«Haben Sie ihn danach noch einmal telefonisch erreicht?», fragt er.

«Nein, leider. Er geht nicht ans Handy, es springt jedes Mal die Mobilbox an.»

«Was ist mit seiner Familie?», erkundige ich mich. «Hat er eine Frau, eine Lebensgefährtin? Eltern? Jemanden, der wissen könnte, ob ihm etwas zugestoßen ist?»

Die Sekretärin schüttelt bedauernd den Kopf. «Er ist seit drei Jahren geschieden und lebt seitdem allein. Seine Frau ist mit den Kindern nach Lüneburg gezogen. Mit ihr habe ich vorhin kurz telefoniert, sie weiß auch nichts.»

Die Gewissheit fühlt sich an wie Blei, das sich im ganzen Körper ausbreitet. Ich muss Buchholz nicht ansehen, ich weiß, dass er die gleichen Schlüsse gezogen hat wie ich.

«Ist das Valents aktuelle Adresse?» Ich halte der Frau den Zettel mit den Daten hin, die ich zu ihm gesammelt habe. «Gibt es vielleicht noch einen anderen Wohnsitz? Ein Ferienhaus am Meer, etwas in der Art?»

Sie verneint. Nimmt unsere Karten entgegen, verspricht, sich noch einmal in der Abteilung umzuhören und sich sofort zu melden, wenn sie etwas erfährt.

Buchholz ist schon fast wieder aus der Tür, und zum ersten Mal, seit ich ihn kenne, hält er sie mir nicht auf.

Den Gang, der nach draußen führt, gehen wir diesmal nicht entlang. Wir rennen.

15

«Sag im Präsidium Bescheid», rufe ich Nina zu, als wir in Richtung Auto los spurten. «Die sollen feststellen, in welcher Funkzelle Valents Handy zuletzt eingebucht war und ob es immer noch angeschaltet ist.»

Ich lasse mich auf den Fahrersitz fallen und starte den Motor bereits, als Nina noch ihre Tür zuzieht und sich anschnallt. Im Losfahren öffne ich die Seitenscheibe, setze das Magnetblaulicht aufs Dach und schalte das Martinshorn ein. Während Nina mit dem Präsidium telefoniert, manövriere ich den Audi durch den dichten Hamburger Verkehr. Immer wieder muss ich abbremsen oder hämmere mit der Hand auf die Hupe, weil irgendwelche Idioten vor uns ums Verrecken nicht ausweichen. Ich habe das deutliche Gefühl, dass es um jede Sekunde geht. Falls es nicht schon zu spät ist.

Nach rund zehn Minuten haben wir Valents schickes Einfamilienhaus erreicht. Es liegt etwas nach hinten versetzt zwischen Hecken und kleinen Baumgruppen.

Kaum ist der Wagen zum Stehen gekommen, stößt Nina ihre Tür auf und springt hinaus. Ich schalte den Motor aus und folge ihr über den gepflasterten Weg zum Eingang. Sie legt den Daumen auf die Klingel, sekundenlang. Wir warten. Nichts.

Ich nicke ihr zu. «Versuch's noch mal, ich schaue mich hinten um.»

Auf dem schmalen Durchgang neben dem Haus ziehe ich die P6 aus dem Gürtelholster und lausche konzentriert auf meine Umgebung. Vorsichtig, aber zügig mache ich Schritt um Schritt. Mein schneller werdender Atem kommt mir übermäßig laut vor, mein Puls jagt das Blut in Druckwellen durch die Adern.

An der hinteren Ecke des Hauses bleibe ich stehen und werfe einen vorsichtigen Blick in den Garten. Eine breite Terrasse, ein massiver Holztisch, Korbstühle, ein Gasgrill.

Ein großzügiger Pool, dahinter gepflegter Rasen. Idyllisch. Menschenleer.

Ich lausche mit angehaltenem Atem. Erst nichts, dann ... verhaltene Schritte. Hinter mir. Ich hebe im Herumwirbeln die Waffe ... und lasse sie sofort wieder sinken, als ich in Ninas aufgerissene Augen blicke.

«Verdammt», zische ich ihr zu. «Bist du lebensmüde?»

Sie geht nicht darauf ein, sondern deutet mit dem Kinn in Richtung Garten. «Und?»

«Nichts», sage ich und setze mich wieder in Bewegung. Die Reflexionen der Sonne auf dem breiten Glaselement verhindern einen Blick ins Innere des Hauses. Erst als ich die Hände trichterförmig auf die Scheibe lege und das Gesicht dagegenpresse, erkenne ich Einzelheiten im geräumigen Wohn- und Essbereich. Er wirkt aufgeräumt, bis auf schmutziges Geschirr auf dem Esstisch.

«Falls er in der Mittagspause hier war, hatte er es wohl eilig, das Haus zu verlassen», sagt neben mir Nina, die ebenfalls durch die Scheibe späht.

«Sieht so aus.»

«Wir müssen da rein», stellt sie fest. «Vielleicht liegt er irgendwo im Haus.»

Ich trete ein paar Schritte zurück, schaue mich um und entdecke eine Metalltür in der Hauswand am linken Ende der Terrasse. Nach einem vergeblichen Versuch, sie zu öffnen, kehre ich zu Nina zurück und begutachte das breite Glasschiebeelement. Der Rahmen ist aus Kunststoff.

«Warte hier.» Ich laufe los, ums Haus herum, zum Wagen. Als ich mit einem Montageeisen in der Hand zurückkehre, verzeiht sich Ninas Mund. «Was du so alles mit dir rumschleppst.»

«Gehört zur Grundausstattung», erwidere ich. Ich suche eine Stelle, wo ich das flache Eisen ansetzen kann. Innerhalb einer knappen Minute ist das Schloss ausgehebelt. Und die Alarmanlage heult los.

Wir ignorieren den schrillen Ton und betreten das Wohnzimmer. Auch Nina hält ihre Waffe jetzt mit beiden Händen schräg nach unten gerichtet.

Wenig später stehen zwei Dinge fest: dass die uniformierten Kollegen nur vier Minuten brauchen, um nach einem Alarm vor Ort zu sein. Und dass Dr. Valent sich nicht in seinem Haus aufhält.

Ich bitte die Kollegen, dazubleiben und uns sofort zu alarmieren, falls er doch noch auftauchen sollte, dann verlassen wir das Haus.

Im Auto fährt sich Nina mit gespreizten Fingern durchs Haar und schüttelt resigniert den Kopf. «Verdammte Scheiße. Der hat ihn schon.»

Ich schaue sie an, würde gerne etwas sagen, das zumindest so klingt, als sei ich da nicht so sicher. «Vielleicht ist er auch nur …» Ihr Blick lässt mich verstummen. Jedes weitere Wort wäre sowieso nicht ehrlich gewesen. Valent ist in den Händen dieses Psychopathen, da bin ich ebenso sicher wie Nina. Vielleicht lebt er schon gar nicht mehr.

«Ruf an, die sollen eine …» Erneut werde ich unterbrochen. Dieses Mal ist es jedoch nicht Nina, sondern ihr Telefon. Sie meldet sich, sagt ein paarmal «Ja», dann «Moment» und lässt den Hörer sinken, ohne aufzulegen.

«Valents Handy ist in einer Funkzelle beim Krankenhaus eingebucht. Der letzte Anruf kam um acht Minuten vor zwölf von einem öffentlichen Telefon aus dem Eingangsbereich des Krankenhauses.»

Ich werfe einen schnellen Blick auf die Uhr. «Sofortige Großfahndung. Und … Ach, gib mal bitte her.» Ich strecke die Hand aus, doch statt mir das Telefon zu geben, hält Nina es sich wieder ans Ohr.

«Gebt sofort eine Großfahndung nach Dr. Valent heraus. Foto gibt es auf der Website des Krankenhauses. Und schickt ein paar Leute dahin, die sollen auf der Station und im gesamten Eingangsbereich Patienten, Besucher und Personal befragen, ob sie Valent gesehen haben, allein oder mit jemandem zusammen. Oder ob jemand beobachtet hat, wer um acht Minuten vor zwölf von dort aus telefoniert hat. Und ein Mann bleibt auf Valents Station, falls er dort wieder auftaucht. Alles klar? … Gut.»

Sie legt auf und schaut mich an. «Was?»

Bevor ich antworten kann, klingelt mein Handy. Ich schaue auf das Display, erkenne die Nummer sofort und unterdrücke nur mit Mühe einen Fluch. Nicht das auch noch. Nicht jetzt. Ich lasse das Telefon wieder verschwinden und wünschte, das könnte ich auch mit meinem schlechten Gewissen tun. Das muss jetzt warten.

«Nina, wenn ich dich auffordere, mir dein Telefon zu geben, erwarte ich, dass du dieser Aufforderung nachkommst.»

Sie verdreht die Augen. «Und? Was hättest du angeordnet?»

Kurz verspüre ich das Bedürfnis, ihr nachdrücklich klarzumachen, was es für die Karriere eines Beamten bedeuten kann, wenn er immer wieder Anweisungen seines Vorgesetzten missachtet, doch ich reiße mich zusammen. Jetzt ist nicht der Zeitpunkt für solche Grundsatzdiskussionen.

Das Schlimmste ist, dass sie recht hat. Natürlich hätte ich die gleichen Maßnahmen ergreifen lassen. Und dennoch …

Im Präsidium wird mir schon beim Betreten unseres Flurs gesagt, Arendt wolle mich sofort sehen. Ich vereinbare mit Nina, dass sie den Kontakt zu den Kollegen im Krankenhaus und den Fahndungsteams hält, während ich bei der Chefin bin.

Als ich nach kurzem Anklopfen die Tür öffne, blickt mir nicht nur Arendt, sondern auch Staatsanwalt Meierhofer entgegen. Ich möchte mich schon für die Störung entschuldigen, doch Arendt nickt mir zu. «Wir haben auf Sie gewartet, Buchholz, schließen Sie bitte die Tür hinter sich.»

Meierhofers Gesichtsausdruck verheißt nichts Gutes. Er fixiert mich auf eine Art, als denke er darüber nach, wie er mir mitteilen soll, dass ich meinen Job verliere.

«Herr Buchholz», beginnt er schließlich in der ihm ganz eigenen, arroganten Stimmlage. «Sehe ich es richtig, dass Sie schon heute Vormittag deutliche Hinweise auf die Identität des potenziellen Opfers aus der Bevölkerung bekommen haben?»

«Ja, so wie auf hundert weitere potenzielle Opfer», antworte ich.

Meierhofers rechte Braue hebt sich ein Stück. «Sie haben Hinweise auf hundert Ärzte erhalten, die Kollegen für ihre Fehler verantwortlich machen und viel Geld mit Privatpatienten verdienen? Mir war nicht bewusst, dass wir in Hamburg eine derartige Schwemme an gut verdienenden Ärzten mit diesen Merkmalen haben.»

«Das wollen wir doch nicht hoffen», mischt sich Arendt ein. «Bis zum Nachmittag war noch nicht abzusehen, dass der Arzt die meisten Stimmen erhalten würde. Erst hatte lange Zeit jemand anderes die Nase vorn.»

Es klopft an der Tür, und Andressen stürmt herein, bleibt aber abrupt stehen, als er Meierhofer sieht. Seinem Gesichtsausdruck zufolge ist er genauso begeistert von dessen Anwesenheit wie ich.

«Ihr Notebook», sagt er und reicht Arendt das Gerät. «Sie hatten sich einen Trojaner eingefangen.»

Sie hebt die Augenbrauen. «Wie kann das denn passieren?»

«Wahrscheinlich war es der Anhang einer Mail. In Ihrem Mailprogramm hatte das Ding sich auch eingenistet, das heißt im schlimmsten Fall, dass jemand Ihre Post gelesen hat. Meistens geht es den Hackern aber nur um die Mailadressen aus den Kontakten.»

«Ihr Virenscanner scheint nicht allzu viel zu taugen», bemerkt Meierhofer herablassend. Er wartet, bis sich die Tür hinter Andressen schließt. «Da die Computerprobleme jetzt endlich gelöst sind – können wir wieder zum eigentlichen Thema zurückkommen? Wie ist der aktuelle Stand?»

Ich wechsele einen schnellen Blick mit Arendt. Weiß er das noch nicht? Sie zuckt kaum merklich die Schultern. Also gut.

«Wir waren erst im Krankenhaus, wo Dr. Valent nach der Mittagspause nicht mehr aufgetaucht ist, obwohl eine große OP angesetzt war. Dann sind wir zu ihm nach Hause gefahren, wo wir ihn ebenfalls nicht angetroffen haben. Eine Auswertung seines Mobiltelefons hat ergeben, dass er um kurz vor zwölf einen Anruf erhalten hat, aus dem Eingangsbereich des Krankenhauses. Valents Handy ist noch in einer Funkzelle in der Nähe des Krankenhauses eingewählt. Im Moment sind mehrere Teams vor Ort und versuchen, etwas herauszufinden.»

«Das heißt also, wir haben keinen Schimmer, wo der Mann sich befindet?»

«Richtig», bestätige ich und ernte dafür ein ausgedehntes Schnauben von ihm. «Es könnte also theoretisch sein, dass er schon tot ist?»

«Ja, und es könnte theoretisch auch sein, dass in zehn Sekunden ein Flugzeug in dieses Gebäude stürzt.» Ich erhebe mich vom Stuhl. «Wir wissen es nicht. Ebenso wenig, wie wir sicher wissen können, dass er tatsächlich der ist, der auf dieser Liste steht. Außerdem hatten wir keine Chance, früher auf Valent als potenzielles Opfer zu kommen. Wissen Sie, was hier zurzeit los ist?»

Ich sehe Arendts Gesichtsausdruck, und mir wird bewusst, dass mein Ton unangemessen ist, auch wenn er nur andeutungsweise ausdrückt, wie sehr mich dieses dämliche Geschwätz ärgert.

«Ich weiß, was bei *mir* im Moment los ist», entgegnet Meierhofer überraschend sanft und steht nun seinerseits auf. Er macht ein paar Schritte zum Fenster, starrt hinaus und spricht gegen die Scheibe. «Und ich möchte mir nicht ausmalen, was los sein wird, wenn er tot ist und die Presse davon Wind bekommt, dass wir wussten, um wen es sich bei dem nächsten Opfer handelt. Und dass wir nicht in der Lage waren, ihn zu schützen.»

Ich mag Meierhofer nicht sonderlich, aber ich verstehe, was er meint.

«Bleiben Sie dran, und versuchen Sie alles, um ihn zu finden.» Arendt nickt mir zu, zum Zeichen, dass ich verschwinden kann. «Setzen Sie jeden Mann der SoKo darauf an.»

Nina ist nicht im Büro. Ich finde sie neben Marc an dessen Schreibtisch. Beide starren gebannt auf den Monitor.

«Valents Abstand zu den anderen wächst», erklärt sie, als ich hinter ihnen stehen bleibe. «Schätze mal, da wird sich nicht mehr viel tun.»

«Marc, schnapp dir einen der verbliebenen Kollegen und fahr mit ihm zum Krankenhaus. Ich möchte, dass dort jeder befragt wird, der um die Mittagszeit dort war. Irgendjemand muss Valent gesehen haben. Oder den Kerl, der ihn vom Krankenhaustelefon aus angerufen hat.»

Marc schaut überrascht zu mir hoch. «Ich? Aber ich muss doch hier …»

«Es genügt, wenn Nina das Forum im Auge behält. Also, auf geht's.» Ich wende mich ab und marschiere in unser Büro, wo ich mich erschöpft in den Stuhl fallen lasse. Ich werfe einen Blick auf die Uhr. 18 Uhr 44. In etwas mehr als zwei Stunden steht das Ergebnis fest.

Nina folgt Minuten später und schaltet sofort ihren Monitor ein. «Marc ist not amused.»

«Das ist mir egal.»

«Jetzt mag er mich wohl nicht mehr, weil du mir als deiner neuen Partnerin *seine Aufgabe* gegeben hast, wie er es ausgedrückt hat.»

«Bist du sicher, dass er dich vorher gemocht hat?»

Die Andeutung eines Grinsens zieht über Ninas Gesicht. «Nö.»

Ein synthetischer Gitarrendreiklang ertönt. Sie zieht ihr Smartphone aus der Hosentasche, wirft einen Blick auf das Display und schüttelt den Kopf, bevor sie das Gerät wieder einsteckt. Ich frage nicht nach.

Immer wieder telefonieren wir mit den Teams im Krankenhaus, immer mit dem gleichen Resultat: nichts.

Als um Punkt 21 Uhr der Voting-Button unter der Graphik verschwindet, starren wir beide wie gebannt auf das Display. Im nächsten Moment blinkt die Beschreibung des Arztes, und es erscheint ein neues Posting von Trajan.

Ihr habt eure Wahl getroffen.
Euer Wunsch sei mir Befehl.

Mehr nicht. Binnen Sekunden ploppen Antworten unter den beiden Sätzen auf. Sie reichen von Glückwünschen an den Gewinner über immer noch vorhandene Zweifel, ob das Ganze überhaupt echt sei, bis hin zu entsetzten Posts, in denen Fassungslosigkeit über die Abartigkeit der Betreiber und der Mitspieler zum Ausdruck gebracht werden. Und es gibt Drohungen und derbe Beleidigungen aus beiden Lagern gegen die jeweils Andersdenkenden.

«Wie im richtigen Leben», kommentiert Nina.

Der Mobilfunkbetreiber informiert uns, dass Valents Telefon noch immer eingeschaltet und an der gleichen Funkzelle angemeldet ist. Als ich Arendt davon berichte, beordert sie eine Hundertschaft der Bereitschaftspolizei zum Krankenhaus, um die komplette Umgebung abzusuchen – nach Valent oder zumindest nach seinem Telefon. Dann fährt sie nach Hause.

Sie finden das Telefon um kurz nach Mitternacht. Es liegt in einem Gebüsch neben dem Krankenhausparkplatz. Von Valent keine Spur.

Wir haben beide beschlossen, im Büro zu bleiben. An Schlaf ist sowieso nicht zu denken. Nina beschäftigt sich intensiv mit dem Forum, nachdem die Befragungen im Krankenhaus eingestellt werden mussten. Ich gehe noch einmal alles durch, was wir bisher haben. Viel ist es nicht. Es ist eigentlich fast nichts.

Um kurz nach zwei, mir fallen schon seit einer halben Stunde immer wieder die Augen zu, stößt Nina einen Laut aus, der mich hochfahren lässt. Mit weit aufgerissenen Augen starrt sie auf ihren Monitor. Bewegungslos, stumm.

Ich springe auf, bin mit drei schnellen Schritten bei ihr, schaue auf das Display.

Im nächsten Moment höre ich mich selbst aufstöhnen.

16

Wieder ein Foto, denke ich im ersten Moment, als das dunkle Rechteck direkt unter dem Header des Forums auftaucht. Ein Foto von Valents Leiche, ein unwiderlegbarer Beweis unseres Versagens.

Doch dann wird das Bild scharf. Kommt in Bewegung. Trajan, dieses Arschloch, sendet ein Video.

Der Fluch, den ich nur halb unterdrücken kann, schreckt Daniel auf. Er stellt sich hinter mich, stützt sich an der Lehne meines Drehstuhls ab.

Formen in Schwarz und in allen Abstufungen von Grün, manche davon so hell, dass sie fast weiß strahlen. Nachtsichtmodus. Zwei Herzschläge dauert es, bis ich begriffen habe, was ich da sehe. Valents Gesicht, bildschirmfüllend – und verkehrtherum. Sein Mund bewegt sich. Sagt er etwas? Schreit er? Egal, wie hoch ich die Lautstärke des Computers regle, es ist kein Ton zu hören. Trajan lässt Bilder für sich sprechen. Wie grausam sie sind, erkenne ich erst, als er vom Gesicht des Arztes wegzoomt und in die Totale geht.

Da ist Wasser. Ein Ufer ist nirgendwo auszumachen, dazu ist der Bildausschnitt zu klein gewählt, er wird fast zur Gänze von Valent ausgefüllt.

Der Arzt hängt an einer Kette von einem niedrigen Kran, mit den Füßen nach oben. Unter ihm kräuselt sich die Wasseroberfläche, in die er nun eintaucht, mit dem ganzen Kopf und bis über die Schultern. Seine Hände sehe ich nicht, sie müssen auf den Rücken gefesselt sein, aber ich kann erkennen, wie Valent sich jetzt unter Aufbietung all seiner Kräfte nach oben krümmt, um Luft zu holen. Fünf Sekunden, zehn. Dann muss er lockerlassen. Kopf und Schultern tauchen wieder unter.

Ich kann fühlen, wie es mir selbst den Atem abschnürt, wie Wut, Angst und Hass mich zur Gänze ausfüllen. So schlimm war es lange nicht mehr, aber darauf darf ich jetzt keine Rücksicht nehmen. Valent kämpft, er kämpft noch, aber niemand weiß, wie lange seine Kraft ausreichen wird.

«Elbe», höre ich Daniels tonlose Stimme hinter mir. «Das muss irgendwo an der Elbe sein, an einer der Stellen, wo Boote gekrant werden. Das müssen wir doch finden.»

Er hat nach dem Telefon gegriffen, drückt ein paar Tasten. «Alle Wagen ans Wasser», sagt er in einem Ton, den ich bisher noch nie von ihm gehört habe. «Und setzt jeden Hubschrauber ein, den wir verfügbar haben. Sie sollen nach einem Bootskran suchen, an dem ein Mann hängt. Koordination übernehmt ihr. Meldet euch sofort, wenn ihr etwas wisst.»

Valent kommt wieder hoch. Zieht mit weit geöffnetem Mund Luft ein, hält sich knapp über dem Wasserspiegel. Aus der Art, wie seine Lippen sich bewegen schließe ich, dass er um Hilfe schreit, und hoffe aus ganzem Herzen, dass jemand ihn hört, begreift, wie ernst es ist, und uns informiert. Jede Minute zählt jetzt, jede.

Seine Bauchmuskeln lassen ihn plötzlich im Stich, er taucht sichtlich früher unter, als er es wollte, und schnellt sofort wieder hoch, hustend und würgend, mit weit aufgerissenen Augen.

Nur am Rande bekomme ich mit, dass die Kommentare der User sich überschlagen, dass die Zahl der zugeschalteten Zeugen exponentiell anwächst. 455 987. Fast eine halbe Million Menschen sieht zu, wie Benedikt Valent langsam ertrinkt.

Mein Kopf produziert es ohne mein Zutun, das Bild von grölenden, feixenden Gaffern, die in ihren trockenen Wohnzimmern sitzen und Wetten darauf abschließen, wie oft er sich noch wird hochziehen können.

Es ist alles wieder da, alles, auch das Zittern, als ich meine Hand nach dem Telefonhörer ausstrecke, ihn fallen lasse, wieder vom Tisch aufhebe.

Andressen ist nach Hause gegangen, aber ich erreiche jemand anders bei Cybercrime, verstehe seinen Namen nicht. Egal.

«Stoppt diese Scheiße endlich!», brülle ich ihn an. «Es interessiert mich nicht wie, macht es einfach!»

Der Hörer wird mir sanft, aber energisch aus der Hand genommen. «Tut mir leid», höre ich Daniel sagen, «bei uns liegen die Nerven blank. Ihr seht es auch? Ja. Allerdings. Die Hubschrauber müssten schon unterwegs sein.»

Er legt auf, Sekunden später spüre ich eine Hand auf meiner Schulter, und erst da wird mir bewusst, dass mein ganzer Körper bebt.

«Nina.»

Ich schüttle Daniels Griff ab. Wenn er mich noch einmal anfasst, kann ich für nichts mehr garantieren. Valent ist jetzt wieder unter Wasser, länger als beim letzten Mal. Ich zähle die Sekunden. Einundzwanzig, zweiundzwanzig, dreiundzwanzig …

Es dauert eine knappe halbe Minute, dann taucht sein Kopf auf. Mit weniger Schwung als zuletzt, jeder Zentimeter kostet ihn Kraft, die er kaum noch hat. Ich kann sehen, wie weit sein Brustkorb sich bei jedem Atemzug dehnt. Sein verzerrtes Gesicht. Seine Todesangst.

931 462 User. Kommentare in allen Sprachen.

Gleich wird der Anruf kommen. Gleich wird ein Hubschrauber durchgeben, dass er die Stelle gefunden hat.

Ich schließe kurz die Augen, versuche, meine Fassung nicht völlig zu verlieren. «Wie lange», flüstere ich, «kann er das durchhalten?»

«Höchstens eine halbe Stunde», sagt Daniel nach kurzem Nachdenken. Auch seine Stimme ist belegt. «Wenn er einigermaßen trainiert ist und nicht in Panik gerät. Wenn er die Phasen unter Wasser nutzt, um sich zu erholen.»

Eben lässt Valent sich wieder nach unten sinken. Kontrollierter als beim letzten Mal.

Meinem Gefühl nach müssen die Sucheinheiten schon seit mindestens zehn Minuten unterwegs sein. Warum meldet sich keiner? Warum ist …

Valent kommt wieder hoch. Hält sich gerade mal für zwei Atemzüge. Taucht erneut unter.

Kann sein, dass er es geschafft hat, einen Rhythmus für sich zu finden. Oder ihm geht die Kraft aus. Vielleicht beides.

Ich zähle. Atme so bewusst wie sonst nie, als könnte ich für ihn mitatmen. Zwanzig Sekunden. Dreißig.

Dann Bewegung unter Wasser, ein Zappeln, das neu ist, schließlich taucht der Kopf auf, gerade so lange, dass ein Atemzug möglich ist. Verschwindet wieder unter der Wasseroberfläche.

Eine Million dreihunderttausend. Sie sehen zu, sehen einfach zu, weil sie es aufregend finden, weil sie sich jetzt lebendiger fühlen, weil sie ein Stück Tod kosten können, ohne selbst zu sterben.

Und ich sehe ebenfalls zu, ohne eingreifen zu können, weil ich muss, als wäre das meine beschissene ewige Bestimmung.

Daniel steht immer noch hinter mir. Als nun das Telefon läutet, fahren wir beide herum, doch er ist es, der schneller danach greift.

«Ja?» In seiner Stimme höre ich die gleiche Erwartung, die auch mich erfüllt. Sie sehen ihn, sie sind gleich bei ihm, sie haben sich Trajan bereits gegriffen …

Ein schneller Blick auf den Bildschirm, in der Hoffnung, dass die Suchscheinwerfer Valent schon erfasst haben und das Bild in gleißendes Weißgrün verwandeln.

Nein. Valent ist gerade unter Wasser, es scheint, als würde er versuchen, die Knie anzuziehen, um sich so hochzuarbeiten. Vergeblich.

«Ja», sagt Daniel hinter mir. Das gleiche Wort wie eben, mit völlig anderem Hintergrund. Ich drehe mich zu ihm um, sein Blick sagt alles. «Ja. Wir kommen.»

Valent schafft es wieder an die Oberfläche. Sein Oberkörper pumpt, hält sich, sackt zurück. Ich drehe mich zu Daniel um, verstehe die Resignation in seinen Zügen nicht.

«Was ist passiert?»

Er blickt zur Seite. «Sie haben ihn gefunden. Leider zu spät.»

«Aber wieso ...» Im nächsten Moment begreife ich, nur wahrhaben will ich es nicht. Hefte meinen Blick auf den Bildschirm, auf das Video, von dem ich bis eben noch dachte, es wäre live.

In einer neuen, unendlichen Anstrengung erkämpft Valent sich einen weiteren Atemzug.

«Komm, Nina. Wir müssen hin.»

«Nein.»

Ich werde jetzt nicht gehen. Es eilt nicht mehr, und Valent hat verdient, dass ich es bis zum Ende mit ihm durchstehe.

Das Telefon läutet wieder; wie durch einen Schleier nehme ich wahr, dass Daniel wohl mit Arendt telefoniert, während ich die Sekunden zähle, die Valent diesmal unter Wasser bleibt.

Zweiunddreißig. Dann ein Aufbäumen, das wirkt, als würde es nur durch bloße Verzweiflung gelingen. Ich kann nicht sehen, ob er Atem holen konnte.

Zwanzig Sekunden, dann eine Bewegung, als würde er versuchen, die Kette, an der er hängt, ins Schwingen zu versetzen. Vergebens. Die Bewegung stoppt.

«Nina?»

Valents Kopf stößt durch die Wasseroberfläche, sein Oberkörper biegt sich fast so weit nach oben wie zu Beginn. Er hält sich vier Sekunden, atmet mehrmals ein und aus, beginnt dann zu zittern, gerät wieder unter Wasser.

Ein Krampf, denkt etwas in mir. Ein Krampf in den Bauchmuskeln.

«Nina.»

Diesmal bleibt Valent nicht ruhig unter Wasser. Er windet sich, kommt in einer hektischen Bewegung mit dem Kopf hoch, hustet, taucht ab.

Vielleicht noch einmal, denke ich. Oder zweimal.

Es sind drei Male. Bei seinem letzten Versuch kann ich Valents Gesicht knapp unter dem Wasserspiegel sehen, drei, vielleicht vier

Zentimeter, wo es für die Dauer eines Wimpernschlags verharrt, bevor es tiefer und tiefer im Dunkel versinkt.

Ich warte auf den Moment, in dem er aufgibt, in dem ein letztes Beben durch seinen Körper geht. In dem er Wasser atmet.

Als es so weit ist, schiebe ich meinen Stuhl zurück und stehe auf. Gehe an Daniel vorbei nach draußen, zum Aufzug.

Der Eingangsbereich unten ist menschenleer, wenn man von den Kollegen an der Schleuse absieht. Ich gehe wortlos an ihnen vorbei nach draußen, in die Nacht, ins Freie.

Jeder Atemzug schmeckt nach Schuld.

17

Ich fahre mit dem Aufzug nicht bis zur Tiefgarage, sondern steige einem Gefühl folgend im Erdgeschoss aus. Die beiden Beamten an der Sicherheitsschleuse nicken mir mit ernsten Gesichtern zu. Sie wissen, was geschehen ist. Jeder, der diese Nacht im Präsidium verbringt, weiß es. Alle haben es gesehen.

Ich entdecke Nina sofort, als ich das Gebäude verlasse. Sie sitzt mit eng um den Körper geschlungenen Armen auf einer niedrigen Mauer nur wenige Meter vom Eingang entfernt, den Kopf gesenkt, den Oberkörper nach vorne gebeugt. Ich bleibe vor ihr stehen und widerstehe dem Impuls, sie hochzuziehen und in die Arme zu nehmen. Sie würde wahrscheinlich nach mir schlagen. So gut glaube ich sie mittlerweile zu kennen. «Nina.» Meine Stimme klingt für mich selbst fremd, fühlt sich sogar fremd an. Als läge eine sandige Schicht auf den Stimmbändern. «Ich muss jetzt dahin. Kommst du mit?»

Ich warte. So geduldig, wie es mir möglich ist. Nach einer gefühlten Ewigkeit wende ich mich ab, höre nach wenigen Schritten ein Geräusch hinter mir, drehe mich um. Sie folgt mir.

Wir nutzen die Treppe in die Tiefgarage, nehmen wortlos hintereinandergehend Stufe um Stufe, steigen in den Wagen, fahren los.

«Ich möchte ihn töten», sagt Nina unvermittelt, als ich an einer Ampel anhalte. Die Straßen sind um diese Uhrzeit fast leer. Ich spüre ihre Blicke und schaue zu ihr herüber.

«Ich bin Polizeibeamtin und habe das Bedürfnis, dieses Schwein umzubringen. Kannst du das verstehen?»

Ich nicke und schaue wieder nach vorne, stiere das rote Licht der Ampel an. «Ja.» Das kann ich wirklich.

«Und ich möchte jedem dieser Scheißkerle vor die Füße kotzen, die zu Hause vor dem Monitor gesessen haben.»

Die Art, wie sie das sagt … Sie kotzt die Worte regelrecht aus. Ich hätte nicht geglaubt, dass diese Frau sich emotional so sehr von einem Fall mitreißen lässt.

Die Ampel schaltet um, aber wir sind alleine an der Kreuzung. Bevor ich losfahre, schaue ich noch mal zu ihr hinüber. Sie ignoriert meinen Blick, starrt weiter geradeaus. Nur ihre Backenknochen treten deutlich hervor.

Der Fundort liegt etwa zwei Kilometer hinter der Stelle, an der die Elbchaussee in die Dockenhudener Straße übergeht.

Die letzten hundert Meter zum Ufer müssen wir zu Fuß zurücklegen.

Einige Taucher haben es gerade geschafft, den schlaffen Körper von der Kette zu befreien und ans Ufer zu bringen.

Es ist natürlich Unsinn, aber ich glaube, in Valents Gesicht noch die Qual zu sehen, die er erlitten haben muss, als das Wasser in Schüben die Luft aus seinen Lungen und damit das Leben aus seinem Körper gepresst hat.

Nach einer knappen Viertelstunde und den üblichen Fragen an den Mediziner und die Kollegen von der Spurensicherung machen wir uns wieder auf den Weg.

«Nach Hause?», frage ich, nachdem ich den Motor gestartet habe. Sie nickt. «Ja, bitte.»

Als ich vor dem Haus anhalte, wendet Nina sich mir zu. «Wir werden ihn kriegen. Und ich hoffe inständig, über ihn kommen wir auch an diese ganzen Arschlöcher aus dem Forum ran.» Sie steigt grußlos aus dem Wagen und schlägt die Tür hinter sich zu.

Als ich mich zu Hause aufs Bett fallen lasse, bin ich sicher, ich werde lange nicht einschlafen können. Doch schon der nächste Gedanke erscheint wie in Watte gepackt, dann schlafe ich ein.

Am nächsten Morgen bin ich vor Nina im Büro. Auf meinem Schreibtisch liegen einige frische Zeitungen. Ich schiebe sie auseinander, lese die Headlines, die sich alle ähneln.

> **Irrer Internet-Killer schlägt wieder zu**
> Hamburger Polizei ratlos

> **Der öffentliche Mord**
> Hunderttausende schauen Mann beim Sterben zu.
> Polizei hoffnungslos überfordert!

«Buchholz?» Arendt stößt die angelehnte Tür auf und bleibt am Eingang zu meinem Büro stehen. «Ah, Sie beschäftigen sich gerade mit unserer Fanpost. Das ist gut, dann sind Sie ja vorbereitet. Pressekonferenz um zehn. Sie, Andressen, unser Pressesprecher, Meierhofer und ich. Ziehen Sie sich warm an. Die Pressefritzen sind auf Krawall gebürstet.»

Damit wendet sie sich ab und verschwindet aus meinem Blickfeld. Ich höre vom Flur her ein «Guten Morgen», dann taucht Nina in der Tür auf. Sie sieht ebenso müde aus, wie ich mich fühle.

«Morgen.» Es klingt krächzend, als sei es das erste Wort, das an diesem Tag von ihren Stimmbändern erzeugt wird.

Sie lässt ihren Rucksack achtlos zu Boden gleiten, sinkt auf ihren Stuhl, legt sich die Hand auf die Stirn.

«Hast du auch kein Auge zugetan?»

«Ehm … doch, ich war so fertig, dass ich sofort eingeschlafen bin.» Ist dieses kurz aufbrandende, eigenartige Gefühl etwa schlechtes Gewissen? Weil ich tief und fest geschlafen habe, während meine Kollegin sich im Bett herumgewälzt hat, weil ihre Gedanken wahrscheinlich unentwegt um den Fall gekreist sind? Blödsinn! Außerdem fühle ich mich trotz der knapp drei Stunden Schlaf auch vollkommen fertig.

«Beneidenswert», kommentiert sie und richtet sich im Stuhl auf. «Also gut, wie sieht es aus?»

«Um zehn gibt es eine Pressekonferenz mit Arendt, dem Staatsanwalt, Andressen und mir», erkläre ich und werfe ihr die Zeitungen auf den Schreibtisch. Sie überfliegt die Schlagzeilen, nickt und schaltet ihren Monitor ein. «Das war nicht anders zu erwarten. Die Pressekonferenz wird in einem ähnlichen Ton ablaufen.»

Damit trifft sie ins Schwarze.

Als ich mich um kurz vor zehn auf den freien Platz mit meinem Namensschild zwischen Arendt und Andressen setze und mir dabei die Gesichter der wartenden Journalisten betrachte, bekomme ich eine Ahnung, was uns erwartet.

Der Raum ist voll. Selbst hinter der letzten Stuhlreihe stehen die Journalisten noch dicht gedrängt. Unmittelbar vor den beiden Tischen, an denen wir sitzen, ist eine ganze Batterie an Kameras auf Stativen aufgebaut. Auch einige Fernsehsender sind vertreten.

Arendt eröffnet die Konferenz mit einem kurzen und groben Abriss der bisherigen Geschehnisse. Als sie die ersten Fragen freigibt, rufen sofort alle durcheinander. Erst, als wir alle eine Weile mit bewegungslosen Gesichtern stumm dasitzen, verebben die Rufe nach und nach. Stattdessen gehen fast alle Arme nach oben. Arendt erteilt einer jungen Frau aus der zweiten Reihe das Wort durch Handzeichen.

«Sandra Meissner, Hamburger Aktuelle Tageszeitung», stellt sie sich vor und steht auf. «Am Montagmorgen wurde die Leiche von Michael Kornmeier gefunden. Wie wir wissen, war es ein Mord, der durch das Internetforum *Morituri* initiiert worden ist. Jetzt haben wir Donnerstag, und ein zweiter Toter ist aufgetaucht. Wieder ein *Gewinner* dieses Forums. Was hat die Polizei in den vergangenen drei Tagen unternommen, um diese Plattform vom Netz zu nehmen und an den Betreiber heranzukommen?»

«Alles, was in ihrer Macht steht.» Arendts Stimme klingt sachlich und ruhig. «Dem Betreiber dieser Seite ist es aber offenbar gelungen, eine Technik anzuwenden, die es uns bisher unmöglich gemacht hat, an ihn oder die Seite heranzukommen. Mehr dazu kann Ihnen der Leiter der Abteilung Cybercrime sagen.»

Andressen übernimmt und gibt eine etwa dreiminütige Erklärung ab, die derart mit Fachbegriffen gespickt ist, dass es mir unmöglich wäre, diese Informationen in einen Artikel zu packen. Aber das ist ja auch nicht mein Job.

Als er fertig ist, schnellen sofort wieder die Arme hoch, doch Sandra Meissner macht keine Anstalten, sich zu setzen.

«Das hat sich alles sehr technisch angehört, aber ich meinte etwas anderes: Wie kann es sein, dass der riesige und wahnsinnig teure Hamburger Polizeiapparat auch nach drei Tagen noch so vollkommen ahnungslos ist? Oder gibt es doch einen Verdacht?»

«Sie werden verstehen», mischt sich nun Meierhofer ein, «dass wir aus ermittlungstaktischen Gründen keine Einzelheiten zu dem Fall nennen können. Ich kann Ihnen aber versichern, dass wirklich alles getan wird. Wir haben Unterstützung vom BKA und werden weitere Spezialisten hinzuziehen.»

«Na, da können Hamburgs Bürger ja gleich schon viel besser schlafen.» Eine männliche Stimme, irgendwo aus der Mitte des Raumes. Niemand geht darauf ein.

Es folgen weitere Fragen, die sich fast allesamt darum drehen, warum wir noch nicht weiter sind. Einige davon werden von ausländischen Journalisten auf Englisch gestellt.

Als der Ton der Fragen nach einer halben Stunde immer unverschämter wird, verkündet Arendt, nur noch eine letzte Frage zuzulassen. Die Arme schießen erneut in die Höhe. In der ersten Reihe steht ein dürrer Kerl auf und ruft unaufgefordert: «Steffen Schröter, Blitzreporter.de. Herr Buchholz, Sie sind der stellvertretende Leiter der SoKo *Morituri* und der Verantwortliche draußen vor Ort. Richtig?» Schröter wirft einen Blick auf sein Smartphone und lässt es dann in der Hosentasche verschwinden. Ich nicke. «Ja.»

Noch bevor er wieder den Mund aufmacht, weiß ich, dass er etwas in petto hat. Etwas, das mir nicht gefallen wird.

«Welchen Zusammenhang sehen Sie zwischen dem Mord in der vergangenen Nacht und dem Mann, der heute Vormittag in Langenhorn gefunden worden ist? Bewusstlos und mit einer Hundeleine gefesselt?»

Ein Raunen geht durch den Raum. Meine Gedanken rasen. Natürlich ist mir sofort klar, worauf dieser Typ hinauswill, der mich überheblich angrinst.

Mit einer Hundeleine gefesselt. Der Zweitplatzierte der Abstimmung war ein Mann, der seinen Hund in die Vorgärten seiner Nachbarn koten ließ. Aber ich weiß nichts davon, dass jemand gefunden worden ist. Auch in den Gesichtern von Arendt und Andressen erkenne ich Ratlosigkeit.

Ich beuge mich etwas nach vorne. «Tut mir leid, aber davon ist mir nichts bekannt.» Das Raunen im Raum wird lauter. «Und ich stelle mir die Frage, woher Sie von diesem angeblichen Fund wissen.»

«Vielleicht sollten Sie sich lieber die Frage stellen, warum *Sie* davon *nichts* wissen. Angesichts der nicht vorhandenen Kommunikation zwischen den Dienststellen der Polizei verwundert es allerdings wenig, dass Sie bisher noch keinen einzigen Schritt vorangekommen sind. Vielen Dank für die Beantwortung meiner Frage. Auch, wenn Sie nichts dazu sagen konnten.»

Damit setzt er sich wieder.

Ich habe das dringende Bedürfnis, aufzuspringen und ihm dieses ekelhafte Grinsen aus dem Gesicht zu schlagen. Sofort, als Arendt das Ende der Konferenz verkündet, verlasse ich den Raum.

Nicht genug damit, dass dieser Mistkerl aus dem Forum uns an der Nase herumführt, jetzt müssen wir uns auch schon von irgendwelchen dahergelaufenen Pressefritzen Informationen geben lassen, die wir selbst noch nicht haben. Wenn tatsächlich stimmt, was er gesagt hat …

«Der Journalist hat recht», sagt Arendt neben mir und lässt ihr Smartphone sinken. «Der Mann ist vor einer Stunde gefunden worden. Und er war mit einer Hundeleine gefesselt. Von dem Hund gibt noch keine Spur.»

Franz Kollerbach, der Pressesprecher, geht an uns vorbei. Ich halte ihn auf. «Wer war das, der die letzte Frage gestellt hat?»

Kollerbach hebt die Schultern. «Ich kenne ihn auch nicht. Er war heute zum ersten Mal dabei. Er ist der Betreiber dieses Online-Magazins. *Blitzreporter.de.* Boulevard. Unterste Schublade.»

«Und so jemand weiß über Interna Bescheid, die noch nicht mal wir kennen?»

Ohne eine Antwort abzuwarten, drücke ich mich an Arendt vorbei und gehe zurück in den Presseraum, der sich allmählich leert. Ich habe Glück und entdecke Schröter kurz vor dem Ausgang. Mit einigen schnellen Schritten bin ich bei ihm und lege ihm die Hand auf die Schulter.

«Einen Moment noch.»

Er dreht sich zu mir um. Sein Mund lächelt, seine Augen nicht.

«Woher wussten Sie von dem Mann mit der Hundeleine?»

Das Lächeln verändert sich, wird wieder zu diesem unverschämten Grinsen. «Aber Herr Buchholz, ich bitte Sie. Ich werde als gewissenhafter Journalist doch nicht meine Quellen preisgeben.»

«Das können Sie doch nur von jemandem haben, der zufällig dabei war, als der Mann gefunden wurde.»

Er zieht in einer übertriebenen Geste die Schultern hoch, bis sein dürrer Hals fast verschwunden ist.

«Ja, vielleicht. Und was gäbe es sonst noch für eine Alternative?»

Von jemandem aus unseren Reihen, schießt es mir durch den Kopf, während Schröter mir zuzwinkert und mich stehenlässt.

Ich starre ihm noch einen Moment nach, bevor ich mich wütend abwende und den Raum verlasse. Auf dem Weg zurück zum Büro zerre ich mein Handy hervor, um den Flugmodus auszuschalten. Kaum steht die Internetverbindung, habe ich eine Nachricht von Nina auf dem Display.

> Bewusstloser Mann nach anonymem Hinweis vor zehn Minuten in Langenhorn gefunden. War mit einer Hundeleine gefesselt. Bin ja schon am Universitätskrankenhaus, mache mich auf den Weg zu ihm.

Darunter ist die Uhrzeit angegeben, zu der die Nachricht verschickt worden ist. Zehn Uhr sieben. Gleich nach Beginn der Pressekonferenz. Ich lasse das Telefon sinken, starre vor mich auf den Boden.

Dieser Schröter muss seine Info ebenfalls während der Pressekonferenz erhalten haben. Und sie muss von einem Polizeibeamten gekommen sein.

18

«Schaumpilz», sagt Dr. Diewald und deutet mit einer Holzspachtel auf Valents Mund. «Bildet sich schon zurück, aber Sie werden sehen, wir finden auch in der Trachea noch etwas davon.»

Buchholz hat die Pressekonferenz übernommen, ich die Leichenöffnung. Es fühlt sich richtig an; ich weiß, ich hätte arroganten Journalistenfragen heute nicht standgehalten. Hier am Obduktionstisch sind die Fragen einfacher zu beantworten: Typisches Ertrinken? Ja. Gewalteinwirkung von außen? Keine Frage, aber auch wenn nicht über eine Million Menschen diese Tatsache hätte bezeugen können, wären die Zeichen an Valents Körper unmissverständlich gewesen.

Diewald hat den Kabelbinder von den Handgelenken geschnitten, die Fesselungsspuren gehen tief, die Haut ist an mehreren Stellen aufgerissen. Schürfwunden finden sich auch an den Knien und am Rücken. «Kann sein, dass der Täter ihn über eine raue Oberfläche geschleift hat.» Mit einer Pinzette zupft der Rechtsmediziner ein dunkles Körnchen unter einem Hautlappen hervor und lässt es in eine Phiole fallen. Ein kleiner Stein vielleicht.

Da, wo die Fußfesseln sich um die Gelenke gespannt haben, sind die Abschürfungen breiter und an manchen Stellen noch tiefer. Sehen fast wie Schnittwunden aus.

«Haben Sie das Video gesehen?», frage ich.

«Ja, allerdings erst heute Morgen. Ihre Kollegen waren so freundlich, mir eine Aufzeichnung zur Verfügung zu stellen. Ergibt alles ein rundes Bild.»

Ich kenne diesen zufriedenen Unterton von anderen Rechtsmedizinern, und einen Moment lang beneide ich Diewald brennend um die Hornhaut, die sich im Lauf der Jahre um sein Gemüt herum gebildet haben muss.

Während er die äußere Begutachtung beendet und zum Skalpell greift, betrachte ich Valents Gesicht, und die Gegenwart tritt hinter die Bilder von gestern Nacht zurück, verschmilzt mit ihnen. Normalerweise sehe ich Verbrechensopfer erst, wenn sie bereits tot sind; dieses habe ich sterben sehen. Mir war bisher nicht klar, was für einen riesigen Unterschied das macht.

«Dilatation der rechten Herzkammer», diktiert Diewald in das Mikrophon, das über dem Obduktionstisch hängt. «Schleimhauteinrisse am Mageneingang, Mageninhalt ... wässrig.»

«Wann werden Sie etwas über Medikamenteneinfluss sagen können?» Ich werfe einen Blick in die offene Thoraxhöhle, der Diewald eben die Lungen entnimmt.

«Die Toxikologie dauert ein bisschen», sagt er. «Aber die Proben sind schon im Labor, und die Kollegen sind dran.» Wieder beugt er sich zum Mikro. «Ausgeprägtes Oedema Aquosum, deutlich sichtbare Paltauf'sche Flecken unter der Pleura. Lungengewebe ...»

Mein Handy klingelt, ich drehe mich weg und gehe ein paar Schritte zur Seite. Die Nummer ist die des Präsidiums, die Nebenstelle habe ich noch nicht eingespeichert. «Salomon. Wer spricht?»

«Ich bin's, Christoph. Du und Daniel, ihr seid bei der Pressekonferenz?»

«Nur er, ich bin in der Rechtsmedizin.»

«Okay. Hör mal, wir haben eben eine Meldung hereinbekommen. In Langenhorn ist vor kurzem ein Mann gefunden worden, es gab einen anonymen Hinweis. Bewusstlos im Gebüsch, die Hände mit einer Hundeleine gefesselt. Klingelt da was bei dir?»

Ja, das tut es. Umgehend. «Der andere Kandidat. Der Zweitplatzierte.»

«Genau das denken wir auch. Sie bringen ihn ins Universitätskrankenhaus Eppendorf, da bist du ja dann gerade, oder?»

«Doch. Danke dir, Christoph. Wissen wir schon den Namen des Mannes?»

«Nein. Angeblich hatte er bloß seine Unterwäsche an. Kein Handy dabei, keinen Geldbeutel, keine Ausweise.»

Als ich mich umwende, entnimmt Diewald dem Toten gerade die Milz. «Ich muss leider gehen. Wo finde ich die Zentrale Notaufnahme?»

Er deutet mit dem klebrigen Skalpell eine ungefähre Richtung an. «Wir sind auf N81, Sie müssen nach O10. Wenn Sie jetzt rausgehen links und dann so ziemlich geradeaus. Ein zweigeteilter Bau, ist eigentlich nicht zu verfehlen.»

Ich habe mein Smartphone noch in der Hand und tippe im Laufen eine Nachricht an Daniel, dessen PK gerade angefangen haben muss. Mit einem Mal fühlt der Tag sich nicht mehr so bleischwer an. Vielleicht hat Trajan soeben seinen entscheidenden Fehler begangen, er hat einen Zeugen am Leben gelassen. Und selbst wenn der Mann ihn nicht gesehen hat – er war mit dem Täter in Kontakt. Jeder Kontakt kann Spuren hinterlassen.

Ich finde O10 auf Anhieb, ebenso die Notaufnahme, wo man mich zum Warten auffordert. Der Mann ist hereingebracht worden, er ist nach wie vor bewusstlos, und er wird eben untersucht.

Erst jetzt, da ich vor dem Behandlungsraum wieder zu Atem komme, schleichen sich Zweifel ein. Vielleicht ist es eine falsche Spur. Er war halbnackt und gefesselt, das kann sehr gut andere Gründe haben.

Eine halbe Stunde, dann kommt ein Arzt aus dem Raum und ist sichtlich irritiert, als ich ihm in den Weg springe und meinen Dienstausweis zücke. «Ich muss mit dem Patienten sprechen. So schnell wie möglich.»

«Da werden Sie noch ein wenig Geduld haben müssen.»

Ich lächle ihn an. Zumindest hebe ich meine Mundwinkel. «Geduld ist nicht meine starke Seite.»

Er lächelt zurück. «Tja, das tut mir sehr leid, Frau, äh … Salomon, aber der Patient ist nicht bei Bewusstsein. Er ist zudem unterkühlt, und sein Kreislauf ist nicht allzu stabil. Wir geben Ihnen Bescheid, aber stellen Sie sich darauf ein, dass es dauern wird.»

Fünf Minuten später rollen sie ihn an mir vorbei. Er ist bis zum Hals zugedeckt, ich sehe nur ein schmales Gesicht und dünnes, graues Haar, das wie zertretenes Gras nach allen Seiten steht.

Erst über eine Stunde später taucht Daniel auf, abgehetzt und sichtlich gereizt. Ich hole uns beiden Kaffee aus dem Automaten, oder jedenfalls das, was dort unter dem Namen verkauft wird. «Wie war die Pressekonferenz?»

Er sieht an mir vorbei. «Schlimmer als erwartet. Aber danke für deine Nachricht, leider habe ich sie zu spät gesehen.»

Wir prosten uns mit den Plastikbechern zu. Daniel leert seinen auf einen Zug.

«Trajan entführt zwei erwachsene Männer an einem Tag», sagt er nachdenklich. «Den einen bringt er auf sehr aufwendige Weise um, den anderen legt er draußen ab, ohne dabei erwischt zu werden. Kann ein Mann das alleine schaffen?»

Der Gedanke kam mir vorhin ebenfalls schon, aber ich kann mir nicht vorzustellen, dass Trajan ein Team hinter sich stehen hat. «Er sagt *Ich bin die Hand, die das Schwert führt*, nicht *Wir sind die Hand.* Und ich glaube einfach nicht, dass jemand, der sich nach einem der größten römischen Kaiser nennt, seinen zweifelhaften Ruhm mit jemandem teilen will.»

Daniel setzt eben zu einer Antwort an, als der Arzt von vorhin den Gang entlangkommt. «Frau Salomon? Der Patient ist vor fünf Minuten aufgewacht, und Sie haben Glück. Er hat keinen größeren Wunsch, als mit der Polizei zu sprechen.»

Gustav Beranski ist fünfundsechzig und ehemaliger Postangestellter. Ein kleiner, schmaler Mann. Trajan muss leichtes Spiel mit ihm gehabt haben.

«Wo ist Minnie?» Er sieht vor allem mich erwartungsvoll an, als wäre Daniel in dieser Frage aus irgendeinem Grund die falsche Adresse. «Haben Sie Minnie gefunden?»

Ich beuge mich zu ihm vor. «Wer ist Minnie, Herr Beranski?»

«Meine Hündin. Wir waren gemeinsam spazieren, so wie immer, und dann … ist etwas passiert.»

«Was genau ist denn passiert? Können Sie sich erinnern?»

Er schüttelt schwach den Kopf. «Nein. Wir waren spazieren, sonst weiß ich nichts mehr. Wo ist Minnie?»

«Ich bin sicher, wir finden sie.» Daniels Stimme hat einen beruhigenden Unterton, der Beranski kurz lächeln lässt. «Wo sind Sie denn unterwegs gewesen? In Langenhorn?»

Beranski sieht ihn an, als hätte er den Verstand verloren. «Doch nicht in Langenhorn, was sollen wir denn dort? Im Eißendorfer Forst, dort kann ich sie auch frei laufen lassen, und wir wohnen nicht so weit entfernt.»

«Wann genau sind Sie denn losgegangen?»

Der Mann überlegt, es kostet ihn sichtlich Anstrengung. «Es war die Abendrunde. Um Viertel nach sieben sind wir los, ich wollte zu Beginn des Fernsehfilms wieder zu Hause sein.» Wir lassen uns seine Adresse geben, und Daniel entschuldigt sich für ein paar Minuten, vermutlich, um jemanden hinzuschicken.

Beranski hat den Kopf zur Seite gedreht. Er wirkt müde, wird wahrscheinlich bald wieder einschlafen. «Beschreiben Sie mir Minnie doch mal», fordere ich ihn auf.

Sofort ist er wieder ganz bei der Sache. «Sie ist ein Beagle, ungefähr kniehoch, sehr verspielt. Sieben Jahre alt – warten Sie, ich habe auf meinem Handy ein Foto …» Er begreift noch während er spricht, dass sein Telefon nicht hier ist. Seufzt. «Wenn Sie sie rufen, kommt sie. Sie hört sehr gut auf ihren Namen.»

Daniel kommt wieder herein, setzt sich. «Ich habe Marc und Pia geschickt.»

Zu Beranski nach Hause. Das ist ein gutes Stichwort. Meine nächste Frage versuche ich möglichst schonend zu formulieren. «Sagen Sie, gibt es bei Ihnen in der Nachbarschaft jemanden, mit dem Sie Streit haben? Speziell wegen Minnie?»

Er runzelt die Stirn. «Ja, seit ungefähr einem Jahr. Familie Probst. Die haben einfach was gegen Hun…» Seine Augen weiten sich, jetzt hat er begriffen. Ich glaube nicht, dass er allzu internetaffin ist, aber die Berichte in den Medien haben wohl auch ihn erreicht.

«Sie meinen», flüstert er, «diese Sache aus der Zeitung, mit den Abstimmungen … der Mann mit dem Hund, das bin ich?»

«Wir können es nicht ausschließen», sagt Daniel. «Familie Probst, sagen Sie? Das ist eine wertvolle Information. Fällt Ihnen sonst noch jemand ein?»

Beranski knetet seine linke Hand mit der rechten. «Nein», bringt er heraus. «Ich kann das alles nicht glauben.»

Hinter uns wird die Tür zum Krankenzimmer geöffnet. Der Arzt, der uns freundlich, aber nachdrücklich bittet zu gehen.

«Er hat sich Beranski noch vor Valent geholt», sagt Daniel auf dem Weg zum Parkhaus. «Das heißt, er spielt fair. Er manipuliert das Voting nicht, da macht er sich lieber die Mühe, zwei potenzielle Opfer zu entführen, um auch sicher das richtige töten zu können.»

Er begleitet mich bis zu meinem Wagen, ganz Gentleman, bevor er zu seinem eigenen geht. Ich setze mich hinters Steuer, schließe kurz die Augen. So müde. Und der Tag ist noch so lang.

Hallo, Leyla, empfängt mich eine Nachricht in der Inbox auf *Morituri*. Sie ist von Lars alias Manxxo, dem weniger unangenehmen Forums-Date von Dienstagabend.

Hast du die Aufnahme letzte Nacht gesehen? Was sagst du dazu? Ich musste in den vergangenen Tagen viel an dich denken und würde dich gern wieder treffen. Was hältst du davon? Ich habe vielleicht etwas herausgefunden, das dich interessieren könnte.

In einem ersten Impuls möchte ich Daniel die Nachricht zeigen, bremse mich aber gerade noch rechtzeitig. Ich muss mir erst wieder vor Augen führen, dass er von meinen Treffen mit den zwei Forumsusern nichts weiß und dass das unbedingt so bleiben soll.

Ich zögere mit meiner Antwort. Er hat vielleicht etwas herausgefunden. Wenn das bloß ein Vorwand ist, wird er das Treffen mit mir in bleibender Erinnerung behalten …

Mein Handy piepst und verkündet das Eintreffen einer SMS.

> Heute Abend? Du, ich, eine Flasche Wein und eine
> Schulter zum Anlehnen?
> Melde dich, ja? Tom

Mein ratloses Seufzen lässt Daniel hochblicken. «Probleme?»

Ich hebe die Schultern. «Eigentlich nicht. Bloß keine Kraft für Abendgestaltung.»

Er sieht mich ein paar Sekunden lang forschend an, dann kehrt sein Blick zum Computermonitor zurück.

Keine Ahnung, wann ich heute Schluss machen kann, schreibe ich Tom zurück. Bin jetzt schon todmüde und keine gute Gesellschaft.

Danach schalte ich das Handy stumm und versuche, die Spurensicherung zu erreichen. Sie haben Beranskis Unterwäsche auf fremde Fasern untersucht, aber da war nichts zu finden. Dafür jede Menge Staub- und Schimmelpartikel. «Das könnte daran liegen, dass er auf dem Kellerboden gelegen hat», erklärt man mir.

Ich versuche, daraus eine zusammenhängende Story zu stricken – vergebens. Mein Kopf spielt nicht mehr mit. Vielleicht noch ein Kaffee. Vielleicht …

«Nina?»

Ich reiße die Augen auf, merke jetzt erst, dass sie mir zugefallen sein müssen. Daniel steht neben mir und legt mir vorsichtig eine Hand auf die Schulter. Als wäre ich ein Hund, von dem man nicht genau weiß, ob er bissig ist.

«Fahr nach Hause. Oder nein, falsch. Lass dich fahren. Ich organisiere das, und morgen hole ich dich ab, um halb acht.»

«Ich kann …», protestiere ich, doch er unterbricht mich sofort.

«Du kannst nicht. Weder weiterarbeiten noch selbst fahren. Geh schlafen, bitte.»

Wahrscheinlich überzeugt mich letztlich die Tatsache, dass ich keine Worte finde, um zu widersprechen. Also nicke ich. Zehn Minuten später sitze ich auf der Rückbank eines Passat und werde von einer mir unbekannten Kollegin nach Ottensen gefahren.

Sie muss mich wachrütteln, als wir vor dem Haus stehen. In der Wohnung sind die Dinge unverändert. Unverändert deprimierend. Ich komme nicht dazu, auszupacken, ich komme nicht dazu, einzukaufen, von allem anderen ganz zu schweigen. Und auch, wenn ich jetzt keinen Hunger habe, weiß ich, dass er nachts um drei einsetzen wird, rücksichtslos und schmerzhaft.

Es sind die falschen Gründe, wieder einmal, die mich zum Handy greifen lassen. Keine Zuneigung, bloß Eigennutz. Ego-Nina.

> Bin doch früher raus als erwartet und jetzt zu Hause.
> Freue mich über deinen Besuch. Und über Abendessen.

Drei Minuten später schreibt Tom zurück, er sei auf dem Weg. Kurz vor halb sieben steht er vor der Tür, mit jeder Menge chinesischem Essen, das unfassbar verführerisch duftet.

Wir setzen uns auf die Couch, er füttert mich mit knuspriger Ente, mit Bambussprossen, mit gebratenen Nudeln. Erzählt mir von einem Gemälde, das er heute fertiggestellt hat. Zeigt mir Fotos auf seinem Handy. Ein Bild in Grün und Blau, mit silbrigen Sprenkeln. Ein Nachtbild.

Ich lehne mich an seine Schulter und versuche mir vorzustellen, wie das ist: Ein Leben, das man damit verbringt, zu schaffen und zu gestalten.

Als ich ihn frage, lacht er. Sein Kuss schmeckt nach Sojasauce. «Es ist wundervoll», sagt er. «In den besten Momenten verschmilzt man mit dem Werk, ist nur noch kreative Kraft. Nichts anderes ist mehr wichtig.» Sein Finger folgt der Linie meines Kinns. «Wie ist es bei dir? Was sind die besten Momente in deinem Beruf?»

Allein daran zu denken, bringt die ganze Schwere dieses Tages zurück. «Keine guten Momente. Nur weniger schlimme.»

Er streichelt meinen Rücken, ich schließe die Augen. Als ich sie das nächste Mal wieder öffne, liegt mein Kopf in seinem Schoß. Er hat eine Decke über mich gebreitet und muss den Fernseher angeschlossen haben, der jetzt provisorisch auf einer der Bücherkisten steht.

Ich blinzle. Es laufen Nachrichten, im Bild ist Daniel, mit angespanntem Gesicht. «Ich stelle mir die Frage, woher Sie von diesem angeblichen Fund wissen», sagt er.

Tom hat gespürt, dass ich wach bin, er vergräbt eine Hand in meinem Haar. «Sie hacken ganz schön auf euch herum.»

«Ja. Mach es aus. Bitte.»

Als er nach der Fernbedienung greift, richte ich mich auf. Mein Kopf dröhnt, aber ich bin unbestreitbar wieder wach. Halb elf. Tom lächelt mich erwartungsvoll an. «Du möchtest nicht allein sein, oder?»

Was soll's, denke ich mir. Einmal noch, dann sage ich ihm, dass ich derzeit keinen Sinn für etwas Festes habe, noch nicht mal für etwas Lockeres.

Er zieht mich ins Schlafzimmer, aufs Bett, legt sich neben mich. Seine Hand gleitet unter mein Shirt. Ich schließe die Augen. Sehe plötzlich Daniels Gesicht vor mir, in all seiner Ernsthaftigkeit, und wünsche mir, ich wäre nie nach Hamburg gegangen.

19

Am Freitagmorgen um kurz vor neun sitze ich neben Nina an ihrem Schreibtisch und starre nervös auf den Monitor, in dem Bewusstsein, dass gleichzeitig mit uns Millionen auf der ganzen Welt vor ihren Computern sitzen und die gleiche Seite geöffnet haben.

Sie hocken in ihren Wohnungen und Häusern, erwartungsvoll. Angeturnt von der Ungeheuerlichkeit dessen, was letzte Nacht geschehen ist und was gleich wieder von vorne losgehen wird.

Wie machtlos wir sind. Ich spüre die Wut darüber wie fernen Donner in meinem Inneren grollen. Eines hat Trajan jedenfalls geschafft: Er ist innerhalb weniger Tage einer der berühmtesten Irren der Welt geworden.

Neun Uhr. Unbewusst halte ich den Atem an. Es dauert vier, fünf Sekunden, dann erscheint die Liste. Ich lese langsam, zwinge mich, zu begreifen, dass die lächerlich banalen Dinge, die dort angeführt sind, tatsächlich Gründe sein sollen, einen Menschen zu töten.

«O mein Gott», flüstert Nina neben mir und legt die Hand auf den Mund. Im gleichen Moment sehe ich, was sie so entsetzt.

Unter dem Kerl, der ein echter Schmarotzer ist, weil er bei jeder Runde mittrinkt, selbst aber nie zahlt, der Frau, die immer nur Glück im Leben hat und der einfach alles zufliegt, ohne dass sie etwas dafür tun muss, und dem unausstehlichen Arbeitskollegen, der sogar zum Grüßen zu arrogant ist, steht es als letzter Vorschlag: das elfjährige Mädchen, das die Katze seiner Freundin ertränkt hat.

«Ein Kind?», stoße ich fassungslos aus. «Er setzt ein elfjähriges Kind auf die Liste?»

Nina antwortet nicht, sondern starrt wie gebannt auf die ersten Antworten, die gerade aufploppen.

Gleich die oberste erleichtert mich ein wenig, denn sie entspricht dem gerade in mir reifenden Gedanken, nein, der *Hoffnung*, dass dieses Dreckschwein sich ein Eigentor geschossen hat, indem er ein Kind auf die Liste gesetzt hat. Damit muss er die Grenze des Erträglichen auch bei den durchgeknalltesten Usern überschritten haben.

Du Psycho setzt ein kleines Mädchen auf deine Drecksliste? Man sollte dir die Eier abreißen.

Auch der nächste Kommentar fällt ähnlich aus.

Ich hoffe, sie werden dich kriegen, du krankes Schwein.

Dann Und ich hoffe, sie kriegen auch das Arschloch, das den Vorschlag gemacht hat. Das war sicher nicht die Freundin.

So geht es noch fünf, sechs Posts weiter, und ich möchte schon meine vorsichtige Erleichterung äußern, als ein längerer Kommentar erscheint, bei dem mich die Wortwahl, mit der er verfasst ist, ebenso sehr schockt wie der Inhalt.

Wir sollten bei aller verständlichen Entrüstung angesichts der Tatsache, dass hier ein Kind zur Wahl steht, nicht aus den Augen verlieren, warum dieses Mädchen aufgestellt worden ist. Es hat eine Katze auf grauenvolle Art getötet. Im Alter von elf Jahren. Nicht schlimm, denkt ihr? Doch. Sogar extrem schlimm. Es ist nämlich hinlänglich bekannt, dass Menschen, die schon in so jungen Jahren frei von jeglichem Mitgefühl sind, als Erwachsene zu einer großen Gefahr für die Gesellschaft werden können. Weil sie ihre kalten Gelüste dann vielleicht nicht mehr an Tieren ausleben, sondern an Menschen. Wir haben es hier also mit einer Präventivmaßnahme zu tun, die uns allen zugutekommt und die ich deshalb von Herzen unterstütze. Meine Stimme hat dieses Kind!

Das kann keiner dieser dämlichen, herumpöbelnden Idioten sein. Die drücken sich anders aus. Dieser Kerl ist intelligent. Und gerade deshalb ein Monster.

Es folgt wieder ein Protest, dann der Post einer Frau – zumindest dem Usernamen nach.

Ich finde dieses unmenschlich grausahme Kind soll auch so leiden wie das arme wehrlose Kätzchen welches es bestialisch umgebracht hat. Keine Gnade mit solche Abschaum. Hoffentlich gewinnt es und stirbt einen langsamen Tod. Und für dich du armes kleines Kätzchen alles Gute hinter dem Regenbogen.

«Ich glaube, ich muss kotzen», krächzt Nina, springt tatsächlich auf und rennt aus dem Büro.

Ich lese noch vier, fünf weitere Kommentare und verlasse dann ebenfalls den Raum, um mich vor dem Morgenmeeting noch kurz mit der Chefin abzusprechen. Arendt kommt mir auf dem Flur entgegen. Sie ist allerdings nicht alleine.

Die beiden Männer in ihrer Begleitung tragen einwandfrei sitzende Anzüge und weiße Hemden mit identischen, dunklen Krawatten.

«Sie haben die Liste gesehen?», fragt Arendt, als die drei vor mir stehen. Ich nicke, kann dabei meinen Blick aber nicht von ihren Begleitern abwenden, ohne dass ich beschreiben könnte, was genau es ist, das sie so anders auf mich wirken lässt. Der Linke hat meine Größe, kurze, braune Haare und ist sportlich schlank, während der andere ein bisschen kleiner und leicht untersetzt ist. Haarfarbe und Frisur sind allerdings ähnlich.

«Diese beiden Herren kommen aus den Vereinigten Staaten zu unserer Unterstützung. Sie sind Spezialisten auf dem Gebiet der Internetkriminalität und haben auch sonst eine beachtliche Liste an Qualifikationen aufzuweisen.»

«Gregory Payne», sagt derjenige links neben Arendt in fast akzentfreiem Deutsch und streckt mir lächelnd die Hand hin. Ich ergreife sie und stelle mich vor. Paynes Händedruck ist angenehm kräftig.

«Und mein Name ist Jason Moore.» Hier fehlt sogar jeglicher Akzent. Vielleicht sind Moores Eltern deutsche Auswanderer.

«Verstehe ich das richtig, dass Sie versuchen werden, diese Seite vom Netz zu bekommen?», frage ich.

Payne nickt und lässt sein Lächeln noch ein wenig breiter werden. «Ja, das auch. Aber alleine dafür hätten wir nicht extra nach Deutschland fliegen müssen. Wir werden Ihnen auch bei den Ermittlungen beratend zur Seite stehen. Wir sind auf die ganz kranken Jungs spezialisiert, wissen Sie?»

«Sehen Sie es einfach so», ergänzt Moore, «dass die Chancen, diesen Psychopathen bald aus dem Verkehr ziehen zu können, ab heute deutlich gestiegen sind.» Sein Lächeln stammt aus der gleichen Gussform wie das von Payne.

«Agent Moore und Agent Payne werden das freie Büro gleich neben Ihnen beziehen», erklärt Arendt. «So, und jetzt sollten wir zum Meeting.»

Die beiden sind also CIA-Agenten. Und offenbar zwei ausgesprochen selbstbewusste Exemplare. Nun gut.

Im Besprechungsraum treffe ich Nina wieder. Sie hat sich in die hinterste Reihe gesetzt und sieht aus, als hätte sie sich tatsächlich übergeben.

Ich setze mich neben sie. «Alles okay?»

«Nein, nichts ist okay. Alles ist eine katastrophale Scheiße. Ich kann nicht fassen, dass dieses Dreckschwein ein Kind auf die Liste setzt.»

Wie will man das auch verstehen. «Und ich kann nicht fassen, dass tatsächlich jemand für das Mädchen votet.»

Arendt äußert sich bestürzt über die neue Liste und stellt die beiden Amerikaner vor, die gar nicht fertig werden mit freundlichem Händeschütteln. Dann folgen die üblichen Berichte und Infos.

Als wir endlich wieder zurück im Büro sind, stürzt sich Nina sofort auf ihren Computer. Nach ein paar Klicks schlägt sie mit der flachen Hand auf die Tischplatte. «Das Mädchen liegt zwar nicht vorne, aber die Stimmen reichen schon für Platz drei. Diese abartigen Idioten.»

Ich verzichte auf die Frage, wer vorne liegt. Das Voting hat gerade erst begonnen, da wird sich noch viel tun bis morgen Abend. Ich denke mit Grauen daran. «Dieses Mal können wir im Vorfeld noch weniger tun als bei Valent. Die Beschreibungen sind allesamt so pauschal, dass wir keine Chance haben, den Personenkreis einzuengen.»

Nina stößt ein zynisches Lachen aus. «Valent ist tot. Wir konnten für ihn nichts tun, nicht das Geringste. Was ist denn noch weniger als nichts?» Sie steht auf und stellt sich mit tief in den Taschen vergrabenen Händen ans Fenster. «Und dann noch diese Amerikaner. Was denken die, was sie ...»

Nina verstummt, weil mein Handy klingelt. Ich werfe einen Blick darauf. Schon wieder die gleiche Nummer, verdammter Mist, ich habe vergessen, dort anzurufen. Es scheint ja wirklich wichtig zu sein.

Ich stehe auf. «Entschuldige, ist privat. Bin gleich zurück.» Ich bin schon im Flur, als ich hinter mir einen Knall höre. Es klingt, als habe Nina gegen den Schrank geschlagen.

«Herr Buchholz, wir brauchen dringend Ihre Hilfe», sprudelt die Frau am Telefon gleich los, als ich in einer ruhigen Ecke anrufe. «Ihre Mutter weigert sich, jemanden von uns auch nur in ihre Nähe zu lassen. Sie behauptet, wir wollten sie umbringen.»

Das nun wieder. «Hören Sie, es ist im Moment ganz ungünstig. Ich stecke in einem schwierigen Fall ...»

«Es tut mir leid, aber wenn Sie sich nicht die Zeit nehmen können, mit Ihrer Mutter zu reden, werden wir sie ruhigstellen müssen.»

Ruhigstellen, das kenne ich, das hatten wir schon. Sie werden sie zu einem seelenlosen Zombie sedieren. Ich muss also tatsächlich hin. Es ist zum Kotzen.

«Also gut. Unternehmen Sie bitte nichts. Ich komme vorbei. Spätestens in einer Stunde bin ich da.»

Ich lege auf und gehe zurück. Nina sitzt wieder an ihrem Platz. Der Blick, mit dem sie mich empfängt, verheißt nichts Gutes, hoffentlich gibt es nicht schon wieder eine Hiobsbotschaft in Zusammenhang mit dem Forum. «Was ist los?»

Wieder dieses kurze, zynische Lachen. «Das frage ich dich. Was ist los mit *dir*?» Ihre Stimme ist deutlich lauter geworden. Ich habe nicht den Funken einer Ahnung, was sie meint, und lasse mich verdattert auf den Stuhl sinken. «Was?»

«Das war doch wieder eine von diesen Tanten, die du datest. Kannst du ja auch gerne machen, mir ist völlig egal, mit wem du ins

Bett steigst, aber im Moment sollten wir uns wirklich darauf konzentrieren, wie wir diesem Arschloch beikommen können. Vielleicht verschiebst du deine Privatgespräche ja auf den Feierabend.»

Ich spüre, wie ein heißer Schauer über mein Gesicht jagt und auf der Stirn ein Gefühl wie von hundert Nadelstichen hinterlässt.

«Hör mal», fahre ich sie an. «Ich weiß nicht, wer dir wann was angetan hat, aber ich bin es langsam leid, für deinen Seelenmüll den Eimer zu spielen. Vielleicht machst du dir mal die Mühe, darüber nachzudenken, dass es womöglich auch noch andere Gründe gibt zu telefonieren. Und darüber, dass man andere Menschen nicht unbegrenzt beleidigen kann.»

Ich gehe auf die Tür zu, bleibe stehen, wende mich noch mal zu ihr um. «Aber ja, du hast recht. Das war tatsächlich eine Frau am Telefon. Und zwar eine Altenpflegerin, die mir sagte, dass ich dringend ins Pflegeheim zu meiner Mutter kommen muss, weil es ernsthafte Probleme gibt. Sie hatten es gestern schon bei mir versucht, aber ich habe vergessen zurückzurufen, weil ich so sehr mit diesem gottverdammten Fall beschäftigt war.»

Ich verlasse das Büro und ziehe die Tür hinter mir zu, durchquere schnell den Flur und gehe am Aufzug vorbei ins Treppenhaus. Keine Lust, auf den Fahrstuhl zu warten. Ich kann mir zwar nicht vorstellen, dass Nina mir nachkommt, aber sicher ist sicher. Ich möchte auf jeden Fall vermeiden, dass sie sich jetzt bei mir entschuldigt. Dann müsste ich ihre Entschuldigung annehmen, schon um unserer Zusammenarbeit willen. Aber ich *möchte* keine Entschuldigung von ihr annehmen müssen. Nicht jetzt.

Das Pflegeheim liegt in Billstedt, die Fahrt dauert knapp vierzig Minuten, in denen ich mehrere Telefonate mit dem Präsidium führe. Zwischendurch driften meine Gedanken immer wieder zu Nina ab. Ich versuche, mich dagegen zu wehren, aber es gelingt mir nicht. Warum zum Teufel kann sie mich mit wenigen Worten so aus der Fassung bringen? Ich bin mir sicher, es hat nichts damit zu tun, dass sie mir als Frau gefallen würde. Es stimmt, dass sie nicht mein Typ ist.

Irgendwo in den Tiefen meines Verstandes, verborgen hinter einer dunklen Ecke, lauert die Antwort auf diese Frage. Sie versteckt sich noch vor mir. Aber irgendwann wird sie sich mir zeigen, das spüre ich.

Auf dem Weg zum Zimmer meiner Mutter komme ich an dem Büro der Pflegedienstleiterin vorbei. Sie sieht mich durch die offen stehende Tür und ruft nach mir.

«Herr Buchholz, da sind Sie ja. Wissen Sie schon Bescheid? Seit gestern Nachmittag lässt ihre Mutter niemanden an sich heran. Sie hat sich nicht waschen lassen und einer Kollegin das Tablett mit dem Essen aus der Hand geschlagen. Ich hoffe wirklich, es gelingt Ihnen, sie zu besänftigen, sonst müssen wir medizinisch eingreifen.»

Ich versichere ihr, dass ich es schon irgendwie hinkriege. Vor der Tür bleibe ich stehen, atme zwei-, dreimal tief durch und betrete den Raum.

Meine Mutter sitzt im Rollstuhl neben dem Bett und starrt gegen die Wand. «Hallo, Mama», sage ich. «Wie geht es dir?»

Eine dämliche Frage, ich weiß.

«Da bist du ja», sagt sie vorwurfsvoll. «Hast du dir die Schuhe abgeputzt und die Hände gewaschen?»

Immerhin erkennt sie mich auf Anhieb und verwechselt mich nicht mit meinem Vater, wie sonst oft. «Die wollen mich umbringen, aber das interessiert ja niemanden. Ihr wartet alle nur darauf, dass ich unter die Erde komme. Vielleicht steckt ihr mit denen ja unter einer Decke.»

«Aber wie kommst du denn auf diese Idee?»

«Wegen des Daches natürlich», erklärt sie und sieht mich dabei an, als hätte ich nicht mehr alle Tassen im Schrank.

«Was?»

«Das Dach. Ich sollte da runterstürzen. Sie wollten, dass es wie ein Unfall aussieht. Daniel …» Ihr Ton wird verschwörerisch. «Du musst mich hier wegbringen, bevor es ihnen gelingt, mich umzubringen.»

Ich staune immer wieder über die Phantasie, die meine Mutter entwickelt, wenn es darum geht, sich neue Verschwörungs- oder Mordtheorien gegen sie auszudenken.

«Aber … Warum sollten die Leute hier wollen, dass du vom Dach fällst? Sie versorgen dich doch den ganzen Tag.»

«Frag sie doch mal.»

Ganz bestimmt. Dann rücken sie sofort mit einer Spritze an. Aber wenn ich möchte, dass sie sich beruhigt, muss sie das Gefühl haben, dass ich ihre Ängste ernst nehme.

«Also gut», sage ich. «Ich frage sie nachher.»

«Nein, jetzt. Frag sie jetzt. Frag sie, warum sie mich auf dem Dach ausgesperrt haben. Stundenlang. Dann wirst du sehen, wie seltsam sie reagieren. Los, frag sie.»

Mit zwei Handbewegungen bugsiert sie den Rollstuhl zum Kopfende ihres Bettes und drückt auf den roten Knopf, mit dem das Personal gerufen wird.

Ich kenne die Pflegerin, die kurz danach eintritt, sie heißt Maria, ist Ende fünfzig und sehr liebevoll im Umgang mit ihren Patienten.

«Na los, frag sie», wettert meine Mutter, noch bevor Maria etwas sagen kann. Ich deute mit dem Kopf nach draußen und beuge mich zu meiner Mutter herunter. «Ich kläre das jetzt», flüstere ich ihr zu, dann verlasse ich gemeinsam mit Maria das Zimmer.

«Sie denkt, man wollte sie gestern vom Dach stürzen», erkläre ich, nachdem ich die Tür hinter mir zugezogen habe.

Entgegen meiner Erwartung nickt Maria verlegen lächelnd. «Ach, das ist es … Mit uns spricht sie ja nicht mehr. Diese Sache tut uns sehr leid. Ich weiß nicht, wie das passieren konnte. Wir haben Sie einfach vergessen.»

«Was?» Ich verstehe nicht, was die Frau meint.

«Eine Kollegin hat Ihre Mutter gestern nach dem Essen nach oben aufs Dach gebracht. Das ist ein wundervoller Platz. Wir bringen unsere Senioren bei schönem Wetter oft dort hinauf, damit sie ein wenig Sonne und frische Luft tanken. Weil wir doch keinen Garten haben.»

Das Flachdach kenne ich, ich war selbst schon mit Mama oben.

«Tja, und dann haben wir sie dort oben vergessen. Erst beim Schichtwechsel ist es der Kollegin wieder eingefallen, aber da war Ihre Mutter schon zwei Stunden draußen.»

«Dann war das also gar keine Einbildung von ihr?»

Wieder das verlegene Lächeln. «Nun ja, vom Dach stürzen lassen wollten wir sie natürlich nicht.»

«Dann sollten wir ihr das jetzt gemeinsam erklären.»

Es dauert eine gute halbe Stunde, meine Mutter davon zu überzeugen, dass ihr unfreiwilliger Aufenthalt auf dem Dach ein Versehen war.

Ich bleibe noch eine Weile bei ihr, rede mit ihr über längst vergangene Dinge, als seien sie gerade erst geschehen, und ignoriere die verbalen Attacken, in denen sie mir wieder und wieder vorwirft, an dem Komplott beteiligt zu sein, das man angeblich gegen sie schmiedet.

Als ich die Zimmertür schließlich hinter mir geschlossen habe, lehne ich mich für einen Moment dagegen und schließe die Augen. Es es ist noch immer schwer für mich, meine Mutter so zu erleben. Nach all den Jahren.

Ich erinnere mich an die ersten, verstörenden Anzeichen ihrer Schizophrenie. Die Angst vor geheimnisvollen Verfolgern. Hysterische Weinkrämpfe in einer Ecke auf dem Boden. Ihren Hygienewahn. Ich war neun, als ich das Vertrauen in meine Mutter verlor, die ich bis dahin für unfehlbar gehalten hatte.

Es gab Tage, an denen sie mich dreimal unter die Dusche steckte und mit Kernseife und einer groben Bürste abschrubbte, um Bakterien und Parasiten zu bekämpfen, die sich ihrer Überzeugung nach in meine Poren setzten, um sich in meinen Körper zu fressen und ihn von innen zu verunreinigen und zu zerstören. Ich erinnere mich an die Abende, an denen ich im Bett lag und es nicht wagte, mich zu bewegen, weil mein ganzer Körper brannte wie Feuer.

Es folgten Arztbesuche, Klinikaufenthalte, die Zeiten in geschlossenen Abteilungen, Kuren. Vor sieben Jahren ging es dann gar nicht mehr. In ihrem Wahn, sich gegen ihre eingebildeten Mörder zur Wehr setzen zu müssen, wurde sie zu einer Gefahr für sich selbst und für alle in ihrem Umfeld, vor allem für meinen Vater. Es folgte das Pflegeheim.

Das Klingeln des Telefons reißt mich in die Gegenwart zurück. Ein Kollege aus der SoKo. Er teilt mir mit, dass das Mädchen bei dem Voting an erster Stelle liegt.

20

Nach Daniels Verschwinden brauche ich fast eine halbe Stunde, um mich wieder auf etwas anderes konzentrieren zu können.

Seine Mutter.

Es ist nicht das erste Mal, dass ich jemandem unrecht getan habe, aber so unangenehm war es mir noch nie. Ich kenne den Mann kaum, und trotzdem schlage ich ihm bei erster Gelegenheit irgendeine Vermutung um die Ohren, als wäre sie eine Tatsache. Als hätte ich ein Recht dazu.

Er muss mich für unzurechnungsfähig halten.

Dabei hat er nur das Pech, mir in die Schusslinie geraten zu sein. Ich hätte mich mit der gleichen Vehemenz auf jeden anderen gestürzt, der mir irgendeinen Anlass geboten hätte. Ich brauchte einfach ein Ventil, um den unerträglichen Druck in meinem Inneren zu verringern.

Unschlüssig greife ich nach meinem Handy. Ich könnte ihn anrufen. Wahrscheinlich geht er nicht ran, dann kann ich meine Entschuldigung immerhin auf der Sprachbox hinterlassen. Ohne ihm in die Augen sehen, ohne eine Antwort abwarten zu müssen.

Sehr bequem. Sehr feige.

Nein, ich werde die erste ruhige Minute abwarten, um mit ihm zu reden. Mir beim nächsten Mal auf die Zunge beißen und mich jetzt endlich auf meine Arbeit konzentrieren.

Die ganze Zeit über war mein Blick auf den Computerbildschirm gerichtet, ohne dass ich die Forumsthreads wirklich wahrgenommen hätte. Jetzt beginne ich wieder bewusst zu lesen, und sofort schwappt der Ekel von vorhin wieder in mir hoch.

Meine Stimme für das Mädchen! Das wagst du nie, Trajan!

Die Kommentare erscheinen im Sekundentakt, Wirres mischt sich mit Vernünftigem, Hass mit Panik, Sensationsgier mit Abscheu.

Wer Katzen tötet hat nichts besseres verdient. Egal, wie alt er ist.

Es ist ein Kind. EIN KIND!!! Habt ihr das nicht begriffen?

Vielleicht wacht die Scheiß-Polizei ja jetzt endlich auf!

Ich habe auch eine elfjährige Tochter, die hole ich jetzt aus der Schule und lasse sie nicht mehr aus den Augen.

Boah, ich will wissen, was Trajan sich für sie einfallen lässt!

Ich reiße eines der Fenster auf, lasse kühle Luft hereinströmen, es hilft nichts. Die Übelkeit bleibt, aber ich kann mich nicht schon wieder übergeben, ich bin Teil der Scheiß-Polizei, die endlich aufwachen soll.

Die endlich aufwachen muss.

Widerstrebend schließe ich den Thread und kehre auf die Hauptseite zurück, dahin, wo das Voting stattfindet. Nichts, was sich dort tut, kann wirklich gut sein, aber ich hoffe, dass zumindest die schlimmste der Möglichkeiten nicht eingetreten ist.

Vergebens. Der Balken des Mädchens liegt bei siebenunddreißig Prozent, dahinter folgt die vom Glück begünstigte Frau mit dreißig.

Ich versuche, mich auf meinen Atem zu konzentrieren, um jetzt nichts Unüberlegtes zu tun. Siebenunddreißig Prozent, das ist deutlich, auch wenn das Voting gerade erst begonnen hat. Meine Hoffnung auf den natürlichen menschlichen Instinkt, Kinder zu schützen, war wohl naiv.

Und – wie sagte Daniel letztens? Trajan spielt fair. Wenn das Mädchen gewinnt, wird das Mädchen sterben. Ob er es schon in seiner Gewalt hat? Oder eben dabei ist, es zu entführen? Die meisten Elfjährigen sind jetzt in der Schule, sind sie dort sicher? Und später, auf dem Weg nach Hause …

Ich halte es hinter dem Computer nicht mehr aus. Vor der Bürotür stoße ich beinahe mit Christoph zusammen, der mit bekümmertem Blick zu mir aufsieht. «So eine irrwitzige Scheiße», sagt er leise.

«Ja.»

«Meine Tochter ist zehn und liebt Katzen, aber sie wird heute trotzdem keinen Schritt allein auf der Straße tun.»

«Richtig so.» Ich lächle ihn an, spüre, wie mein Magen erneut rebelliert, lasse trotzdem zu, dass Christoph meinen Arm drückt. «Was für ein schauderhafter Einstieg für dich, Nina. Tut mir wirklich leid.»

«Muss es nicht.» Ich nicke noch einmal freundlich und gehe dann weiter, schnell. Stürze in die erste Toilettenkabine, doch mehr als ein bisschen trübe Flüssigkeit gibt mein verkrampfter Magen nicht mehr her.

Trotzdem geht es mir anschließend besser. Ich beuge mich übers Waschbecken, schaufle mir kaltes Wasser ins Gesicht, und immerhin entlockt mir anschließend mein Anblick im Spiegel tatsächlich etwas wie ein Lachen. Leichenblass, raue Lippen, Wimperntuschespuren bis zu den Wangenknochen.

Das Lachen erstickt sich selbst, als die Erinnerung wieder einsetzt, an ein ähnliches Gesicht, nur verzerrter.

Mit einem Papierhandtuch wische ich die Wimperntusche weg und reibe meine Haut, bis sie so etwas wie Farbe hat. Der Gedanke, der mich vorhin beim Anblick der Balken gestreift hat, kehrt nun zurück, sehr deutlich und sehr verlockend.

Wenn wir weiterhin bloß auf den ausgetretenen Ermittlerpfaden traben, werden wir diesen Fall nicht lösen; jedenfalls nicht schnell genug. Was wir brauchen, ist ein neuer Zugang, am besten einer zu Trajan direkt.

Im Geiste stelle ich bereits meine Sätze zusammen, während ich zurück ins Büro gehe. Gut, dass Daniel nicht da ist.

Ich schließe sorgfältig die Tür hinter mir und setze mich wieder vor den Computer. Im Voting steht es unverändert. 36,7 Prozent für das Mädchen.

Der Link Nominierungen findet sich in der Leiste direkt unter dem *Morituri*-Schriftzug. Ich klicke ihn an, ein Formular öffnet sich. Ich muss es nur noch ausfüllen.

Username: Leyla
Name der / des gewünschten Kandidatin / Kandidaten: Nina Salomon
Wohnadresse: Hamburg, Behringstraße 68
Beruf: Polizistin
Grund der Nominierung:

Hier stocke ich zum ersten Mal. Ich bin erst kurz in der Stadt, das kann Trajan schnell herausfinden, wenn er möchte. Wie kann ich da jemanden schon so vor den Kopf gestoßen haben, dass er mich gern tot sehen möchte?

Vermutlich … kommt es auf den Jemand an. Ich wähle meine Worte also sehr sorgfältig.

Grund der Nominierung: Nutzt ihren Status als Polizistin schamlos aus. Hat einen guten Freund von mir angebaggert und ihm dann, als er sie einfach nur küssen wollte, mit Anzeige gedroht, wegen Nötigung. Sie hat gesagt, ihm würde sowieso keiner glauben, aber wenn er es darauf anlegt, könnte sie ihm gern noch eine Runde Tränengas spendieren und sagen, es war Notwehr. Sie wäre nicht nur bei der Polizei, sondern auch eine Frau, das heißt, er hätte ganz schlechte Karten.
Ich habe dabeigestanden und alles mitgehört, aber das war ihr egal. Sie hat gesagt, mir würde auch keiner glauben, aber wir könnten es ja gerne versuchen. Dann ist sie ziemlich wütend geworden und hat begonnen, meinen Kumpel richtig zu piesacken, ihm kleine Ohrfeigen zu verpassen, damit er sich wehrt und sie ihn richtig fertigmachen kann.
Wir sind dann gegangen, aber so was geht doch nicht, oder? Die darf doch nicht für die Polizei arbeiten! Die gehört einfach weg, die richtet sonst nur Schaden an.

Ich lese mir den Text dreimal durch, unsicher, ob ich den richtigen Ton getroffen oder zu dick aufgetragen habe. Am liebsten würde ich jemanden um seine Meinung dazu fragen. Daniel zum Beispiel, aber das ist aus mehrerlei Gründen keine Option.

Also Augen zu und durch. Ich drücke auf Absenden und lehne mich in meinem Stuhl zurück. Der Schriftzug Danke für deine Nominierung erscheint auf dem Bildschirm.

Jetzt kann ich nur noch abwarten, ob die Geschichte Trajan so sehr reizt, dass er mich auf die nächste Liste setzt. Und dann haben wir alle Chancen, ihn zu fassen, alle.

Mit dem Gefühl, endlich einen Schritt in die richtige Richtung getan zu haben, wende ich mich wieder den Forumsbeiträgen zu. Pia kommt mit einem Stapel von Anrufprotokollen herein, den sie mir auf den Tisch legt. «Schon vorsortiert», sagt sie. «Es sind vor allem panische Eltern, aber auch zwei Lottogewinnerinnen und ein paar notorische Schnorrer.» Ihr Blick wandert immer wieder zu Daniels Platz. Erleichtert über seine Abwesenheit, wie mir scheint.

«Danke.» Ich sichte die ersten Seiten. Eine Mutter gibt an, dass wirklich die Katze von Bekannten in deren Pool ertrunken sei, aber ihre Tochter sei nicht einmal in die Nähe des Tiers gegangen, weil sie allergisch gegen Katzenhaar sei. Trotzdem will sie Schutz für ihr Kind.

Den verlangen fast alle der Anrufer, einige kündigen auch an, Hamburg für mehrere Tage verlassen zu wollen.

«Hast du mitbekommen, was in den Medien los ist?»

Ich schüttle den Kopf. «Das kann ich mir nicht auch noch antun.»

«Vernünftig», sagt Pia. «An deiner Stelle …»

Hinter ihr öffnet sich die Tür, Daniel kommt herein, grußlos. Er wirkt abgekämpft, hängt seine Jacke über die Lehne seines Stuhls und schenkt Pia dabei ein kurzes, pflichtschuldiges Lächeln.

Sie dreht den Kopf weg. «Ich muss wieder. Bis dann.» Hinter ihr fällt die Tür etwas zu laut ins Schloss.

Daniel fährt seinen Computer hoch, die Stille im Büro wird nur vom Summen der zum Leben erwachenden Festplatte durchbrochen.

«Möchtest du Kaffee?» Meine Stimme klingt heiser.

«Nein danke.»

«Geht es deiner Mutter besser?»

Er antwortet nicht, wirft mir nur einen kurzen Blick zu und wendet sich dann wieder seinem Bildschirm zu.

«Hör mal, ich weiß, dass das vorhin nicht okay von mir war.» Erklärungen wie diese sind mir noch nie leichtgefallen, aber um die hier kann ich mich keinesfalls drücken. «Ich möchte mich wirklich bei dir entschuldigen. Ja, es war der Druck, aber das darf keine Ausrede sein. Was ich gesagt habe, tut mir leid, und der Ton tut mir doppelt leid. Es geht mich überhaupt nichts an, mit wem du wann aus welchen Gründen telefonierst.»

Wieder sieht er mich an, diesmal länger. «Das hast du ganz richtig erkannt.»

Ein Signalton, leise nur, aber nicht zu verkennen. In meinem *Morituri*-Postfach ist eine Nachricht angekommen. Die jetzt aber noch ein paar Minuten warten muss.

«Der Fall nimmt mich wirklich stärker mit, als er sollte», fahre ich fort. «Aber ich bekomme das in den Griff. Ab sofort verhalte ich mich professionell, verlass dich drauf.» Die Sätze kommen mir ganz mühelos über die Lippen, das schlechte Gewissen wegen meiner Selbstnominierung regt sich nur schwach.

In Daniels Augen blitzt etwas belustigt auf, wahrscheinlich hat er nicht damit gerechnet, je das Wort «professionell» aus meinem Mund zu hören. Als er antwortet, klingt er allerdings ernst. «Wir arbeiten jetzt zusammen, Nina. Mein Privatleben ist meine Sache, wie du sehr richtig gesagt hast, und selbstverständlich gilt das auch umgekehrt. Aber ich denke, ein paar Dinge sollten wir bei Gelegenheit klären, wenn wir nicht ständig aneinandergeraten wollen.»

Ich kann mir vorstellen, was er meint, nicke aber trotzdem. «Ja. Bei Gelegenheit.»

Das Klingeln von Daniels Telefon beendet unser Gespräch vorzeitig, es ist der Staatsanwalt. Ich klicke die neue Nachricht in meiner Inbox auf.

Sie ist von Trajan. Ich muss mich beherrschen, um mir meine Genugtuung nicht anmerken zu lassen. Wir haben Kontakt!

Hallo, Leyla, schreibt er. Da hast du ja einen ziemlich interessanten Vorschlag für mich. Jemanden von der Polizei in die Auswahlliste zu nehmen, ist natürlich sehr verlockend.

Ich überlege kurz. Verlockend, aber wahrscheinlich zu riskant, oder?, schreibe ich zurück.

Er muss auf meine Antwort gewartet haben, denn seine kommt sofort. Mal sehen. Weißt du, bei welcher Dienststelle diese Nina Salomon arbeitet?

Kann ich das wissen, in Anbetracht der Geschichte, die ich ihm aufgetischt habe?

Nein, tut mir leid, tippe ich. Aber ich bin sicher, dass sie bei der Polizei ist, sie hat uns ihren Dienstausweis unter die Nase gehalten. Hat uns dabei angeguckt, als müssten wir mindestens vor Ehrfurcht auf die Knie fallen.

Diesmal dauert es knapp fünf Minuten bis zu Trajans nächster Wortmeldung. Hat sie erwähnt, ob sie alleine lebt? Oder mit jemandem zusammen?

Am besten bei der Wahrheit bleiben. Sie sagte, sie ist erst vor kurzem nach Hamburg gezogen und lebt allein. Es gibt angeblich irgendeinen Typen, der ihr nachläuft, aber mit dem hat sie wohl eigentlich nichts am Hut. Der sollte dir also nicht in die Quere kommen.

Ich bin nicht ganz sicher, ob ich das clever formuliert habe. Weder will ich Tom in Trajans Fokus rücken, noch möchte ich den Eindruck eines allzu schwierigen Zielobjekts erwecken. Die Fragen, die er mir stellt, haben zweifellos einen Sinn: Er will vorab checken, ob Nina Salomon als Beute taugt.

Weißt du, wie der Typ heißt?, kommt prompt die Frage zurück.

Nein, sorry, keine Ahnung. War mir auch egal.

Trajan schickt eine Reihe von drei Smileys, kaum zu glauben. Als würden wir uns übers Wetter unterhalten.

Du willst wirklich, dass sie stirbt?, fragt er unmittelbar danach.

Ich kann nicht verhindern, dass mir mulmig dabei ist, diese Frage mit Ja zu beantworten. Sie hat es verdient, schreibe ich also. Sie ist eine fiese, arrogante Schlampe.

Wieder drei Smileys und ein Satz: Mal sehen, was ich tun kann.

Ich schließe das Nachrichtenfenster. Das Triumphgefühl von vorhin ist noch da, allerdings abgeschwächt. Nur noch zwei Tage bis zur nächsten Liste.

Immer noch führt die Elfjährige das Voting an, allerdings hat sich der Abstand zur Zweitplatzierten verringert. Ich scrolle mich durch die Forenbeiträge, in denen ein völlig neuer Ton herrscht. Unzählige Postings mit der gleichen Botschaft: Lasst kein Kind sterben. Beteiligt euch am Voting, auch wenn ihr so etwas normalerweise nie machen würdet, aber tut es bitte jetzt und wählt irgendjemand anderen. Jemanden, der sich wehren kann. Versucht, das Mädchen zu retten.

Tatsächlich gehen die Zahlen, die zu Beginn viel niedriger waren als bei der letzten Abstimmung, nun wieder hoch.

Ich bin überzeugt, dass Trajan begeistert ist.

21

Ich bin aufgewühlt, als ich auf Arendts Büro zugehe. Ich frage mich, warum es Meierhofer war, der mich per Anruf dorthin zitiert hat, und nicht die Chefin.

Vor dem Büro stehen zwei Männer in dunklen Anzügen, denen man auf hundert Meter ansieht, dass es sich um Leibwächter handelt. Beide sind um die dreißig, einen halben Kopf größer als ich und augenscheinlich gut durchtrainiert. Als ich auf sie zukomme, rücken sie enger zusammen und versperren die Tür.

«Buchholz?», fragt der Linke in einem Tonfall, als sei es für ihn eine Zumutung, sich überhaupt mit mir befassen zu müssen.

Ich bleibe einen Meter vor den beiden stehen, warte zwei, drei Sekunden, bis ich sicher bin, meine Stimme so weit im Griff zu haben, dass ich nicht laut werde. «Nein, ich bin nicht *Buchholz.* Ich bin für Sie immer noch Kriminalhauptkommissar Daniel Buchholz, und ich stelle fest, dass zwei Fremde in meiner Dienststelle die Tür zu meiner Vorgesetzten blockieren. Die Frage lautet also: Wer sind *Sie*? Und Sie sollten die Frage schleunigst beantworten, bevor ich meine Kollegen dazurufe und Sie festsetze, bis Ihre Personalien sichergestellt sind. Also?»

Die beiden tauschen einen schnellen Blick, denn verzieht sich der Mund des Zweiten zu einem schiefen Lächeln. «Wir sind Kollegen. Personenschutz des Herrn Ministers. Gehen Sie rein, man erwartet Sie schon.»

Personenschutz des Herrn Ministers? Im Büro sehe ich mich nicht nur Arendt und Meierhofer gegenüber, sondern auch Hamburgs

Innensenator Dr. Klinge und einem Mann um die sechzig, den ich erst auf den zweiten Blick als den Bundesinnenminister erkenne. Sein Anzug ist definitiv nicht von der Stange und unterstreicht die Ausstrahlung des Machtmenschen.

Dass der Fall mittlerweile hoch aufgehängt ist, war klar, aber damit, dass sich sogar der Bundesinnenminister zu uns ins Präsidium bemüht, habe ich nicht gerechnet.

«Da sind Sie ja.» Arendt steht von ihrem Stuhl auf. «Ich denke, ich muss Ihnen unseren Besuch nicht vorstellen.»

«Nein, spätestens nicht mehr, seit sich die beiden Herren vor dem Büro wie die Türsteher eines Nachtclubs aufgeführt haben.» Meierhofer und Arendt schweigen betreten, aber der Minister lächelt und nickt. «Ja, die passen gut auf mich auf.»

«Herr Buchholz.» Dr. Klinge stützt die Hände auf den Oberschenkeln ab. «Ich schlage vor, Sie geben uns einen kurzen Abriss über den Fortschritt der Ermittlungen.»

Obwohl ich sicher bin, dass sie von Arendt schon alles erfahren haben, fasse ich die Lage zusammen und beende meinen Bericht mit dem Stand der aktuellen Abstimmung.

«Und es gibt noch keinerlei Hinweise darauf, wer hinter dieser ekelhaften Geschichte steckt?», hakt der Bundesinnenminister nach.

«Nein.»

«Na, dann hat sich ja in den letzten Tagen nichts geändert», nörgelt Meierhofer und schüttelt den Kopf, als könne er nicht fassen, was er gehört hat.

Ich atme tief durch und konzentriere mich. Mit jeder Minute fällt es mir schwerer, sachlich zu bleiben und den Herren nicht die Antworten entgegenzuschleudern, die mir in den Sinn kommen. Dass sie gerne Vorschläge machen können, wo wir ansetzen sollen, zum Beispiel.

«Wir hoffen darauf, dass die Kollegen der IT es doch noch schaffen, die Seite vom Netz zu nehmen und an den Betreiber herankommen. Oder dass wir ihn schnappen, wenn er versucht, das nächste Opfer zu entführen.»

Der Minister wendet sich an Arendt. «Das ist nicht viel. Was glauben Sie, welches Ziel der Mann mit dieser Seite verfolgt?»

Sie wiegt den Kopf hin und her. «Eines seiner Motive ist sicherlich der Wunsch nach Aufmerksamkeit. Er möchte, dass die ganze Welt dabei zusieht, wie er öffentlich angekündigte Morde begeht, ohne dass die Polizei etwas gegen ihn unternehmen kann.» Nach einer kurzen Pause fügt sie hinzu: «Wie es im Moment aussieht, hat er Erfolg damit. Zurzeit sind über zwei Millionen User auf dem Forum angemeldet.»

«Ich finde es enttäuschend, dass so etwas in unserem Land möglich ist», ergreift Meierhofer wieder das Wort. Dieser Wichtigtuer. «Und dass unsere Exekutive nicht in der Lage ist, diesen Verrückten zu schnappen. Die ganze Welt lacht schon über uns.»

«Ach wirklich?», fahre ich ihn an, viel zu aufgebracht. «Darüber zerbrechen Sie sich den Kopf?» Ich springe auf. «Das ist Ihre Angst? Dass irgendjemand darüber lachen könnte, wenn ein elfjähriges Mädchen auf einer öffentlichen Todesliste auftaucht? Und Hunderttausende Verrückte auch noch dafür voten?» Mit einem Schritt stehe ich direkt vor dem Staatsanwalt und registriere mit Genugtuung, dass er erschrocken zurückweicht. «Ich muss sagen, Sie haben eine ausgesprochen seltsame Vorstellung von Humor.»

«N… nein, natürlich …»

«Buchholz», sagt Arendt in scharfem Ton.

«Ich danke Ihnen, das wäre alles.»

Nach einem letzten Blick in die Runde wende ich mich ab und gehe hinaus.

Kurz bevor ich mein Büro erreiche, höre ich schnelle Schritte hinter mir und dann Arendt, die meinen Namen ruft. Ich bleibe stehen, immer noch heftig atmend. So kenne ich mich gar nicht. Meine Nerven liegen wirklich blank.

«Tut mir leid …», setze ich an, doch sie wiegelt ab. «Schon gut. Sie haben in den letzten Tagen kaum geschlafen, hetzen einem Phantom hinterher und müssen sich dann noch solche Kommentare anhören.

Ich verstehe gut, was in Ihnen vor sich geht. Und deshalb möchte ich, dass Sie jetzt nach Hause fahren und sich ins Bett legen.»

«Auf keinen Fall.» Ich wende mich ab, um ins Büro zu gehen, doch Arendt hält mich am Unterarm fest.

«Das war keine Bitte. Sie fahren jetzt nach Hause.»

«Aber wir haben doch noch …»

«Sofort.»

Ich schaue sie an, sehe, dass sie nicht diskutieren wird, und gebe seufzend auf. «In Ordnung. Aber ich bestehe darauf, dass ich sofort informiert werde, wenn sich irgendetwas ergibt.»

«Abgemacht.»

Zwei Minuten später erkläre ich Nina die Situation und beschwöre sie, mich beim kleinsten Hinweis umgehend anzurufen. Sie versichert mir, das werde sie tun. «Ich hoffe, du kannst ein wenig schlafen.»

Ich entgegne nichts. In meinem Kopf herrscht nur noch Leere.

In meiner Wohnung beschleicht mich schon bald das seltsame Gefühl, am falschen Ort zu sein. Anders als sonst empfinde ich beim Betreten des Wohnzimmers nicht die wohlige Sicherheit des Zuhauseseins.

Selbst in dem Gesicht, das mir mit tief in den Höhlen liegenden Augen aus dem Badezimmerspiegel entgegenschaut, entdecke ich Kleinigkeiten, die eigenartig fremd wirken. Es ist, als betrachte ich meine eigene Kopie, verdammt ähnlich, aber doch mit winzigen Fehlern.

Ich gehe ins Schlafzimmer, ziehe meine Sachen aus, hänge sie in den Schrank. Zurück im Bad stelle ich die Dusche an und lasse mich minutenlang von dem nur lauwarmen Schauer berieseln. Warte darauf, dass meine Lebensgeister zurückkehren. Gebe es irgendwann auf.

Mit dem Abzieher entferne ich die Wassertropfen von der Glaswand der Dusche, werfe mir den Bademantel über und schlurfe ermattet ins Wohnzimmer. Dort lasse ich mich auf die Couch fallen und schließe die Augen.

Ich sehne den Schlaf herbei, den ich so nötig habe, doch meine Gedanken kreisen um *Morituri*, den Innensenator, den Bundesminister und Meierhofer, den Idioten.

Und um ein elfjähriges Mädchen, das jetzt noch unbekümmert irgendwo spielt und keine Ahnung hat, in welcher Gefahr es schwebt. Oder das schon gefangen gehalten wird und halb wahnsinnig vor Angst nach seiner Mutter schreit.

Als Bilder eines toten Kindes vor meinem inneren Auge auftauchen, reiße ich die Augen auf und fahre viel zu schnell hoch. Ich sehe Sternchen und kann nur durch heftiges Kopfschütteln verhindern, dass ich das Bewusstsein verliere.

Ich muss etwas tun. Eine Schlaftablette könnte helfen. Aber was ist, wenn Nina in einer Stunde anruft, weil sich in dem Fall etwas Neues ergeben hat? Dann schlafe ich im Stehen ein. Nein, Tabletten sind keine Option.

Vielleicht ist Schlaf auch gar nicht so wichtig? Ein paar Stunden hatte ich immerhin hier und da in den letzten Tagen. Vielleicht reicht es völlig, wenn ich es schaffe, von dem Gedankenkarussell um den Fall abzuspringen und mich mit etwas ganz anderem zu beschäftigen. Ein bisschen Zerstreuung.

Mein Blick fällt auf das Smartphone, das auf dem Couchtisch liegt. Ein bisschen Zerstreuung …

Ich greife nach dem Gerät, öffne die Kontakte und scrolle durch. Fast nur Frauennamen, oft nur die Vornamen. Von manchen habe ich die Nachnamen vergessen. Oder habe sie noch nie gekannt. Immerhin fällt mir zu fast jedem Eintrag ein Gesicht ein. Zu einigen dieser Frauen habe ich noch immer Kontakt. Zu einigen wenigen, denn die meisten haben es mir übelgenommen, wenn ich ihnen sagte, dass aus uns nichts werden kann. Meist habe ich irgendwelche Gründe erfunden. Das war auch besser so, denn wie hätte Beate wohl reagiert, wenn ich ihr gesagt hätte, dass es mich stört, dass sie beim Lackieren ihrer Zehennägel so schlampig ist und weit über die Ränder malt? Und – schlimmer noch – wie abstoßend ich es finde, dass sie an den Fingernägeln kaut?

Ich stelle fest, dass ich es tatsächlich gerade für kurze Zeit geschafft habe, mich abzulenken. Vielleicht ist es wirklich eine gute Idee, jemanden anzurufen. Jemanden, der nicht wütend auf mich ist. Ich streiche über das Display und beginne wieder ganz oben. Bei Franziska halte ich an. Anders als die meisten anderen kenne ich sie schon recht lange. Sie ist ein Jahr jünger als ich, geschieden. Kurzzeitig nähergekommen sind wir uns aber erst nach ihrer Scheidung vor eineinhalb Jahren. Sie ist ein bisschen überspannt. Oder war es zumindest, aber wer weiß. Und sie hat den Kontakt zu mir nicht völlig abgebrochen, als klar war, dass es mit uns nicht funktioniert.

Ja, Franziska ist eine gute Idee. Ich weiß zwar nicht, ob die Geschichten, die sie als Versicherungsmaklerin von ihren Kunden erzählt, alle wahr sind, aber amüsant sind sie allemal.

Ich lade sie zum Essen ein. Das liebt sie. Ein bisschen plaudern. Ablenkung.

Ohne weiteres Zögern drücke ich auf die angezeigte Nummer und halte mir das Telefon ans Ohr. Hoffentlich ist sie da. Und hoffentlich hat sie Zeit.

«Daniel! Hey, von dir habe ich ja ewig nichts gehört. Wie geht's dir?»

Sie klingt fröhlich, sie klingt unbelastet, sie lebt in einer völlig anderen Welt als ich. «Wie's mir geht? Gestresst, du weißt ja, was im Moment los ist. Aber ich habe überraschenderweise heute einen freien Abend und dachte, es wäre nett, wenn wir mal wieder ein bisschen miteinander plaudern. Gehen wir gemeinsam essen? Hast du Lust?»

Sie lacht. «Das klingt gut. Wann? Wo?»

Wir verabreden uns für neunzehn Uhr bei einem ihrer Lieblingsitaliener. Die Zeit bis dahin verbringe ich mehr schlecht als recht mit dem Versuch, doch noch eine Stunde zu schlafen, und schließlich mit meiner Plattensammlung. Es ist ewig her, dass ich den Plattenspieler in Betrieb hatte, und während ich *Hotel California* von den Eagles höre und dabei die Alben der Stones durchsehe, geht es mir ein kleines bisschen besser.

Franziska erscheint um zehn nach sieben im Restaurant, das ungewöhnlich leer ist. Sie hat ein paar Kilo zugelegt, seit ich sie zum letzten Mal gesehen habe.

Wir begrüßen uns mit Wangenkuss, Franziska setzt sich mir gegenüber, strahlt mich an. «Hach, wie schön. Ich kann dir gar nicht sagen, wie sehr ich mich freue, dass du dich wieder bei mir gemeldet hast. Erzähl, wie geht es dir?»

Ich versuche ein Lächeln. «Tja, was soll ich sagen? Beruflich ist es gerade etwas …»

«Ach, kann ich bitte ein Glas Sekt haben?», flötet sie dem Kellner zu, der drei Tische weiter einen Teller abstellt. «Und ein bisschen was zum Vorabnaschen.»

Ich warte, bis ich wieder ihre Aufmerksamkeit habe. «Also, was ich gerade sagen wollte, beruflich ist es etwas stressig im Moment, aber sonst geht es mir ganz gut.»

«Sag mal …» Sie beugt sich vor und reißt die Augen auf. «Diese Morde – habt ihr schon eine Spur?»

«Sei mir nicht böse», sage ich lächelnd, «genau darüber möchte ich heute Abend nicht reden.»

Sie nickt langsam. «Na gut. Dann lass uns ein anderes Thema suchen.»

Der Sekt wird serviert, wir stoßen an. «Ich freue mich wirklich sehr, dass du an mich gedacht hast», sagt sie. «Verrätst du mir, warum?» Sie lächelt erwartungsvoll.

«Weil mir wieder eingefallen ist, wie viel Spaß wir früher zusammen hatten.»

Ihr Lächeln vertieft sich. «Ja, ich erinnere mich», sagt sie und legt ihre Hand auf meine.

Gut. Ich wollte nicht über den Fall reden, aber jetzt schlägt das Gespräch eine Richtung ein, die ich mindestens ebenso wenig möchte.

«Franziska, ich habe dich angerufen, weil ich dich mal wieder sehen wollte. Einfach nur ein bisschen plaudern, verstehst du? Nur so.»

Sie zieht ihre Hand zurück. «Nur so?»

«Ja, nur so. Wir verstehen uns doch gut.»

Ihr Gesicht verändert sich auf eine Art und Weise, die mir ganz und gar nicht gefällt. «Nur ein bisschen plaudern also? Sag mal, kann es sein, dass dir heute Abend irgendeine Tussi abgesagt hat? Dass ich der Lückenbüßer für ein geplatztes Date bin?»

O nein, nicht so was. Nicht heute. «Franziska, bitte, ich …»

«Ich verstehe schon. Du dachtest dir, okay, wenn ich Petra oder Martina oder wie sie auch immer heißt nicht treffen kann, dann lasse ich mir den Abend von der lieben Franziska ein bisschen verschönern. Aber nur plaudern. Was anderes kommt mit Franziska ja nicht in Frage.»

«Nein», bringe ich mühsam heraus. «So ist es überhaupt nicht. Ich wollte dich einfach nur wiedersehen und mit dir …»

«… plaudern, schon klar. Woran liegt es? Na? Bin ich dir zu alt? Zu viel Frau? Oder ist es ein Prinzip von dir, einmal Abgelegtes nicht mehr anzufassen?»

Das reicht. Ich ziehe einen Zwanzigeuroschein aus dem Portemonnaie, lege ihn auf den Tisch, stehe auf und gehe.

Ich rechne fest damit, dass sie mir noch eine Unverschämtheit hinterherrufen wird, aber das tut sie Gott sei Dank nicht.

Als ich am Auto ankomme, rast mein Puls immer noch. Meine Gedanken haben sich allerdings schon von Franziska verabschiedet. Sie drehen sich wieder um *Morituri*.

IV

Das Spiel nimmt an Fahrt auf, findet er und prostet seinem Monitor mit einem Glas Wasser zu. Bisher war es bloß Schäfchenschlachten. Die Schäfchen sortieren eines aus ihren eigenen Reihen aus und sehen zu, wie es ums Leben gebracht wird. Anschließend blöken sie um die Wette; betroffen, schockiert, scharf auf die nächste Runde.

Doch nun wachsen einigen von ihnen Wolfszähne.

Er stellt das Glas ab und greift nach den beiden Nominierungen, die er ausgedruckt hat.

«Leyla», murmelt er vergnügt vor sich hin. «Da hattest du aber eine wirklich reizvolle Idee.»

Die Polizistin zu töten würde in vielfacher Weise befriedigend sein. Sie steht symbolisch für dieses System, den ganzen staatlichen Apparat, und ihr öffentlicher Tod würde zeigen, wie leicht man all das aushebeln kann. Wenn man weiß, wie.

Nutzt ihren Status als Polizistin schamlos aus.

Wenn er sich wirklich dafür entscheiden sollte, sie in die engere Auswahl zu nehmen, würde er ebendiesen Status zu seinen Gunsten nutzen. Er würde die Liste so gestalten, dass die Wahl des Mobs mit Sicherheit auf Nina Salomon fallen würde.

Die Polizistin. Diese Polizistin.

Lächelnd legt er den Ausdruck beiseite und nimmt sich den zweiten vor. Der in gewisser Weise noch viel, viel besser ist.

Denn ganz oben, unter *Name des gewünschten Kandidaten,* steht Trajans eigener. Der bürgerliche Scheißname, den seine Scheißeltern ihm gegeben haben.

Beruf: Psychopathischer Killer
Grund der Nominierung: Siehe oben. Psychopathischer Killer.
Dachtest du echt, niemand würde dich wiedererkennen? Du hast dich ganz gut getarnt, das stimmt schon, aber dann konntest du doch nicht widerstehen, ein paar deiner typischen «Signaturen» anzubringen.
Ich bin noch am Überlegen, was ich tun werde. Der Polizei einen heißen Tipp geben, wäre eine der Möglichkeiten, wenn auch die langweiligste. Aber jetzt mal ehrlich, wenn du anfängst, Kindermord in Erwägung zu ziehen, hört der Spaß auf. Auch, wenn es ein sadistisches Arschlochkind ist.
Was hältst du von der Idee, dich selbst zur Wahl zu stellen? Und am Ende auf originelle Art Selbstmord zu begehen, vor laufender Kamera? Ich verspreche, ich würde für dich voten!
Du kannst mir aber gern einen anderen Vorschlag machen. Hier, per PN. Denn das Schöne ist ja: Ich weiß, wer du bist, aber du hast keinen Schimmer, wer ich sein könnte. Da haben wir dein lustiges Spiel also umgedreht, nicht wahr? Echt, ich könnte mich kaputtlachen. Alle suchen nach dir wie verrückt, und ich müsste nur deinen Namen fallenlassen. Vielleicht tue ich das ja bald.
Also, lass von dir hören. Aber warte nicht zu lange. Mir gefällt überhaupt nicht, was du da abziehst, aber wenn du sofort aufhörst, können wir uns sicher über die Bedingungen einigen, unter denen ich dich nicht verpfeife. Um den Anwalt und den Doc ist es so schade ja nicht.

Er liest die Nachricht noch zweimal, bevor er sie ebenfalls beiseitelegt. In dem Text ist außerordentlich viel Schönes, über das sich nachzudenken lohnt. Und so viel Naives. Denn natürlich weiß Trajan, wer sich da bei ihm gemeldet hat.

Er überschlägt seinen Zeitplan und beschließt, ihn ein wenig zu ändern. Es ist sein Spiel, es sind seine Regeln. Er ist niemandem Rechenschaft schuldig.

22

Ich spüre es, bevor ich es höre, es drängt sich in einen wirren Traum, in dem ich mal über, mal unter Wasser bin, aber immer atmen kann. Na also, denke ich noch, das geht, man muss doch nicht gleich sterben …

Dann weicht der Schlaf zurück, gibt sich geschlagen angesichts des beharrlichen Klingelns so nah bei meinem Kopf.

Das Handy. Mühsam richte ich mich auf und fische es vom Nachtkästchen.

4 Uhr 57. Daniel.

«Tut mir leid, dass ich dich wecken muss.» Er selbst klingt eher erschöpft als müde. «Es gibt einen Leichenfund, in Harburg, die Meldung kam gerade rein. Kannst du in zehn Minuten fertig sein? Ich hole dich.»

«Moment.» In meinem Kopf dreht sich alles. Es ist doch noch gar nicht so weit, das Voting läuft noch. «Ist es das Mädchen?», flüstere ich.

«Nein. Ein Mann. Bis gleich.»

Duschen, blind aus einer der Umzugskisten frische Unterwäsche und ein Shirt greifen. Ich steige gerade in die Jeans, als das Handy wieder läutet: Daniel steht schon vor der Tür. Auf dem Weg die Treppen herunter versuche ich meine Gedanken zu ordnen. Ein männliches Opfer, das passt nicht ins Bild. Der einzige Mann auf der Liste steht weit abgeschlagen auf dem dritten Platz.

Daniel fährt los, kaum dass ich im Wagen sitze. Um die Zeit sind die Straßen noch frei, unser Blaulicht tut das Übrige. Zwölf Minuten, und wir sind vor Ort. Eine Art Nische in einer Feuermauer, ein Altstoffsammelplatz, schwer einzusehen.

Der Tote liegt in einem halbvollen Altpapiercontainer, auf der Seite, als habe er sich zum Schlafen eingerollt.

Ich erkenne das Gesicht auf den ersten Blick, erinnere mich an die Überheblichkeit, mit der der Mann uns begegnet ist, an die Wut, die er in mir geweckt hat.

«Jens Vogt», sagt Daniel leise.

Richtig. Jens Vogt, der sich in fremde Computersysteme hackt und Gegenleistungen dafür verlangt, dass er hilft, Leben zu retten.

So, wie er hier liegt, sieht er viel jünger aus als zuletzt. Es ist, als würde das Kind, das er einmal war, wieder zum Vorschein kommen. Es ist Blut auf die Pappkartons und Zeitungen geflossen, allerdings nicht viel, und ich kann auf den ersten Blick keine Verletzung an Vogt entdecken.

Ich wende mich ab. «Wer hat ihn gefunden?»

Ein uniformierter Kollege weist auf einen Mann, der ein Stück abseits steht und sichtlich lieber überall anders wäre als hier. Dem Zustand seiner Kleidung nach lebt er auf der Straße. «Friedrich Kressler», stellt er sich vor. Zögert, als ich ihm die Hand hinhalte, ergreift sie dann aber doch. «Ich wollte mir Zeitungen als Unterlage für meinen Schlafsack holen. Das mach ich oft.»

Ich stelle ihm die üblichen Fragen und erhalte keine einzige verwertbare Antwort. Nein, er habe niemanden gesehen, ja, er sei sofort zur Polizei gelaufen, nein, er wisse nicht, wie spät es da war. Keine Uhr. Aber ungefähr eine Stunde sei es her.

Er nennt uns den Platz, an dem er meistens schläft. «Dort finden Sie mich, wenn Sie noch etwas wissen wollen.» Jetzt schaut er erwartungsvoll. Ich zähle die Uniformierten, beschließe, dass es auf einen mehr oder weniger nicht ankommt, ziehe den erstbesten beiseite und drücke ihm zehn Euro in die Hand. «Kaufen Sie Herrn Kressler bitte ein Frühstück.»

Ich selbst würge mit Mühe eine Banane hinunter, als wir eine Stunde später im Präsidium ankommen. Es steht nun die Frau, die immer Glück hatte, an der Spitze der Abstimmung. Mit knappen zwei Prozent Abstand zu dem Mädchen. Passt die Beschreibung des einzigen männlichen Kandidaten auf Jens Vogt? Selbst wenn – die Art seines Todes ist für Trajan untypisch, und es gibt auch keine Meldung über den Mord auf *Morituri*.

Ein Zusammenhang besteht trotzdem, er muss einfach bestehen.

«Ich finde das heraus», verkündet Marc siegessicher, als er kurz nach uns im Büro eintrifft. «Die anderen WPCler habt ihr schon befragt?»

«Die sind auf dem Weg hierher», erklärt Daniel. «Du kannst dich drauf verlassen, dass wir sie nicht wieder rauslassen, bevor wir schlauer sind.»

Im Türrahmen erscheint Arendt. Sie ist so blass, dass ihr Rouge sich in rostroten Streifen von ihrer Haut abhebt.

«Die Leute vom WPC übernimmt jemand anders von der SoKo. Ihr bleibt an den Hinweisen dran, wir müssen verhindern, dass es zu noch einem Mord kommt.»

Daniel ist aufgestanden. «Kommt nicht in Frage. Wir kennen Vogts Freunde schon, wir haben Anknüpfungspunkte. Es wäre völlig unsinnig, diese Befragungen nicht …»

«Sie tun, was ich sage, Buchholz!» Zum ersten Mal erlebe ich Arendt unbeherrscht. «Wenn heute Nacht wieder eine öffentliche Hinrichtung stattfindet, dann ist unsere die nächste, ist Ihnen das nicht klar? Wir müssen um jeden Preis verhindern, dass wieder jemand stirbt. Die Kollegen aus den USA arbeiten seit gestern Abend an einem Täterprofil und lassen alle ihre Beziehungen spielen, damit dieses Forum endlich abgeschossen wird. Immerhin sind die Schulen heute ohnehin geschlossen, aber wenn Sie mal kurz nach draußen gehen wollen – es ist fast niemand auf der Straße. Die Stadt ist praktisch zusammengebrochen.» Sie presst ihre Lippen zu einem weißen Strich zusammen, ringt sichtlich um Beherrschung. «Seit fünf Tagen mordet jemand ungehindert vor unseren Augen, und das mit Ankündigung. Es muss aufhören, und zwar heute.»

Sie geht, ohne eine Antwort abzuwarten. Sofort greift Daniel zum Telefonhörer. «Ich erwarte drei Personen – Manuela Donell, Rainer Gerber und Paul Johansen. Sobald sie eintreffen, bringen Sie sie bitte direkt in mein Büro. Danke.»

Mir ist keinesfalls heiter zumute, trotzdem kann ich mir ein Grinsen nicht verkneifen. «Ungehorsam gegenüber Vorgesetzten? Ich dachte, das wäre meine Spezialität.»

Er steigt auf meinen Ton nicht ein. «Uns läuft die Zeit davon, Nina, und Arendt hat jetzt sicher anderes zu tun, als sich um solche Kleinigkeiten zu kümmern. Hast du dir schon überlegt, dass wir es bei Vogts Mörder mit einem Trittbrettfahrer zu tun haben könnten oder mit jemandem, dem die Nerven durchgegangen sind und der dachte, er schafft Trajan aus dem Weg? Vielleicht fängt Hamburg jetzt wirklich an durchzudrehen. Lass es noch ein paar Tage so weitergehen, und Trajan hat die Stadt vollkommen in der Hand.»

Manuela Donell weint schon, als sie unser Büro betritt. Gerber hat ungeschickt einen Arm um sie gelegt, Johansen hält sich ein Stück abseits, als hätte er mit den beiden nichts zu tun. Er ist auch der Erste, der das Wort ergreift. «Es war schon immer Jens' Problem, dass er sich für schlauer gehalten hat als alle anderen, er hat immer sein eigenes Süppchen gekocht. In der letzten Woche noch mehr als sonst.»

«Hat er denn Andeutungen gemacht?», erkundigt sich Daniel. «Wussten Sie, woran er gerade dran war?»

Sie schütteln den Kopf, alle drei. Gesehen haben sie Vogt zuletzt gestern Mittag, da wollte er nach Hause und sich schlafen legen, nachdem er die Nacht zuvor durchgearbeitet hatte.

Es ist eine dieser Befragungen, bei denen ich schon von Anfang an das Gefühl habe, dass sie Zeitverschwendung sind. Bis zu dem Moment, an dem ich einen Blick von Gerber auffange. Er sieht mich nur an, senkt dann kurz die Lider und öffnet sie wieder.

Ich warte, bis Daniel seine Liste abgearbeitet hat und die drei verabschiedet. Als sie schon im Hinausgehen sind, rufe ich Gerber noch einmal zurück. «Mir fällt gerade ein, Herr Gerber, an Sie hätte ich noch eine Frage. Unter vier Augen.»

Ich warte, bis er die Tür geschlossen und sich wieder gesetzt hat. «Sie wollten etwas loswerden, aber nicht vor den anderen?»

«Ja.» Er schaut zwischen Daniel und mir hin und her. «Vielleicht ist es ja auch nur Einbildung, aber Jens schien mir die vergangenen zwei Tage extrem fröhlich. Die meiste Zeit hat er bei *Morituri* verbracht und ein paar ... wie soll ich sagen ... Freundschaften geschlossen.»

Ich habe meinen Stift schon in der Hand. «Kennen Sie Namen?»

«Nein. Aber Sie haben ja seinen Computer mitgenommen. Falls Sie es nicht schaffen, ihn zu knacken, helfe ich Ihnen gerne.»

Er zögert, da ist offensichtlich noch etwas. Ich kann förmlich spüren, wie Daniels Ungeduld wächst.

«Außerdem ... wir waren letztens noch was trinken, und da hat er sich die ganze Zeit über den Namen Trajan lustig gemacht. ‹Wenn die Leute wüssten›, hat er gesagt. Solche Sachen eben, und er hat überhaupt nicht mehr damit aufgehört.

Daniels Stift klopft einen gereizten Rhythmus auf die Schreibunterlage. «Genauer ist er nicht geworden?»

«Nein.» Gerber dreht ein paar seiner Barthaare zu einem dünnen Strang. «Und vielleicht irre ich mich auch, deshalb wollte ich nicht, dass die anderen zwei mithören. Aber wissen Sie – Jens war ein Angeber und hat sich gerne aufgespielt. Trotzdem. Ich glaube, er wusste, wer Trajan ist.»

Vogts Computer wird höchste Priorität eingeräumt, Gerber erklärt, er werde auf Abruf bereit sein, falls die Abteilung Cybercrime ihn hinzuziehen will.

In mir pocht die altbekannte Wut. Wenn Vogt es wusste oder auch nur ahnte – warum hat er uns nichts gesagt? Er selbst könnte noch leben, wir hätten Trajan längst gefasst, und es würde nicht in ein paar Stunden die nächste Online-Schlachtung stattfinden.

Aber angeblich hat er im Forum Freundschaften geschlossen. Unter welchem Namen Vogt im Forum aufgetreten ist, wusste Gerber nicht, nur dass er sich mit ein paar Jungs zusammengetan hatte, die offenbar auch etwas von Computern verstanden.

Also suche ich nach Threads, die sich um technische Details drehen. Finde auch einige, wobei ich mit dem Inhalt der meisten nicht viel anfangen kann. Die meisten Diskussionen schweifen ab, verzweigen sich, wechseln immer wieder den Schwerpunkt.

Nach zwei Stunden stoße ich auf ein Gespräch, das sich über gut achtzig Beiträge zieht und in dem derartig mit Fachbegriffen um sich geworfen wird, dass ich innerhalb kürzester Zeit nicht mehr folgen kann. Aber am Ende finde ich das, was ich mir erhofft hatte: Vier User, die sich über Trajan lustig machen. Gogolx, Pusteblume, McQuentin und Blackjack11.

Speziell Blackjack11 ergeht sich genussvoll in Andeutungen. Dass Trajan sein Spiel nur deshalb noch spielen kann, weil er, Blackjack, das zulässt.

Ich scrolle nach unten. McQuentin hat heute um kurz nach neun sein letztes Posting abgesetzt, da lebte Vogt schon seit Stunden nicht mehr. Hinter den anderen drei Nicks könnte er sich theoretisch verstecken – oder hinter keinem von ihnen.

Angenommen, Gerber hat recht, und Vogt kannte Trajans wahre Identität, ist es dann möglich, dass er sie einem der drei anderen verraten hat? Angeber, der er schließlich war?

Nicht sehr wahrscheinlich, aber auch nicht ausgeschlossen.

Ich überlege kurz, ob ich meine Idee über offizielle Wege schicken soll, sehe, wie Daniel eben hektisch mit Marc diskutiert, und entscheide mich dagegen.

Hey McQuentin, schreibe ich meine nächste PN. Du hast ganz schön was auf dem Kasten, technisch. Sag mal, bist du auch aus Hamburg? Also auch ein Arenabewohner? ;-)
Mir wird langsam ganz schön mulmig hier. Wenn auf der nächsten

Liste eine blonde Tänzerin mit Schuhtick auftaucht, weißt du, dass ich gemeint bin.
Falls du mir vor meinem frühen Tod noch mit einer Computersache helfen könntest, wäre ich dir echt superdankbar! Aber nur, wenn es dich nicht stresst.
Liebe Grüße, Leyla

Ich schicke die Nachricht ab und bekomme im nächsten Moment ein Blatt Papier über den Tisch geschoben. Von Marc.

«Jemand hat sich eben bei uns gemeldet, er vermisst seit gestern Abend seine Mutter. Sie ist achtundfünfzig und Witwe – er meint, sie könnte die Glücks-Kandidatin sein. Weil sie vor drei Jahren ein Haus geerbt hat, von einer entfernten Cousine.»

Ich lese mir die Beschreibung durch. Quatsch, sagt mein Instinkt, aber ich weiß natürlich, dass wir der Meldung trotzdem nachgehen müssen. Denn falls doch …

Die Maschinerie läuft an. Um vier Uhr nachmittags haben wir die Fahndung rausgegeben und den Sohn besucht, der allein in einer winzigen Zweizimmerwohnung lebt. Drei leere Bierkisten stapeln sich im Flur. In der Zwischenzeit sind noch vier weitere Vermisstenmeldungen hereingekommen, darunter eine für ein achtjähriges Mädchen, das seiner Mutter in der Europapassage abhandengekommen ist.

Wir sind noch dabei, den besorgten Sohn in seiner chaotischen Küche zu befragen, da meldet sich die vom Glück verfolgte Mutter. Sie habe das Handy leise gestellt gehabt und erst jetzt die Voicemail abgehört. Und sie sei bei einer Freundin zu Besuch, an der Nordsee. Wir hören sie durch die Leitung lachen, und ich unterdrücke den Impuls, gegen die Wand zu treten.

«So bleibt das jetzt», orakelt Daniel im Hinausgehen. «Die Leute werden wegen jeder winzigen Unregelmäßigkeit hysterisch, und wir bekommen keine Chance, einen roten Faden zu finden und ihm zu folgen.»

Zumindest für den heutigen Tag behält er recht. Wir sind dem Ansturm ausgeliefert wie einer Naturgewalt. Währenddessen schreiten die Stunden unbarmherzig fort. Um neunzehn Uhr taucht der Staatsanwalt auf und verschwindet türenknallend in Arendts Büro. In zwei Stunden wird das Voting zu Ende sein. Mittlerweile ist klar, dass das Mädchen sich außer Gefahr befindet. Der Thread, in dem Tausende User dazu aufgerufen haben, für irgendjemand anders zu stimmen, um das Kind zu schützen, hat seine Wirkung offenbar nicht verfehlt. Dafür wird die Glückssträhne der Frau an erster Stelle wohl in Kürze ein Ende finden.

McQuentin hat mir noch nicht geantwortet.

«Er hat sie schon», sagt Daniel um halb acht. «Mit Sicherheit. Er hält sie irgendwo versteckt und baut wieder ein perverses Szenario auf, das er uns im Lauf der Nacht servieren wird. Wir sind wieder zu spät.»

Um einundzwanzig Uhr gesellen sich Christoph, Marc und Pia zu uns. Es ist ungewöhnlich ruhig im Raum, alle Blicke sind auf Daniels Computerbildschirm gerichtet.

Pünktlich auf die Sekunde verschwindet der Voting-Button, und die Kurzbeschreibung der Siegerin beginnt zu blinken. Unmittelbar danach postet Trajan den gleichen Spruch wie immer.

Ihr habt eure Wahl getroffen.
Euer Wunsch sei mir Befehl.

«Scheiße», höre ich Christoph neben mir flüstern. «Das gibt's doch nicht, der muss doch endlich einen Fehler machen …»

Als hätte Trajan ihn gehört, fügt er seinen beiden Zeilen noch drei weitere an.

Allerdings muss ich euch vertrösten. Die Show wird nicht heute Nacht, sondern erst in vierundzwanzig Stunden stattfinden. Dafür wird sie umso schöner. Verlasst euch auf mich.

Es fühlt sich an, als würde mir ein zentnerschweres Gewicht von den Schultern genommen. Ich lehne mich gegen den Schreibtisch, spüre erst jetzt das volle Ausmaß meiner Müdigkeit. Höre Daniel lachen.

«Scheint, als ginge es Trajan wie uns», sagt er. «Er hat Zeitprobleme.»

23

Als wir wieder alleine im Büro sind, lasse ich mich gegen die Rückenlehne meines Stuhls sinken und schließe für einen Moment die Augen. Ich kann mich nicht entscheiden, ob ich die Verschiebung der *Show*, wie Trajan es nannte, als positives oder negatives Zeichen werten soll.

Vielleicht ist er tatsächlich in zeitliche Bedrängnis geraten. Das spricht für meine Einzeltätertheorie.

Gut, seit wir den Mann gefunden haben, der als Nachbar mit dem in die Vorgärten kackenden Hund beim letzten Voting auf dem zweiten Platz gelandet ist, wissen wir, dass Trajan sich frühzeitig die beiden Führenden schnappt. Vielleicht ist dieses Mal genau dabei etwas schiefgelaufen. Das lässt zumindest hoffen. Vielleicht begeht er bald einen Fehler, der uns auf seine Spur bringt.

Oder aber er will einfach die Spannung und die Userzahlen noch weiter steigern.

«Erde an Buchholz.» Ich öffne die Augen und schaue in Ninas fragendes Gesicht. Mir wird bewusst, dass ich gerade fast eingeschlafen bin.

«Was? Entschuldigung, ich war in Gedanken.» Ich richte mich auf und versuche, hellwach zu wirken.

«Ich sprach von Hunger», erklärt Nina und steht auf. «Wenn ich mich nicht irre, hast du heute auch noch nichts gegessen. Ich weiß nicht, wie es dir geht, aber ich brauche jetzt irgendwas, sonst kippe ich aus den Latschen.»

Als hätte sie einen Knopf gedrückt, spüre auch ich mit einem Mal ein bohrendes Hungergefühl. Ich werfe einen Blick auf den Monitor.

Der Text der ständig wechselnden Posts auf der Startseite des Forums erscheint verschwommen. Ich kneife die Augen zusammen, drücke Daumen und Zeigefinger kurz gegen die Lider. Das hilft.

Zum x-ten Mal lese ich die Beschreibung der *Gewinnerin.* Sie ist viel zu allgemein, als dass wir auch nur den Hauch einer Chance haben, den Personenkreis einzugrenzen. Die Auswertung von Vogts Computer ist noch nicht fertig, sodass wir also auch an diesem Punkt nicht weiterkommen.

Es ist zum Verzweifeln, doch im Moment können wir tatsächlich nichts anderes tun, als besorgte Anrufe entgegenzunehmen und zu hoffen, dass ein ernstzunehmender Hinweis dabei ist. Oder – im weniger günstigen Fall – dass eine Vermisstenmeldung hereinkommt, die passen könnte.

Letztendlich steht also Telefondienst an, bei dem man wohl für eine Stunde auf uns verzichten können wird.

Ich nicke. «Ja, essen ist eine gute Idee. Ganz hier in der Nähe gibt es einen sehr guten Italiener. Ist das okay?»

«Im Moment ist so ziemlich alles okay, was meinen Magen füllt.»

Bevor wir das Präsidium verlassen, informiere ich die Kollegen und fordere sie – wohl überflüssigerweise – auf, sofort anzurufen, wenn es etwas Neues gibt.

Es ist schon zwanzig nach zehn, und die Straßen sind völlig leergefegt, als wir uns an einen Tisch am Fenster setzen, doch wir haben Glück, die Küche hat noch nicht geschlossen. Ich entscheide mich für ein Rinderfilet vom Grill. Nina nimmt eine Pizza mit Käse, Schinken und Rucola. Dazu bestellen wir uns beide eine große Apfelschorle. Ich würde zwar liebend gerne ein Glas Barolo trinken, aber der würde mich wahrscheinlich noch müder machen, als ich es sowieso schon bin.

«Hast du so was schon mal gehabt?», fragt Nina unvermittelt, nachdem sie ihr Glas abgesetzt hat.

«Was meinst du? So ein Forum? Gott bewahre.»

«Nein, ich meine, diese Situation. Ein angekündigter Mord. Dass du weißt, in wenigen Stunden wird ein Mensch umgebracht.» Nach einer Pause, die zu kurz ist, als dass ich zu einer Antwort ansetzen könnte, fügt sie hinzu: «Und dass du nichts dagegen unternehmen kannst.»

Ich denke darüber nach, obwohl die Antwort klar ist.

«Nein, Gott sei Dank noch nicht.»

«Tja … Warum bist du eigentlich Polizist geworden?»

Die Frage aller Fragen, auf die es verschiedene Antworten gibt, von denen keine gelogen wäre. Ich entscheide mich für die genaueste.

«Es war wohl eine Kombination aus zwei Gründen. Als Schüler, so etwa in der siebten, achten Klasse, bin ich oft verprügelt worden. Ich war zu der Zeit recht klein für mein Alter und damit ein gefundenes Fressen für all die Typen, die andere gerne drangsalierten, sich aber an die meisten Klassenkameraden nicht herantrauten, weil sie im Grunde Feiglinge waren.

Jedes Mal, wenn einer oder mehrere von denen mich mal wieder in der Mangel hatten, habe ich um Hilfe gebettelt und gefleht, aber alle haben sich lieber danebengestellt und zugeschaut, wie ich Prügel bezog. Froh, dass sie selbst nicht in meiner Situation waren. Damals habe ich mir fest vorgenommen, Polizist zu werden, um genau den Menschen zu helfen, denen sonst niemand hilft, weil alle immer nur wegsehen.»

Ich merke, dass Nina zusammenzuckt. Ganz kurz nur, aber ihr Gesichtsausdruck ist um eine weitere Nuance ernster geworden. Dunkler.

Etwas von dem, was ich erzählt habe, scheint einen wunden Punkt bei ihr getroffen zu haben. Ich warte, schaue sie auffordernd an, doch sie geht nicht darauf ein.

«Das verstehe ich.» Auch ihre Stimme klingt heiserer als noch vor zwei Minuten. «Und welchen Grund gab es außerdem?» Ich wünsche mir, sie würde sich dazu entschließen, mir zu erzählen, was sie gerade zusammenzucken ließ. Und weiß doch, sie wird es nicht tun. Zumindest nicht jetzt.

«Mein Vater. Er wollte, dass ich seine Firma übernehme, und als ich von seiner Idee nicht begeistert war, versuchte er es mit Druck. Womit er mich nur in meinem Entschluss bestärkte.»

Nina nickt. «Ja, auch das kann ich gut verstehen. Auf Druck reagiere ich ähnlich.»

Ich muss lächeln. «Wer hätte das gedacht. Da haben wir doch tatsächlich eine Gemeinsamkeit entdeckt.»

Ohne darüber nachzudenken, füge ich nach einem kurzen Moment hinzu: «Gibt es womöglich noch mehr Gemeinsamkeiten mit meiner kleinen Geschichte? Ich hatte eben den Eindruck …»

«Prego, Signore.» Salvatore steht mit zwei Tellern in den Händen neben mir und schaut mich erwartungsvoll an. Ich schiebe die Serviette beiseite und lehne mich zurück, damit er den Teller abstellen kann. «Ist eine schlimme Sache gerade, nicht wahr, Signor Commissario?»

«Ja, das ist es», entgegne ich knapp, woraufhin er theatralisch nickt. «Ich lasse meine kleine figlia … mein *Mädchen* nicht mehr alleine vor die Tür. Wissen Sie schon etwas?»

«Darüber darf ich leider nicht reden, Salvatore.»

Sein Blick wird verschwörerisch. «O ja, sicher, ich verstehe. Buon appetito.»

Als er wieder abgerauscht ist, wünscht Nina mir ebenfalls einen guten Appetit und beginnt zu essen. Ich verstehe das Zeichen und greife das Thema, das ich gerade anschneiden wollte, nicht wieder auf.

Ich habe gerade das letzte Stück Fleisch auf der Gabel, als das Smartphone in meiner Hosentasche vibriert.

«Arendt hier. Wo sind Sie?»

«Bei Salvatore. Wir haben den ganzen Tag …»

«Wir haben eine Vermisstenmeldung. Eine junge Frau, die auf die Beschreibung aus dem Forum passt.» Nina beobachtet mich mit sorgenvollem Gesicht, während ich gespannt darauf warte, dass Arendt weiterspricht.

«Wenn sie es wirklich ist, und Trajan hat sie in der Gewalt, bricht hier gleich die Hölle los.»

«Ja, klar, ich weiß», entgegne ich. «Wir werden …»

«Nichts wissen Sie», fällt sie mir erneut ins Wort. «Es handelt sich bei der jungen Frau um Sandra Ullbrecht.»

Die Faust, die sich in meinen gerade gefüllten Magen bohrt, ist gnadenlos.

«*Die* Sandra Ullbrecht?», frage ich unsinnigerweise nach, denn natürlich meint Arendt die einzige Sandra Ullbrecht, die allgemein bekannt ist.

«Ja.»

«Wir sind sofort da.» Ich lege auf und fühle eine dumpfe Taubheit, die sich in mir ausbreitet.

«Was ist denn los?»

Mein Verstand braucht einen Moment, um Ninas Frage zu verstehen.

«Eine Vermisstenmeldung.» Mit einem Mal sind meine Lebensgeister zurück. Ich stehe auf. «Komm, wir müssen los.»

Im Vorbeigehen rufe ich Salvatore zu, dass ich die Rechnung später zahle, und verlasse das Lokal. Nina ist dicht hinter mir und rückt zu mir auf, als ich mit schnellen Schritten zum Wagen gehe. Sie hält noch ein Stück Pizza in der Hand, von dem der Käse bedrohlich auf ihr T-Shirt zu gleiten droht. Ich kann nicht anders, ich zucke ein wenig zusammen. «Weißt du schon Näheres?», hakt sie nach.

«Es handelt sich um Sandra Ullbrecht. Sie ist neunzehn oder zwanzig. Und die Tochter von Hans-Peter Ullbrecht.»

Wir haben das Auto erreicht und steigen ein. «Hans Peter Ullbrecht», wiederholt Nina, während sie sich anschnallt. Sie hat sich die Finger an ihrer Hose abgewischt. «Der Name sagt mir was.»

«Ja, das tut er sicher». Ich bugsiere den Wagen aus der Parklücke und fahre zügig los. «Hamburger Immobilienmogul. Der deutsche Donald Trump. Wahnsinnig reich. Und wahnsinnig einflussreich. Wenn Trajan sich tatsächlich seine Tochter geschnappt hat … Ich will gar nicht daran denken.»

Im Präsidium läuft die Fahndung schon auf Hochtouren. Allen ist bewusst, um wen es sich bei der jungen Frau handelt und welche Lawine ihr Vater lostreten wird, wenn wir sie nicht schnellstens finden. Arendt kommt uns schon auf dem Flur entgegen, so angespannt habe ich sie selten erlebt. «Wie sieht es aus?», frage ich.

«Das Wesentliche: Eine Freundin hat am Abend bei Ullbrechts zu Hause angerufen, weil sie mit Sandra verabredet war und die nicht aufgetaucht ist. Man hat dem keine große Bedeutung beigemessen, weil die junge Dame wohl im Allgemeinen nicht sehr zuverlässig ist. Erst als diese Freundin von der Beschreibung auf *Morituri* berichtete, wurde ihre Mutter panisch und informierte sofort Sandras Vater. Der rief dann hier an. Für alles andere wenden Sie sich an die Kollegen, ich selbst komme zu nichts, weil ich Ullbrecht alle fünf Minuten am Telefon habe. Er tobt, weil wir seine Tochter noch nicht gefunden haben. Nach einer Stunde.»

Recht schnell haben wir einen groben Überblick über die laufenden Maßnahmen. Alle verfügbaren Beamten sind raus, überprüfen die Kneipen, Restaurants und Bars, in denen Sandra Ullbrecht gewöhnlich verkehrt, zeigen dort Fotos und befragen die Gäste. Andere beschäftigen sich mit ihrem Freundes- und Bekanntenkreis, vor Ort oder per Telefon.

Kurzum: Alles, was machbar ist, wird gerade unternommen.

Das heißt, wir können weiterhin versuchen, an Trajan heranzukommen.

Während Nina sich sofort wieder hinter den Rechner klemmt, frage ich bei Marc nach, wie weit die ITler mit Vogts Computer sind. Ich erfahre, dass es den Kollegen zwar gelungen ist, das Startpasswort zu knacken, sie aber an der Verschlüsselung einzelner Verzeichnisse und Dateien hängengeblieben sind.

Ich werfe einen Blick auf die Uhr. Halb zwölf. «Okay, also schaffen wir diesen Gerber her. Vielleicht hat er mehr Glück. Immerhin war Vogt sein Hacker-Kumpel.»

Ich beordere telefonisch zwei Beamte zu Gerber und rate ihnen, ja nicht ohne ihn zurückzukommen. Als der junge Mann schließlich zwischen den beiden Uniformierten auf dem Flur vor unserem Büro steht, ist es kurz nach halb eins. Ich bedanke mich bei den Kollegen und liefere Gerber in der Abteilung Cybercrime ab.

Andressen ist zu Hause, wie ich erfahre, was mich zu der bitteren Bemerkung veranlasst, dass ich offenbar in der falschen Abteilung arbeite. Im Büro erklärt mir Nina, bisher nichts gefunden zu haben, was uns irgendwie weiterbringen würde. Überhaupt sieht es so aus, als kämen wir mit nichts, das wir unternehmen, auch nur einen Schritt weiter. Weder in Bezug auf Trajan, noch, was die verschwundene Sandra Ullbrecht betrifft.

Abwechselnd versuchen wir, mit auf den Schreibtisch gelegten Beinen ein wenig die Augen zu schließen, stellen aber beide fest, dass es unmöglich ist.

Als es hell wird, schlägt Nina vor, ein bisschen frische Luft zu schnappen, was ich für eine gute Idee halte.

Die noch recht niedrige Temperatur und der leichte Wind lassen mich frösteln, wecken aber die Lebensgeister. Wir gehen die mehrspurige Sydneystraße entlang in die kleine Grünanlage und halten dann auf den Stadtpark zu. Auch hier dasselbe Bild wie auf den Straßen: Alles ist wie leergefegt. Trotzdem tut es gut, im Grünen zu sein.

Um zwanzig nach sieben rufe ich in der Rechtsmedizin an, ob Dr. Diewald schon im Hause ist. Ich habe Glück im doppelten Sinne. Er ist da und beginnt gleich mit Vogts Obduktion. Ich informiere Arendt und mache mich dann gemeinsam mit Nina sofort auf den Weg.

Eineinhalb Stunden später wissen wir, dass Jens Vogt mit ziemlicher Sicherheit von einem Profi getötet worden ist. Todesursache war laut Diewald ein Stich, der mit einer etwa fünfzehn bis zwanzig Zentimeter langen, sehr schmalen und beidseitig geschliffenen Klinge von hinten genau ins Herz gesetzt worden ist.

Als wir wieder im Auto sitzen, sagt Nina: «Woher weiß Trajan, wie man jemanden so präzise tötet?»

«Wir wissen ja noch nicht mal, ob er es tatsächlich war.»

«Da bin ich mir sicher.» Ihre Stimme klingt trotzig. «Und wir werden ihn kriegen.»

Ich denke an Sandra Ullbrecht und daran, was alles auf uns zukommt, wenn wir es nicht schaffen, diesen Irren schnell zu stoppen. Und ich wünsche mir nichts so sehr, wie dass Nina recht hat.

24

Etwas rüttelt an mir. Dann spüre ich eine Hand im Gesicht, ein Tätscheln, das immer energischer wird.

Meine Augenlider öffnen sich nur unter extremer Willensanstrengung. «Na also», sagt Daniel zufrieden und löst meinen Sicherheitsgurt.

Er hat Glück, dass ich so müde bin. Die wüsten Schimpfworte, die sich in meinem Kopf formen, schaffen den Weg bis über die Lippen nicht. Beim Aussteigen aus dem Auto dreht sich plötzlich die Welt um mich, ich kann mich gerade noch an der offenen Tür festhalten.

Atmen. Warten, bis der Blick wieder klarer wird. Okay, so überstehe ich den Tag nicht.

«Alles in Ordnung mit dir?» Daniel ist ums Auto herumgekommen und sieht mich forschend an.

Allein die Frage ist ein Hohn. Wieder schweige ich lieber, weil ich weiß, dass meine Wut auf ihn unfair ist. Ich kenne das, so geht es mir jedes Mal, wenn man mich aus dem Tiefschlaf reißt. Also zucke ich nur unbestimmt die Schultern und mache mich auf den Weg zum Präsidium. Arbeiten kann ich in diesem Zustand vergessen, aber da ist ja noch die Couch im Besprechungsraum, an dem wir auf unserem Weg zum Büro vorbeikommen. Ich nehme Daniel kurz am Arm. «Gib mir eine Stunde, ja?»

Er versteht sofort, was ich meine, und nickt. «Gern auch länger. Gar kein Thema.»

Noch während ich mich auf der Couch zusammenrolle, beginnen

meine Gedanken wieder zu flackern wie eine ersterbende Glühbirne. Bilder von Vogts aufgebrochenem Körper blitzen kurz auf und verlöschen gemeinsam mit meinem Bewusstsein.

Als ich das nächste Mal die Augen aufschlage, sind vier Stunden vergangen. Ich rapple mich mühsam hoch, mein Nacken ist steif. Verdammt, so viel Zeit wollte ich nicht verpassen, ich wollte versuchen, noch einmal über das Forum mit Trajan in Kontakt zu kommen, irgendwie, und ihm zu seinem neuen Opfer zu gratulieren. Ihm vielleicht eine unvorsichtige Bemerkung zu entlocken. Jetzt ist es fast drei Uhr. Noch sechs Stunden bis zu seiner *Show.*

Marc kommt mir auf dem Gang entgegen und zieht die Augenbrauen hoch. «Na? Schönheitsschlaf beendet?»

Ich gehe einfach an ihm vorbei, mir doch egal, was er denkt. Im Büro hängt Daniel am Telefon, kommt kaum zu Wort, nickt aber immer wieder. Seine Augen sind rot, und er blinzelt viel zu oft.

«Jetzt bist du dran, los», sage ich, kaum dass er aufgelegt hat.

«Kommt nicht in Frage.» Er nimmt demonstrativ einen Schluck aus seiner Kaffeetasse. «Sandra Ullbrecht ist immer noch nicht gefunden worden, dafür hat man aber ihr Handy geortet, es ist bei einer Zelle in St. Georg eingebucht. Im Moment sind fünf Teams unterwegs und durchkämmen den ganzen Bezirk.» Er lehnt sich im Stuhl zurück. «Vielleicht finden wir sie früh genug.»

Ich würde wahnsinnig gern daran glauben. «Vielleicht. Aber du leg dich jetzt eine Stunde hin.»

«Ich habe vorhin zwanzig Minuten gedöst, das reicht fürs Erste. Jetzt …»

Die Bürotür springt auf, herein kommen die beiden Kollegen von der CIA, deren Namen ich nicht behalten habe – doch, einer heißt Gregory, und der ist es auch, der jetzt auf mich zukommt. «Hi, du bist Nina, nicht wahr? Marc meinte, du könntest uns helfen, wir brauchen jemanden, der für uns die neuen Anrufprotokolle vorsortiert und die Unterlagen holt, die wir brauchen werden. Wir sind dabei, ein Täterprofil …»

«Ich habe hier zu tun», unterbreche ich ihn. «Fragen Sie doch Frau Arendt, ob sie Ihnen eine Sekretärin ausleiht.»

Gregorys freundlicher Gesichtsausdruck wird um einige Grade härter. «Uns ist volle Unterstützung zugesagt worden.»

«Ja, aber nicht von mir.» Ich setze mich an den Computer und wende den beiden Amerikanern den Rücken zu. Drei Sekunden später wird mein Bürostuhl an der Lehne herumgedreht. Gregory steht unmittelbar vor mir. «Wenn du Anweisungen bekommst, solltest du sie befolgen.»

Ich sehe aus den Augenwinkeln, wie Daniel aufsteht. «Ja. Vor allem meine. Nina ist mir direkt unterstellt, und ich kann gerade jetzt keinesfalls auf sie verzichten. Außerdem ist sie keine Schreibkraft, sondern meine Partnerin, und sie ermittelt seit Beginn in diesem Fall.»

«Ja, ebendeshalb …»

«Ebendeshalb wird sie das weiterhin tun. Und jetzt entschuldigen Sie uns bitte, wir haben jede Menge Arbeit.»

In dem Moment, in dem der zweite Amerikaner zu sprechen beginnt, fällt mir sein Name wieder ein. Jason. Er grinst mich an, herausfordernd.

«Sie hat jede Menge Arbeit? Marc hat uns eben erzählt, sie hätte stundenlang geschlafen.»

«Weil sie die letzten Nächte nicht dazu gekommen ist.» Ich kann sehen, wie schwer es Daniel fällt, sich zu beherrschen. «Dieses Gespräch ist hiermit beendet. Nina, mach bitte weiter, wir haben keine Zeit zu verlieren.»

Ich drehe mich wortlos wieder zu meinem Computer um. Marc kann sich auf etwas gefasst machen.

«Sie boykottieren unsere Arbeit?», höre ich Gregory fragen.

«Nein. Ich mache meine. Sobald Sie mich nicht mehr dabei stören.»

Die Amerikaner gehen, aber ich bin sicher, dass in dieser Sache das letzte Wort noch nicht gesprochen ist.

«Danke», sage ich leise.

«Keine Ursache. Für Machtspielchen habe ich im Moment weder die Zeit noch die Geduld.»

In meinem *Morituri*-Postfach befindet sich eine Antwort von McQuentin, den ich um technischen Support bei meinen angeblichen Computerproblemen gebeten hatte.

Hey Leyla! Ist ja unglaublich, dass man hier auch Frauen kennenlernt ;-)
Ja, ich bin ebenfalls Arenabewohner (netter Begriff übrigens), und ich helfe dir gern mit deinem PC, wenn du mir dafür etwas vortanzt. Nein, ist nur ein Scherz, ich helfe dir auch, wenn du nicht tanzt.
Siehst du dir heute Abend das Programm an? Mir ist dabei ziemlich mulmig, muss ich gestehen. Ich habe seit dem ersten Mal nicht mehr mitgevotet, und wie Trajan den Arzt gekillt hat – ehrlich, ich habe zugesehen, ohne es zu wollen, und anschließend ging es mir echt mies. Wenn er heute wirklich wieder loslegt, ist es noch dazu eine Frau. Eigentlich bin ich nur noch hier, weil ich über das Forum nette Leute kennengelernt habe. So wie dich :-)
Gib mir Bescheid, wenn du weißt, wann ich mich um deinen Computer kümmern soll!
McQuentin

Insgeheim bin ich erstaunt. Der Typ klingt einigermaßen humorvoll, sympathisch – und auf jeden Fall gesprächig. Ich schreibe ihm zurück, dass ich ihm morgen Bescheid gebe, wann wir uns treffen können. Und füge fast nebenbei an, dass ja heute auch jemand getötet wurde. Ob er das zufällig mitbekommen hat? Im Netz würde man munkeln, er wäre Forumsmitglied gewesen, ein bekannter Hamburger Hacker.

Die Antwort kommt kaum fünf Minuten später.

Was, wirklich? Mein Gott, ich versuche schon den ganzen Tag einen Kumpel zu erreichen, wir wollten heute hier chatten. Ein echter Computerfreak. Der hat mir letztens merkwürdige Dinge geschrieben, ich hoffe stark, er ist es nicht!!!

Damit steht die Sache fest, ich werde McQuentin treffen, so bald wie möglich. Doch erst versuche ich noch etwas anderes. Ich öffne meine Konversation mit Trajan. Denke kurz nach und fange dann an zu tippen.

Hallo! Es tut mir echt leid, aber ich habe einen Fehler gemacht. Kannst du bitte Nina Salomon wieder aus den Vorschlägen streichen? Ich war ziemlich blau, als ich sie letztens nominiert habe, und auch, wenn sie ein echtes Miststück ist, will ich nicht schuld daran sein, wenn sie stirbt. Okay? Das wäre toll von dir. Ich hatte gestern schon eine schlaflose Nacht deswegen. Danke!

Kaum habe ich die Nachricht abgeschickt, kommt ein Anruf. Jemand will Sandra Ullbrecht letzte Nacht gesehen haben, wie sie aus einem Club kam, gemeinsam mit einem Mann. Er habe den Arm um sie gelegt, sie seien den Holzdamm in Richtung Kirchenallee entlanggegangen, und der Zeuge sei sicher, es wäre wirklich die Ullbrecht gewesen.

Wieder fahren wir los. Treffen einen Mann Mitte dreißig, einen gewissen Jan Kopinski, der uns die genaue Stelle zeigt. Sie liegt in St. Georg, das könnte also passen.

«Beschreiben Sie uns Ullbrechts Begleiter, bitte.» Daniel hat sich gegen eine Hauswand gelehnt. Ich kann seine Müdigkeit fühlen, als wäre es meine eigene.

Kopinski zögert. «Sein Gesicht habe ich nicht richtig sehen können. Aber er war sehr groß, sicher eins neunzig. Breite Schultern. Hat Jeans und eine dunkelblaue Jacke getragen.» Er überlegt. «Sie sind ziemlich langsam gegangen, und Sandra Ullbrecht hat viel gelacht. Also, wenn sie es wirklich war.»

Wie jetzt, plötzlich zweifelt er doch? «Sie sagten doch, Sie wären sicher», fahre ich ihn an.

«Ja. Bin ich auch. Eigentlich.» Er fährt sich nervös durchs Haar. «Aber persönlich kenne ich sie natürlich nicht.»

«Okay. Sind die beiden zu einem Auto gegangen? Wenn Sie eine Marke oder sogar ein Kennzeichen gesehen hätten, würde uns das sehr helfen.»

Entmutigt schüttelt Kopinski den Kopf. «Nein. Leider. Aber was mir noch einfällt: Der Mann hatte eine Mütze auf. Eine, die man bis weit über die Ohren ziehen kann, deswegen komme ich auch nicht auf seine Haarfarbe. Weil ich sie nicht gesehen habe.»

Wir bitten Kopinski noch, mit einem Kollegen mitzufahren, damit der wenigstens ein ungefähres Phantombild anlegen kann. Wir befragen die Clubbetreiber, die sich an einen Besuch von Sandra Ullbrecht überhaupt nicht erinnern können, aber es sei auch sehr viel Betrieb gewesen. Ein großer Mann mit breiten Schultern? Davon wären sicher ein paar da gewesen, aber keiner, der ihnen im Gedächtnis geblieben wäre. Nicht den Pächtern, nicht die Kellnerinnen, niemandem.

Ich würde sie am liebsten packen und schütteln, um ihren verkoksten Gehirnen auf die Sprünge zu helfen. Sehen die sich ihre Gäste eigentlich nie an?

Daniel, der die Zeichen meines nahenden Ausrastens offenbar schon deuten kann, nimmt mich zur Seite. «Es hat keinen Sinn. Sie würden gerne, aber sie können nicht. Wir fahren zurück.»

Meine Wut tobt wieder knapp unterhalb des Ausmaßes, das ich gerade noch beherrschen kann. Ich würde Daniel am liebsten sagen, wie scheiße er im Moment aussieht, wie kaputt und mindestens zehn Jahre älter als sonst, weil ich sicher bin, dass ihn das treffen würde.

Drei Atemzüge später bin ich wieder ich selbst und froh, dass ich nicht so bescheuert war, meinen Aggressionen freien Lauf zu lassen. Zumal mir mein eigenes Gesicht fahl im Autospiegel entgegenblickt. Ich sehe aus, als hätte man mich erst kürzlich exhumiert.

Es ist sieben Uhr abends, als wir wieder im Präsidium sind. Zwei Stunden noch. Arendt tigert durch die Gänge und treibt alle zu mehr Tempo an, als könnte das etwas daran ändern, dass Ullbrecht irgendwo auf ihre Hinrichtung wartet. Oder dass diese schon in vollem Gang ist, wenn Trajan sie uns wieder zeitversetzt vorführt.

Ich setze mich hinter den Computer. Drei neue Nachrichten von McQuentin, der mir mitteilt, dass er seinen Kumpel immer noch nicht erreicht hat. Die anderen hätten auch nichts von ihm gehört und machten sich Sorgen. Und am liebsten würde er mich gleich morgen treffen.

Kein Wort von Trajan. Er ist beschäftigt, fürchte ich.

Der Apparat läuft weiter, noch schneller als sonst, hektischer und ohne klares Ziel. Ein über hundertköpfiges Team verfolgt jede Spur, die uns vorgelegt wird, alle hoffen, dass uns der Zufall zu Hilfe eilt.

Er tut es nicht. Um zwanzig Uhr dreißig erscheint eine Nachricht von Trajan.

Danke für eure Geduld. In einer halben Stunde geht es los.

Das ist schlimmer, als wenn er einfach das Video online gestellt hätte. Wir haben noch Zeit, einzugreifen, das Mädchen zu retten. Aber wir müssen sie einfach nutzlos verstreichen lassen.

Allmählich füllt sich unser Büro wieder. Christoph, Pia, Marc und noch ein paar andere, deren Gesichter ich kenne, ohne ihnen Namen zuordnen zu können. Lauter bedrückte, schweigende Menschen.

Punkt neun Uhr. Wie beim letzten Mal erscheint direkt unterhalb des *Morituri*-Schriftzugs ein Videofenster. Schwarz zuerst, doch nur wenige Sekunden lang. Dann beginnt die Übertragung.

Sandra Ullbrecht hockt an einer rohen Ziegelwand, in nichts als ihrer Unterwäsche. Der Raum ist fensterlos, wahrscheinlich ein Keller. Ihre gefesselten Hände liegen vor ihr auf den abgewinkelten Knien. Sie starrt in die Kamera, schwer atmend, mit offenem Mund.

Neben ihr, auf einem alten Holzstuhl, steht ein Fernseher. Es läuft n-tv, die Zeitangabe des Senders in der rechten unteren Ecke springt eben auf 21:01.

«Ich will wissen, ob das live ist», brüllt Daniel. «Prüft es nach, sofort.»

Jemand rennt aus dem Raum, ich drehe mich nicht um. Aus den

Computerlautsprechern dringt ein Geräusch, ein Wimmern. Dann ein halb geschluchztes Wort. «Bitte.»

Diesmal überträgt Trajan mit Ton.

Ich starre auf den Bildschirm, aber ich begreife nicht, was passiert. Sandra hockt einfach da, schwankt manchmal ein wenig, findet aber sofort das Gleichgewicht wieder.

Wieso diese Haltung? Richtet jemand eine Waffe auf sie?

«Bitte, holt mich hier raus. Ich kann mich nicht mehr lange halten. Tut doch was, bitte!»

Ihre Beine zittern, sie ballt ihre Hände zu Fäusten. «Ich weiß nicht, wo ich bin, aber findet mich bitte trotzdem, mein Papa zahlt euch alles, was ihr wollt. Es kann auch nichts passieren, ich bin jetzt allein. Er ist weg.»

Der Kollege, der eben nach draußen gelaufen ist, kommt nun schwer atmend zurück. «Ja. Ich hab es eben überprüft, das ist live.»

Sie ist also allein. Aber so, wie sie zittert, trotzdem in Lebensgefahr.

«Helft mir bitte! Wenn ich umfalle, bin ich tot, hat er gesagt», wimmert sie. «Beeilt euch.»

Ihre Angst macht mir das Atmen schwer. Ich schaue Daniel an. «Verstehst du, was er mit ihr gemacht hat?»

Er schüttelt den Kopf.

In gewisser Weise ist es fast noch schlimmer als bei Valent, weil keiner weiß, was tatsächlich vorgeht. Weil wir hören können, wie Sandra Ullbrecht zu weinen beginnt, wie sie nach ihren Eltern ruft und schließlich nach ihrem Entführer, dem sie alles verspricht, alles, wenn er sie nur rettet.

Dann, mit einem Schlag, wechselt die Kameraperspektive. Es muss ein zweites Gerät geben, links von Sandra. Nun sehen wir sie von der Seite, ihre abgewinkelten, zitternden Beine, den verkrampften Körper. Und wir sehen, dass sie nicht direkt an der Wand lehnt. Da ist etwas Kleines, Dunkles, das zwischen ihrem Rücken und der Ziegelmauer steckt.

Ich kann es nicht erkennen, aber Daniel offenbar schon, seine Hand fährt erschrocken zum Mund.

«Was siehst du?» Meine Stimme klingt nicht mehr nach mir. Sie ist heiser und schwankt, als hätte ich stundenlang geschrien. «Los, sag schon, verdammt noch mal, was ist es denn?»

Daniel beugt sich ein Stück vor, sieht noch einmal genauer hin. Schließt dann die Augen. «Eine Handgranate.»

25

Ich starre auf den Monitor.

«Eine Handgranate …», wiederholt Nina neben mir leise, fast flüsternd. «Aber ich verstehe nicht …»

Ich verstehe umso besser, und der Magen will sich mir umdrehen. «Er hat den Sicherungsstift abgezogen. Ihr Rücken drückt den seitlichen Bügel ein, der verhindert, dass die Granate explodiert.»

«Wenn sie sich bewegt und das Ding verkantet oder fällt runter … Rumms», erklärt Marc im sachlichen Tonfall eines Dozenten. «Das gibt eine riesige Schweinerei.»

Ich möchte ihm mit einem Blick zu verstehen geben, was ich von seinen Ausführungen halte, schaffe es aber nicht, mich vom Monitor loszureißen. Der Fokus der Kamera ist so auf die Stelle mit der Handgranate eingestellt, dass man deutlich sehen kann, wie sie sich bei jedem von Sandras Atemzügen leicht bewegt. Ein winziges Stück nach oben, kurzer Stillstand, und wieder zurück. Ein Zentimeter zu viel, und es ist vorbei. Auf meiner Stirn bilden sich kleine Schweißperlen.

Immer wieder ist die tränenerstickte Stimme zu hören. Flehend, bettelnd. In ihrer Verzweiflung bietet sie ihrem Peiniger alles an, was ihr einfällt, auch ihren Körper.

Das Bild wechselt, zeigt Sandra jetzt wieder frontal und zoomt ihr tränenüberströmtes Gesicht näher heran, weiter und weiter, bis der ganze Bildschirm erfüllt ist von ihren in panischer Angst aufgerissenen Augen. Und fährt gleich darauf wieder zurück.

«Er hat eine Fernsteuerung für die Kameras», kommentiert Marc, nun schon weit weniger cool. «Vielleicht können wir das Signal irgendwie …» Er bricht den Satz ab, erkennt wohl selbst, wie unsinnig sein Vorschlag ist.

«Aber das Ding explodiert doch nicht sofort, wenn der Bügel losgelassen wird.» Auch Nina starrt unentwegt auf den Bildschirm. «Vielleicht kann sie sich mit einem Satz zur Seite retten.»

«Nein, die Verzögerung beträgt drei Sekunden. Hast du gesehen, in welchem Winkel sie da hockt? Extrem weit nach hinten gelehnt. Sie kann es unmöglich schaffen, sich mit einem Ruck aufzurichten und wegzurennen.»

Ich frage mich, wie Trajan auf diese abartige Idee gekommen ist. Und wie lange Sandra Ullbrecht es aushält, in dieser Stellung hocken zu bleiben.

«Du Schwein», brüllt sie plötzlich so unvermittelt los, dass nicht nur ich zusammenfahre. «Lass mich sofort hier raus! Mein Vater wird ein Kopfgeld auf dich aussetzen. Er wird dich umbringen lassen. Er kann das, verlass dich darauf.» Ihre Stimme überschlägt sich. Mein Puls rast. Wenn sie sich auch nur ein kleines Stückchen zu viel bewegt, ist sie tot. «Hör auf, Mädchen», sagt neben mir Nina mit beschwörender Stimme. «Hör auf damit.»

«Alle werden dich jagen, du irre Drecksau.» Sie schluchzt, hustet mit zuckenden Schultern. Ich halte den Atem an, wage es selbst nicht mehr, mich auch nur einen Zentimeter zu bewegen. Niemand im Büro gibt ein Geräusch von sich.

Sandra fängt sich wieder, atmet ein paarmal tief durch, immer wieder von Schluchzen unterbrochen. «Und … und wenn er dich hat … wird er dich bei lebendigem Leib häuten, das schwöre ich dir.» Sie schluchzt erneut, zieht die Nase hoch und wiederholt so leise, dass ich es noch gerade so verstehen kann. «Das schwöre ich dir.» Und dann: «Bitte … Bitte, lass mich doch …»

Sie verdreht auf erschreckende Weise die Augen, ihr Kopf pendelt ein paarmal unkontrolliert hin und her wie bei diesen Hunden auf den Heckablagen, dann sinkt ihr Kinn zur Brust. Ihr Oberkörper schwankt. «O Gott, nein!», stößt Pia aus. «Sie wird bewusstlos.»

«Bleib sitzen, verdammt!», brüllt eine männliche Stimme irgendwo aus dem Raum. «Halt doch still.»

Schräg neben mir schlägt sich jemand die Hände vor den Mund. Ich nehme die Bewegung aus den Augenwinkeln wahr.

Jetzt. Jeden Moment wird sie zur Seite kippen. Keine Chance mehr. Das Bild wird schnell herangezoomt. Der Dreckskerl weiß, dass in wenigen Sekunden alles vorbei ist. Er genießt es ... Da hebt sich plötzlich ihr Kopf, ihr Blick irrt umher, als verstehe sie nicht, wo sie ist. Ihr Oberkörper stabilisiert sich wieder, verharrt in seiner Position. Ich höre jemanden aufstöhnen, im nächsten Moment wird mir bewusst, dass ich selbst es war.

«Ich ... kann nicht mehr», kommt es weinerlich aus den Lautsprechern. «Meine Beine ... Ich spüre sie nicht mehr.»

Ihr Blick richtet sich genau auf die Kamera, und ich habe das furchtbare Gefühl, sie schaut mich direkt an.

«Ich ... will nicht ... sterben.»

«Gottverdammt!» Christophs Stimme. «Und wir sitzen hier herum, schauen zu und können nichts tun. Es ist zum verrückt ...»

«Mama ... warum hilfst du ... mir nicht.» Sandras Gesicht verzerrt sich für einen kurzen Moment zu einer grotesken Maske, dann entspannt es sich wieder. «Kann ... nicht mehr.»

Sie schlägt die Augen nieder, ihr Kopf senkt sich. Ich habe das Gefühl, es nicht mehr auszuhalten. Irgendetwas tun zu müssen, und sei es auch noch so unsinnig. Mich ins Auto setzen, losfahren, um sie zu suchen. IRGENDWAS!

Und schaffe es nicht einmal wegzusehen.

Sandra Ullbrecht hat mit dem Bitten und Betteln aufgehört. Sie schluchzt auch nicht mehr.

Und plötzlich, in die eingetretene Stille, fängt sie an zu singen. Leise, krächzend. Ich verstehe die Worte nicht, glaube aber in der Melodie ein Kinderlied zu erkennen. Nur Sekunden, ein paar Takte, dann kippt sie ohne vorherige Anzeichen einfach um und verschwindet aus dem Bildausschnitt der Kamera. Ich kann nicht mal mehr atmen. Ich warte. Auf das, was nun unweigerlich folgen muss. Fühle mich, als hätte man mich im luftleeren Raum ausgesetzt. Ich habe kein Zeitgefühl mehr. Wie lange ist es her, dass …

Ein seltsam kratzendes Geräusch, nur den Bruchteil einer Sekunde lang, dann wird der Monitor schwarz. Kein Knall, kein Bild, das sich verzerrt. Einfach nichts mehr.

«Was ist jetzt?» Nina springt auf und schlägt sinnlos gegen den Monitor. Zwei-, dreimal. «Verdammt, was ist das für eine Scheiße? Wieso bricht ausgerechnet jetzt die Übertragung ab? Vielleicht lebt sie noch. Vielleicht …»

«Nein. Sie ist tot.» Payne zeigt auf den Bildschirm. «Das waren drei Sekunden. Die Verzögerungsspanne einer Handgranate. Die Kamera ist von der Explosion zerstört worden. Es ist vorbei.»

Nina starrt ihn an, als könne ihr Verstand seine Worte nicht interpretieren. «Vorbei? Aber … das können Sie nicht wissen.»

«Doch. Entweder der Kerl hat uns perfekt getäuscht, oder die Frau ist zweifelsfrei tot. Und nach alledem, was ich über diesen Mann bisher weiß, glaube ich nicht an eine Täuschung.»

«Ich muss hier raus.» Den Ton, in dem Nina das sagt, habe ich noch nie bei ihr gehört. Und er macht mir Sorgen. Mit versteinerter Miene geht sie an Marc vorbei und verlässt das Büro.

«Nina», rufe ich ihr nach, doch sie reagiert nicht. Die Blicke der anderen richten sich auf mich. Ich bin versucht, sie anzubrüllen, was das soll, besinne mich aber und stehe auf.

Auf dem Flur sehe ich sie nicht, also wird sie entweder in einem leeren Büro sein, oder sie ist auf dem Weg nach unten.

Ich komme fünf Schritte weit, bis ich hinter mir Meierhofers Stimme höre. «Buchholz, warten Sie.»

Ich bleibe kurz stehen. «Keine Zeit.»

«Doch, sie nehmen sich jetzt die Zeit.» Meierhofer hat mich erreicht und bleibt einen Meter vor mir stehen. Er wirkt angespannt, wischt sich mit einer fahrigen Bewegung über die Stirn. «Jetzt, nachdem gerade … Haben Sie was? Irgendwas, das ich Ullbrecht sagen kann, wenn er in ein paar Minuten hier anruft und mir die Hölle heiß macht, weil wir seine Tochter nicht gerettet haben? Das kann mich meinen Job kosten. Sie wissen doch, wie das in der Politik ist. Ich brauche irgendwas.»

«Bitte?», stoße ich ungläubig aus. «Sie denken, der Mann hat jetzt nichts Besseres zu tun, als Ihnen die Karriere zu versauen? Darüber machen Sie sich in diesem Moment Gedanken?»

«Ullbrecht hat einen verdammt langen Arm. Er kann nicht nur mir, sondern auch Ihnen und Ihrer Chefin großen Ärger machen.»

Ich spüre, wie sich meine Fäuste ballen, und konzentriere mich darauf, nicht die Fassung zu verlieren. Plötzlich kann ich Ninas Hang zum Fluchen verstehen, am liebsten würde ich meine Erziehung vergessen und selbst lospöbeln. «Das ist mir vollkommen egal.» Mit einem Schritt stehe ich so dicht vor ihm, dass nur noch wenige Zentimeter zwischen unseren Nasen sind. «Aber wissen Sie, was mir nicht völlig egal ist, Herr Staatsanwalt? Dass ein Vater gerade dabei zusehen musste, wie seine einzige Tochter vor den Augen von Millionen sensationsgieriger Tiere explodiert ist. Und zwar weil wir es bisher nicht geschafft haben, diesen Perversen aufzuhalten. Das ist es, was *mich* interessiert.» Jetzt geht es mit mir durch, ich spüre es. «Bei Ihnen sitzt an der Stelle, wo andere das Herz haben, bloß eine Blechdose mit ihrer Karrieregeilheit, oder?»

«Also, Herr Buchholz, ich muss doch aufs Schärfste ...»

Ich wende mich ab und lasse Meierhofer einfach stehen, bevor ich ihm an die Gurgel gehe.

«Darüber werden wir an höherer Stelle noch mal reden», ruft er mir nach. «So geht's ja nicht.»

Gottverdammter Idiot.

Auf dem Weg zum Aufzug werfe ich einen Blick in jedes Büro. Im vorletzten finde ich Nina. Sie hockt an der Wand auf dem Boden, hat die Knie angezogen und die Unterarme darauf abgelegt. Von ihrem Gesicht kann ich nichts sehen, sie hat es tief zwischen den Armen vergraben.

Mit zwei Schritten bin ich so weit im Raum, dass ich die Tür hinter mir schließen kann.

«Nina.» Ich bemühe mich, meiner Stimme einen ruhigen Klang zu geben. Ich warte auf eine Reaktion von ihr. Da sehe ich, dass ihre Schultern zucken.

26

Ich laufe den Gang entlang, ziellos, den Kopf voller Bilder. Die neuen mischen sich mit denen von früher, und gemeinsam zwingen sie mich in die Knie. Ich weiß schon, was jetzt kommt, und ich möchte nicht, dass mich jemand dabei sieht. Links von mir liegt ein dunkler Raum, ein leeres Büro. Ich taumle hinein, kauere mich in der hintersten Ecke zusammen, lasse die Welle aus Wut, Angst, Verzweiflung und Hass über mich hinwegspülen.

Sie schüttelt mich, und sie nimmt mir die Luft, als hätte ich nie eine Therapie gemacht, als wären alle Bemühungen, meine Hilflosigkeit von damals zu besiegen, vergebens gewesen.

Sophies Gesicht steht mir wieder vor Augen, so deutlich wie damals – das Make-up verschmiert, ein Kratzer von der Schläfe bis fast zum Mundwinkel.

Wie sie um sich getreten, wie sie gekämpft, wie sie geschrien hat.

Und ich …

Von draußen höre ich undeutlich Stimmen und verkrieche mich noch tiefer in meiner Ecke. Jetzt bloß niemanden sehen müssen, nur ein paar Minuten noch, bitte.

Aber natürlich bleibt auch das bloß ein frommer Wunsch. Ich spüre mehr als dass ich höre, wie jemand den Raum betritt.

«Nina.»

Es ist Daniel, und ich weiß nicht, ob das die beste oder schlimmste aller Möglichkeiten ist.

Ein leises Klicken, ich sehe plötzlich Helligkeit hinter meinen geschlossenen Lidern. «Kein Licht!»

Oh Gott, wie meine Stimme klingt. Wie die eines geprügelten Kindes.

Ich versuche, mich zu straffen, aber ich schaffe es nicht, meine Muskeln zittern bei jeder Bewegung. Immerhin ist es wieder dunkel geworden.

Ich höre, wie die Tür geschlossen wird. Wie Schritte näherkommen. Dann spüre ich eine Hand auf meiner Schulter, nicht vorsichtig, sondern zupackend. «Nina, du sprichst jetzt mit mir.»

Ich schüttle vehement den Kopf. «Lass mich.»

«Das kannst du vergessen.» Sein Griff festigt sich. «Mich nimmt Sandra Ullbrechts Tod auch mit, aber bei dir ist da mehr. Es hat nicht nur mit ihr zu tun, sondern auch mit dir selbst, nicht wahr?»

Es gelingt mir, seine Hand abzustreifen, aber damit ist meine Kraft auch schon verbraucht. Ich versuche, das Zittern zu unterdrücken, das schon wieder in mir aufsteigt, aber es ergreift meinen Körper so gnadenlos wie immer.

Daniel hat sich neben mich gesetzt und legt seine Arme um mich. Ein paar Sekunden lang versuche ich noch, mich zu befreien, dann gebe ich auf. Lasse los, alles, auch die Tränen.

Er wartet. Sagt und fragt nichts mehr. Schnauzt zwischendurch irgendjemanden an, der die Tür öffnet.

Ich weiß nicht, wie lange es dauert, aber es kommt der Punkt, an dem ich völlig leer bin. Mein Kopf pulsiert schmerzhaft, meine Augen brennen, aber sonst fühle ich nichts mehr. Nicht einmal Scham darüber, dass jemand, den ich kaum kenne, meine Fassade zusammenbrechen gesehen hat.

«Es ist das Zusehenmüssen», murmle ich irgendwann in Daniels Schulter hinein, ohne zu wissen, ob er auch nur ein Wort von dem versteht, was ich sage. «Zusehen müssen und nichts tun können und …»

Ich rücke ein Stück von ihm ab, diesmal lässt er es zu.

«Es war eine Freundin von mir», beginne ich, «also eigentlich meine beste Freundin. Damals. Wir waren gemeinsam auf einer Party, bei

Leuten, die ich nicht kannte, sie aber schon. Ziemlich großes Haus, ziemlich viel Alkohol, massenhaft Gäste. Sophie kam mit einem Mann ins Gespräch, irgendwann küssten sie sich dann, wie so etwas eben läuft.»

Ich habe wieder den beleuchteten Pool vor Augen und Sophie, die ihrer neuen Bekanntschaft die Arme um den Nacken schlingt. Ich stand nur ein paar Schritte entfernt und unterhielt mich mit zwei Mädels, die ich aus dem Handballverein kannte. Über die Anlage lief *Hip Teens Don't Wear Blue Jeans.*

«Sie sagte mir, sie würde mit ihm ins Haus gehen, da sollten ein paar tolle Bilder hängen. Mir war klar, dass es um etwas anderes ging, aber das war ja völlig okay. Und dann ...» Ich lehne meine Stirn gegen Daniels Schulter, damit ich ihn bei dem, was jetzt kommt, nicht ansehen muss. «Ich bin irgendwann ins Haus rein, gar nicht, um Sophie zu suchen, sondern weil ich auf die Toilette musste. Und auf dem Rückweg habe ich es gehört, eine Art ... Johlen. Als würden im oberen Stockwerk ein paar Leute Fußball schauen. Gleichzeitig hat jemand geschrien, und das klang nicht nach Spaß. Ich bin also die Treppe hinaufgelaufen, ohne lange nachzudenken. Oben standen zwei Typen, die niemanden durchlassen wollten.»

Ich kann den Alkohol in ihrem Atem wieder riechen. Habe noch genau den Klang ihrer Stimmen im Ohr. *Hier ist leider Sperrzone.* Und, ganz auf Fernsehkrimi: *Es gibt hier nichts zu sehen.*

«Ich habe versucht, mich an ihnen vorbeizudrängen, da meinte der Erste: ‹Ich glaube, sie will mitmachen.› Dann haben sie mich gepackt und ins Schlafzimmer gezerrt.»

Dieses Zimmer, das ich nicht vergessen kann. Alles schick und teuer. Hellgraue Wände, quadratische Bilder in Weiß- und Blautönen. Designerlampen. Und ein Designerbett, auf dem sie Sophie festhielten. Die, die gerade nicht dran waren.

«Sie hatten sich Sophie geschnappt und sie ... vergewaltigt. Nicht nur einer, insgesamt waren zwölf Männer im Raum. Ein paar Sekunden lang habe ich überhaupt nicht begriffen, was ich da sehe, dann habe ich versucht, rauszurennen und Hilfe zu holen, aber sie waren stärker.»

Heißer Atem an meinem Ohr. *Du bist dann die Nächste.*

«Ich habe getreten und gebissen und um Hilfe gebrüllt, aber sie haben mir den Mund zugehalten und meinen Kopf an den Haaren gepackt, damit ich hinsehen muss. Es war ...»

Ich versuche das passende Wort zu finden, aber es gelingt mir nicht. Ich weiß nicht, ob Daniel es versteht, wenn ich ihm sage, dass es war, als würde der Kokon zerbrechen, in dem man glaubt, solche Dinge könnten einem nicht passieren. Ab diesem Abend hielt ich alles für möglich, zu jedem Zeitpunkt. Dass ganz normale Partybesucher sich in monströse, angsteinflößende Wesen verwandeln können. Dass die beste Freundin vor den eigenen Augen zu einem Stück Fleisch wird, das einen von diesem Tag an für immer hassen wird, weil man dabei war, weil man es gesehen hat. Dass man ihr nie wieder in die Augen wird blicken können.

«Sie waren alle betrunken, natürlich, und haben immer wieder betont, dass Sophie sie dazu eingeladen habe. Und dass ich ja selbst schuld sei, weil ich unbedingt nach oben kommen wollte. Einer hat begonnen, meine Jeans aufzuknöpfen und nach unten zu ziehen, und sie haben *nächste Runde, nächste Runde* geschrien, und dann ...»

Wieder bremse ich mich selbst. Mache mir bewusst, was es war, was mir eine mehrfache Vergewaltigung erspart hat.

«Sophie hat zu bluten begonnen. Nicht nur ein bisschen, sondern richtig. Erschreckend stark, und es haben sich auch alle erschrocken. Haben sich unglaublich schnell aus dem Staub gemacht.»

Und mich losgelassen. Plötzlich lag ich auf dem Boden, schaffte es kaum aufzustehen, bekam vor lauter Zittern mein Handy fast nicht aus der Hosentasche. Schaffte es dann aber doch, die Rettung zu rufen. Die wiederum schaffte es, sie gerade noch so ins Krankenhaus zu bringen, bevor es zu spät war.

«Sophie hat keinen von denen angezeigt. Kannst du dir das vorstellen? Sie hat mir gedroht, sich umzubringen, wenn ich Anzeige erstatte. Also habe ich die gleiche Lüge erzählt wie sie: Dass sie einvernehmlichen Sex mit diesem Gregor hatte und es dabei etwas heftiger zuging. Kein Gangbang, aber nein.»

Daniel sagt nichts, ich kann nur fühlen, wie er nickt und mir über den Kopf streicht.

«Heute hat es sich fast genauso angefühlt wie damals. Ich habe zugesehen, mal wieder. Nur, dass ich das Johlen und die Anfeuerungsrufe nicht hören konnte, aber ich bin sicher, es hat sie gegeben, hunderttausendfach.»

Die Tür springt auf, und ich befreie mich mit einem Ruck aus Daniels Arm, gerade noch rechtzeitig, bevor das Licht angeht. Christoph steht im Eingang, mit vor Müdigkeit grauem Gesicht. «Wir haben gerade die Meldung bekommen, dass der Tatort gefunden wurde. Jemand, der im Nachbarhaus wohnt, hat einen Knall gemeldet, der sich wie eine Explosion angehört hat. Ein paar Kollegen, die in der Nähe waren, sind hingefahren, und … ja. Wir sollten jetzt los.»

Daniel ist vor mir auf den Beinen, streckt mir eine Hand entgegen, um mir hochzuhelfen. Ich tue so, als sähe ich sie nicht. In dem Moment, in dem Christoph das Licht angeschaltet hat, war mir klar, dass ich mich unverzeihlich dumm benommen habe. Mich Daniel auf diese Art zu öffnen, mich so angreifbar zu machen … man sieht ja jetzt schon, wohin das führt. Er denkt, dass ich nicht einmal mehr selbst vom Boden aufstehen kann.

Keiner von uns beiden spricht, als wir gemeinsam nach Hamburg-Lurup fahren. Ich starre aus dem Seitenfenster, obwohl ich spüren kann, dass Daniel immer wieder zu mir herübersieht.

Als wir vor dem Abbruchhaus ankommen, in dessen Keller Sandra Ullbrecht getötet wurde, steige ich als Erste aus und gehe wortlos an sämtlichen Kollegen vorbei und die Treppe hinunter.

«Warte, Nina.»

Ich tue so, als hätte ich Daniel nicht gehört. Wenn er jetzt denkt, man müsse mich schonen und mir Anblicke wie diesen ersparen, hat er sich geschnitten, und das werde ich ihm beweisen.

Der Geruch nach Schlachthof schlägt mir schon entgegen, als ich die Treppe erst halb nach unten gestiegen bin. Blut und Verbranntes. Ich nicke den beiden Spurensicherern zu, die eben in ihre Overalls steigen, und stelle mich in den Türrahmen zum Keller. Ich versuche nur zu sehen, nicht zu denken, nicht zu fühlen.

In diesem Keller gibt es keine Leiche, nur Teile davon. Direkt vor mir liegt eine Hand, ein Stück weiter entfernt etwas, das ein Unterschenkel sein könnte. Vieles hat sich an den Wänden verteilt. Ich versuche, den Kopf zu entdecken, kann ihn aber nirgendwo sehen.

«Entschuldigung.» Der erste der Kollegen von der Spurensicherung möchte an mir vorbei. Ich trete zurück. Daniel ist jetzt auch hier und verschafft sich seinerseits einen Eindruck vom Ort des Geschehens.

«Mein Gott», höre ich ihn flüstern, und im gleichen Moment kehrt die Welle zurück: Hilflosigkeit, Wut, Angst, Ekel, Hass. Ich lehne mich an die nächste Wand, bereit, die Luft anzuhalten und mich wieder überspülen zu lassen.

Ich will, dass Trajan mich auf die Liste setzt. Er kann nicht wissen, dass ich vorbereitet bin, und ich werde …

«Nina?» Wieder Daniels Hand auf meinem Arm. Offenbar hat er jetzt ständig das Gefühl, mich beruhigen zu müssen, genau das hatte ich befürchtet. Ich trete einen Schritt zur Seite, aus seiner Reichweite hinaus.

«Ja?»

«Wir können im Moment hier nichts tun. Marc und Christoph befragen schon die Nachbarn, und den Rest erledigen Spurensicherung und Sprengstoffexperten.» Er wirft einen Blick über die Schulter in den blutigen Keller. «Ich bringe dich jetzt nach Hause.»

Ich möchte widersprechen, vor allem der Art, in der er das einfach bestimmt. Ohne mich zu fragen, ob mir das überhaupt recht ist.

Aber ich bin zu müde und nicke nur.

Auch die letzte gemeinsame Fahrt des Tages verläuft in Schweigen. Daniel bricht es erst, kurz bevor wir vor meinem Haus angekommen sind. «Ich halte dich nicht für unprofessionell, weil dir diese Geschichte zugestoßen ist und du sie nicht völlig abgeschüttelt hast. Auch nicht für schwach. Glaub mir das bitte.»

«Ich werde mich bemühen.» Kaum steht der Wagen, bin ich auch schon draußen. «Gute Nacht.»

Auf der Treppe zu meiner Wohnung ziehe ich zum ersten Mal seit Stunden wieder mein Handy hervor und finde eine SMS von Tom, die schon sechs Stunden alt ist.

> Meldest du dich, wenn du Feierabend hast? Ich würde dich sehr gern sehen.

Ich schließe die Wohnungstür auf und lege das Handy auf die Kommode in der Diele.

Er wird keine Antwort bekommen, denn ich habe keinen Feierabend. Nicht mehr bis auf Weiteres.

27

Ich habe Schwierigkeiten, mich auf den Verkehr zu konzentrieren, und bin erleichtert, als ich den Dienstwagen endlich neben dem Haus parken und den Motor abstellen kann.

Ich steige nicht gleich aus, sondern lasse mich für einen Moment in die Stille im Wageninneren fallen, schließe die Augen, lausche meinem Atem und stelle mir vor, wie die Luft sich ihren Weg bahnt und meinen erschöpften Körper mit frischem Sauerstoff versorgt. Eine meditative Übung, die mir ein Polizeipsychologe empfohlen hat. Und doch nicht mehr als ein armseliger Versuch, mich von diesen Bildern abzulenken. Von überall im Raum verstreuten, zerfetzten Körperteilen einer jungen Frau, die die letzten Minuten ihres Lebens in einer elendig entwürdigenden Situation den Augen von Millionen Menschen ausgesetzt war.

Und es ist der Versuch, Struktur in die Gedanken zu bekommen, die wie zäher Brei durch meinen Kopf wabern. *Morituri*, Trajan, der Anwalt, der Arzt, die junge Frau, ein ermordeter Hacker, all die Menschen, die sich angesichts der Anonymität, hinter der sie sich im Netz verbergen können, so hastig ihrer Menschlichkeit entledigen wie der Kleidung vor gierigem, hemmungslosem Sex.

Und Nina. Was sie mir erzählt hat, erklärt so manches an ihrem Verhalten, aber es hat mir auch klargemacht, dass es nicht mit einem Gespräch getan ist. Da wird mehr nötig sein, wenn ich dauerhaft mit ihr zusammenarbeiten möchte. Doch darum werden wir uns später kümmern. Jetzt wird ihr ungeachtet dessen, was sie in der Vergangenheit erlebt hat, nichts anderes übrigbleiben, als zu funktionieren. Funktionieren werden wir beide müssen.

Die Konzentration auf meine Atmung war ein netter, aber nutzloser Versuch. Sie hat mir keine Erleichterung gebracht.

Ich öffne die Augen, betrachte die Kirschlorbeerhecke, die zwischen Parkplätzen und Garten steht, und schüttle mit einer heftigen Bewegung den Kopf in der Hoffnung, dass die bleierne Schwere nicht nur von meinem Körper, sondern auch von meinem Verstand abfällt.

Ich kann mich nicht erinnern, jemals zuvor eine ähnlich taube Müdigkeit empfunden zu haben. Dieser Zustand wird sich auch nach ein paar Stunden Schlaf nicht großartig verändert haben. Aber vielleicht wird es wenigstens ein bisschen besser.

Ich löse den Sicherheitsgurt und werfe einen Blick auf die Uhr. Kurz vor Mitternacht. Wenn ich schnell einschlafe, habe ich die Chance auf sechs Stunden. Wenn …

Ich steige aus, gehe um den Wagen herum auf die Haustür zu und höre das Geräusch einer zuschlagenden Autotür.

Der Wagen parkt am Rand der gegenüberliegenden Straßenseite. Eine Mercedes-Limousine. Ich bleibe stehen, sehe dem Mann entgegen, der auf mich zukommt. Die Straßenlaterne hinter seinem Rücken lässt ihn zu einer dunkel-verwaschenen, massigen Silhouette werden. Meine Hand wandert auf Gürtelhöhe ein Stück nach hinten und findet den Griff meiner Waffe. Die Gestalt ist noch zehn Meter entfernt. «Kommissar Daniel Buchholz?» Die Stimme klingt befehlsgewohnt, auch wenn sie mir aus irgendeinem Grund seltsam erscheint.

«Ja. Und wer sind Sie?»

«Mein Name ist Dietmar Ullbrecht.»

Da ist sie wieder, die Faust, die sich um meinen Magen schließt und erbarmungslos zudrückt. Ullbrecht. Aber es ist nicht der Vater des Opfers. Der heißt Hans-Peter. Zudem erinnere ich mich an ihn aus diversen Zeitungsberichten. Er ist schlanker und größer. Der untersetzte Mann vor mir ist einen halben Kopf kleiner als ich. Also ein Verwandter.

Aber woher kennt er mich? Und woher weiß er, wo ich wohne?

Weil er Beziehungen hat, natürlich. Oder zumindest auf die Beziehungen von Sandras Vater zurückgreifen kann.

Jetzt ist er nah genug heran, dass ich sein Gesicht erkennen kann: eine starre Maske, durchsetzt von tiefen Furchen, Spuren eines bewegten Lebens. Oder der letzten Stunden.

«Ich bin Sandras Onkel. Ich möchte mich mit Ihnen unterhalten.» Er spricht jedes Wort in der gleichen Tonhöhe aus, roboterhaft, ohne erkennbare Emotion. Ich lockere den Griff um die Waffe und lasse die Hand sinken.

«Herr Ullbrecht, niemand kann ermessen, was Ihre Familie im Moment durchmacht, aber es ist schon sehr spät, und wir können jetzt …»

«Meine Nichte ist vor nicht mal drei Stunden von einer Granate zerfetzt worden. Erzählen Sie mir nicht, wie spät es ist. Wir *werden* uns jetzt unterhalten.» Sein Ton hat sich verändert und ist nun deutlich aggressiver. Wer kann es ihm verübeln?

Ich weiß nicht, ob ich die Kraft haben werde, ein Gespräch mit diesem Mann zu führen, spüre aber, dass er sich nicht abwimmeln lassen wird.

«Also gut.» Ich nicke ihm zu. «Bitte kommen Sie mit, hier auf der Straße ist nicht der richtige Ort für eine Unterhaltung.»

«Nirgendwo ist der richtige Ort für eine solche Unterhaltung, Herr Kommissar. Es spielt keine Rolle, wo ich Ihnen sage, was ich zu sagen habe.»

Ich schaue Ullbrecht an, nein, ich beobachte ihn und hoffe, in seinem Gesicht einen Hinweis darauf zu finden, was nun folgen wird. Vergebens.

«Also gut, bitte.»

Er starrt mich weiterhin regungslos an. «Wissen Sie, dass Sandra die einzige Tochter meines Bruders war? Ganz sicher wissen Sie das. Sie sind schließlich Kriminalist. Was Sie aber vielleicht nicht wissen, ist, dass sie nach seiner Scheidung von ihrer Mutter der einzige Mensch war, der ihm wirklich etwas bedeutet hat.»

Er macht eine kurze Pause, als erwarte er einen Kommentar von mir. «Das … kann ich mir vorstellen», sage ich also.

«Nein, können Sie nicht», fährt er mich auf eine Art und Weise an, die mich instinktiv einen Schritt zurückweichen lässt. Ullbrecht setzt nach und verringert den Abstand zwischen uns wieder. «Sie haben keine Vorstellung davon, was Sie unserer ganzen Familie durch Ihr stümperhaftes Versagen angetan haben.»

Ich weiß, dass dieser Mann im Moment eine Dimension des Schmerzes durchlebt, die ich nur erahnen kann. Trotzdem kann ich nicht zulassen, dass er mir die Schuld am Tod seiner Nichte gibt. «Moment mal», entgegne ich. «Bei allem Verständnis für Ihre Lage, das geht jetzt zu weit.»

Ullbrechts Augen verengen sich. «Verständnis für meine Lage? Ich habe versucht, meinen Bruder vom Bildschirm wegzuzerren, damit er nicht weiter dabei zusehen muss, wie sein halbnacktes, zerschundenes Kind wahnsinnig vor Todesangst vor Millionen von perversen Gaffern um sein Leben bettelt. Er hat geschrien und um sich geschlagen und mir gedroht, mich umzubringen, wenn ich ihn noch einmal anfasse. Als die Granate explodiert ist und der Monitor schwarz wurde, ist er einfach aus dem Sessel gekippt. Er hat auf dem Boden gelegen und sich zusammengekrümmt wie ein Embryo. Und er hat geweint, wie ich noch nie einen Menschen habe weinen hören. Ich musste den Notarzt rufen. Jetzt liegt er im Krankenhaus, sediert bis zur Bewusstlosigkeit, damit er sich nicht das Leben nimmt. Zumindest nicht sofort. Und Sie gottverdammtes, arrogantes Arschloch stehen hier und behaupten, Verständnis für meine Lage zu haben? Allein dafür sollte ich Ihnen die Fresse polieren. Sie wussten, dass es Sandra ist, die dieser Irre ins Visier genommen hat. Und haben rein gar nichts getan.»

Er macht einen weiteren Schritt auf mich zu, ist jetzt nur noch eine knappe Armlänge von mir entfernt. Ich überlege fieberhaft, wie ich reagieren soll. Spüre, wie Wut in mir hochsteigt, und hämmere mir selbst ein, dass dieser Mann sich in einem Ausnahmezustand befindet.

Als Ullbrecht weiterspricht, weht mir der typisch säuerliche Geruch von Weißwein entgegen.

«Sie haben versagt, auf der ganzen Linie. Und damit den Tod meiner Nichte verschuldet.»

«Ich denke, es ist das Beste, wenn ich Ihnen ein Taxi ...»

«Es ist mir egal, was Sie denken. Ich möchte, dass Sie etwas wissen.» Seine Stimme wird jetzt ein paar Nuancen leiser, was ihr einen gefährlichen Unterton verleiht.

«Sie tragen durch Ihre Unfähigkeit eine Mitschuld an dem, was passiert ist. Wenn Sie diesen Irren nicht fassen, werde ich dafür sorgen, dass Sie bis an Ihr Lebensende keine Ruhe mehr finden. An jeder dunklen Ecke, an der Sie vorbeikommen, werden Sie damit rechnen müssen, dass jemand herausspringt. Sie werden nirgendwo mehr sicher sein. Und wenn Sie das Gefühl haben, nun sei es endlich vorbei, wird jemand da sein, der Ihnen das Gegenteil beweist. Sie ...»

«Jetzt reicht's.» Unterbreche ich ihn schroff und merke, dass ich die Fäuste balle. «Hören Sie auf mit diesen Drohungen, und verschwinden Sie. Sofort.»

Ich wende mich ab, lasse ihn stehen und hoffe, er ist vernünftig genug zu gehen.

Das ist er nicht. Fast im selben Moment, in dem ich die Schritte hinter mir höre, legt sich eine Hand auf meine Schulter, packt schmerzhaft fest zu und versucht, mich umzudrehen. Ohne darüber nachzudenken, schlage ich sie weg, doch mit einer Behändigkeit, die ich dem Mann nicht zugetraut hätte, fliegt schon die zur Faust geballte, andere Hand auf mich zu. Ich kann dem Schlag nicht mehr vollkommen ausweichen, aber den Kopf so weit wegdrehen, dass er mich nur noch streift. Vom eigenen Schwung nach vorne gerissen, stolpert Ullbrechts massiger Körper an mir vorbei und stürzt zu Boden.

Ich bleibe neben ihm stehen und warte. Schaue dabei zu, wie er sich aufrappelt, bin bereit, einen erneuten Angriff abzuwehren. Er macht jedoch keine Anstalten mehr, steht nur da und starrt mich an.

Schmutzige Schlieren kleben an seiner Wange, sein Atem geht stoßweise.

«Wagen Sie es nicht noch einmal, mich anzufassen. Und jetzt verschwinden Sie, und zwar sofort, bevor ich Sie festnehme.»

Drei, vier Sekunden lang verhaken sich unsere Blicke ineinander, dann wendet er sich ab, geht zu seinem Auto und steigt ein, ohne sich noch einmal umzudrehen. Ich sehe ihm nach, bis er um die nächste Ecke verschwindet und nur noch das leiser werdende Brummen des starken Motors zu hören ist.

In meiner Wohnung lasse ich mich in einen Sessel fallen, lege den Kopf in den Nacken und starre gegen die Decke. An Schlaf ist jetzt nicht zu denken. Ich fühle mich so aufgewühlt, dass es mir sogar schwerfällt, sitzen zu bleiben.

Ullbrechts Drohungen sind lächerlich, wie aus einem schlechten Fernsehkrimi. Dass er mir die Mitschuld am Tod seiner Nichte gibt, ist allerdings eine andere Sache – weil mir ähnliche Gedanken selbst schon durch den Kopf gegangen sind. Hätten wir wirklich nicht mehr tun können? Haben wir alle Möglichkeiten ausgeschöpft, wirklich alle Fakten berücksichtigt? Oder haben wir etwas übersehen, irgendeine Kleinigkeit, die aber dazu geführt hätte, dass Sandra Ullbrecht noch leben könnte? Wenn wir sie eben nicht übersehen hätten …

Ich stehe auf, beginne, im Wohnzimmer auf und ab zu gehen, ziehe mein Sakko aus, hänge es über eine Sessellehne und streiche es aus. Setze meinen Weg fort. Sechs Schritte, wenden, sechs Schritte zurück, wenden.

Ich versuche irgendeines der wirren Gedankenfragmente aufzugreifen, die durch meinen Kopf jagen, es wenigstens halbwegs strukturiert weiterzudenken. Scheitere. Ich muss etwas tun, mich mit jemandem unterhalten, damit ich gezwungen bin, in ganzen Sätzen zu reden. Ich brauche irgendeinen Menschen, der nachempfinden kann, was gerade in mir tobt. Jetzt.

Drei Schritte bis zum Sessel, ein Griff in die Innentasche meines

Sakkos, drei, vier Fingerklicks auf dem Display. Ich hebe die Hand, lausche. Beim zweiten Tuten wird mir bewusst, dass die Nummer, die ich gewählt habe, Ninas ist, die jetzt sicher vollkommen erschöpft in ihrem Bett liegt. Dass sie die Allerletzte ist, die sich meine Sorgen anhören sollte, weil sie selbst …

«Ja?» Sie hat definitiv geschlafen. Aus einem Reflex heraus bin ich versucht, aufzulegen, kann mich aber noch gerade davon abhalten.

«Nina, ich … es tut mir leid. Bitte entschuldige, dass ich dich geweckt habe, das war vollkommen unüberlegt.»

Sag, dass ich recht habe, und leg auf. Bitte.

Rascheln, tiefes Atmen. «Warum hast du angerufen?»

Sie wird langsam wach, das höre ich. «Ich schätze, du hast einen Grund dafür.» Meine Gedanken wollen sich einfach nicht ordnen lassen. «Ich … ja, ich glaube, den hatte ich, aber er war idiotisch. Wir legen jetzt auf, und du schläfst sofort wieder weiter.»

«Sag mal, hast du sie nicht mehr alle?» Es klingt nicht einmal wütend. Eher verwundert. «Du weckst mich und willst mir dann nicht sagen, warum? Also, was ist los?» Sie hat recht. Sie ist wach und wird wahrscheinlich nicht so schnell wieder einschlafen können. «Ich hatte gerade Besuch», beginne ich.

Sie fragt nicht, von wem. Wartet einfach nur, bis ich weiterrede. «Von Dietmar Ullbrecht. Sandras Onkel.»

«Scheiße.»

«Ja, kann man so sagen.» Ich erzähle ihr die Geschichte, lasse nichts aus. Nina unterbricht mich kein einziges Mal.

«Kannst du verstehen, dass ich zu aufgedreht zum Schlafen bin?»

«Ja. Nimmst du seine Drohung ernst?»

«Ich weiß es nicht, ich habe keine Ahnung, wie dieser Mann tickt. Im Moment neige ich dazu, seine Reaktion der Extremsituation zuzuschreiben, in der er sich gerade befindet. Immerhin hat er dabei zugesehen, wie seine Nichte …»

«Ja. Das denke ich auch.»

Ich höre, dass ihr das Sprechen schwerfällt. Sie nuschelt ein wenig, kämpft gegen den Schlaf an.

«Nina, wir sollten jetzt wirklich auflegen. Alles andere können wir morgen früh im Büro besprechen. Danke, dass du mir zugehört hast und … sorry für die Störung.»

Ein paar Sekunden lang antwortet sie nicht, und ich möchte schon auflegen, weil ich vermute, dass sie eingeschlafen ist. «Erzähl mir, was in deinem Kopf vor sich geht», sagt sie dann leise.

«Was? Nina, du solltest wirklich schlafen.»

«Ja. Aber du hast mich geweckt. Also erzähl mir, was du denkst. Ich höre dir einfach zu. Wenn ich nicht mehr antworte, kannst du auflegen. Dann bin ich eingeschlafen.»

Ich weiß nicht, wie ich ihr Angebot einschätzen soll, und zögere.

«Tust du das bitte? Ich glaube, es tut mir jetzt gut, eine Stimme zu hören. Dann muss ich mich nicht mit der in meinem Kopf beschäftigen.»

«Okay», sage ich. Ich denke eine Weile nach, dann beginne ich zu erzählen.

28

Vor dem Präsidium ist der Teufel los. Diverse Übertragungswagen, Journalisten, die das Gebäude als Hintergrund für ihre Live-Berichterstattung nutzen – dazwischen aber auch ganz normale Leute, die hineinwollen. Andere, die an einer Stelle Blumen ablegen, als wäre Sandra Ullbrecht hier gestorben.

«Ich bin bei der Hotline nicht durchgekommen!» Eine Frau stellt sich mir in den Weg. «Sind Sie von der Polizei? Ja? Dann hören Sie, mein Mann sagt zwar, es ist Unsinn, aber ich habe vor drei Tagen beobachtet, wie …»

Ich dränge mich mit einer gemurmelten Entschuldigung an ihr vorbei. Auch in der Lobby herrscht reger Betrieb. Weitere Journalisten und eine Menge Uniformierter, die den Weg zur Schleuse versperren. Mich erkennt hier noch niemand; sie lassen mich erst durch, als ich ihnen meinen Ausweis zeige.

Daniel ist schon im Büro. Er lächelt mir kurz zu, mit einer Unsicherheit, die ich sympathisch finde. Als erwarte er halb, dass ich ihn auf unser nächtliches Telefonat anspreche. Deutet dann auf den Stapel Zeitungen, der auf dem Schreibtisch liegt.

Millionärstochter von Granate zerfetzt, lautet die erste Headline. **Die letzten Worte der Sandra Ullbrecht**, titelt das nächste Blatt und zeigt darunter einen Screenshot der gestrigen Übertragung, auf dem sinnvollerweise das Gesicht verpixelt ist, das hier ohnehin jeder kannte.

«Wir haben eine Fahndung nach dem Mann herausgegeben, mit dem Sandra aus dem Club gekommen ist», sagt Daniel. «Auch einen

Aufruf an die Bevölkerung, speziell an die Clubbesucher von diesem Abend. Irgendjemand muss sein Gesicht gesehen haben.» Daniel wendet sich wieder seinem Computer zu, dreht sich dann aber noch einmal zu mir um. «Wie geht es dir?»

Ich zucke nur die Schultern, ich habe keinen passenden Begriff für die dumpfe Leere in mir. «Geht schon.»

In einer resignierten Geste streicht er sich das Haar zurück. «Ein wenig mehr als eine Stunde, dann werden wir die neue Liste auf dem Schirm haben. Einerseits graut mir davor, andererseits ist es vielleicht auch eine neue Chance.»

Fünf Minuten später wird er zu Arendt gerufen; kaum hat er die Tür hinter sich zugezogen, logge ich mich bei *Morituri* ein. Der Gedanke an die neue Liste hat meine Lebensgeister wieder geweckt. Möglicherweise wird sich eine Beschreibung von Nina Salomon darauf finden. Dann ist es eine Chance, und was für eine.

In meiner Inbox befinden sich zwei neue Nachrichten. Die erste ist von Trajan.

Liebe Leyla!
Dumme Sache. Du hast Nina Salomon nominiert, ich habe dich gefragt, ob du sie wirklich tot sehen willst, und du hast ja gesagt. Für einen Rückzieher ist es zu spät. Wenn es dir jetzt leidtut, so ist das dein Problem. Für mich ist und bleibt sie unter den möglichen Kandidatinnen für die nächste Runde. Ich vertraue darauf, dass du wieder dabei bist, es wird diesmal noch spannender als bisher!
Grüße, Trajan

Und wie spannend, denke ich, immer noch mit rasendem Puls. Nicht dass ich damit gerechnet hätte, dass er die Nominierung zurückziehen wird, aber es tut gut, es hier schwarz auf weiß zu lesen. Ich bin im Rennen, und ich glaube, er wird der Versuchung, das Leben einer Polizistin zu bedrohen, nicht widerstehen können.

Die Nachricht kam um ein Uhr vierundzwanzig, da war Sandra

Ullbrecht längst tot. Und Trajan konnte die virtuellen Früchte seiner Arbeit genießen. Tausende, Abertausende Kommentare, von denen ich nur die letzten überfliege. Es scheint, als würde sich das Blatt wenden – kaum Applaus für Ullbrechts Hinrichtung, dafür umso mehr Erschütterung. Zahlreiche Bitten, mit dem Wahnsinn aufzuhören. Und natürlich Beschimpfungen, Hassausbrüche, Aufforderungen, sich würdigere Gegner zu suchen.

Ich habe das Gefühl, dass jeder Mausklick mich übermenschliche Kräfte kostet und zudem sinnlos ist. Ich muss nicht wissen, was die Masse von Trajans Morden hält. Ich muss wissen, wer er ist.

Die zweite persönliche Nachricht in meiner Inbox stammt von McQuentin.

Hallo, Leyla!
Ich weiß nicht, wie es dir geht, aber ich fühle mich seit gestern Abend richtig dreckig. Hast du die Übertragung gesehen? Hoffentlich nicht, es war einfach furchtbar. Das Mädchen hat mir so leidgetan, und ich habe mich mitschuldig gefühlt, obwohl ich nicht gevotet habe. Einfach nur, weil ich in diesem Scheiß-Forum angemeldet bin.
Aber nicht mehr lange, das vor allem wollte ich dir sagen. Ich bin hier bald raus, aber trotzdem möchte ich dich gern treffen. Du klingst toll. Gibst du mir Bescheid?
Liebe Grüße, McQuentin

Ich klicke die Nachricht zu und nach kurzem Überlegen wieder auf. Ullbrechts Tod überschattet derzeit alles andere, aber es gibt ja auch noch Jens Vogt, dessen Leiche wir gestern aus dem Papiercontainer gezogen haben. Der im Chat neulich *merkwürdige Dinge* gesagt haben soll, laut McQuentin.

Wenn er es denn wirklich war.

Hallo, McQuentin, antworte ich also. Ja, ich habe gestern zugesehen und bin noch immer fassungslos. Ich konnte letzte Nacht kaum schlafen, und es geht mir wirklich nicht besonders, um ehrlich zu sein. Trotzdem würde ich dich gerne treffen. Oder gerade deshalb, wer weiß. Tut vielleicht gut, mit jemandem zu reden, der die Dinge ähnlich sieht.
Magst du Irish Pubs? Wenn ja, was hältst du vom Barley & Malt auf der Deichstraße? Acht Uhr? Woran erkenne ich dich?

Er antwortet knapp fünf Minuten später. Findet Irish Pubs wundervoll und wird eine braune Lederjacke und Bikerboots tragen. Ich soll nach jemand Großem mit dunklem Haar Ausschau halten, der Kilkenny trinkt.

Wir tauschen keine Klarnamen aus. Nicht hier. Aber ich habe noch zwei Fragen und hoffe, er beantwortet sie mir online, statt mich auf heute Abend zu vertrösten. Hast du eigentlich ein Lebenszeichen von deinem Chatkumpel bekommen?, lautet die erste.

Nein, antwortet er. Keine Ahnung, was mit ihm los ist, ich hoffe wirklich, er war es nicht, der gestern tot gefunden wurde.

Ich drücke mir selbst die Daumen für meine nächste Frage. Wie ist denn sein Nickname im Forum?

Es dauert nur ein paar Sekunden, bis McQuentin zurückschreibt: Er nennt sich Blackjack11.

Ich nehme sofort den Hörer zur Hand und rufe bei Cybercrime an, sie sollen versuchen, sich mit Vogts Computer als Blackjack11 im Forum anzumelden.

Danach schreibe ich Trajan zurück, solange Daniel noch nicht wieder da ist. Bitte mach eine Ausnahme, flehe ich. Ich habe gesehen, was mit Sandra Ullbrecht passiert ist, und ich könnte es nicht ertragen, an so etwas schuld zu sein. Bitte!

Ich bin ziemlich sicher, dass ihn das bloß noch anspornt. Er trifft damit nicht nur eine Person, zumindest seines Wissens nach, sondern gleich zwei.

Hinter mir öffnet sich die Tür, und ich schließe das Forum blitzschnell, trotzdem hat Daniel registriert, womit ich eben beschäftigt war.

«Geheimnisse?», fragt er mit hochgezogenen Augenbrauen.

«Massenweise», entgegne ich trocken. «Aber noch keine Liste.»

Er wirft einen Blick auf die Uhr. «Ist ja auch noch zu früh. Bisher war Trajan immer pünktlich.»

Ja. Oder er hat Verspätungen angekündigt. Es ist jetzt acht Uhr siebenundzwanzig, fehlen also noch dreiunddreißig Minuten bis zum Start des nächsten Votings.

Wenn dann eine der Beschreibungen auf mich zutrifft, ist das ein riesiger Schritt in die richtige Richtung. Ein nicht abgesprochener, ungenehmigter Schritt, aber einer, der uns voranbringen wird. Die Leute werden für eine Polizistin stimmen, schon deshalb, weil sie der Polizei Mitschuld an der nicht abreißenden Mordserie geben. Ich habe richtig gute Siegeschancen und …

Die Tür zu unserem Büro wird aufgerissen, ich fahre herum. Herein stürmt ein massiger Mann Mitte fünfzig, flankiert von zwei Anzugträgern und einer jungen Frau mit einer Aktentasche. Der Mann baut sich vor Daniel auf. An seinem linken Wangenknochen schillert es bläulich-rot.

Daniel ist aufgestanden und verschränkt in aller Ruhe die Arme vor der Brust. «Guten Morgen, Herr Ullbrecht. Ich hoffe, Sie konnten ein wenig schlafen, und wir können uns heute in Ruhe unterhalten.»

Ullbrecht! Das muss der Onkel sein, von dem Daniel letzte Nacht erzählt hat. Dafür spricht auch der Bluterguss im Gesicht, das Resultat ihrer schlagkräftigen Auseinandersetzung.

«Ich will keine Unterhaltung mit Ihnen, Buchholz, ich will Ergebnisse. Ihre Vorgesetzte hat keinen Schimmer, wie es steht, die kämpft bloß mit Öffentlichkeit und Presse, als ob das wichtig wäre.» Er wird mit jedem Wort lauter. «Wissen Sie schon, wer der Drecksack ist? Haben Sie einen Namen, eine Spur, irgendetwas?»

Ich kenne Daniel noch nicht gut genug, um beurteilen zu können, ob seine Ruhe echt oder gespielt ist. «Noch nicht. Aber Sie können uns glauben, dass wir unser Möglichstes tun. Wie geht es Ihrem Bruder?»

Die Frage lässt Ullbrecht innehalten. Als würde er überlegen, ob er sich mit der Antwort eine Blöße geben könnte. «Er ist sediert», sagt er dann, leiser als zuletzt. «Aber man sieht, dass er die Bilder trotzdem vor Augen hat, ununterbrochen. So wie ich, und schon für mich ist es kaum zu ertragen. Sie hätten das verhindern können, Buchholz, wenn Sie ein bisschen weniger gemütlich unterwegs gewesen wären.»

Sein Blick streift durch den Raum, bleibt an mir hängen, verfinstert sich. «Haben Sie nichts zu arbeiten?», blafft er mich an. «Mit Ihnen rede ich schließlich nicht, Sie können sich also gern weiter darum kümmern, den Mörder meiner Nichte zu suchen. Obwohl Sie nicht so aussehen, als wären Sie helle genug, um auch nur mit beiden Händen Ihren eigenen Arsch zu finden. Glotzen Sie mich nicht so blöd an, tun Sie lieber etwas!»

Ich sehe Daniel zusammenzucken und schüttele leicht den Kopf. Ullbrechts Begleiter blicken betreten zu Boden, während mir beinahe nach lächeln zumute ist. Oder nach weinen, weil ich ahne, wie es in dem Mann aussieht. Weil ich an seiner Stelle vielleicht ähnlich um mich schlagen würde.

Ich stehe auf, gehe auf ihn zu, greife nach seiner Hand. «Mein herzliches Beileid, Herr Ullbrecht.» Ohne auf eine Antwort zu warten, gehe ich an ihm vorbei, nach draußen.

Auf dem Gang herrscht hektische Betriebsamkeit; Pia überholt mich, einen Stapel Papier in den Händen, und biegt in das Büro ein, das man den Amerikanern zugewiesen hat. Macht sie ihnen jetzt das Mädchen für alles?

In der Kaffeeküche ist dafür kein Mensch. Während der erste Espresso gurgelnd in die Tasse läuft, lehne ich meine Stirn gegen das kühle Glas des Fensters. Eine Viertelstunde noch bis zum Start der nächsten Abstimmung. Was dann? Wenn ich auf der Liste bin, weihe ich Daniel dann in meinen Plan ein? Ja, das werde ich wohl müssen, auch wenn es alles andere als erfreulich wird.

Aber hoffentlich nicht so schlimm, wie es am Ende in Bremen war. Nicht, wenn meine Taktik uns zu Trajan führt.

Ich lasse mir Zeit, spekuliere darauf, dass Ullbrecht und sein Stab wieder weg sind, wenn ich mit dem Kaffee zurückkomme.

Das sind sie tatsächlich. Ich stelle eine Tasse neben Daniel ab, er telefoniert gerade, nickt mir aber zu.

«So viel Beherrschung hätte ich dir gar nicht zugetraut», ist das Erste, was er sagt, nachdem er aufgelegt hat.

«Manchmal kann ich das.» Ich lächle ihm zu, aber mit jeder Minute werde ich nervöser. Wenn gleich die Liste veröffentlicht wird, werde ich hoffen müssen, dass auch er sich beherrschen kann. «Hat sich schon jemand zu Sandra Ullbrechts Begleiter gemeldet?»

«Einige Leute. Die Beschreibungen variieren, aber es kristallisiert sich langsam eine Linie heraus. Bisher hat aber noch niemand angegeben, ihn zu kennen.»

Eine Minute vor neun wechsle ich auf Daniels Seite des Schreibtisches und lehne mich dagegen. Das Forum ist bereits geöffnet, und es sind wieder über eine Million User online, trotz all dem Abscheu, der Trajan in den letzten Stunden entgegengeschlagen hat.

Neun Uhr. Ich halte die Luft an, lasse meinen Blick nicht vom Bildschirm. Noch kein Posting. Keine Liste.

Eine Minute vergeht, zwei Minuten. Marc steckt den Kopf zur Tür herein. «Seht ihr schon etwas?»

«Nein», erwidert Daniel. «Er verspätet sich.»

Fünf Minuten nach neun ist immer noch nichts passiert. Keine Liste, keine Ankündigung einer Verschiebung. Trajan meldet sich nicht.

Im Forum beginnen die Spekulationen. Was ihn wohl aufgehalten hat? Ob er es bloß spannend machen will? Oder ob das den Stimmen der Community zu verdanken ist, die ihn gebeten haben aufzuhören?

Als es zehn, halb elf und elf wird, ohne dass Trajan ein Lebenszeichen von sich gibt, breitet sich auch in mir Hoffnung aus.

Vielleicht hat er genug. Vielleicht können wir ab jetzt in Ruhe nach ihm suchen.

29

Kurz vor Mittag fliegt die Tür zu unserem Büro auf, und unsere Chefin stürmt herein, bleibt zwischen unseren Schreibtischen stehen und verschränkt die Arme vor der Brust. «Haben Sie dieses Interview gesehen?» Ihre Stimme bebt vor Aufregung, was ich bei ihr bisher selten erlebt habe. Nina wirft mir einen überraschten Blick zu. «Nein, was …», setzt sie an, während ich gleichzeitig frage: «Welches Interview?»

«Na, das von dem Journalisten, der in der Pressekonferenz schon so dreist war. Der von dem entführten Hundehalter wusste. Schröter heißt er.» Sie deutet auf meinen Monitor. «Sie finden es auf diesem Onlineportal. Blitzreporter.de.»

Gleichzeitig mit Nina öffne ich den Browser und gebe die Adresse ein. Die Seite ist im typischen Stil eines Boulevardblattes gehalten, in grellen Farben, wobei gelb dominiert. Gleich von der ersten Seite leuchtet mir die Überschrift entgegen:

WPC-Mitglied sicher: Mordopfer Jens Vogt kannte Morituri-Mörder

Wie Paul Johansen, ein Mitglied des Hamburger Computer-Vereins *Web Professionals Community*, in einem Interview mit Chefredakteur Steffen Schröter angegeben hat, wusste der ermordete Jens Vogt offensichtlich, wer der geheimnisvolle Betreiber des Mörderforums Morituri ist, der sich dort hinter dem Nicknamen Trajan versteckt. Sehen sie HIER das Video des Interviews.

Noch bevor ich den Link anklicken kann, höre ich aus Ninas Lautsprecher eine Stimme. Um Tongewirr zu vermeiden, stehe ich auf, gehe zu ihr hinüber und stelle mich neben Arendt. Auf Ninas Monitor ist dieser Schröter zu sehen, der Johansen gegenübersteht und ihm ein Mikrophon unter die Nase hält. Sie befinden sich irgendwo im Freien, im Hintergrund ist eine Wiese zu erkennen.

«Wie gut hast du Jens Vogt denn gekannt?», fragt Schröter gerade, woraufhin Johansen die Schultern hebt.

«Supergut halt. Wir waren im Club fast jeden Tag zusammen. Haben über alles geredet. Vor allem natürlich über Dinge, die mit Computern zu tun haben. Geht mir echt voll nah, die Sache.»

Schröter nickt mit katastrophal schlecht gespielter Betroffenheit. «Ja, das verstehe ich. Furchtbar, was da passiert ist. Aber wenn ihr euch so gut gekannt habt ... Hast du vielleicht eine Idee, was der Grund für den gewaltsamen Tod deines Freundes gewesen sein könnte?»

«Ja, habe ich.» Johansens Blick richtet sich für einen Moment direkt in die Kamera. «Die habe ich tatsächlich.»

Er nickt mehrmals, als müsse er das Gesagte noch mal bestätigen. Dann wendet er sich wieder seinem Gegenüber zu.

«Jens hat in den letzten Tagen ganz seltsame Andeutungen gemacht, bei denen es immer um *Morituri* ging.»

«Welcher Art waren denn diese Andeutungen?»

Johansen wiegt den Kopf hin und her. «Dass Jens der Polizei weit voraus ist. Dass Trajan gar nicht so clever ist, wie er es glaubt. Und dass er, also Jens, vielleicht bald eine ganz große Nummer abzieht.»

«Verstehe. Die WPC ist ja dafür bekannt, über hochqualifizierte ... Programmierer zu verfügen. Denkst du, dein Freund hat einen Weg gefunden, dieses Forum zu hacken?»

Johansen schürzt die Lippen. «Keine Ahnung. Kann schon sein. Ich glaub ja, er hat herausgefunden, wer Trajan ist.»

Schröter reißt die Augen auf, was hinsichtlich der darstellerischen Qualität die vorherige Performance *betretene Miene* noch deutlich unterbietet.

«Wow! Das wäre natürlich ein Mordmotiv. Hat er diesbezüglich Andeutungen gemacht?»

«Ich sagte doch schon, er …»

«Ich meine, hat er dir einen Namen genannt?»

Johansen zieht die Stirn in Falten und schaut zur Seite, als müsse er angestrengt nachdenken.

«Wenn er jetzt was Falsches sagt, ist er so gut wie tot», überlege ich laut.

«Nein, keinen Namen.»

Verständnisvolles Nicken. «Ja, das wäre auch zu einfach gewesen. Außerdem hättest du in dem Fall doch sicher gleich die Polizei verständigt.»

«Ja, wahrscheinlich. Obwohl … wer weiß, ob da nicht sogar jemand drinhängt, der sich bei der Polizei gut auskennt.»

«Was?» Nina schlägt mit der Hand auf den Schreibtisch. «Hat der sie noch alle?»

«Wie kommst du darauf?», hakt Schröter nach. «Hat dein Freund etwas dazu gesagt?»

«Nein, Jens hat nichts davon gesagt, aber … Ich meine, so, wie der die Bu… die Polizei austrickst …»

Das Bild ruckelt kurz, die Perspektive verschiebt sich ein wenig. Ein Zeichen, dass das Video an der Stelle schlecht geschnitten wurde. Schröter wendet sich der Kamera zu und gibt sich sichtlich große Mühe, wie ein seriöser Reporter zu wirken. Vergebens.

«Das war Paul Johansen, der beste Freund des ermordeten Jens Vogt. Das Interview führte für Sie Ihr Blitzreporter.de-Chefredakteur Steffen Schröter.»

Über Ninas Gesicht gleitet ein Lächeln, das ich nicht einordnen kann. «Damit sagt er das Gleiche wie Gerber letztens.»

«Stimmt. Und ich möchte ganz genau wissen, was er von Vogt erfahren hat. Und wie es sein kann, dass er das einem Möchtegern-Reporter erzählt, es uns aber verschwiegen hat.»

Ich nicke ihr zu. «Kommst du?»

Sie überlegt kurz. «Ist es okay, wenn ich hierbleibe? Ich kämpfe mich noch durch die Nachrichten der letzten Nacht. Es ist wirklich viel passiert.» Sie sieht erst Arendt, dann mich an. «Vielleicht entdecke ich ja etwas, das uns weiterbringt.»

Mittlerweile kenne ich Nina gut genug, um mir sicher zu sein, dass sie mir eben eine Ausrede aufgetischt hat. Aber okay. So fertig, wie sie gestern Abend war, ist es mir lieber, sie bleibt im Büro, als dass sie vor Ort vollkommen ausrastet.

«Gut, kein Problem. Ich nehme jemand anderen mit. Tu mir den Gefallen und versuch ein bisschen etwas über diesen Schröter herauszufinden.»

Beim Hinausgehen nimmt Arendt mich am Arm. «Und was Johansens Verdächtigungen der Polizei gegenüber betrifft …» Sie lässt den Satz unvollendet.

«Ja, auch darüber werde ich ein Wörtchen mit ihm wechseln.»

Der Erste, der mir draußen begegnet, ist Christoph. Der Gedanke, diesen besonnenen Kollegen dabeizuhaben, wenn ich Johansen vor mir habe, ist eine Wohltat.

Auf dem Weg zum Wagen erzähle ich ihm von dem Interview. Kurz danach sitzt er neben mir auf dem Beifahrersitz.

Wir unterhalten uns über das Forum und die Mechanismen, die dort greifen und dazu führen, dass Millionen unbescholtener Menschen plötzlich zu Gaffern und virtuellen Mittätern werden. Diese Mechanismen kenne ich zwar, aber ich könnte sie nicht so treffend in Worte fassen, wie Christoph das tut. Was sicher damit zusammenhängt, dass er sich viel mit der Psyche von Tätern beschäftigt und wohl am liebsten als Profiler arbeiten würde.

«Wie kommst du eigentlich mit Nina klar?», fragt er plötzlich so unvermittelt, dass ich einen Moment brauche, um eine Antwort zu finden.

«Ganz gut.» Ich kann nicht genau sagen, warum, aber ich möchte mit Christoph nicht über Nina reden.

Nein, das ist Blödsinn. Natürlich kenne ich den Grund dafür. Weil ich keine Analyse ihrer Psyche hören will. Seit gestern weiß ich deutlich mehr über sie als alle anderen im Team, und ich möchte vermeiden, mich zu verplappern. Wenn ich etwas von dem, was Nina mir erzählt hat, auch nur versehentlich weitergeben würde, wäre unsere Partnerschaft beendet, da bin ich sicher.

Christoph stößt ein kurzes Lachen aus. «Schon gut, ich sehe, du hast keine Lust, über sie zu reden. Ich wollte dich nur bitten, nicht vorschnell über sie zu urteilen.»

«Aber das tue ich doch gar nicht.»

Christoph geht darauf nicht ein. «Ihre Reaktionen sind in mancherlei Hinsicht prototypisch für jemanden, der etwas mit sich herumschleppt, das noch nicht verarbeitet ist. Es wird wahrscheinlich noch einige Zeit dauern, bis sie es zulässt, dass sich ihr jemand nähert.» Als ich warnend zu ihm hinübersehe, fügt er schnell hinzu: «Auch wenn es nur beruflich oder freundschaftlich ist.»

Ich beschließe, auch dazu nichts zu sagen. Im Grunde hat er ja sogar recht mit seiner Bitte. Ich war nicht sparsam mit vorschnellen Urteilen über Nina, bevor sie mir von sich erzählt hat.

Wir finden einen Parkplatz vor dem Haus, in dem sich die Räume des WPC befinden, Manuela Donell öffnet uns die Tür schon nach dem ersten Klingeln und macht uns sofort den Eingang frei. Man kann ihr ansehen, dass unser Besuch sie nicht sonderlich überrascht.

«Guten Morgen», sage ich ernst. «Ist Herr Johansen hier?»

Sie nickt. «Ja, er ist da. Ich habe ihm gesagt, dass es nicht lange dauern wird, bis Sie sich melden. Das war ja klar nach diesem dämlichen Interview.»

Johansen ist alleine im Raum, als wir hereinkommen. Er sitzt verkehrt herum auf einem der alten Bürostühle, hat die Unterarme auf der Kante der Rückenlehne abgelegt und das Kinn darauf gestützt. Soweit ich das beurteilen kann, drückt seine Miene Schuldbewusstsein aus.

«Ich denke, ich muss Ihnen nicht erst groß erklären, wie begeistert wir von Ihrem Videoauftritt auf dieser Schmierenplattform sind.»

«Ja, ich weiß ja, dass das nicht …»

«Sind Sie eigentlich noch bei Verstand? Nicht genug damit, dass Sie uns wichtige Informationen vorenthalten haben und diese dann einem Möchtegernjournalisten unter die Nase halten, Sie verdächtigen auch noch öffentlich jemanden von der Polizei, mit der Sache zu tun zu haben.»

Johansens Kinn löst sich von seinen Armen, er richtet sich ein wenig auf. «Ich habe Ihnen doch schon gesagt …»

«Was haben Sie uns gesagt? Absolut nichts haben Sie uns gesagt!» Meine Stimme ist jetzt deutlich lauter geworden. «Ist Ihnen klar, dass Sie vielleicht eine Mitschuld daran haben, dass Sandra Ullbrecht gestern Abend ermordet wurde? Dass wir vielleicht schon viel weiter mit unseren Ermittlungen wären, wenn Sie den Mund aufgemacht hätten? Vielleicht sogar so weit, dass wir die Tat hätten verhindern können? Aber wahrscheinlich hätten wir Sie bezahlen sollen, so wie dieser Schmierfink. Was hat er Ihnen denn geboten, damit Sie die Polizei öffentlich vorführen? Ich hoffe, es hat sich für Sie gelohnt. Und ich hoffe, Sie werden in der nächsten Zeit jede Nacht davon träumen, wie der Körper des Mädchens von einer Handgranate zerfetzt wird und sich ihre Eingeweide im Umkreis von zehn Metern verteilen.»

«Daniel!» Christophs Stimme klingt sachlich und ruhig, und trotzdem erreicht sie mich und führt dazu, dass ich mich zusammenreiße. Ich bin in letzter Zeit wirklich sehr angespannt, so kenne ich mich gar nicht.

«Er hat ihm nichts bezahlt», erklärt Manuela Donell. «Paul hat sich einfach nichts dabei gedacht.»

«Das Gefühl habe ich allerdings auch.» Ich wende mich wieder an Johansen. «Ich dachte immer, ihr Computerfreaks wärt so schlau. *Das* war jedenfalls eine saudämliche Aktion.»

Eine Weile herrscht Ruhe im Raum, dann atme ich tief durch.

«Also, was genau hat Ihnen Herr Vogt über Trajan gesagt? Ich will alles wissen. Jedes einzelne Wort.»

Wieder entsteht eine Pause, diesmal noch länger als zuvor. Ich warte, bis Johansen sich schließlich einen Ruck gibt. «Es war gar nicht viel. Wenn Sie das Interview … also, da habe ich fast alles gesagt, was ich weiß.»

«Fast. Von wem stammt eigentlich die Idee, Trajan könnte jemand sein, der sich gut bei der Polizei auskennt?»

Johansens Blick senkt sich. «Von dem Typ, der mich interviewt hat.»

«Aha. Das dachte ich mir fast. Also, was hat Vogt Ihnen erzählt, was Sie in diesem … *Interview* noch nicht zum Besten gegeben haben?»

Johansen wechselt einen Blick mit der jungen Frau. Als die ihm auffordernd zunickt, sagt er: «Er sagte, falls Trajan der ist, für den er ihn hält, sei das nicht das erste Mal, dass er großen Schaden anrichtet.»

Das ist nicht viel, aber immerhin ein Ansatz.

«Und hat er auch erwähnt, was genau er damit meinte? Wie hat der erste Versuch ausgesehen? War das auch ein Forum?»

Schulterzucken. «Keine Ahnung.»

Das habe ich befürchtet.

«Ach da fällt mir ein, er sagte noch: *Von Troja zu Trajan ist es nicht wirklich weit.* Und was er damit gemeint hat, liegt ja auf der Hand.»

Nein, tut es nicht. Zumindest nicht für mich. «Was denn?»

Wieder wirft Johansen einen Blick zu Manuela Donell herüber. Dieses Mal liegt darin aber keine Unsicherheit, sondern wieder der alte Hauch von Überheblichkeit. Als er mich wieder anschaut, sehe ich ihm an, dass er nur schwer ein Grinsen unterdrücken kann.

«Schon mal was von einem Trojaner gehört?»

V

Hilflos ist das Wort, das in allen Zeitungsartikeln vielfach auftaucht. Neben Bestie natürlich, damit ist er selbst gemeint, und er findet die Bezeichnung einigermaßen amüsant.

Sandra Ullbrecht, die hilflos ihrem Schicksal ausgeliefert war. Die Polizei, die dem Tun des Mörders hilflos zusehen musste. Ach, und da war natürlich noch das Mädchen, das er mit einigem Genuss auf die Liste gesetzt hat. Der Aufschrei, der durch die Menge ging. Ein hilfloses Kind!

Er hat Tee gekocht, grünen Tee, der ihn wachhält und dessen Duft er nun einatmet.

Ein hilfloses Kind. Wie empört sie alle waren. Obwohl – natürlich nicht alle, bei weitem nicht. Hunderttausende hätten es gerne sterben gesehen, mit einer Mischung aus Entsetzen und Sensationsgier, davon hätte man noch wochenlang erzählen können.

Er nimmt den ersten Schluck von seinem dampfenden Tee, behutsam, um sich nicht die Lippen zu verbrennen. Keine Sekunde lang hätte er gezögert, das Mädchen zu töten. Er weiß noch genau, wie es sich anfühlt, elf Jahre alt zu sein. Wie viel Hass man da schon empfinden kann, wie grausam die Phantasien im eigenen Kopf sein können.

Ein hilfloses Kind weckt in den meisten Menschen den Instinkt, es zu beschützen. In anderen nicht. In anderen weckt es Geilheit. Die sie auch ausleben, wenn sie sich sicher genug fühlen, weil die Obrigkeit sie schützt. Oder zumindest wegsieht.

Dass das Mädchen am Ende nicht gewinnen würde, war ihm klar gewesen, so wie er bisher immer wusste, wen es schließlich treffen würde. Er kennt die Menschen, sie sind so berechenbar in ihrer Brutalität, ihrem Neid und ihrer Feigheit. Er weiß, wie er die Köder präsentieren muss, damit die Menge nach dem schnappt, der ihm genehm ist.

Zu Beginn fand er das befriedigend, nun ist es fast schon langweilig. Nun, zumindest das wird die nächste Runde ganz sicher nicht, wenn er sie so durchzieht, wie er es geplant hat.

Obwohl sie natürlich so enden wird, wie er es geplant hat.

Der Tee rinnt fast schmerzhaft heiß seine Kehle hinab. Er überlegt, ob es lohnend wäre, sich das Video vom letzten Abend noch einmal anzusehen. Vielleicht würde er diesmal mehr dabei empfinden als nachlässiges Bedauern darüber, dass Sandra Ullbrecht so viele Neider in ihrer Umgebung hatte.

Stattdessen sucht er sich die neuesten Medienberichte heraus. *Höchste staatliche Stellen* werden nun angeblich aktiv. Zahlreiche Politiker verurteilen das abscheuliche Verbrechen aufs Schärfste.

Endlich kann er lachen. Sie verurteilen also. Das ist die offizielle Art, Hilflosigkeit zu zeigen, und diese Hilflosigkeit ist es, an der ihm wirklich gelegen ist.

30

Der wahre Grund, warum ich Daniel nicht zu den Hackern begleiten wollte, waren nicht die Spekulationen der Forumsuser, die drehen sich ohnehin nur im Kreis. Jeder sondert Betroffenheits- oder Wutbekundungen ab, nur einige wenige fahren die provokante Schiene. *Mann, war das geil, schade, dass die Explosion nicht zu sehen war.*

Mittlerweile hat sich auch herumgesprochen, wo genau Sandra Ullbrecht getötet wurde. Einige sind hingefahren, haben Fotos von der Polizeiabsperrung geschossen, die sie jetzt online stellen.

All das nehme ich am Rande wahr, weiß aber, dass es nirgendwohin führt. Was mich vor dem Rechner hält, ist die Neugier, ob Trajan auf meine Nachricht antworten wird oder nicht.

Bisher hat er es noch nicht getan. Es gibt keine neue Liste, keine Ankündigung einer Verspätung, kein wie auch immer geartetes Lebenszeichen.

Und auch keine Reaktion auf meine PN.

Ich würde so gerne glauben können, dass ihn etwas auf längere Sicht lahmgelegt hat. Vielleicht war er beim Hochgehen der Granate noch in der Nähe und wurde verletzt. Oder er hatte einen simplen Autounfall. Oder er zieht sich zurück, weil er nicht damit rechnet, mehr als dreimal ungeschoren davonzukommen.

Aber das glaube ich nicht, in seiner letzten Nachricht hat er von einer nächsten Runde geschrieben …

Das Telefon läutet, ich nehme ab, ohne den Blick vom Bildschirm zu wenden. «Salomon.»

«Hallo, Frau Salomon, hier Menzel, Polizeidirektion Hamburg Süd.

Bei uns im Eißendorfer Forst wurde ein toter Hund gefunden. Es ist wahrscheinlich der, nach dem sie im Zusammenhang mit den *Morituri*-Morden gesucht haben.»

Ich brauche einen Moment, bis es klick macht. «Der Hund von Gustav Beranski? Ein Beagle?»

«Ja, ist ein Beagle. Weiblich. Sieht schon ziemlich mitgenommen aus.»

Mit Bedauern denke ich an den pensionierten Postbeamten und mit einiger Wut an den pingeligen Nachbarn, dessen Vorgarten nun unbehelligt bleiben wird, wie geplant.

«Wie ist der Hund getötet worden?»

«Erschlagen, vermutlich mit einem Stein. Der Schädelknochen ist eingedrückt.»

Ich bitte Menzel, dafür zu sorgen, dass der Kadaver der Spurensicherung übergeben wird, und lege eben auf, als die beiden CIA-Männer das Büro betreten. Wieder ohne anzuklopfen. «Wo ist Daniel?», fragt Payne. «In zwei Stunden fliegt einer unserer besten Computerspezialisten ein, wir brauchen Daniel, um alles für ihn vorzubereiten.»

«Er ist außerhalb. Zeugen befragen.» Seufzend schiebe ich meinen Stuhl zurück. «Ich übernehme das.»

Den restlichen Nachmittag verbringe ich mit Andressen und Gerber in der Abteilung Cybercrime, um abzugleichen, was wir schon mit Sicherheit wissen. Um dem Spezialisten perfekte Arbeitsbedingungen zu schaffen.

«Der kann auch nicht mehr als wir», brummt Andressen immer wieder, sichtlich genervt.

Daniel ist schon da, als ich in unser Büro zurückkehre. Ich sage ihm nicht, wie abgekämpft er aussieht, und auch nicht, dass sich eine graue Schmutzspur über seinen Ärmel zieht. Besonders Letzteres würde ihm sonst womöglich den Rest geben. «Wie war's?»

Er schüttelt den Kopf. «Nicht sehr ergiebig. Wenn Vogt richtiggelegen hat, dürfte Trajan vor einiger Zeit einen Trojaner unters Volk gebracht haben, der ziemlichen Schaden angerichtet hat. Leider wusste Johansen nicht, welchen, sonst wäre das eine brauchbare Spur gewesen.»

«Immer noch keine Liste, hm?»

«Nein. Nichts.»

Ich logge mich im Forum ein. Keine neue Nachricht und auch kein Posting von Trajan. Ich würde es so gerne wagen, mich zu freuen.

Um kurz nach sechs schalte ich den Computer aus. «Für heute ist Schluss», erkläre ich Daniel. «Kopfschmerzen. Ich kann überhaupt nicht mehr richtig denken.»

Er sieht mich kurz und forschend an und beschließt offenbar, mir zu glauben. «Schönen Abend, Nina. Erhol dich. Bis morgen.»

Die Tänzerin wird nicht blond sein, Pech, aber zumindest eine Tänzerinnenfrisur stecke ich mir auf dem Hinterkopf hoch. Schminke mich dezent und lege mehr Parfum auf, als sonst in einer ganzen Woche.

Das Barley & Malt in der engen, von uralten Bürgerhäusern gesäumten Deichstraße am Nikolaifleet ist noch so gut wie leer, als ich eintreffe. Sieht aus, als wäre den Hamburgern die Lust aufs Rausgehen vergangen, nachdem Sandra Ullbrecht aus einer Bar entführt wurde. Nur drei Tische sind besetzt; an einem davon, direkt vor der froschgrünen, mit zahlreichen Bildern behängten Wand, sitzt ein großgewachsener Mann in Lederjacke. Das in seinem Glas ist zwar Guinness und nicht Kilkenny, aber ich bin ja auch nicht blond.

Er steht auf, als er mich kommen sieht, und ich drücke ihm je ein Küsschen rechts und links auf die Wange. «Leyla», sage ich und strahle ihn an.

«Ich bin McQuentin. Eigentlich Marcel. Schön, dass du da bist.»

Er sieht gut aus. Sportlich. Keinesfalls so, als würde er seine Tage in Internetforen verbringen. Kurz zucken die diversen Beschreibungen von Ullbrechts letztem Begleiter durch meinen Kopf, aber die Parallelen sind nicht groß genug. Über Marcels rechte Schläfe zieht sich eine bogenförmige Narbe, die einer der Zeugen erwähnt hätte, wenn sie vorhanden gewesen wäre.

«Ich bin immer noch nicht drüber weg.» Er blickt auf sein Glas, während er spricht. «Dass dieser Arsch wirklich eine Frau in die Luft jagt. Stell dir vor, das elfjährige Mädchen hätte gewonnen. Hätte er mit ihr das Gleiche getan?»

Diese Frage ist mir auch schon mehrmals durch den Kopf gegangen. «Ich weiß es nicht. Wahrscheinlich.»

Als mein Bier kommt, stoßen wir an. Er betrachtet mich mit versonnenem Blick. «Also, was stimmt nicht mit deinem Computer?»

Ich zucke unbestimmt die Schultern. «Er stürzt immer öfter ab. Keine Ahnung, woran das liegen könnte.»

Sofort ist Marcel in seinem Element. Listet eine Vielzahl von Gründen auf, geht immer tiefer ins Detail, während ich ihm nickend zuhöre und versuche, meinen beeindruckten Gesichtsausdruck aufrechtzuerhalten. «Wow», sage ich schließlich und lege ihm die Hand auf den Unterarm. «Du hast echt was drauf. Wahnsinn.»

Er strahlt und versucht dann, bescheiden abzuwiegeln. «Na ja, ist Teil meines Berufs. Ich mache Werbegraphiken und programmiere selbst, wenn ich Zeit habe.»

Als ich meine Hand zurückziehen will, greift er danach. «Ich finde dich wirklich hübsch, weißt du das? Wo tanzt du denn im Moment? Ich würde das sehr gerne sehen.»

Darauf bin ich vorbereitet. «Im Moment gar nicht. Verletzungspause. Sprunggelenk. Aber zuletzt war ich in Bremen engagiert. Da war ich auch noch blond.»

Er lächelt. «Und wann hast du dich umgefärbt?»

«Vor drei Tagen erst.» Smalltalk ist gut, Smalltalk wiegt ihn in Sicherheit. Ich belasse es die nächste halbe Stunde lang dabei, höre aufmerksam zu, während er von seinem Job erzählt. «Hast du dir eigentlich schon mal überlegt», werfe ich irgendwann ein, «also, wo du doch selbst Computerexperte bist, ob du Trajan nicht auf die Schliche kommen könntest?»

Er lacht. «Oje. Nein, das ist eine Nummer zu groß für mich.»

«Schade.» Ich verschränke meine Finger mit seinen. «Weißt du, seit

Sandra Ullbrecht auf so schreckliche Art gestorben ist, würde ich total gern etwas dazu beitragen, dass Trajan geschnappt wird. Und irgendwie dachte ich eben, wir könnten vielleicht gemeinsam …» Ich lasse das Ende des Satzes im Nichts enden.

Er erklärt mir, warum das nicht geht. Lang und breit. Ich widerspreche ihm kein einziges Mal. Er scheint wirklich Ahnung von seinem Job zu haben, und er kann erzählen. Witzig, selbstironisch. Er wird mir von Minute zu Minute sympathischer.

Irgendwann setzt er sich neben mich, streicht mit der Hand über mein Haar. «Ich würde gern sehen, wie es dir steht, wenn du sie offen trägst.»

Ich lächle. «Na dann. Mach sie auf.»

Mit einem Finger fährt er die Konturen meines Gesichts nach, bevor er sich an die Haarnadeln macht. Er riecht gut.

«Schön ist das», sagt er leise.

Dummerweise finde ich das auch. Und ich ertappe mich dabei zu überlegen, inwieweit ich hier das Angenehme mit dem Nützlichen verbinden könnte. Das hier ist definitiv nicht Trajan, der würde nicht sein Portemonnaie auf dem Tisch liegen lassen, wenn er zur Toilette geht. Ein schneller Blick auf Ausweise und Kreditkarten bestätigt: Der Mann heißt Marcel Rottloff. Das Foto auf dem Führerschein zeigt sein jüngeres Selbst, allerdings noch ohne Narbe.

Als er zurückkommt, streiche ich sanft über das Mal. «Schwertkampf?»

Er zieht mich an sich. «Motorradunfall.»

Sein Kuss ist zärtlich und fordernd zugleich, ein Kuss, in den ich mich fallen lassen könnte, doch so groß die Versuchung auch ist, ich habe eben beschlossen, ihr nicht nachzugeben.

Nicht noch mehr Komplikationen, es wird schon schwierig genug, Tom beizeiten wieder loszuwerden. Aber um diesen hier ist es schade.

Ich lehne mich an seine Schulter, genieße das Gefühl seiner Hand in meinem Haar. «Weißt du», sage ich nachdenklich, «du hast doch etwas von merkwürdigen Chatgesprächen mit Blackjack11 erzählt. Ich habe heute ein Interview im Netz gesehen, in dem ein Freund des toten Hackers sagt, dass der vielleicht gewusst hat, wer Trajan ist.» Ich sehe zu Marcel auf. «Wenn der Typ und Blackjack11 derselbe sind, dann können wir aus deinem Chatprotokoll vielleicht ein paar interessante Schlüsse ziehen.»

«Ich weiß nicht.» Er küsst meine Stirn. «Im Moment interessiert mich *Morituri* kein Stück. Im Moment interessiert mich Leyla.»

«Aber das wäre etwas, das du mit Leyla gemeinsam machen könntest, hm? Unter anderem?» Ich kuschle mich an ihn. «Weißt du, ich würde so gern aktiv etwas tun, um Trajan zu stoppen. Dann käme ich mir nicht mehr so hilflos vor.»

Kurz zögert er noch, dann gibt er nach. «Okay. Weißt du was? Wir gehen zu mir, und ich zeige dir das Chatprotokoll.»

«Schick es mir.» Ich löse mich von ihm, widerstrebend. «Am ersten Abend mit jemandem nach Hause gehen – der Typ bin ich nicht. Aber ich werde es lesen, und wenn wir uns das nächste Mal sehen … wer weiß.»

«Wir könnten auch zu dir gehen.» Marcel sagt es scherzhaft, aber ich kann sehen, wie sehr er sich ein Ja wünscht.

«Der Typ bin ich ebensowenig.» Was nicht ganz stimmt – wieder muss ich an Tom denken. «Lass mir ein bisschen Zeit, ja? Ich mag dich wirklich gerne, aber das würde mir zu schnell gehen.»

Von da an versucht er es nicht mehr. Er zahlt für uns beide und bietet mir an, mich nach Hause zu bringen. Mit dem Motorrad.

«Ich glaube nicht», sage ich lächelnd, stelle mich auf die Zehenspitzen und küsse seine Narbe.

Zwanzig Minuten später stellt sich heraus, dass es eine ausgezeichnete Entscheidung war, Marcel nicht mit nach Hause zu nehmen, denn vor meiner Tür wartet Tom. Er hat sich in eine dicke blaue Jacke gewickelt und friert augenscheinlich. Sein Blick ist ein einziger Vorwurf.

Ich krame in der Jackentasche nach meinen Schlüsseln. «Wie lange stehst du schon hier?»

«Fast eine Stunde.» Er umarmt mich ungeschickt. «Ich habe dich fünfmal angerufen, aber du hast nicht abgehoben und du ...» Nun drückt er mich ein Stück von sich weg. «Ganz schön viel Parfum, findest du nicht? Und in einem so kurzen Rock habe ich dich noch nie gesehen. Sag mal, wo warst du? Und mit wem?» Na, das hat mir gerade noch gefehlt. «Nicht, dass ich dir Rechenschaft schuldig wäre, aber ich war beruflich unterwegs.»

Sein Blick bekommt etwas Gehässiges. «Interessant. Ich dachte, du wärst Polizistin. Dafür würde dich in dem Aufzug keiner halten.»

«Tom, ich ...» Unsinnigerweise habe ich so etwas wie ein schlechtes Gewissen. Ich habe Marcel nicht nur geküsst, sondern es auch genossen. Dass ich nicht mit ihm ins Bett gegangen bin, hatte nichts mit Gefühlen für Tom zu tun.

«Du hattest ein Date, nicht wahr? Komm schon, gib es zu.» Er mustert mich noch einmal von oben bis unten. «Und der Kerl bringt dich noch nicht mal nach Hause?»

«Tom ...»

«Da hat er guten Instinkt bewiesen. Ich hätte ihm vermutlich eine verpasst.»

Ich schaffe es nicht, mir das Lachen zu verkneifen. «Ihm eine verpasst? Ach komm, wir wissen beide, du bist kein Kämpfer.»

Nun sieht er tief verletzt aus.

«Dafür bist du ein Künstler», füge ich schnell an. «Glaub mir, das finde ich viel besser. Und zu deiner Beruhigung: Ich hatte kein Date.»

Ich nehme ihn am Arm, ziehe ihn hinter mir ins Haus. «Komm. Ich erkläre es dir.»

Das tue ich auch, jedenfalls so gut ich es kann. Erzähle ihm, dass ich einen Zeugen befragt hätte, einen Freund des letzten Opfers. Und gehofft hätte, er wäre vielleicht ein wenig offener, wenn das Ganze weniger den Eindruck einer Vernehmung als einer Verabredung hätte. Tom ist nicht einverstanden, das kann ich ihm ansehen, aber er nickt. «Mir liegt sehr viel an dir, weißt du», murmelt er. Wäre ich fair und ehrlich, müsste ich ihm jetzt sagen, dass es umgekehrt nicht so ist, aber ich bringe es nicht übers Herz. Nicht jetzt.

Als er seine Arme um mich legt, trete ich einen Schritt zurück. «Ich bin wahnsinnig müde. Du kannst gern bleiben, aber es spielt sich heute nichts mehr ab zwischen uns. In Ordnung?»

Auch das gefällt ihm nicht, aber leider stört es ihn nicht ausreichend, um nach Hause zu gehen. Aus seiner Umhängetasche holt er ein Stück dickes Papier, höchstens zehn mal zehn Zentimeter groß. «Für dich.»

Es ist mein Gesicht, schlafend. Der Mund ist halb geöffnet, eine Haarsträhne hat sich über meinen Hals gelegt wie ein Collier.

«Danke», sage ich und kann Tom ansehen, dass es nicht das war, was er hören wollte. Jedenfalls nicht nur.

Während er im Bad ist, checke ich auf meinem Notebook, ob es Neues bei *Morituri* gibt. Eine neue Liste. Irgendetwas. Aber soweit ich sehen kann, sind die Dinge unverändert.

Im Bett wendet Tom mir den Rücken zu, demonstrativ. Ich soll mitbekommen, wie getroffen und unglücklich er ist, und seine Rechnung geht auf. Ich beginne, ihn zu streicheln, einfach nur, weil ich nicht will, dass er sich meinetwegen schlecht fühlt. Ziehe mit dem Finger die Konturen seines Tattoos nach und frage mich, wie ein Mann gestrickt sein muss, der sich blumenartige Ornamente auf den Rücken stechen lässt.

Als Tom beginnt, sich zu regen, sich wahrscheinlich gleich umdrehen will, ziehe ich meine Hand zurück und schalte das Licht aus. «Gute Nacht.»

31

Der Erste, der mir am Dienstagmorgen im Büro über den Weg läuft, ist Helmut Vogelbusch. Er sieht aus, als hätte er die Nacht durchgearbeitet. Seine Augen sind gerötet, die Haut ist blass. So wie bei fast allen Kolleginnen und Kollegen der SoKo.

Er hält mir eine zusammengefaltete Zeitung entgegen. «Hier, schau mal. Das Phantombild von Ullbrechts Begleiter ist auf der ersten Seite. Hoffentlich bringt das was.»

Ich nehme ihm die Zeitung aus der Hand, betrachte die Schwarz-Weiß-Graphik und frage mich, wie es sein kann, dass ganze Kinofilme mit im Computer generierten Figuren gedreht werden, die so echt aussehen wie reale Menschen, unsere Polizeisoftware aber Phantombilder ausspuckt, die wirken, als suchten wir nach einem menschenähnlichen Alien.

«Na ja, danach könnte es jeder Dritte sein, dem du auf der Straße begegnest. Wir werden Hunderte von Hinweisen bekommen zu Männern, die dem da irgendwie ähneln.»

Vogelbusch hebt die Schultern und geht an mir vorbei. Ein lebendes Abbild der Frustration, die wie ein dunkler Schleier über der ganzen Abteilung liegt.

Nina schaut vom Monitor auf, als ich das Büro betrete. «Guten Morgen.» Ihr Blick wandert zu der Zeitung in meiner Hand. «Die ersten Anrufe sind schon da. Unser Mann lebt demnach wahlweise in Wunstorf bei Hannover, in Heilbronn, auf Mallorca, oder, oder, oder.»

«Okay, ich übernehme die Befragung auf der Insel. Kannst du mir einen Flug buchen?»

Ihr Mund verzieht sich zu etwas, das wohl ein Grinsen sein soll, bevor sie sich wieder dem Monitor zuwendet.

«Im Forum ist die Hölle los. Der Wind, der Trajan nach Sandra Ullbrechts Tod entgegenbläst, wird immer schärfer. Aber es hat sich auch eine Gruppe gebildet, die durch das Video Blut geleckt hat und es gar nicht mehr erwarten kann, dass die neue Liste erscheint. Ekelhaft. Und Trajan schweigt.»

Ich lasse mich auf den Stuhl sinken und fühle mich dabei wie ein uralter Mann. «Vielleicht ist er durch die Sache mit Vogt vorsichtiger geworden. Wenn Vogt wirklich wusste, wer Trajan ist, muss der damit rechnen, dass er es auch jemand anderem erzählt hat.»

«Ja, kann sein. Dann wird er in der Datenbank des Forums die Chatprotokolle durchsuchen. Falls es dort eine solche Unterhaltung gibt, ist der andere in großer Gefahr. Trajan wird niemanden mit diesem Wissen rumlaufen lassen.»

Genau diesen Gedanken hatte ich auch gerade. «Und wir sitzen hier herum und können nichts dagegen tun. Es ist zum Kotzen.» Mein Blick fällt wieder auf die Zeitung. «Ich werde mir diesen Möchtegern-Journalisten von Blitzreporter.de mal vorknöpfen. Der soll mir erklären, wie er auf die Idee gekommen ist, Johansen zu interviewen. Ausgerechnet den, dem Vogt angeblich von seiner Entdeckung erzählt hat. Ich traue dem Kerl keinen Meter über den Weg.»

Nina schaut mich an ihrem Monitor vorbei an, und wieder haben wir offenbar den gleichen Gedanken. «Wenn Trajan das Interview gesehen hat …»

«… muss er sich überlegen, wie viel Johansen wohl weiß», beende ich den Satz und greife zum Telefon. Arendt hebt nach zweimaligem Klingeln ab.

«Guten Morgen. Wir brauchen Personenschutz für Steffen Johansen.»

«Der Morgen ist nicht gut.» Arendts Stimme klingt, als sei sie verkatert. Was aber unwahrscheinlich ist, da sie so gut wie nie Alkohol trinkt. «Warum Personenschutz?»

Ich erkläre es ihr mit wenigen Worten. Sie will sich darum kümmern. Nina schiebt mir einen Zettel über den Schreibtisch. «Hier ist die Telefonnummer von Schröter.»

Ich nicke ihr anerkennend zu. «Danke.»

«War kein Aufwand, ich habe sie von der Website. Dort ist unser Phantombild übrigens auch auf der ersten Seite. Der Text darunter lautet: Das ist der perverse Handgranatenmörder.»

«Na, das passt ja.» Ich wähle die Mobilfunknummer, die Nina aufgeschrieben hat. Es dauert eine Weile, bis Schröter abhebt. So, wie er klingt, habe ich ihn wohl geweckt.

«Hauptkommissar Buchholz, LKA Hamburg, guten Morgen. Ich möchte mich mit Ihnen unterhalten und würde sie gerne um …» Ich werfe einen Blick auf die Uhr. Gleich halb neun.

«… um zehn Uhr hier auf dem Präsidium sehen.»

«Was? Aber ich …»

«Sagen Sie unten Bescheid, dass Sie einen Termin mit mir haben. Ich lasse Sie dann abholen.»

«Moment mal, so einfach geht das aber nicht. Das grenzt ja an Willkür. Ich habe schließlich Termine.»

«Ja, und den wichtigsten haben Sie um zehn mit mir. Wenn Sie um fünf nach zehn nicht hier sind, lasse ich Sie suchen und herbringen. Bis gleich.»

Ich lege auf und bemerke Ninas Blick. «Was?»

«Böser Bulle.»

«Ich kann den Kerl nicht ausstehen.»

Die Zeit bis zehn verbringen wir damit, Telefonprotokolle zu sichten und selbst einige Telefonate zu führen. Keiner der bis dahin eingegangenen Hinweise zu Sandra Ullbrechts Begleiter ist erfolgversprechend.

Um zwei Minuten vor zehn teilt man mir mit, dass Schröter in der Eingangshalle steht. Ich bitte einen jungen Kollegen, ihn abzuholen, und einen Moment lang spiele ich mit dem Gedanken, ihn in ein Verhörzimmer bringen zu lassen, aber das wäre wohl zu viel des Guten und würde bei dem Kerl wahrscheinlich dazu führen, dass er ohne einen Anwalt keinen Ton sagt.

«Ich habe übrigens ein paar interessante Kleinigkeiten über Schröter herausgefunden», sagt Nina.

«Ah. Hat er sich etwas zuschulden kommen lassen?»

«Nein. Aber es könnte sein, dass ihm das eine oder andere davon unangenehm ist.»

Ich höre bereits näher kommende Schritte vom Gang her. «Darauf sollten wir es unbedingt ankommen lassen.»

Im nächsten Moment klopft der Kollege an die geöffnete Tür und liefert Schröter ab.

«Guten Morgen. Kommen Sie, setzen Sie sich.» Ich deute auf einen Stuhl schräg neben meinem Schreibtisch. Schröter kommt der Aufforderung nach. Von der Entrüstung am Telefon ist nichts mehr zu bemerken, aber das Grinsen in seinem Gesicht wirkt aufgesetzt.

«Sie müssen ja ziemlich verzweifelt sein, wenn Sie jetzt schon Journalisten vorladen, weil Sie davon ausgehen, dass die mehr wissen als Sie selbst. Was ja hier und da der Fall ist, wie ich mich erinnere.»

«Richtig, mit der Tatsache, dass Sie offensichtlich polizeiinterne Informationen besitzen, werden wir uns auch noch befassen. Im Moment geht es mir aber vorrangig um etwas anderes. Was hat Sie dazu gebracht, Johansen zu interviewen? Ausgerechnet den Mann, der behauptet, von Vogt einige Dinge über Trajan erfahren zu haben? Zufall?»

Das Grinsen wird noch breiter. «Journalistisches Gespür.»

«Erzählen Sie mir keinen Scheiß. Journalistisches Gespür. Sind Sie überhaupt ein richtiger Journalist?»

«Nein», sagt Nina, woraufhin Schröter sie überrascht ansieht.

«Herr Schröter hat das Gymnasium mit siebzehn verlassen. Er hat sich freiwillig zur Bundeswehr gemeldet und für vier Jahre verpflichtet. Man hat ihn zu einem Fallschirmjägerbataillon im Schwarzwald eingezogen. Die Zeit dort hat er allerdings überwiegend als Schreibkraft im Geschäftszimmer verbracht, nachdem der Arzt ihn für sprunguntauglich erklärt und ihm einen sogenannten Fünf-Kilo-

Schein ausgestellt hat. Wegen Rückenschmerzen.» Nina schaut zu Schröter herüber. «Wie man mir sagte, ist so was bei einer Einheit wie den Fallschirmjägern sehr beliebt. Der Spott Ihrer Kameraden dürfte Ihnen sicher gewesen sein.» Ohne ihm die Chance auf eine Antwort zu geben, richtet sie den Blick wieder auf den Monitor und liest weiter. «Nach seiner Entlassung hat er eine Weile Versicherungen verkauft, bis er schließlich vor drei Jahren mit der Seite Blitzreporter.de begonnen hat.»

Ich nicke. «Schreibkraft im Geschäftszimmer. Ein echter Kämpfer also.»

Das Grinsen ist aus Schröters Gesicht verschwunden. «Das hatte gesundheitliche Gründe. Außerdem muss ich mich doch sehr wundern, dass Sie in meiner Vergangenheit herumschnüffeln.»

«Ja, wundern dürfen Sie sich. Sagen Sie, diese Seite ... Es ist doch sicher nicht einfach, so was zu erstellen und zu installieren, oder? Wer hat das für Sie gemacht?»

«Dafür brauche ich niemanden, das kann ich selbst.»

«Ach ... Und wo haben Sie das gelernt?»

Mit einem übertriebenen Seufzen verdreht Schröter die Augen. «Ich gehöre schon zu der Generation, für die ein Computer keine Zauberkiste mehr ist. Wenn man sich dafür interessiert, lernt man ganz nebenbei, damit umzugehen. Ich habe früher viel gezockt.»

«Gezockt?», frage ich. «Karten gespielt?»

Schröter stößt ein Lachen aus und schüttelt den Kopf. «O Mann. Nein. Computerspiele.»

«Und dabei lernt man, eine Website zu programmieren?»

«Ich sagte doch schon, ich habe mich schon früh für Computer interessiert.»

«Na ja», sagt Nina beiläufig. «Sie hatten ja als Schreibkraft bei den Fallschirmjägern sicher genügend Zeit, sich damit zu befassen, während Ihre Kollegen durch den Dreck gerobbt und aus Flugzeugen gesprungen sind.»

«Ich sagte doch schon, dass das gesundheitlich bedingt war», entgegnet Schröter mit hoher Stimme. Das scheint ein wunder Punkt bei ihm zu sein.

«Kommen wir zu meiner ursprünglichen Frage zurück. Wie kamen Sie dazu, ausgerechnet Johansen zu interviewen?»

Schröter sieht mich mit mitleidigem Blick an. «Das war doch naheliegend. Die Kumpels des Opfers zu befragen. Soweit ich von Herrn Johansen weiß, haben Sie das doch auch getan.»

«Richtig.» Ich beuge mich ein Stück vor. «Dann lassen Sie uns doch noch einmal über die Pressekonferenz sprechen. Woher wussten Sie von dem gefesselten Mann in Langenhorn?»

Schröter seufzt. «Meine Quellen sind meine Sache.»

«Es muss jemand von der Polizei gewesen sein. Nicht wahr?»

Er lächelt boshaft. «Tja. Auch von euren eigenen Leuten sind einige der Ansicht, dass ihr euch bei der Jagd nach Trajan nicht gerade mit Ruhm bekleckert. Gerade die jungen Kollegen, die kleinen Rädchen im Getriebe. Die machen sich dann an allen möglichen Stellen Luft. Der Presse gegenüber. Oder im Forum, Trajan selbst gegenüber. Nicht gelesen?» Er legt beide Hände auf die Oberschenkel. «Und jetzt werde ich gehen. Ich habe noch einige Termine.»

Er weiß, dass ich ihn nicht gegen seinen Willen festhalten kann, das sehe ich ihm an. Ebenso wie ich sehe, dass es ihm ernst ist und er wirklich nichts mehr sagen wird. Ich greife zum Telefon und bitte den Kollegen, den Mann wieder nach unten zu begleiten.

«So ein Arschloch», murmelt Nina, kaum dass er aus der Tür ist. Ich lasse das unkommentiert, sie weiß, dass ich es genauso sehe.

«Ich habe vorhin nachrecherchiert, welche Kollegen Gustav Baranski ins Krankenhaus begleitet haben», sagt sie. «Da war ein Timo Reichert dabei. Ich würde eine Menge Geld darauf wetten, dass er Timo776 ist. Der einzige Polizist, der sich bisher im Forum geoutet hat, und Schröters Kumpel. Sollten wir ihn ein bisschen schütteln, damit seine drei Gehirnzellen wieder an den richtigen Platz rutschen?»

«Sobald wir für solche Dinge wieder Zeit haben. Gibt es etwas Neues im Forum?»

Nina wendet sich dem Bildschirm zu, nach einigen Mausklicks schüttelt sie den Kopf. «Keine Liste, keine Nachricht. Trajan macht es spannend.»

«Vielleicht kommt auch gar keine Liste mehr.» Es ist mehr Wunsch als Glaube, aber nachdem dieser Kerl bisher so mitteilungsbedürftig war und plötzlich gar nichts mehr von ihm kommt, ist es zumindest möglich.

«Nein, er hat geschrieben, er macht weiter.»

Ich beuge mich ein Stück zur Seite, um Nina besser sehen zu können. «Was? Wann hat er das geschrieben?»

Sie antwortet nicht sofort. «Das … Ich glaube, das war irgendwo im Forum.»

«Ja, natürlich im Forum, wo denn sonst? Warum hast du mir nichts davon gesagt? Wann war das?»

«Gestern. Glaube ich.»

«Glaubst du? Und das liest du und sagst mir nichts davon?» Hier stimmt doch etwas nicht, das sagt mir mein Gefühl überdeutlich. Ich stehe auf, gehe um den Schreibtisch herum und lehne mich so an der Kante ihres Tisches an, dass ich ihr direkt in die Augen schauen kann. «Ich will wissen, wo du das gelesen hast. Zeig es mir.»

Nina macht keinerlei Anstalten, zur Maus oder zur Tastatur zu greifen. Für einen kurzen Moment senkt sich ihr Blick, dann erst beugt sie sich langsam nach vorne und bewegt den Mauszeiger auf dem Bildschirm. «Tu mir den Gefallen und raste jetzt nicht aus, okay? Ich hätte es dir gesagt, sobald es ernst geworden wäre. Ehrlich.»

Nach wenigen Klicks deutet sie mit dem Kinn zum Monitor.

Ich brauche einen Moment, um zu verstehen, dass sie ihr *Morituri*-Postfach geöffnet hat und ich ihre privaten Nachrichten vor mir sehe. Nachrichten von Trajan. Die meisten Betreffzeilen beginnen mit *Re:*, sind also Antworten. «Du hattest Kontakt zu ihm?»

Sie hält meinem Blick stand, erklärt aber nichts. Also übernehme ich die Maus und klicke die erste Nachricht auf. Lese, öffne die nächste. Lese. Erst verwundert, dann fassungslos.

«Was in Herrgottsnamen hast du dir dabei gedacht?» Ich möchte sie anbrüllen, ihr die Hände auf die Schultern legen und sie so lange schütteln, bis sie begreift, wie wahnsinnig das ist, was sie da tut. Wie gefährlich. Und wie verboten. Aber das kann ich nicht, denn ich sehe die pure Verzweiflung über die Untätigkeit in ihren Augen, zu der wir verdammt sind, und ihre händeringende Suche nach irgendeiner Möglichkeit, an Trajan heranzukommen. Auch, wenn es nicht mit den Dienstvorschriften zusammenpasst. Und auch, wenn es bedeutet, sich selbst in Gefahr zu bringen.

«Irgendwas müssen wir doch tun, Daniel. Ich dachte mir, er kann vielleicht der Versuchung nicht widerstehen, eine Polizistin auf die Liste zu setzen. Dann stehen die Chancen auch ganz gut, dass die User mich wählen.»

«Und dann?», frage ich, und meine Stimme klingt noch so aufgebracht, wie ich mich fühle. «Was hattest du dann vor? Wolltest du mich an diesem Punkt informieren? Wenn du als verdammte Gewinnerin feststehst?» Ich stehe auf und gehe auf und ab.

«Nein, ich …»

«Du weißt doch, dass er seine Opfer wahrscheinlich entführt, bevor das Ergebnis feststeht. Nina … Das ist so …» Ich finde keine passenden Worte, was mich noch wütender macht. «Das ist so dermaßen daneben.»

«Hast du eine bessere Idee?», fragt sie mit leiser Stimme.

Ich schaue sie an. Ihre Augen sind hell gesprenkelt.

«Nein.»

«Ich auch nicht. Also … lass mich das weiter durchziehen, okay?»

Auf keinen Fall, souffliert mir mein Verstand, schiebt aber gleich hinterher, dass es ohnehin längst zu spät ist, um noch etwas zu ändern. Nina hat einen Prozess in Gang gesetzt, den wir nicht mehr stoppen können. Aber wir können ihn tatsächlich für unsere Zwecke nutzen, wenn wir Nina so gut wie möglich beschützen.

«In Ordnung», bringe ich heraus. Gegen alle Stimmen, die entsetzt in mir aufschreien. Am lautesten die der Vernunft.

32

Klar ist er wütend, und ich könnte mich ohrfeigen für meine Dummheit. Zu vergessen, dass Trajan seine Ankündigung einer nächsten Runde nur mir gegenüber gemacht hat. Aber offenbar scheint nichts daraus zu werden. Die nächste Liste hätte vor über vierundzwanzig Stunden erscheinen sollen, ist aber immer noch nicht da.

Ich kämpfe gegen die Hoffnung an, die in mir aufsteigen will. Vielleicht wurde Trajan bei der Granatenexplosion verletzt, vielleicht ist ihm der Boden in Hamburg zu heiß geworden, vielleicht … Aber sich darauf zu verlassen ist keine gute Idee. Die Liste kann jede Sekunde ins Forum gestellt werden.

Mein Handy vibriert, eine Textnachricht erscheint auf dem Sperrbildschirm.

> Ich möchte mit dir reden. Du warst heute Morgen so einsilbig. Melde dich bitte.

Tom. Der mir um halb sieben Frühstück gemacht und versucht hat, ein Gespräch in Gang zu bringen. Wieder über meine Aufmachung vom Vorabend. Ob das wirklich alles nur beruflich war?

Ich drehe das Handy so, dass es mit dem Display nach unten liegt, und vergrabe für ein paar Sekunden mein Gesicht in den Händen. Ein schlechtes Gewissen zu haben, fühlt sich nicht ungewohnt an, aber im Moment erstickt es mich beinahe. Tom gegenüber, Daniel gegenüber, der sich vorhin ausgesprochen fair verhalten hat und nicht sofort zu Arendt gelaufen ist, um mich zu verpfeifen.

Trotzdem habe ich ihm nicht die ganze Wahrheit erzählt, er weiß nichts von Leylas Dates mit BigBastard, Manxxo und zu guter Letzt McQuentin alias Marcel. Der sich enttäuschenderweise noch nicht gemeldet hat. Keine neuen persönlichen Nachrichten. Kein Chatprotokoll.

Dafür eine Mail von der Spurensicherung. Die Bilder aus dem Keller, inklusive eines Gutachtens der Sprengstoffexperten. Bei der Granate handelte es sich um ein modifiziertes russisches Modell mit großer Sprengkraft. An diese Art Granaten heranzukommen ist auf dem Schwarzmarkt kein großes Problem, leider.

Wieder vibriert das Handy auf der Tischplatte. Hey, lass mich nicht einfach so in der Luft hängen, schreibt Tom. Das ist wirklich nicht fair.

Unter Daniels prüfendem Blick schicke ich eine schnelle Nachricht zurück. Schlechter Zeitpunkt. Wir haben wirklich viel zu tun, und das weißt du eigentlich. Später. Okay?

Es dauert keine zwei Minuten, bis er antwortet. Wann später?

«Lass mich doch in Ruhe», murmle ich und ernte einen irritierten Blick von Daniel. Großartig, denkt er wahrscheinlich, jetzt führt sie auch noch Selbstgespräche.

Wie zum Trotz klicke ich die Tatortfotos auf, deren Anblick alles andere sofort zur Bedeutungslosigkeit verdammt. Siebenundzwanzig gestochen scharfe, detailreiche Bilder führen mir jetzt vor Augen, was ich vor zwei Nächten in dem Keller nur aus der Entfernung erahnen konnte.

Sandra Ullbrechts rechter Unterarm mit intakter Hand. Der Torso mit halb abgerissenem Kopf, beides durch die Splitterverletzungen kaum noch erkennbar. Die andere Hand, an der zwei Finger fehlen. Schwarz und Rot, Brand- und Blutspuren.

Danach Bilder der Granatenreste, der Kameratrümmer. Das Modell war per Fernbedienung ein- und ausschaltbar, aus maximal zehn Metern. Zu Beginn der Übertragung muss Trajan also noch ganz in der Nähe gewesen sein. Dann hat er sehr schnell das Weite gesucht.

Mein Handy vibriert in regelmäßigen Abständen, aber ich würdige es keines Blickes mehr. Diesmal wird Trajan keine Bilder des Tatorts posten können, sosehr manche seiner Anhänger auch danach verlangen. Außer er hackt sich in unsere Datenbanken, und das wäre doch verdammt unvorsichtig.

Daniel hat die Mail ebenfalls bekommen, er ballt die linke Hand, während er sich mit der rechten durch die Bilder klickt. «Die Ullbrechts verlangen Einsicht in die Fotos», sagt er wie nebenbei. «Sandras Vater ist immer noch im Krankenhaus, ihr Onkel belagert jetzt Arendt.»

Schweigend betrachte ich die Nahaufnahme dessen, was von Sandras Gesicht übriggeblieben ist. Niemand sollte das sehen müssen, schon gar nicht die Familie.

«Dietmar Ullbrecht besteht außerdem darauf, dass man ihm den Körper seiner toten Nichte in der Gerichtsmedizin zeigt. Als ob er seinen Schmerz noch weiter schüren wollte.»

Seinen Schmerz. Und seinen Hass. In gewisser Weise kann ich das verstehen. Ich kenne den Punkt, an dem einem nichts anderes mehr bleibt als Schmerz und Hass.

Es ist fast zwölf Uhr, als über meinem *Morituri*-Postfach eine rote Eins erscheint. Ich unterdrücke den Impuls, schnell zu Daniel hinüberzuschauen, bevor ich die Nachricht öffne. Gerade heute wird er schuldbewusstes Verhalten sofort wittern.

Die Nachricht kommt von Marcel, wie ich gehofft hatte, allerdings hätte ich mir einen anderen Inhalt gewünscht.

Liebe Leyla, ich habe den ganzen Vormittag über alles versucht, und ich weiß überhaupt nicht, wie es passieren konnte, aber mein Chat mit Blackjack11 scheint gelöscht worden zu sein. Ich selbst war das ganz sicher nicht, alle anderen Nachrichten in meinem Postfach sind auch immer noch da. Ich verstehe das nicht. Oder vielleicht doch, aber darüber möchte ich dann lieber nicht so genau nachdenken.
Ich fand den Abend mit dir sehr schön, und ich möchte dich unbe-

dingt wiedersehen. Wie sieht es bei dir am Freitag aus? Ich kenne einen tollen Japaner in Eppendorf, hast du Lust?
Ich freue mich, wenn du dich meldest, und ich hoffe, du bist nicht zu sehr enttäuscht.

Ich lehne mich in meinem Drehstuhl zurück. Enttäuscht, ja, das bin ich definitiv, aber vor allem bin ich alarmiert. Marcel schreibt, er versteht nicht, wie das passieren konnte, aber in Wahrheit weiß er es natürlich genau. Trajan hat das Chatprotokoll gelöscht, weil tatsächlich etwas drinstand, das auf ihn hätte hinweisen können. Vielleicht nicht auf den ersten, aber auf den zweiten Blick.

Ich greife zum Telefon, Andressen habe ich mittlerweile schon auf Kurzwahl. «Sag mal, habt ihr eigentlich Vogts Computer schon geknackt? Seinen Forumsaccount?»

«Dann hätten wir uns doch gemeldet», kommt es resigniert zurück. «Wir lassen seit gestern einen Passwortgenerator für den User Blackjack11 laufen, bisher noch ohne Treffer. Inzwischen sind wir abwechselnd dran, die anderen gesperrten Dateien auf Vogts Rechner zu öffnen, da ist uns schon einiges gelungen, aber nichts von dem, was wir haben, ist irgendwie relevant für den Fall.»

«Okay.» Ich möchte gern meinen Kopf auf die Schreibtischplatte legen und einfach nur schlafen. «Danke.»

Das Telefon klingelt durchdringend, kaum dass ich aufgelegt habe. «Diewald hier, ich habe Neuigkeiten.»

Die Ullbrechts, denke ich im ersten Moment. Der Onkel hat sich Zugang zur Rechtsmedizin verschafft, und die Überreste seiner Nichte haben auch ihm den Rest gegeben …

«Wir haben DNA vom Tatort isoliert, die nicht zu Sandra Ullbrecht gehört. Sie stammt höchstwahrscheinlich vom Täter; es sind Hautpartikel, die sich unter ihren Fingernägeln befunden haben. Der Abgleich mit den Datenbanken läuft schon.»

«Das ist phantastisch!» Mein Ausruf lässt Daniel hochblicken. «Wie lange wird es dauern, bis wir Ergebnisse haben?»

«Nicht lange. Jedenfalls nicht, wenn es einen Treffer in der nationalen Datenbank gibt. Wenn wir da nicht fündig werden und international suchen müssen, wird es komplizierter.»

«Verstehe. Sie melden sich, sobald Sie etwas wissen?»

«Aber sicher.»

Die Neuigkeit lässt Daniel zum ersten Mal seit Stunden lächeln. «Das könnte mit einem Schlag alle unsere Fragen klären.»

Und das wäre fast ein bisschen zu schön, um wahr zu sein, denke ich, wenn Sandra Ullbrecht ihren eigenen Mörder überführen würde. Sie muss sich gewehrt haben, bevor er es geschafft hat, sie zu fesseln. Ob er sie betäubt hat?

Mein Blick fällt auf die Bilder, die ich immer noch auf dem Monitor geöffnet habe. Ich klicke sie zu, eines nach dem anderen, und merke, dass neben mir mein Handy wieder zu vibrieren begonnen hat. Ausdauernd diesmal. Keine SMS, ein Anruf.

Ich drehe das Smartphone um. Tom, natürlich. Der den Rest des Tages keine Ruhe geben wird, wenn ich ihn weiterhin ignoriere.

«Entschuldige mich bitte, Daniel, ich gehe für ein paar Minuten raus.»

«Um was zu tun?»

Ich kann ihm sein Misstrauen leider nicht verdenken. «Ich muss etwas Privates regeln. Hat nichts mit dem Fall zu tun.» Es wäre die perfekte Gelegenheit für ihn, um sich für meine Entgleisung neulich zu revanchieren, als er mit dem Pflegeheim seiner Mutter telefonierte. Aber er nickt nur.

Ich suche mir eine der ruhigeren Ecken auf unserer Etage und lehne mich gegen die Wand. Tom hat inzwischen längst aufgelegt, aber er hat mir in der vergangenen Stunde fünf Nachrichten geschickt.

So kannst du mit mir nicht umgehen.

Weißt du eigentlich, wie mies du mich behandelst?

Wie lange willst du mich noch ignorieren?

Und so weiter und so weiter. Ich drücke die Anruftaste, er ist nach dem ersten Klingeln dran.

«Nina! Endlich. Hast du meine Nachrichten gesehen?»

Blöde Frage, liegt mir auf der Zunge, doch es gelingt mir, die Worte ungesagt runterzuschlucken. «Ja, habe ich. Ich rufe aber eigentlich nur an, um dir zu sagen, dass ich gerade keine Zeit habe, bei uns geht es wirklich rund.»

«Das verstehe ich.» Er klingt so erleichtert. «Ich will ja auch gar nicht lange reden. Mir geht nur der letzte Abend nicht aus dem Kopf. Weißt du, für mich hast du dich noch nie so hübsch gemacht ... also das heißt natürlich nicht, dass du mir in Jeans nicht gefällst, aber –»

«Du hast echt zu viel Zeit, Tom», unterbreche ich ihn. «Vergiss den letzten Abend, da habe ich bloß versucht, etwas herauszufinden, leider ist es mir nicht gelungen. Und jetzt muss ich –»

«Siehst du das mit uns eigentlich nur als lockere Geschichte?» Diesmal fällt er mir ins Wort, leise, drängend. «Für mich ist es nämlich viel mehr als das. Das spürst du, oder?»

Ich atme aus, schließe die Augen. «Fang jetzt nicht damit an. Nicht. Jetzt.»

«Warum nicht jetzt? Du musst doch wissen, was du empfindest.»

«Ja. Stress. Ich warte auf das Ergebnis eines DNA-Abgleichs und müsste eigentlich einen Berg von Hinweisen aus der Bevölkerung bearbeiten, die bei uns reinkommen, seit das Phantombild veröffentlicht wurde, das vielleicht – vielleicht! – den Täter zeigt. Außerdem sitzt uns die Familie des letzten Opfers im Nacken, und mit ein bisschen Pech geht es demnächst weiter mit der Abstimmung zur Wahl des nächsten Opfers. Ich habe im Moment keine Zeit für dich, kapierst du das nicht?»

Eine kurze Pause, in der ich ihn atmen höre. «Weißt du eigentlich, wie verletzend du bist?», sagt er dann langsam.

Ich höre mich selbst auflachen. Verletzend bin ich also. In Ordnung, dann will ich jetzt auch konsequent sein. Wenn ich ihn schon verletzt habe, kann ich ihm genauso gut gleich den Gnadenstoß versetzen.

«Hör mir zu, Tom. Das mit uns klappt nicht, das siehst du doch selbst. Wir kennen uns kaum noch und liegen uns schon in den Haaren. Lass es uns beenden, das wäre doch eine Erleichterung für uns beide. Ich kann mich dann wieder auf meine Arbeit konzentrieren, und du kannst dir jemanden suchen, der weniger *verletzend* ist.»

Marc geht an mir vorbei und sieht mich mit bedeutungsvoll hochgezogenen Augenbrauen an. Ich bin sicher, er hat meine letzten Sätze gehört.

«Das ist nicht dein Ernst», sagt Tom am anderen Ende der Leitung. So leise, dass ich ihn kaum verstehe.

«Doch. Mein voller Ernst.»

«Aber –»

«Ich muss jetzt aufhören. Mach's gut.»

Auf dem Weg zurück ins Büro warte ich darauf, dass sich Erleichterung einstellt, aber das passiert nicht. Stattdessen zeigt sich nur wieder mein alter Kumpel, das schlechte Gewissen, vermischt mit einem Hauch von ehrlichem Bedauern.

Daniel blickt mir entgegen, als ich die Tür öffne, als hätte er die ganze Zeit über auf mich gewartet.

«Diewald hat angerufen», sagt er. «Keine Übereinstimmung in der Datenbank.»

33

Ich beobachte Nina genau, während sie sich an ihren Platz setzt und für meinen Geschmack etwas zu geschäftig beginnt, auf ihrer Tastatur herumzutippen.

Natürlich brennt mir die Frage unter den Nägeln, mit wem sie gerade so dringend telefonieren musste. Aber sie sagte, es habe nichts mit dem Fall zu tun, und trotz ihres dummen Alleingangs glaube ich nicht, dass sie mich anlügt. Hoffe es zumindest sehr. Wenn ich jetzt noch mal nachhake, wäre das ein falsches Signal.

Innerlich lache ich auf. Frau Salomon hintergeht mich, ohne mit der Wimper zu zucken, und ich mache mir Gedanken darüber, ob ich die richtigen Signale an sie aussende. Wieder beginnt Ärger in mir aufzuwallen, aber ich wische ihn beiseite. Energie an der falschen Stelle. Dafür ist jetzt kein Raum.

Viel mehr brennt mir gerade eine andere Frage unter den Nägeln: Wie gehe ich mit der Situation um, in die sie mich gebracht hat? In die sie uns beide gebracht hat.

Wenn ich damit zu Arendt gehe, wird der gar nichts anderes übrigbleiben, als Nina gegenüber disziplinarische Maßnahmen zu ergreifen. Was sich nicht eben gut macht, nachdem sie sich gerade erst zu uns hat versetzen lassen.

Aber die Verletzung der Dienstvorschriften ist einfach zu eklatant, als dass Arendt das unter den Tisch fallen lassen könnte.

Möchte ich das? Vor allem in Anbetracht der Tatsache, dass die neue Liste noch nicht erschienen ist? Was, wenn sich das alles erledigt hat, weil es gar keine neue Liste mehr geben wird? Und selbst wenn sie doch noch online geht – wir können nicht wissen, ob Nina tatsächlich darauf erscheinen wird.

«Du bist sauer, oder?»

Ich schaue zu Nina herüber, finde in ihrem Gesicht keine Spur von Trotz, sondern schlichtes Interesse.

«Ja», antworte ich wahrheitsgemäß. «Und ich überlege gerade, was ich tun soll.»

«Kann ich dir beim Nachdenken behilflich sein?»

Kann sie das? «Ich werde die Sache nicht an die große Glocke hängen. Zumindest im Moment noch nicht.»

«Oh, tausend Dank, Kollege.» Die Art, wie sie das sagt, die unverkennbare Ironie, die in ihren Worten mitschwingt, macht es mir schwer, halbwegs ruhig zu bleiben. Als ob sie nicht anders könnte.

«Also jetzt hör aber mal endlich auf, dich aufzuführen, als wäre ich ein Spießer, der dir deine schöne Abenteuertour vermasselt hat. Das einzig Vernünftige wäre, Arendt sofort von diesem dämlichen und unverantwortlichen Alleingang zu erzählen. Dann hat sie die Verantwortung. Und glaube mir, wenn es um derart grobe Verletzungen der Dienstvorschriften geht, kennt sie keinen Spaß, weil es dann nämlich, ich zitiere Meierhofer an dieser Stelle, ihr Allerwertester ist, der im Wind hängt, und nicht meiner. Ich wäre dir sehr verbunden, wenn du deine Aktion nicht als Kleinigkeit abtun würdest. Okay?»

Nach einem Moment, in dem ich keine Regung in ihrem Gesicht erkennen kann, legt sie die Stirn in Falten. «Mit oder ohne Hose?»

«Was?»

«Na, dein Arsch im Wind. Ich versuche gerade, mir das bildlich vorzustellen. Dazu muss ich aber wissen: Mit oder ohne Hose?»

Kurz bin ich versucht aufzubrausen, aber das Lächeln, das sich auf ihr Gesicht legt, lässt mich grinsend den Kopf schütteln. Solches Vokabular benutze ich sonst nie.

Eine Weile sagen wir beide nichts. Als wollten wir diesen kurzen Moment so lange wie möglich genießen. Diesen Augenblick, in dem wir es tatsächlich geschafft haben, das Grauen beiseitezuschieben. Aber es bleibt eben nur ein kurzer Moment.

«Nina.» Ich räuspere mich. «Ich habe keine Ahnung, ob Trajan dein Angebot für so unwiderstehlich hält, dass er dich nominiert. Falls er überhaupt noch jemanden nominieren wird. Wenn er es aber tut, wissen wir nicht, wann er deine Entführung plant. Wir haben erlebt, dass er sich potenzielle Opfer schon vor dem Abstimmungsergebnis gegriffen hat. Wahrscheinlich, um auf Nummer sicher zu gehen.»

«Aber doch nicht, bevor die Liste online war.»

«Stimmt. Aber wie sich gerade zeigt, neigt Trajan durchaus dazu, mit Gewohnheiten zu brechen. Oder anders gesagt: Er ist unberechenbar.»

Ich mache eine Pause und suche die passende Worte, um ein Missverständnis, wie wir es schon einmal hatten, dieses Mal zu vermeiden.

«Ich möchte auf Nummer sicher gehen. Und da ich notgedrungen gerade eben die Verantwortung für deinen Alleingang übernommen habe, möchte ich, dass du ab sofort nicht zu Hause übernachtest, sondern auf meiner Couch. Damit ich dich …»

«Hatten wir das nicht schon abgehakt?»

Ich hätte es wissen müssen. *Bleib ruhig*, kaue ich mir in einer Art Selbsthypnose vor. *Egal, was sie sagt, du wirst die Nerven behalten und die Situation nicht aus der Hand geben.*

«Nein, wir haben hoffentlich den Trugschluss geklärt, den du gezogen hast. Aber ich kann es gerne noch einmal wiederholen: Ich will nichts von dir, außer dass du deinen Job anständig machst und endlich handelst wie eine verantwortungsvolle Polizistin. Wir können privat etwas zusammen essen gehen oder auf ein Gläschen in eine Kneipe, aber nicht mehr. Es geht mir ausschließlich um deine Sicherheit. Okay?»

Sie denkt nach, nickt schließlich. «Gut. Aber ich werde trotzdem nicht bei dir übernachten, das ist doch lächerlich.»

Okay, dann eben auf die andere Art. «Doch, das wirst du. Weil das gerade keine Bitte von mir war, sondern eine dienstliche Anweisung, der du folgen solltest.»

Sie stößt einen Zischlaut aus. «Eine Anweisung, auf deiner Couch zu übernachten? In welchen Vorschriften kann ich darüber nachlesen?»

«In den gleichen, in denen steht, dass ich *nicht* verpflichtet bin, Kenntnisse über massive Verletzungen der Dienstvorschriften meiner Partnerin an unsere Vorgesetzten zu melden, und dass ich mich dadurch, dass ich es nicht tue, *nicht* mitschuldig mache. Dort wird auch ausgeschlossen, dass ich nicht nur meinen Job verliere, sondern auch meines Lebens nicht mehr froh werde, wenn besagter Kollegin etwas geschehen sollte.»

Manchmal schafft es Nina, ein Pokerface aufzulegen, das ich nicht durchdringen kann, aber in diesem Moment spiegelt sich der Kampf, den sie in ihrem Inneren austrägt, eins zu eins auf ihrem Gesicht wider.

Das Läuten meines Telefons erscheint mir lauter als je zuvor. Und unpassender. Ich nehme das Gespräch an, lasse Nina dabei aber nicht aus den Augen. Es ist Vogelbusch. Er berichtet über erste Vorfälle nach der Veröffentlichung des Phantombildes. Noch sind es verhältnismäßig harmlose Delikte – Männer, die verbal angegangen wurden, weil sie vielleicht Ähnlichkeit mit dem computergenerierten Bild haben. In einem Fall haben drei Männer einen vierten in der U-Bahn gewaltsam festgehalten, bis die gerufenen Kollegen da waren und schon vor Ort ausschließen konnten, dass es sich bei dem Mann um Trajan handelt. Trotzdem sind diese Vorkommnisse wohl nur die ersten Ausläufer dessen, was da noch kommt, wenn er nicht bald gestoppt wird.

In der gleichen Sekunde, in der ich das Gespräch beende, sagt Nina: «Also gut.»

Als ich zu ihr hinüberschaue, nickt sie bedächtig. «Ich übernachte bei dir. Aber nur, bis die Situation geklärt ist, keine einzige Nacht länger.»

Ich bin erleichtert. «Gut. Dann schlage ich vor, wir machen nachher einen kurzen Abstecher zu dir nach Hause. Dann kannst du das Nötigste zusammenp…»

«Nein, lieber nicht», fällt sie mir ins Wort. «Wenn wir die Sache konsequent zu Ende denken, dann müssen wir davon ausgehen, dass Trajan längst weiß, wo ich wohne. Und dass er vielleicht dort wartet, bis ich nach Hause komme. Falls das so ist, wird er uns zu deiner Wohnung folgen, womit wir beide in Gefahr wären.»

Da hat sie recht. So oder so wird es für ihn eine heikle Angelegenheit sein, eine Polizistin zu entführen statt eines Zivilisten. Hat er deshalb die Veröffentlichung der neuen Liste verschoben? Weil er länger für die Vorbereitungen braucht?

«Dann werden wir an einem Supermarkt anhalten», erkläre ich.

Sie hebt eine Braue. «Eigentlich habe ich damit gerechnet, dass du alles dahast, was ein Übernachtungsgast so braucht. So als Junggeselle …»

Ich übergehe die Anspielung. «Wie schon gesagt, ich halte an einem Supermarkt an.» Und das tue ich auch, als wir uns am Abend auf den Weg machen, nachdem wir den restlichen Nachmittag mit der Auswertung von Hinweisen aus der Bevölkerung verbracht und alle zehn Minuten im Forum kontrolliert haben, ob es nicht doch eine neue Liste gibt.

Als ich den Wagen auf dem großen Parkplatz abstelle und sie frage, ob ich sie begleiten soll, schenkt Nina mir einen Blick, der jede Antwort überflüssig macht.

Also warte ich im Auto, bis sie zehn Minuten später mit einer Papiertüte auf dem Arm wieder auftaucht.

Wenig später schließe ich die Wohnungstür auf, woraufhin Nina ganz selbstverständlich an mir vorbei und ins Wohnzimmer marschiert, als kenne sie sich bestens bei mir aus. Sie legt die Tüte ab, schaut sich um und nickt. «Ja, so habe ich mir das vorgestellt.»

«Ach», sage ich und hänge den Schlüssel in den Kasten in der Diele. «Und was genau meinst du mit *so*?»

Ihre Hand beschreibt einen Bogen. «Na, so halt. Aufgeräumt, durchgestylt und wahrscheinlich sehr teuer. Ich gehe davon aus, du hast eine Putzfrau?»

«Ja, die habe ich. Sie ist zweimal in der Woche hier. Warum?»

«Nur so.» Sie setzt sich auf die Couch und klopft mit der Hand neben sich auf die Sitzfläche. «Und das wird also mein Lager für diese Nacht sein. Feinstes Leder.»

«Ja, darauf schläft man hervorragend.»

«Sagt wer?»

«Sage ich. Nachdem ich hier und da schon mal vor dem Fernseher eingeschlafen bin.»

Sie schweigt nachdenklich. Sieht sich noch einmal im Zimmer um. «Sag mal, hältst du mich eigentlich für verrückt, weil ich hoffe, dass ich wirklich auf diese Liste komme?»

«Ja. Aber ich weiß trotzdem, warum du es getan hast.»

«Es könnte unsere einzige Chance sein.»

«Hoffentlich nicht.» Ich lasse einige Sekunden verstreichen. «Möchtest du etwas trinken?»

«Hast du Wein?»

«Ja, sogar eine recht gute Auswahl. Rot oder weiß?»

«Weiß.»

«Was hättest du gerne? Riesling, Elbling, Chardonnay? Oder vielleicht einen Auxerois?»

«Mir egal. Ich bin kein Weinkenner. Hauptsache, er schmeckt.»

Ich wähle eine Flasche trockenen Riesling von der Mosel aus dem Weinkühlschrank und stülpe einen Eismantel darüber, dann trage ich sie zusammen mit zwei Gläsern ins Wohnzimmer.

Ich komme fast gleichzeitig mit Nina dort an. Sie nickt mir anerkennend zu. «Coole Badewanne. Die ist ja riesig.»

«Danke.» Ich stelle die Gläser ab, fülle sie zur Hälfte, proste ihr zu.

«Muss man dabei nicht irgendwas Schlaues sagen?», fragt sie mit einem Anflug von Ironie.

«Mir fällt gerade nichts Schlaues ein», entgegne ich wahrheitsgemäß und trinke einen Schluck.

Danach dreht das Gespräch sich sofort wieder um den Fall, um Spekulationen über all die Dinge, die wir auch im Büro schon nicht klären konnten. Nina wirft zwischendurch immer wieder einen Blick auf ihr Handy. Die Liste, sie lässt ihr keine Ruhe. Mir auch nicht.

Irgendwann gehe ich ins Bad. Was mir als Erstes auffällt, ist, dass Nina die Seife nicht in das dafür vorgesehene Schälchen zurückgelegt, sondern sie auf dem Rand des Waschbeckens platziert hat. Das hat dazu geführt, dass ein schmieriger Streifen zum Inneren des Beckens hin entstanden ist. Ohne darüber nachzudenken, öffne ich den Unterschrank und will schon nach dem Lappen greifen, halte aber mitten in der Bewegung inne.

Meine Mutter. Sie betet mir in einer nicht enden wollenden Litanei vor, dass man seine Umgebung sauber halten muss. Wie wichtig Hygiene gerade im Badezimmer ist. Dass man daran gemessen wird, wie sorgsam man darauf achtet, dass alles blitzblank ist …

Ich halte inne und schließe die Augen. Wehre mich gegen die drängende Stimme in mir.

Manchmal, in Augenblicken wie diesem, renne ich gedanklich los, um mir selbst zu entkommen. Aber ich schaffe es nicht. Wenn ich dann an mir herabschaue, sind es die abgearbeiteten und von Desinfektionsmitteln rissig gewordenen Hände meiner Mutter, die mich gepackt haben und an Ort und Stelle halten.

Nein, sage ich mir, befehle ich mir. Nein. Dieses Mal nicht.

Ich drehe mich um, verlasse das Badezimmer, gehe zu Nina zurück, trinke einen Schluck Wein.

Als hätte sie nur darauf gewartet, steht sie auf und geht in Richtung Bad davon. Nach wenigen Sekunden kommt sie wieder zurück und lächelt.

«Respekt», sagt sie und setzt sich mir wieder gegenüber. Ich verstehe nicht einmal ansatzweise, was sie meint.

«Respekt? Wofür?»

Ihr Lächeln wird breiter. «Ich hätte gewettet, du legst die Seife zurück und machst das Waschbecken sauber.» Sie greift nach ihrem Glas und erhebt es in meine Richtung. «Schön, dass ich mich geirrt habe.»

Wir lachen beide. Für einen kurzen Moment sind die Dinge ganz einfach.

34

Als ich am nächsten Morgen die Augen aufschlage, habe ich die ersten Sekunden lang keine Ahnung, wo ich bin. Ich höre eine Dusche rauschen, mein Bettzeug riecht nach fremdem Waschmittel, und auf dem Couchtisch vor mir steht ein abstrakt verschlungener Kerzenleuchter.

Dann kehrt die Erinnerung an gestern Abend zurück. Stimmt, ich habe ja jetzt einen Babysitter.

Als Daniel zehn Minuten später fix und fertig bekleidet das Wohnzimmer betritt, habe ich immerhin schon das Bettzeug zusammengelegt und mir in der Küche die Zähne geputzt.

«Bad ist frei.» Er deutet schwungvoll hinter sich. In der Zeit, die ich brauche, um zu duschen und mich fertigzumachen, stellt er ein Frühstück auf den Tisch, das eines Sternerestaurants würdig wäre.

Entsprechend guter Laune bin ich auf dem Weg ins Präsidium; Daniel hat das Autoradio laufen und leidet stumm, während ich gemeinsam mit Adele *Rolling in the Deep* singe.

Es ist knapp vor acht, als wir auf den Parkplatz einfahren, und Marc trifft gleichzeitig mit uns ein. Er bleibt an seinem Auto stehen und mustert mich mit schmalem Lächeln. «Ach, jetzt verstehe ich, warum du gestern so eilig mit deinem Freund Schluss machen musstest.»

Die Bemerkung ist nur für mich bestimmt und fühlt sich an wie ein Schlag in die Magengrube, allerdings hat Marc das Pech, dass Daniels Gehör einwandfrei funktioniert.

«Sieht ganz so aus, als wärst du nicht ausgelastet, wenn du noch Zeit und Nerven hast, dir über das Privatleben deiner Kollegen den

Kopf zu zerbrechen, hm?» Er lächelt liebenswürdig. «Ich bin sicher, das lässt sich ändern, komm doch nachher bitte mal bei mir vorbei.»

Obwohl Daniel für mich in die Bresche gesprungen ist, ist es mit meiner guten Laune vorbei. Wahrscheinlich war sie ohnehin unpassend, in Anbetracht sämtlicher Tatsachen.

Ich überhole Marc auf dem Weg zum Eingang und passiere grußlos die Schleuse. Einfach weiterarbeiten. Ich muss mich nicht mit allen verstehen, es reicht, wenn ich mit einem Teil des Teams gut auskomme, mit Christoph zum Beispiel, der uns auf dem Gang entgegenkommt. «Trajan stellt sich noch immer tot», erklärt er fröhlich und prostet mir mit seiner Kaffeetasse zu.

«Vielleicht ist er es ja auch», sage ich düster.

«Na, das wären doch einmal wirklich gute Nachrichten.»

Die Morgenbesprechung wird diesmal von den Amerikanern dominiert, speziell von dem neu eingetroffenen Computerexperten, der uns auf Englisch erklärt, welche Schritte er als Nächstes unternehmen möchte. Neben mir gähnt Helmut Vogelbusch.

Auch auf den internationalen Datenbanken gab es noch keine Übereinstimmung mit der gefundenen DNA, und die Anrufe wegen des Phantombilds strömen weiter herein. Arendt löst die Besprechung um kurz vor neun mit einem resignierten Hinweis auf die Stimmung in der Öffentlichkeit auf. Als ob wir die nicht mitbekommen würden.

Ich würdige Marc beim Hinausgehen keines Blickes, sehe aber trotzdem, dass Daniel ihn zu den Amerikanern führt. Wahrscheinlich soll er Pia ablösen. Auch eine Art von Strafe.

Und vielleicht besser, als Dietmar Ullbrecht zurückrufen zu müssen, der sich laut der Notiz auf Daniels Schreibtisch heute schon dreimal gemeldet hat. Diewald bittet ebenfalls um Rückruf, ebenso wie …

Ein Aufstöhnen geht durch die Etage, es kommt aus mehreren Büros gleichzeitig. Wie von Fußballfans, wenn die gegnerische Mannschaft ein Tor geschossen hat. Daniel und ich wechseln einen schnellen Blick. Noch hat keiner von uns das Forum geöffnet.

Draußen läuft jemand über den Flur, an unserer Tür vorbei, und flucht. Im nächsten Moment steckt Christoph seinen Kopf herein. «Zu früh gefreut», murmelt er und geht wieder.

Mir ist plötzlich eiskalt, als ich mich bei *Morituri* einlogge; es ist klar, was passiert sein muss. Entweder Trajan hat sich Bilder von Sandra Ullbrechts zersprengter Leiche beschafft, oder …

Daniel ist schneller als ich. «Eine neue Liste», erklärt er mit heiserer Stimme. «Und … Nina! Du bist nicht drauf!»

Die Seite öffnet sich, unterhalb des Headers leuchtet die Graphik, die mich bis in meine Träume verfolgt, die vier Balken, im Moment noch gleich kurz.

Daneben wie immer die Beschreibung der Kandidaten. Ich bin tatsächlich nicht dabei, ich nicht, aber …

Ich lese es zweimal, und mein Hals schnürt sich zu, so eng, dass ich kaum Luft bekomme.

Der Rollstuhlfahrer, der seine Behinderung ausnutzt, um sich Vorteile zu verschaffen.

Der selbsternannte Künstler, der seine Freundin mit allen Mitteln stalkt.

Der «korrekte» Beamte, der für seine Karriere über Leichen geht.

Die Facebook-Userin, die die Timeline mehrmals täglich mit neuen Sinnsprüchen zumüllt.

Das ist meine Schuld, gar keine Frage. Ich habe Trajan provoziert, nun serviert er mir die Rechnung. «Er hat Tom nominiert.»

Daniel wendet sich zu mir um. «Wie bitte?»

«Er hat Tom nominiert», wiederhole ich, lauter diesmal. Meine eigene Stimme kommt mir völlig fremd vor. «Einen … Freund von mir, einen Bekannten. *Der selbsternannte Künstler, der seine Freundin mit allen Mitteln stalkt.* Das ist Tom, jede Wette.»

Ich greife nach meinem Handy und zittere dabei so sehr, dass es mir fast aus den Fingern rutscht. Meine Schuld ist das, ausschließlich. Ich wollte Trajan unbedingt einen vergifteten Köder vor die Nase halten, er hat wohl ausgiebig daran geschnüffelt und beschlossen, den Spieß umzudrehen.

«Und die gestalkte Freundin», höre ich Daniel wie aus weiter Ferne fragen, «bist du?»

Ich antworte nicht, sondern rufe Toms Nummer auf. Drücke auf *Wählen.* Dreimal Freizeichen, dann wird das Gespräch weggedrückt.

Verdammt noch mal. Ich fühle meinen Herzschlag im ganzen Körper. Neuer Versuch. Diesmal ist schon nach dem zweiten Freizeichen Schluss.

Er will nicht mit mir sprechen, natürlich nicht, warum auch? Gestern habe ich ihn brutal abgewürgt, wahrscheinlich hat er eine schlimme Nacht hinter sich, an deren Ende er beschlossen hat, Nina Salomon mit aller Konsequenz aus seinem Leben zu streichen. Und das tut er jetzt.

Ich warte zehn Minuten, die mir endlos vorkommen, umso mehr, weil Vogelbusch hereinkommt und die neue Liste mit uns besprechen möchte. «Wer schlägt denn jemanden vor, der bei Facebook lästig ist?», fragt er und schüttelt den Kopf. «Ich meine, man kann solche Leute doch auch einfach entfreunden. Sogar blocken. Wozu sie umbringen?»

Die Masse scheint ganz seiner Meinung zu sein. Die Facebook-Frau liegt noch hinter dem Rollstuhlfahrer. Tom rangiert derzeit an zweiter Stelle, Spitzenreiter ist der angeblich korrekte, also vermutlich korrupte Beamte.

«Gib mir dein Handy», fordere ich Daniel auf, sobald Vogelbusch wieder draußen ist. Daniel zögert nur kurz, dann entsperrt er sein Smartphone und reicht es mir. «Was willst du …»

Ich winke ungeduldig ab und tippe Toms Nummer ein. Bohre mir dabei die Fingernägel in die Handflächen. Das Freizeichen ertönt.

«Ja bitte?» Seine Stimme, Gott sei Dank.

«Tom, hör mir zu, leg jetzt bitte nicht auf, es ist etwas passiert.»

Genervtes Seufzen. «Lass mich in Ruhe.»

«Es geht um dich», sage ich, so schnell ich kann. «Um dein Leben. Du stehst auf der Liste, auf dieser Todesliste von *Morituri*, wir müssen …»

«Wie, ich stehe auf der Liste?» Es klingt höhnisch. «Gibt es also doch wieder eine Liste?»

«Ja. Leider. Und –»

«Ach, und seit neuestem sind da Namen dabei?»

Ich schlucke. «Nein. Aber mit einer der Beschreibungen bist ganz sicher du gemeint. Wir werden dir Personenschutz –»

«Ich will nichts von dir, auch keinen Personenschutz!», blafft er mich an. «Lass mich in Ruhe. Das ist es doch, was du umgekehrt auch von mir wolltest, nicht wahr?»

«Tom, ich …»

«Tom, ich», äfft er mich nach. «Es ist dir doch völlig egal, wie es mir geht. Du machst hier nur deinen Polizistinnenjob.»

«Es ist mir nicht egal», widerspreche ich. «Komm, gib mir deine Adresse.» Ich sehe, wie Daniel irritiert die Stirn runzelt. «Bitte.»

Eine kurze Pause. Klickgeräusche, wie von einer Computermaus. Dann empörtes Auflachen am anderen Ende der Leitung. «Der selbsternannte Künstler, der seine Freundin mit allen Mitteln stalkt? Das bin also ich, ja? Hast du sie noch alle? Aber gut zu wissen, wie du mich siehst!»

Ich bin aufgesprungen, beinahe ohne es zu merken. «Das tue ich nicht, verdammt noch mal, ich –»

«Wie jetzt? Du bist doch überzeugt davon, dass ich gemeint bin. Ich stalke dich also. Bist du eigentlich völlig irre?» Mit jedem Wort ist er wütender geworden, den letzten Satz brüllt er so laut, dass auch Daniel ihn gehört haben muss.

«Ich mache mir Sorgen um dich», schreie ich zurück. «Glaub es mir oder lass es, aber wenn du nicht der Nächste sein willst, der ersäuft oder in die Luft gejagt wird, dann gib mir jetzt deinen vollen Namen und deine Adresse. Ich kümmere mich um den Rest.»

Noch während ich es ausspreche, wird mir klar, was ich da sage. Seinem Blick zufolge ist es auch Daniel klar, und Tom erst recht.

«Meinen vollen Namen», flüstert er. «Du kennst nicht einmal meinen vollen Namen?

Ich schweige, konzentriere mich, weiß aber, dass das vergebens ist. Ich habe Tom nie danach gefragt, es hat sich einfach nicht ergeben. Und wenn ich völlig ehrlich zu mir bin … es war mir auch egal. Er sollte nie mehr sein als eine Episode.

«Leck mich am Arsch, Nina Salomon», zischt er in die Stille zwischen uns. «Siehst du, deinen Namen kenne ich. Leider. Ruf mich nie wieder an.»

Er hat aufgelegt, trotzdem stehe ich noch einige Atemzüge lang mit dem Handy am Ohr da und versuche, meine Fassung wiederzugewinnen.

«Okay», sagt Daniel langsam, als ich ihm das Telefon zurückgebe. «Habe ich das richtig verstanden? Ihr hattet eine Art Beziehung, aber du weißt nicht, wie der Mann mit Nachnamen heißt?»

«Was … ich wollte ja nie … das ist einfach so – ach, Scheiße.» Ich setze mich zurück an meinen Platz und vergrabe das Gesicht in den Händen. «Tom ist mir einfach so passiert, verstehst du? Ich war gerade erst in Hamburg angekommen, er war nett, mit ihm gemeinsam fühlte sich alles weniger einsam an …»

Ich weiß, was Daniel gleich sagen wird, weil mir während meiner Erklärung sinngemäß das Gleiche durch den Kopf geht.

«Du meinst, du hast ihn nur ein bisschen benutzt?»

Ja. Nein. «So kann man das nicht sagen», verteidige ich mich wider besseres Wissen. «Ich habe ihm nie etwas versprochen, er war es, der unbedingt mehr wollte, als nur gemeinsam etwas trinken zu gehen. Und ich dachte mir …»

Hier unterbreche ich mich selbst, um in Daniels Achtung nicht noch eine Etage weiter zu sinken.

Es gibt zahllose Männer, die froh und dankbar sind, wenn sie nach einer gemeinsamen Nacht einfach abhauen können, ohne Verpflichtungen, ohne dass die Frau sich mehr verspricht. Dass ich mit Tom auf jemanden treffen musste, der völlig anders tickt, war echt Pech.

«Dann lass uns deine Wissenslücken doch mal auffüllen», höre ich Daniel sagen; kurz darauf gibt er der Mobilfunkgesellschaft Toms Nummer durch. In einer halben Stunde sollten wir Name und Adresse wissen; die Handyortung wird ebenfalls in die Wege geleitet.

Ich habe mich wieder meinem Computer zugewendet. Meine Augen brennen, und mir ist fast übel vor schlechtem Gewissen.

Marcel hat mir eine Nachricht geschickt: Ob ich ihn nicht mehr sehen möchte? Ob es einen Grund dafür gebe, dass ich noch nicht geantwortet habe?

Ich klicke unseren Chat zu, öffne dafür die Konversation mit Trajan. Vielleicht ist es dumm, was ich tue, aber ich kann nicht anders.

Du spielst nicht fair, schreibe ich. Ich weiß genau, dass niemand den Künstler nominiert hat. Du hältst dich nicht an deine eigenen Regeln, du führst dein eigenes Spiel ad absurdum. Lass es, lass ihn in Ruhe. Er wird dir keine spektakuläre Show liefern, er ist kein Kämpfer. Ich weiß, dass du nicht ihn treffen willst, sondern mich, aber das ist der falsche Weg.

Ich schicke die Nachricht ab und hefte meinen Blick wieder auf die Votingbalken. Der Künstler und der Beamte führen immer noch, und ich schätze, das wird auch so bleiben. In den Postings tobt der übliche Wahnsinn. Aufforderungen, für den einen oder anderen Kandidaten zu stimmen. Hass, der Trajan entgegenschwappt. Auch Bewunderung, aber der Hass ist mittlerweile stärker.

Seine Antwort an mich kommt diesmal schon nach zehn Minuten.

Hallo, Leyla,
ich verstehe gar nicht, was du hast. Woher willst du wissen, dass niemand den Künstler nominiert hat? Warum sollte ich dich treffen wollen, indem ich ihn auf die Liste setze?

Du hast mich neulich gebeten, Nina Salomon zu verschonen. Das habe ich getan, was willst du also noch?
Lehn dich zurück. Genieß das Finale.

Am liebsten würde ich ihm sofort noch einmal schreiben. Dass er nicht tun soll, als hätte er mich nicht verstanden. Dass er genau weiß, wer hinter Leyla steckt.

Doch bevor ich damit beginnen kann, tippt Daniel mir auf die Schulter. «Wir wissen jetzt mehr. Tom heißt mit Nachnamen Tilsen, bringt das irgendetwas in dir zum Klingen?»

Ich schüttle den Kopf und wende mich schließlich ab, weil ich die Kühle nur schlecht ertrage, mit der Daniel mich ansieht.

«Thomas Tilsen. Er wohnt in Hamburg Stellingen. Los, lass uns fahren.»

35

Auf dem Weg zu der Adresse in Stellingen starren wir beide schweigend nach vorne. Meine Gedanken kreisen um die letzte halbe Stunde. Es ist zum Verzweifeln. Jedes Mal, wenn ich denke, Nina halbwegs zu verstehen, kommen wir in eine Situation, die alles, was ich mir über sie zurechtgelegt habe, wieder zunichte macht.

Dass sie mit diesem Tom eine wie auch immer geartete Beziehung hatte, ist ihre Privatsache, und letztendlich geht es mich auch nichts an, wie viel oder besser gesagt wie wenig Wert sie darauf legt, über ihren … *Lover* Bescheid zu wissen. Das Dumme daran ist nur, dass ich versucht bin, daraus Rückschlüsse auf ihren Charakter zu ziehen. Was wiederum Unsinn ist. Sie war neu in Hamburg, kannte keinen Menschen hier, hat wahrscheinlich noch an den Dingen zu knabbern, die der Anlass für ihren Versetzungswunsch gewesen waren … Sie brauchte offenbar eine Schulter, an die sie sich anlehnen konnte. Und diese Schulter musste eben keinen Namen und keine Adresse haben, sondern einfach nur da sein. Ganz im Gegenteil war es vielleicht sogar so, dass sie gar nicht mehr über Tom wissen wollte, um einen gewissen Abstand zu ihm zu wahren. Weil sie von Anfang an nicht vorhatte … «Du wirst das übernehmen müssen», unterbricht Nina meine Gedanken. Ich schaue zu ihr herüber. «Was muss ich übernehmen?»

«Du musst bitte mit Tom reden und ihm klarmachen, dass er in großer Gefahr ist. Mir wird er wahrscheinlich gar nicht zuhören.»

«Klar, das mache ich. So oder so.»

«Was bedeutet *so oder so*?»

«Natürlich kann es sein, dass dein Tom tatsächlich derjenige ist, der auf der Liste steht, aber …»

«Er *ist* es, verdammt», fährt sie mich an.

«Ach ja?», pampe ich zurück. «Dann bist du also tatsächlich die gestalkte Freundin? Das wundert mich, denn in der Rolle habe ich dich bisher noch gar nicht gesehen. Wie hat dieses Stalken denn ausgesehen? Was hat er denn genau getan?»

Ich lasse ihr keine Zeit zum Antworten, denn wahrscheinlich wird sie mir sagen, dass mich das gar nichts angeht. «Aber egal, selbst wenn es so wäre, woher sollte das jemand wissen? Es muss ja jemand wissen, es sei denn, Tom hat sich dich zum Vorbild genommen und sich ebenfalls selbst angeboten.»

Es dauert eine Weile, bis sie antwortet. «Ich glaube nicht, dass überhaupt jemand Tom vorgeschlagen hat. Ich denke, Trajan weiß, dass ich Leyla bin und mich selbst nominiert habe. Wie auch immer er darauf gekommen ist. Er muss mich beobachtet und dabei gesehen haben, dass Tom vor meiner Tür gesessen hat, als ich …» Sie macht eine kurze Pause, in der sie unsicher wirkt. «Als ich abends nach Hause gekommen bin.»

«Tom hat vor deiner Tür gesessen? Das heißt, er wusste nicht, wie lange du arbeitest?»

«Ja … nein.»

Das wird ja immer seltsamer. «Aber wenn das schon Stalking ist … Nina, es gibt eine ganze Menge Künstler in Hamburg, und bestimmt hat der eine oder andere von ihnen irgendeinen Stress in seiner Beziehung und tut Dinge, die man dann als Stalking auslegen könnte.»

«Er ist es», beharrt sie trotzig wie ein Kind. «Ich weiß, dass er gemeint ist.»

Wir erreichen die angegebene Adresse und finden sogar einen Parkplatz direkt vor dem Haus. Thomas Tilsen wohnt in der zweiten Etage. Als sich nach dem ersten Klingeln nichts tut, legt Nina den Finger auf den Knopf und lässt ihn mindestens fünf Sekunden lang liegen.

«Mach auf, los», sagt sie dabei beschwörend, was natürlich nichts ändert.

«Zu wem möchten Sie denn?» Wir drehen uns beide gleichzeitig um und sehen eine Frau um die siebzig, die auf uns zukommt.

«Zu Herrn Tilsen», antworte ich. «Wohnen Sie in dem Haus?»

Die Falten auf ihrer Stirn vertiefen sich. «Ja. Was wollen Sie von ihm?»

Ich ziehe meinen Dienstausweis aus der Sakkotasche und halte ihn der Frau entgegen. «Buchholz, LKA Hamburg. Würden Sie bitte die Tür für uns aufschließen?»

«LKA? Und was wollen Sie von Herrn Tilsen? Hat er was angestellt? Das kann ich mir gar nicht vorstellen, er ist doch so ein lieber Mensch. Er malt, wissen Sie. Ein richtiger Künstler.»

«Schließen Sie jetzt die verdammte Tür auf. *Bitte.*»

Ich werfe Nina einen strafenden Blick zu, doch immerhin hat sie mit ihrem Ton Erfolg. Die Frau kramt mit beleidigter Miene in ihrer Tasche und zieht einen Schlüsselbund hervor. «Ist ja schon gut. Sie müssen nicht gleich so unhöflich werden. Man wird sich doch wohl noch um seine Mitbewohner Sorgen machen dürfen.»

«Gibt es so etwas wie einen Hausmeister hier?», frage ich, als die Tür endlich offen ist und das Treppenhaus vor uns liegt.

«Nein, das ist nicht nötig», erklärt die Frau in noch immer beleidigtem Tonfall. «Die Eigentümer wohnen im Erdgeschoss.»

«Schau nach, ob jemand da ist», wende ich mich an Nina. «Wir brauchen den Schlüssel. Ich versuche es oben noch mal.»

Ich nehme immer zwei Stufen auf einmal und stehe zwanzig Sekunden später vor der Tür. Allerdings regt sich auch jetzt weder auf mein Klingeln etwas, noch, als ich mit der Faust gegen die Tür hämmere und Tilsens Namen rufe.

Von unten höre ich Stimmen, offenbar hat Nina mehr Erfolg. Ich ziehe das Handy hervor und rufe Arendt an, informiere sie in knappen Sätzen über die Situation und darüber, dass wir gleich die Wohnung betreten.

In dem Moment, in dem ich auflege, beginnt das Gerät sofort zu klingeln. Ich hebe ab, ohne mich um die Nummer zu kümmern. Es ist der Werkstattleiter der Jaguar-Vertretung, der mir mitteilt, mein Wagen sei fertig und ich solle ihn bitte abholen kommen. Sie würden ihn nach Feierabend draußen abstellen und den Schlüssel an die bekannte Stelle legen.

Die Eigentümerin ist etwas jünger als die Frau, die uns die Haustür aufgeschlossen hat. Sie wirkt sehr gepflegt und hat eine verhältnismäßig glatte Haut, was entweder auf sehr gute Gene oder viel Geld für Schönheitssalons schließen lässt.

«Was ist denn nur los?», fragt sie, als sie, gefolgt von Nina, mit dem Schlüssel in der Hand auf Tilsens Wohnungstür zugeht.

Ich wiege den Kopf hin und her. «Es kann sein, dass Herr Tilsen in Gefahr ist. Wann haben Sie ihn zuletzt gesehen?»

Sie bleibt stehen und denkt angestrengt nach. «Warten Sie ...»

«Schließen Sie doch einfach auf», drängt Nina.

«Das muss vorgestern gewesen sein.» Ein Klacken, die Tür ist offen. «Wir begegnen uns nur hier und da zufällig im Treppenhaus. Und wenn ...»

«Danke, Sie können wieder nach unten gehen.» Ich nicke ihr zu und warte, bis sie sich widerwillig abwendet und an uns vorbeigeht. Dann erst nicke ich Nina zu, ziehe meine Waffe und betrete vorsichtig die Wohnung. Eine Minute später wissen wir, dass sich tatsächlich niemand darin befindet.

Tilsen bewohnt zwei Zimmer, eine kleine Küche und ein noch kleineres Badezimmer. Das Wohnzimmer – als solches nur durch einen Fernseher und eine Zweiercouch zu erkennen – ist zugestellt mit fertigen und unfertigen, meist abstrakten Bildern, leeren Bilderrahmen und frischen Leinwänden. Halb ausgequetschte Farbtuben liegen ebenso auf Schränkchen und Ablagen herum wie farbverschmierte Paletten, Tücher und Stifte. Im Schlafzimmer sieht es nicht viel anders aus, nur dass dort statt der Couch ein französisches Bett steht.

«Das ist ja das reinste Atelier hier.» Ich lasse meinen Blick über die für meinen Geschmack wenig ansprechenden Bilder wandern. «Ob er damit Geld verdient?»

«Offensichtlich schon. Von irgendwas muss er ja die Miete bezahlen. Allerdings ist mir nun klar, warum wir uns immer nur bei mir getroffen haben. Ich versuche noch mal, ihn zu erreichen.»

Er hebt nicht ab, und nachdem auch ich es ein weiteres Mal vergeblich probiert habe, rufe ich im Präsidium an und ordne eine Fahndung nach Tom Tilsen an.

«Nur für alle Fälle», erkläre ich Nina, als ich ihren Blick bemerke. «Ich bin noch immer nicht sicher, dass er wirklich derjenige ist, der auf der Liste gemeint ist.»

«Ach nein? Und wo steckt er dann? Und warum geht er nicht ans Telefon?»

«Vielleicht stellt er sich einfach nur tot? Weil er seine Ruhe haben möchte, vor dir und auch vor deinen Warnungen. Zumindest, was den ersten Teil angeht, kann ich ihn sogar verstehen.» Ich bereue den Satz im gleichen Moment, in dem ich ihn ausgesprochen habe, und schiebe hastig hinterher: «Tut mir leid. Aber …»

«Schon gut, du hast ja recht. Trotzdem glaube ich, dass Trajan ihn sich geholt hat.»

Ich lasse das unkommentiert. Nicht zuletzt, weil ich es langsam selbst glaube. Wir sehen uns eine Weile in der Wohnung um, können aber nichts entdecken, das uns irgendeinen Hinweis gibt. Mein Telefon klingelt schon wieder. Diesmal ist es Vogelbusch.

«Die Mobilfunkgesellschaft hat sich gemeldet. Das Handy dieses Tilsen war heute Vormittag im WLAN eines Internetcafés eingeloggt. Das muss ganz in der Nähe seiner Wohnung sein.» Er nennt mir die Adresse, die ich laut wiederhole und dabei auf meinem Notizblock mitschreibe. Ich lege auf, informiere Nina und frage sie, ob sie zufällig ein Foto von Tom hat. Was für eine unsinnige Frage, wo sie nicht einmal seinen Nachnamen kannte.

«Warte, ich habe ein Album im Schlafzimmer gesehen.» Sie verschwindet in dem kleinen Raum und kehrt kurz danach mit einem Foto in der Hand zurück. «Ist zwar nicht mehr ganz aktuell, aber man kann ihn darauf erkennen.»

Ich werfe nur einen flüchtigen Blick auf die Fotografie, die einen dunkelhaarigen Mann vor irgendeinem alten Gebäude zeigt. «Na, dann los.»

Der Besitzer des Cafés heißt Manuel, ist an beiden Armen bis zu den Handgelenken tätowiert und trägt einen Ring durch die Braue. «Ja, den kenne ich, der ist öfter hier», erklärt er uns, nachdem er sich das Foto betrachtet hat.

«Alleine?»

Manuel nickt. «Normalerweise schon. Aber heute Vormittag hatte er diesen Legionär dabei.»

Ich wechsle einen Blick mit Nina und sehe, wie sich ihr Körper anspannt. «Einen Legionär?», fragen wir fast gleichzeitig, was Manuel zu einem Grinsen verleitet.

«Ja, er hatte dieses Tattoo. So was fällt mir immer gleich auf.» Er deutet auf eine Stelle an der Innenseite seines Unterarms. «Hier, an der Stelle. Die siebenflammige Granate.»

«Eine Granate!» Nina wirbelt zu mir herum. «Das kann unmöglich ein Zufall sein, Daniel.»

Nein, wohl kaum. Aber die Zusammenhänge, die mir sofort vor Augen stehen, sind andere als nur die zum Tod von Sandra Ullbrecht. «Es ist nicht irgendeine Granate, sondern die siebenflammige Granate. Das Abzeichen der Fremdenlegion. Was manches erklärt. Ich habe mich schon oft gefragt, wie ein Mann alleine …» Ich stocke, als ich Manuels neugierigen Blick bemerke.

«Können Sie den Mann so gut beschreiben, dass wir ein Phantombild von ihm machen lassen können?»

Wieder verzieht sich Manuels Gesicht zu einem Grinsen. «Ich kann Ihnen wahrscheinlich sogar ein Foto von ihm zur Verfügung stellen.» Er deutet auf verschiedene Stellen an der Decke. Videoüberwachung, vermute ich, obwohl keine Kameras zu entdecken sind.

«Na dann los», sagt Nina und legt Manuel die Hand auf den Oberarm.

Es dauert nur knapp zehn Minuten, bis er auf der Aufzeichnung am Computer die richtige Stelle gefunden hat. «Hier, das ist er.»

Der Mann, der neben Tom an einem der kleinen Tische ohne Computer sitzt und sich mit ihm unterhält, ist etwa um die vierzig, hat kurzes blondes Haar und sieht dem Phantombild zumindest ähnlich. Ich kann den Blick nicht vom Bildschirm wenden. Ist das der Moment, in dem ich zum ersten Mal Trajans Gesicht sehe?

Wir finden eine Stelle in der Aufzeichnung, auf der seine Züge deutlich erkennbar sind, fertigen einen Screenshot davon an und lassen ihn über den angeschlossenen Farblaser ausdrucken.

«Endlich kommen wir weiter», sage ich, als wir das Café mit dem Ausdruck in der Hand verlassen. Nina stößt einen Seufzer aus. «Ja, ich hoffe nur, dass das Tom noch was nutzt.»

Das Klingeln meines Handys enthebt mich einer Antwort darauf. Es ist Marc.

«Daniel, du wirst es nicht glauben.» Er schreit es regelrecht ins Telefon. Dann stößt er ein Lachen aus. «Unsere amerikanischen Freunde … ihr Spezialist hat es geschafft.»

«Was geschafft?», frage ich hastig nach und wage fast nicht zu glauben, was ich vermute.

«Das Forum. *Morituri*. Sie haben die gottverdammte Seite vom Netz gefegt.»

36

Wir rasen zum Präsidium zurück. Angesichts Daniels Fahrstils schließe ich die Augen, es wäre echt schade, jetzt in einem Knäuel zerquetschten Blechs zu sterben, ausgerechnet jetzt, da wir es vielleicht geschafft haben, Trajan das Handwerk zu legen.

Ohne Publikum hätte es für ihn keinen Sinn weiterzumorden, sage ich mir. Er wird Tom laufenlassen, so wie er Gustav Beranski hat laufenlassen.

Ich springe aus dem Wagen, kaum dass Daniel ihn vor dem Präsidium zum Stehen gebracht hat, renne durch die Eingangshalle, dränge mich durch die Schleuse. Am Aufzug holt Daniel mich ein.

«Ich will es mit eigenen Augen sehen», keuche ich. «Dann mache ich auch den Kniefall vor den Amerikanern, den sie so gern von uns sehen möchten.»

Die Gänge in unserem Stockwerk sind so gut wie leer, nur Pia kommt uns entgegen und weicht wie immer Daniels Blick aus.

Dann tritt Marc aus seinem Büro und unmittelbar hinter ihm Christoph. Sie müssen nichts sagen, ihnen ist alles an den Gesichtern abzulesen.

«Scheiße», murmelt Daniel. «Seit wann?»

«Seit fünf Minuten.» Zum ersten Mal, seit ich ihn kenne, wirkt Marc erschöpft. «Knapp zwanzig Minuten lang war sie down, dann ist sie über einen neuen Server wieder online gegangen. Es ist zum Kotzen.»

Ich habe nicht mal mehr Kraft, um zu fluchen. Lasse die drei Männer stehen und setze mich vor meinen Computer, um mich mit eigenen Augen von dem Desaster zu überzeugen.

Ja, das ist es. *Morituri*, und das Voting ist in vollem Gange. Tom liegt an zweiter Stelle, hinter dem Beamten, aber der Abstand ist nicht sehr groß. Die Sicherheitsmaßnahmen vor diversen Ämtern und Gerichten sind verschärft worden, aber allen ist klar, dass das nicht mehr als eine Alibihandlung sein kann. Trajan wird sich seinen Beamten holen, so wie er sich Tom geholt hat. Notfalls verschiebt er das Finale eben um ein paar Tage.

Obwohl ich weiß, dass es vergebens sein wird, wähle ich Toms Nummer ein weiteres Mal. Kein Wegdrücken. Keine Reaktion. Nicht einmal die Voicemail springt an ... und ich habe keine Ahnung, ob Tom sie je aktiviert hatte. Er war ja immer sofort dran, wenn ich angerufen habe.

Also schicke ich ihm eine SMS, weil das die einzige Möglichkeit ist, die mir bleibt. Du kannst mich gern hassen, beschimpfen, was auch immer du willst, aber melde dich bitte. Bitte! Ich mache mir riesige Sorgen.

Ich bin gut eine halbe Stunde lang allein im Büro, starre abwechselnd auf den Computer und das Display meines Handys. Fühle mich wie gelähmt. Schuldig, nutzlos, hilflos. Habe wieder Sophies Gesicht vor Augen, ihre Schreie im Ohr und frage mich, ob ich heute Abend das Gleiche mit Tom erleben werde, nur diesmal vor dem Bildschirm und mit tödlichem Ausgang.

Wenn das passiert, weiß ich nicht, wie ich weitermachen soll.

Immerhin scheint Daniel irgendwoher neue Kraft getankt zu haben. Er stürzt herein, informiert mich kurz, dass das Bild aus der Überwachungskamera an alle Dienststellen und die Medien übermittelt und Trajan zur Fahndung ausgeschrieben wurde. Dann klemmt er sich hinters Telefon und arbeitet eine Liste ab, die Pia ihm hastig zusammengestellt hat.

«Ich habe Ihnen eben ein Foto gemailt», teilt er seinem ersten Gesprächspartner mit. «Sehen Sie es sich bitte an, und sagen Sie mir, ob Sie den Mann kennen.»

Er wartet. Ich kann die Antwort nicht hören, klar ist jedenfalls, dass sie kurz ausfällt. Das nächste Gespräch verläuft ähnlich, und ich sehe, wie sich Daniels Kiefermuskeln anspannen. Er beherrscht sich, aber nur mit Mühe, knallt am Ende des Telefonats wütend den Hörer auf die Gabel.

«Die Legion», sagt er, ohne mich anzusehen, «hat so eine Art Ehrenkodex. Sie sind alle Brüder, würden einander nie ans Messer liefern, sind bedingungslos loyal. Sollte tatsächlich einer von ihnen den Mann auf dem Bild erkennen, werden sie ihn nicht an uns verraten.»

Trotzdem versucht Daniel es noch zweimal. «Kameradschaft ist nicht das einzige Prinzip Ihres Kodex», schreit er am Ende in den Hörer. «Da steht auch noch etwas über Gesetzestreue und Respekt vor dem besiegten Feind drin. Haben Sie gesehen, was unser Täter seinen Opfern antut?» Sein Ausbruch nutzt ihm nichts, und schließlich gibt er es auf, wohl auch deshalb, weil er zu Arendt beordert wird.

Von Tom nach wie vor kein Lebenszeichen. Aber sein Handy wurde geortet, es befindet sich irgendwo zwischen seiner Wohnung und dem Café, in dem er dem Fremdenlegionär begegnet ist. In einer Mülltonne, wette ich stumm mit mir.

Andressen meldet sich gegen fünf. Sie haben Blackjacks Account endlich geknackt, doch alle seine Beiträge sind verschwunden. Es gibt keinen Austausch mit anderen Usern, keine Postings, nichts. Auch keinen Beweis dafür, dass Blackjack wirklich Vogt gewesen ist.

Toms Balken ist immer noch der zweitlängste. Die Leute wählen ihn, weil sie mutmaßen, dass er nichts verdient und ihnen auf der Tasche liegt. Zudem ist er auch noch ein Stalker. Um den wäre es nicht schade, lautet der Grundtenor derer, die sich am Voting beteiligen.

Dass der Beamte trotzdem vorne ist, scheint einzig an seinem Beruf zu liegen. Staatsdiener werden vom Volk bezahlt, das sich im Gegenzug schlecht behandeln lassen muss.

Aber vielleicht greifen die Sicherheitsvorkehrungen. Bisher wurde noch niemand vermisst gemeldet.

Kurz vor sieben steckt Daniel den Kopf durch die Tür. «Mir reicht's für heute. Ich hole noch meinen Wagen aus der Werkstatt, und dann lege ich mich schlafen. Möchtest du …»

«Nein, ich übernachte bei mir zu Hause», unterbreche ich ihn. «Ich bin schließlich nicht auf der Liste.»

Außerdem habe ich Pläne, die ich nicht mit Daniel teilen möchte.

«Ist in Ordnung. Tust du mir den Gefallen und meldest dich noch mal bei mir, bevor du schlafen gehst? Dann wäre mir wohler.»

«Klar. Gerne.» Nachdem er gegangen ist, schreibe ich Marcel übers Forum an. Entschuldige mich, dass ich erst so spät antworte, und schlage ein Treffen vor. Gleicher Ort wie beim letzten Mal, halb neun Uhr abends.

Er schreibt fast unmittelbar zurück, als hätte er nur darauf gewartet, von mir zu hören. Freut sich, wie er mir versichert. Freut sich sehr.

Es ist der gleiche Tisch wie beim letzten Mal, die gleiche Lederjacke, nur dass Marcel diesmal sofort aufspringt, als ich hereinkomme, mich in die Arme schließt und küsst, als wäre dieser Umgang zwischen uns völlig selbstverständlich. Ich drücke ihn von mir weg, so sanft wie möglich. Es geht nicht, ich kann das jetzt nicht, ich bekomme Tom nicht aus dem Kopf.

«Was hast du denn?» Marcel nimmt meine Hand und zieht mich neben sich auf die Bank.

«Angst», sage ich wahrheitsgemäß. «Seit die neue Liste draußen ist. Ich hatte so sehr gehofft, dass endlich alles vorbei ist.»

«Ich auch.» Er legt den Arm um mich und ich meinen Kopf an seine Schulter. Das geht. Das ist sogar tröstlich.

«Du hast geschrieben, dein Chatprotokoll mit Blackjack wurde gelöscht», sage ich, nachdem unsere Getränke gekommen sind.

«Ja, anders kann ich es mir nicht erklären.»

Ich streichle seine Hand, verschränke meine Finger mit seinen. «Ich würde wirklich gern wissen, was da so Verfängliches dringestanden haben kann», sage ich versonnen. «Erinnerst du dich denn gar nicht mehr?»

Marcel zieht mich näher an sich heran. «Na ja. Wir haben technisch gefachsimpelt. Über Verschlüsselungsmechanismen und Mirrors und solches Zeug. Blackjack kannte sich da wirklich aus.» Er vergräbt sein Gesicht in meinem Haar. «Du riechst so gut.»

«Denkst du, er hätte rausbekommen, wie man die Seite knackt?»

«Nein.» Marcel lockert seinen Griff um mich und nimmt einen Schluck aus seinem Glas. «Das hätte er nicht geschafft, glaube ich. Vielleicht ist das Protokoll gelöscht worden, weil er sich immer öfter über Trajan lustig gemacht hat. Er hat ihn abwechselnd als Würstchen und als Tier bezeichnet. Manchmal als großes Tier oder Riesenvieh. Ich fand's nicht besonders passend, aber mein Gott. Muss ja nicht jeder den gleichen Humor haben.»

Dass Trajan den Chat aus Eitelkeit gelöscht hat, kommt mir unwahrscheinlich vor. Dann müsste er ununterbrochen Forenbeiträge löschen, in denen er weit schlimmer tituliert wird als bloß *Riesenvieh*. «Hast du Blackjack je gefragt, wie er auf diese Bezeichnungen kam?»

«Ja.» Marcels Finger zieht die Linien meines Kinns nach, dreht meinen Kopf zu sich herum, legt seine Lippen auf meine. In mir vibriert alles, nicht wohlig, sondern nervös. Was, wenn die nächste Runde schon läuft? Wenn das Finale begonnen hat?

Jemand würde mich anrufen, oder nicht? Sie würden mich informieren – außer Daniel hat ihnen aufgetragen, mich diesmal außen vor zu lassen. Wegen Tom.

Unsinn, der liegt ja nicht vorne.

Ich winde mich aus Marcels Kuss. «Und? Wie kam er drauf?»

«Weiß ich nicht so genau.» Erstmals ist etwas wie Ungeduld in seiner Antwort. Er ist nicht hier, um über das Forum zu reden. «Er sagte, so sähe Trajan sich selbst, und das sei auch nichts Neues, sondern seine alte Tour. Er tat, als würden sie sich kennen oder als wären sie sich zumindest im Netz mehrfach begegnet.»

Das stimmt mit dem überein, was Johansen in seinem Interview mit Schröter angedeutet hat. Dass seinem Eindruck zufolge Vogt Trajans wahre Identität gekannt hätte.

Die Kollegen haben Vogts Umfeld genau untersucht, aber vielleicht müssen sie das noch einmal tun.

Ich trinke ein zweites Glas mit Marcel und lasse mich von ihm im Arm halten – alles andere wehre ich so höflich wie möglich ab. «Mir ist heute nicht danach», murmle ich entschuldigend. «Tut mir leid.»

Er hat Verständnis. Oder täuscht es jedenfalls vor.

Diesmal bietet er mir nicht an, mich nach Hause zu begleiten.

In meiner Wohnung angekommen, stürze ich mich als Erstes an den Computer, öffne *Morituri* und atme erleichtert durch. Keine Bilder, kein Film, keine Liveübertragung und auch keine entsprechende Ankündigung. Tom liegt immer noch an zweiter Stelle, allerdings hat er zwei Prozentpunkte aufgeholt.

Erschöpft lasse ich mich ins Bett fallen. Sechs Stunden Schlaf. Vielleicht sieben. Dann sind meine Sinne morgen wieder scharf, mein Kopf einsatzfähig.

Ich bin schon fast weggedämmert, als mir mein Versprechen an Daniel einfällt. Ich bin ihm noch einen Anruf schuldig, aber es ist beinahe halb zwölf …

Egal. Er wollte es so. Ich wähle seine Nummer, lasse es viermal läuten und lege dann auf. Er wird morgen auf dem Display sehen, dass ich mich gemeldet habe. Pflichtgemäß.

Bevor ich das Handy beiseitelege, versuche ich es auch noch bei Tom. Ohne große Hoffnung, und leider behalte ich recht. Kein Freizeichen mehr, nur noch die Voicemail, die sofort anspringt. Sein Telefon ist nicht mehr im Netz.

Als ich am nächsten Tag ausgeruht ins Büro komme, ist Daniel noch nicht da. Dafür habe ich fünf Minuten nach Eintreffen Dietmar Ullbrecht am Telefon. «Sie wissen jetzt also, wie der Mörder meiner Nichte aussieht, und haben ihn immer noch nicht? Was für eine verdammte Schlamperei ist das eigentlich? Der kann längst über die Grenze sein!»

«Herr Ullbrecht, wir …»

«Ach, seien Sie doch still. Ich habe die Schnauze voll von der Polizei. Und ich bin auch nicht auf Sie angewiesen.» Mit dieser kryptischen Bemerkung legt er auf.

Im Voting steht es unverändert. Der Künstler holt ein wenig auf, aber nicht so sehr, dass es für ihn gefährlich werden sollte. Vorausgesetzt, die Abstimmung endet heute Abend.

Vermisstenmeldungen gibt es nach wie vor keine. Im Rahmen dessen, was möglich ist, sind das gute Nachrichten.

Bei der Morgenbesprechung fehlen Christoph und Daniel. «Janning hat gestern bis elf gearbeitet, er kommt später», sagt Arendt.

«Das gilt auch für Buchholz, der war gestern ziemlich fertig», werfe ich ein. «Ich schätze, er schläft heute ein bisschen länger.»

Allerdings hat er sich nicht gemeldet, um mich zu informieren. Während die Besprechung läuft, schaue ich immer wieder auf mein Handy. Entschuldige mich schließlich kurz und gehe nach draußen. Rufe Daniel an.

Es klingelt, dreimal, viermal. Dann springt die Voicemail an.

Noch ein Versuch. Hat er das Gerät stummgeschaltet? Soweit ich ihn bisher kenne, sieht ihm das nicht ähnlich. Bei einem Fall wie diesem wird er Wert darauf legen, rund um die Uhr erreichbar zu sein.

Ich kehre in die Besprechung zurück, sitze aber wie auf Nadeln, bekomme kaum mit, worum es geht. Als Arendt die Runde auflöst, bin ich die Erste, die nach draußen läuft. Im Büro immer noch keine Spur von Daniel.

Wieder versuche ich, ihn anzurufen, wieder ohne Ergebnis. Eine Ahnung will sich bis in mein Bewusstsein vorarbeiten, doch ich lasse sie nicht, das ist doch lächerlich, wieso sollte …

Dann ist die Erkenntnis mit einem Mal da. Ich spüre, wie sich der Raum um mich zu drehen beginnt, halte mich an der Schreibtischplatte fest.

Ein Beamter. Der für seine Karriere über Leichen geht.

Oder zumindest ständig mit ihnen zu tun hat, beruflich.

Das Bild auf dem Computerschirm verschwimmt mir vor den Augen.

Tom liegt immer noch an zweiter Stelle.

Hinter Daniel.

37

Der Tag war unendlich lang, und als ich nun die Tür von Arendts Büro hinter mir zuziehe, fühle ich mich so ausgepumpt, dass ich mich einfach nur irgendwo mit dem Rücken gegen die Wand lehnen und mich daran heruntergleiten lassen möchte, bis ich auf dem Boden sitze. Und dann will ich einfach sitzen bleiben. Nichts tun, nichts denken. Nicht reden. Ruhe haben.

Ich muss nach Hause, raus aus dem Büro, vielleicht ein paar Stunden schlafen, auch wenn ich bezweifle, dass mir das so ohne weiteres gelingen wird. Vor allem anderen aber möchte ich eine Weile nicht über den Fall reden müssen. Mich ablenken.

Der Jaguar. Ist es verrückt, dass mir in dieser Situation mein Auto einfällt? Und das, während wir mehr oder weniger tatenlos zusehen müssen, wie Menschen abgeschlachtet werden, weil sie zu viel Glück gehabt haben oder Beamter sind. Oder ein Maler, der abends vor der Tür einer Polizistin auf sie wartet, weil er nicht ahnt, dass sie weit weniger in ihrer Beziehung sieht als er?

Nein. Ich gehe auf unser Büro zu und schüttele den Kopf, was mir den fragenden Blick einer jungen Kollegin einbringt, die mir entgegenkommt.

Es ist nicht verrückt, es ist eher so etwas wie Selbstschutz. Ablenkung, um meinem Verstand wenigstens für einen kurzen Moment die Möglichkeit zum Verschnaufen zu geben.

Ich betrete das Büro gar nicht erst, sondern strecke nur den Kopf hinein und informiere Nina über das, was ich vorhabe. Ich überlege mir, dass ich sie zumindest fragen müsste, ob sie heute Nacht wieder auf meiner Couch übernachten möchte, doch zu meiner Erleichterung winkt sie ab. Also verabschiede ich mich und verlasse Minuten später das Präsidium. Eigentlich hätte ich Nina bitten können, mich zur Werkstatt zu bringen und den Dienstwagen anschließend mitzunehmen. Aber selbst die Gespräche während der Fahrt wären mir jetzt zu viel. Ich möchte, nein, ich *muss* jetzt eine Weile allein sein. Jetzt gleich. Weg von dem Fall und von jedem, der damit zu tun hat. Ohne Fragen, ohne Antworten, und auch ohne meine neue Partnerin.

Also werde ich jetzt nach Hause fahren, den Dienstwagen abstellen und mir ein Taxi bestellen, das mich zu der Werkstatt bringt. Der Schlüssel wird wie immer auf der Lauffläche des rechten Hinterreifens liegen. Ich werde einsteigen und einfach drauflosfahren. Mit heruntergelassenen Seitenscheiben, um den satten Sound der 270 PS zu genießen, während ich die Vibrationen des Motors und der Karosserie über das Holzlenkrad spüre und auf eine schwer zu beschreibende Weise für eine Weile mit dem Wagen verschmelze. Wenn es mir überhaupt irgendwie gelingt, ein wenig Abstand zu bekommen, dann so.

Als ich die Wohnungstür hinter mir schließe, ist die dumpfe Niedergeschlagenheit schon ein Stück weit der Vorfreude auf die bevorstehende Fahrt gewichen.

Auf dem Weg in die Küche ziehe ich mein Smartphone aus dem Sakko, öffne das Adressbuch und suche die Nummer der Werkstatt. Vielleicht ist ja sogar noch jemand da. Bevor ich die grüne Wähltaste drücke, öffne ich aber den Kühlschrank und ziehe die Wasserflasche aus dem Türfach. Mein Hals fühlt sich trocken an, kein Wunder, ich habe seit dem frühen Nachmittag nichts mehr getrunken. Als ich den Hängeschrank öffne, um mir ein Glas herauszunehmen, glaube ich ein Geräusch von nebenan zu hören. Eine Weile bleibe ich bewegungslos stehen, lausche konzentriert, doch da ist nichts. Die Müdigkeit, sage ich mir. Sie gaukelt mir schon Dinge vor.

In dem Moment, als ich nach einem der Gläser greife, taucht ein Schatten vor meinem Gesicht auf, fast im gleichen Moment wird mir etwas gegen Mund und Nase gedrückt. Ich nehme einen eindringlichen, süßlichen Geruch wahr, möchte herumschnellen, doch der Griff, der mich festhält, ist eisern. Bevor ich einen klaren Gedanken fassen kann, geht das Licht aus.

Wärme. Um meinen Mund, meine Nase. Auf eine eigentümliche Art. Schwallartig, im Abstand von einigen Sekunden. Gleichzeitig ein unangenehmes Scheuern im Gesicht und rasende Kopfschmerzen. Ich öffne die Augen, doch es bleibt dunkel. Ich möchte die Hand heben, kann sie aber nicht rühren. Dann setzt die Erinnerung ein und bringt die Erkenntnis mit sich. Ich bin überfallen worden, in meiner Küche. Ich bin betäubt worden, wahrscheinlich mit Chloroform. Zumindest deutet das Hämmern unter meiner Schädeldecke darauf hin.

Man hat mir etwas über den Kopf gestülpt, meine Hände sind hinter dem Rücken gefesselt. Ich versuche, die Fesseln zu lockern, gebe es aber gleich wieder auf, denn jede Bewegung drückt das harte, dünne Material – vermutlich Kabelbinder – schmerzhaft tiefer ins Fleisch meiner Handgelenke.

Ich liege seitlich auf dem Boden, so viel ist klar. Aber wo? Und vor allem: warum?

«Hallo», stoße ich hervor. «Ist jemand hier?» Meine Stimme hallt nicht von irgendwelchen kahlen Wänden wider, sondern klingt wie gewohnt. Nicht einmal sonderlich unsicher oder gar brüchig. Eine Antwort bekomme ich nicht.

Ich ziehe Luft durch die Nase ein, versuche, einen Geruch auszumachen, der mir etwas über den Ort verraten könnte, an dem ich mich befinde, doch alles, was ich wahrnehme, ist der Stoff direkt vor meinem Gesicht.

Ich drehe mich ein wenig, bis meine gefesselten Hände den Boden berühren. Er ist glatt und fühlt sich sauber an. Hart, aber ganz anders als kahler Beton. Ich ertaste eine Fuge. Holz? Es könnte ein Parkettboden sein. Ein Stückchen weiter berührt mein Mittelfinger etwas Weiches, einen, nein, eine ganze Menge Fäden oder … Das sind Fransen. Ich bin bei mir zu Hause. In der Diele. Die Fransen gehören zu dem Berberteppich, der dort liegt. Ein Mitbringsel meines Vaters von einer seiner Reisen.

Schritte, die sich nähern. Aus dem Wohnzimmer.

«Hören Sie», versuche ich es noch einmal und bemühe mich, meiner Stimme einen ruhigen und festen Klang zu geben.

«Ich weiß nicht, was Sie von mir wollen oder was Sie suchen, aber wenn Sie es mir sagen, kann ich Ihnen vielleicht helfen.»

Keine Antwort. Hat jemand in Erfahrung gebracht, dass sich einige wertvolle Kunstgegenstände in meiner Wohnung befinden? Aber selbst wenn ... Warum sollte jemand, der mich ausrauben möchte, mich betäuben und mir einen Sack über den Kopf stülpen? Das muss doch vorbereitet gewesen sein.

Und in der nächsten Sekunde wird mir auch klar, warum: das Forum, *Morituri*. Vielleicht sind wir Trajan so nahe gekommen, dass er uns nun direkt angreift.

Andererseits hilft es ihm gar nichts, Einzelne von uns aus dem Weg zu räumen. Es sei denn ...

Die Liste. Der «korrekte» Beamte, der über Leichen geht. Nein, das kann einfach nicht sein.

Und doch weiß ich plötzlich mit aller Klarheit, warum ich hier liege. Und auch, wer mich gefesselt hat.

«Trajan», sage ich laut und stelle fest, dass meine Stimme nicht mehr ruhig und sachlich klingt, sondern gepresst.

«Sie sind doch Trajan, oder? Und ich bin der Beamte auf der Liste, habe ich recht?»

Wieder erhalte ich keine Antwort. Bin ich doch allein? Ist Trajan nach draußen gegangen? Das wäre die Chance, auf mich aufmerksam zu machen.

Also öffne ich den Mund, rufe, nein, schreie nach Hilfe. Zwei, höchstens drei Sekunden lang, dann drückt sich etwas Hartes gegen meine Schläfe. Es fühlt sich an wie der Lauf einer Waffe. «Maul halten.»

Die Art, wie die Worte ausgestoßen werden, gleicht einem Bellen.

Verstellt, so, dass ich die Stimme dahinter niemals wiedererkennen würde.

«Bitte», sage ich und gestehe mir im selben Moment ein, dass ich Angst habe. Weil ich weiß, was Trajan bisher mit seinen Opfern angestellt hat.

«Lassen Sie uns miteinander reden.» Als ob man mit Trajan verhandeln könnte. «Es muss doch etwas geben, das Sie mit ihrer Aktion erreichen möchten. Vielleicht finden wir eine andere …»

Ich spüre eine Bewegung direkt neben mir, eine Hand nestelt an dem Sack herum, der über meinen Kopf gestülpt ist. Der untere Rand wird nach vorne gezogen, mein Kopf dreht sich ein Stück mit. Es scheint, als wolle Trajan mir das Ding abnehmen. Dann kann ich ihn sehen, das ist nicht gut. Gar nicht gut. Wenn ich weiß, wie er aussieht, bin ich tot.

Ich möchte den Kopf ruckartig zur Seite drehen, doch da schiebt sich der untere Rand des Stoffs auch schon über meinen Mund, über die Nase … Plötzlich ist da wieder der süßliche Geruch. Wieder der Druck gegen Mund und Nase. Wieder die Dunkelheit.

Dieses Mal sind die Kopfschmerzen so stark, dass ich laut aufstöhne, als mein Bewusstsein aus der Schwärze zurückkehrt. Ein dröhnendes Hämmern im Rhythmus meines Herzschlags. So heftig, als wolle es mir die Schädeldecke wegsprengen. Wegsprengen … Bei dem Gedanken wird mir schlagartig übel. Ich sehe das Bild des verwüsteten Kellers wieder vor mir. Und das, was von Sandra Ullbrecht übriggeblieben ist.

Nun also ich. Verrückterweise beginnen meine Gedanken sich um die Frage zu drehen, wer mich wohl vorgeschlagen hat. Ein Kollege? Nina, um einen zweiten Köder auszulegen? Quatsch, so weit würde sie nicht gehen. Außerdem ist es vollkommen belanglos, warum ich hier bin. Viel wichtiger zu wissen wäre, *wo* ich bin. Denn dass ich mich nicht mehr in meiner Wohnung befinde, war mir schon beim ersten Atemzug klar. Hier ist es deutlich kälter, und es riecht selbst durch den Stoffsack hindurch modrig und nach alter, schimmeliger Feuchtigkeit.

Auch die Beschaffenheit des Bodens ist vollkommen anders. Es scheint sich um einen Steinboden zu handeln, bedeckt mit einer Schicht aus Staub, kleinen Steinen und Dreck. Ausgerechnet. Ich hasse Staub und Dreck.

«Trajan? Sind Sie da?»

Habe ich wirklich eine Antwort erwartet?

Ich drehe mich ein Stück, versuche mich aufzurichten. Es gelingt mir nach etlichen Ansätzen tatsächlich, auf die Knie zu kommen. Dazu muss ich mich allerdings mit der Stirn auf dem bröckeligen Steinboden abstützen, was glühende Schmerzen von der Stirn aus durch meinen Kopf jagt und mir die Tränen in die Augen treibt.

Trotzdem bleibe ich eine Weile in dieser Position liegen, sammle Kraft, konzentriere mich und drücke mich dann mit dem Kopf vom Boden ab. Meine Bauchmuskeln schmerzen höllisch, als ich versuche, den Oberkörper mit Schwung in eine aufrechte Position zu bringen. Doch ich schaffe es, auch wenn ich ein lautes Aufstöhnen dabei nicht verhindern kann. Falls Trajan im Raum ist, wird er sicher seinen Spaß an mir haben. Und mir wahrscheinlich gleich einen Stoß versetzen, der mich zurück auf den Boden befördert.

Mein Atem geht keuchend, bis ich schließlich auf meinen Füßen stehe. Ich glaube zu schwanken, bin mir aber nicht sicher.

Ich mache einen vorsichtigen Schritt. Steine und Dreck knirschen unter meinen Schuhen. Einen weiteren Schritt, und noch einen.

Sechs oder sieben Schritte später stoße ich mit dem Gesicht gegen eine Wand. Ich drehe mich um, lasse meine Fingerspitzen über die raue Oberfläche gleiten. Sie ist nicht nur rau, sondern auch uneben. Senkt sich ein Stück ab, dann kommt eine dünne, tiefe Stelle. Eine Fuge. Das ist unverputzter Sandstein, da bin ich mir recht sicher. Daher auch der Geruch nach kalter Feuchtigkeit. Wahrscheinlich ist das ein alter Kellerraum.

Ich drehe mich wieder um, lehne mich gegen die unebene Wand.

«Trajan, reden Sie doch mit mir. Sie haben mich doch sowieso in Ihrer Gewalt.» Wie gehabt – keine Antwort.

Na gut, dann muss ich eben anders herausfinden, ob er im Raum ist oder nicht. Ich öffne den Mund, sauge tief die Luft ein und stoße einen langgezogenen Schrei aus. In Erwartung einer Reaktion ziehe ich den Kopf zwischen die Schultern, rechne mit einem Schlag irgendwohin. Oder wieder mit der Mündung einer Waffe am Kopf. Nichts dergleichen geschieht.

Entweder Trajan befindet sich tatsächlich nicht in diesem Raum, oder er sieht keine Veranlassung, mich am Schreien zu hindern. So oder so scheint eines sicher zu sein: Wo auch immer ich mich befinde, ich kann so viel Lärm machen, wie ich möchte. Niemand wird mich hören.

38

Die zweite Jaguarwerkstatt, die ich anrufe, ist die richtige. «Ja, Daniel Buchholz hat seinen Wagen bei uns stehen. Er wollte ihn gestern Abend noch abholen. Hat er aber nicht, ist ihm wahrscheinlich zu knapp geworden.»

Damit ist die Sache für mich endgültig klar. Ich stürze aus dem Zimmer, renne den Gang entlang auf Arendts Büro zu und reiße die Tür auf, ohne zu klopfen.

Arendt ist gerade am Telefon und blickt irritiert auf.

«Daniel», stoße ich mühsam hervor. «Er ist der Beamte auf Trajans Liste. Und er ist verschwunden.»

Sie entschuldigt sich hastig bei ihrem Gesprächspartner und legt auf. «Buchholz ist weg?»

«Ja. Ich möchte in seine Wohnung fahren. Können Sie jemanden von der Spurensicherung hinschicken?»

Sie nickt. «Das tue ich. Und nehmen Sie Vogelbusch mit.»

Der wäre zwar nicht meine erste Wahl gewesen, aber ich habe jetzt keinen Sinn für Diskussionen. Auch nicht für die nervtötenden Fragen, die Vogelbusch mir während unserer Fahrt stellt. Schon gar nicht für seine Ermahnungen, meinen Fahrstil betreffend. Es dauert keine fünf Minuten, bis ich ihn das erste Mal anschnauze, danach schweigt er beleidigt.

Bis zu Daniels Wohnung ist es nicht mehr weit. Ich stelle mir vor, wie wir Sturm läuten und er nach einiger Zeit öffnet, verschlafen und im Morgenmantel. An diesem Bild klammere ich mich fest, versuche es in die Realität zu beschwören, so unsinnig das auch ist.

Doch ich weiß nicht, wie ich die Alternative ertragen soll, dass Trajan sich nicht nur Tom, sondern auch Daniel geschnappt hat, um sich für meine Selbstnominierung zu revanchieren. Zwei Menschen aus meiner Umgebung führen das Voting im Forum an; niemand kann mir einreden, dass das Zufall ist.

Kein Parkplatz in der Straße, dafür entdecke ich den Dienstwagen sofort – Daniel ist also gestern nach Hause gekommen. Ich bleibe in zweiter Reihe stehen, springe aus dem Auto und läute Sturm.

Er öffnet nicht. Nach einer Minute drücke ich alle verfügbaren Knöpfe, und innerhalb kurzer Zeit springt die Tür auf.

Ich laufe die Treppen hinauf, ohne darauf zu achten, ob Vogelbusch hinter mir ist, klingle an Daniels Tür, hämmere dagegen, versuche, in die Wohnung zu lauschen. Nichts.

«Mach auf, verdammt», brülle ich die Tür an, als würde das etwas ändern, als könnte es die Tatsachen korrigieren.

Vogelbusch steigt die letzten Stufen bis zu mir herauf. «Ist er nicht da?», fragt er, und allein für diesen dümmlichen Satz möchte ich ihn gleich wieder hinunterstoßen. Irgendwo, ein Stockwerk höher, öffnet sich eine Tür. «Was ist denn los hier?»

Ich deute nach oben. «Besser, Sie befragen die Nachbarn. Ich bin gerade etwas …»

«Überfordert. Ja. Das ist nicht zu übersehen.» Damit steigt er einen weiteren Treppenabsatz hoch.

Die Spurensicherung trifft drei Minuten später ein. Ich trete von der Tür zurück, die sie auf Einbruchsspuren untersuchen, bevor sie sie aufbrechen.

Nicht hinter ihnen hineinzugehen, kostet mich alles, was ich an Kraft noch übrighabe. In meinem Kopf tauchen Bilder von Blutspritzern im Schlafzimmer auf, von Kampfspuren, die das gepflegte Wohnzimmer verwüsten. Ein toter Körper …

Nein. Dann wäre das Spiel ja vorbei, und das ist es nicht, wie Trajan selbst geschrieben hat. *Lehn dich zurück. Genieß das Finale.* Da dachte ich noch, es ginge nur um Tom.

«Keiner da», sagt einer der Spurensicherer. «Sieht auch nicht so aus, als wäre Buchholz hier überfallen worden.»

Durch die offene Tür sehe ich, wie sie Fingerabdrücke nehmen, und muss unwillkürlich lächeln, wenn ich mir Daniels Miene angesichts des weißen Pulvers auf seinen Möbeln vorstelle. Gleichzeitig steigen mir Tränen in die Augen.

Ich weiß nicht, wer derzeit im Voting vorne liegt, vermutlich ist es immer noch der Beamte. Aber egal, ob er es ist oder Tom, egal, wer am Ende sterben muss – es wird meine Schuld sein. Die Folge meines Alleingangs, des Versuchs, Trajan auszutricksen.

Ich sollte Arendt alles beichten.

Aber noch nicht jetzt, denn sie würde mich sofort suspendieren, und dann wäre ich in einer noch hilfloseren Position, als ich es ohnehin schon bin.

Ich setze mich auf die oberste Treppenstufe und stütze mein Gesicht in die Hände. «… gestern Abend irgendetwas aufgefallen?», höre ich Vogelbusch fragen. Er muss schon beim nächsten Nachbarn geklingelt haben. Die Antwort verstehe ich nicht, kann aber am Ton erkennen, dass sie abschlägig ist. So war es bisher ja immer – niemand hat etwas gesehen oder gehört, niemandem ist etwas aufgefallen.

Trajan weiß, was er tut. Trajan, der Fremdenlegionär. Wie hat Blackjack alias Jens Vogt ihn genannt? Das Tier. Das Riesenvieh.

Weil er wusste, wie unmenschlich er ist? Oder war es eine Anspielung auf sein Aussehen? Der Mann auf dem Überwachungsvideo hatte nichts Ungewöhnliches an sich. Nichts, das an ein Tier denken ließe.

Vogelbusch kommt etwa zwanzig Minuten später zurück und bleibt neben mir stehen. «Im Moment ist nur in drei Wohnungen jemand zu Hause, von denen hat niemand etwas Ungewöhnliches bemerkt. Eine Frau hat Daniel gestern Abend einparken und zum Haus gehen sehen, das war gegen halb acht, und er war allein.»

«Okay.» Mühsam rappele ich mich auf, es ist, als würde statt Blut flüssiges Blei durch meinen Körper fließen. «Lass uns zurückfahren.

Wir schicken jemanden, der später die restlichen Mieter befragen soll.»

Vogelbusch nickt nur, er muss merken, wie mitgenommen ich bin. Ich habe nichts dagegen, dass er das Fahren übernehmen will. So kann ich einfach die Augen schließen, mich gegen das Seitenfenster lehnen und denken, denken, denken. Im Kreis, ohne Ergebnis, außer dass ich mich direkt in die schwärzeste Verzweiflung grüble.

Am Präsidium angekommen, warte ich nicht einmal, bis Vogelbusch eingeparkt hat, sondern springe sofort aus dem Auto und renne ins Gebäude, die Treppen hinauf, so schnell, dass mir die Luft ausgeht.

Erst die Enttäuschung angesichts des leeren Platzes im Büro macht mir klar, dass ich unbewusst gehofft haben muss, er wäre mittlerweile hier aufgetaucht. Ich ringe noch nach Atem, als Arendt hereinkommt. «Es ist eine Großfahndung nach Buchholz eingeleitet. Ich habe gleich einen Termin mit dem Innensenator. Wenn sich etwas Neues ergibt, verlasse ich mich darauf, dass Sie mich informieren.»

Unter anderen Umständen würde ich mich darüber freuen, wie selbstverständlich ich in Arendts Augen bereits Daniels Platz einnehme, wenn er nicht da ist. Jetzt ist es bloß eine zusätzliche Last auf meinen Schultern und weiteres Futter für mein schlechtes Gewissen.

Sie wartet auf meine Antwort, ich nicke nur, weil ich meiner Stimme nicht traue.

Im Forum nichts Neues. Daniel führt, ich schätze, dabei wird es bleiben. Die User, die das Morden noch nicht völlig satthaben, zeigen sich zufrieden mit der Wahl.

Ein Beamter, der sonst über Leichen geht, darf ruhig zur Abwechslung mal über die Klinge springen, stellt ein User fest und erhält dafür jede Menge Beifall.

Für Leyla gibt es keine neuen Chatnachrichten. Weder von Marcel noch von Trajan. Ich lege meine Finger auf die Tastatur, würde Trajan gern schreiben, ihn anflehen, es jetzt sein zu lassen, Daniel zu verschonen, der doch bloß das Pech hatte, mit einer Kollegin geschlagen worden zu sein, die sich nicht an die Regeln hält.

Doch damit würde ich nichts bessermachen. Sondern im Gegenteil Trajans Spaß an der Sache nur steigern.

Ich halte es nicht mehr aus hinter meinem Schreibtisch, genau genommen halte ich es nirgendwo mehr aus, aber Bewegung ist besser als stillsitzen, also laufe ich aus dem Büro und unmittelbar Christoph Janning in die Arme.

«Nina, um Gottes willen. Du siehst ja furchtbar aus.» Er wartet keine Entgegnung ab, sondern zieht mich hinter sich her in die Kaffeeküche, schließt die Tür hinter uns und drückt mich auf einen Stuhl.

Obwohl er steht und ich sitze, überragt er mich kaum. «Noch kein Lebenszeichen von Daniel, hm?»

Ich schüttle stumm den Kopf. Meine Tränen sitzen ganz knapp unter der Oberfläche, beim ersten Wort, das ich sage, werden sie fließen.

«Wir haben alle Räder in Bewegung gesetzt», sagt Christoph und schenkt mir ein Glas Wasser ein. «Die Chancen, dass wir ihn finden, stehen gar nicht so schlecht.»

Das weiß ich besser, und Christoph auch. Ich nehme das Glas entgegen. Meine Hand zittert so stark, dass das Wasser überschwappt. Schon der erste Schluck gerät mir in die falsche Kehle, ich huste, bekomme keine Luft mehr, gleichzeitig bricht meine Haltung in sich zusammen. Christoph klopft mir auf den Rücken und nimmt mich in die Arme, als wäre ich ein Kind. Lässt mich wie ein Kind an seiner Schulter weinen.

«Es ist meine Schuld», wimmere ich irgendwann mit einer Stimme, die nicht meine ist.

«Das ist es sicher nicht.»

«Doch. Ich habe Trajan provoziert. Und er rächt sich jetzt. Daniels Tod geht auf mein Konto.»

Christophs Griff an meiner Schulter ist so fest, dass er gerade nicht schmerzt. «Ich weiß zwar nicht, wovon du sprichst, aber Daniel ist nicht tot. Und er wird sich auch nicht so einfach umbringen lassen, glaube mir.»

«Jedenfalls hat er sich entführen lassen. So einfach. Und er wird …»

Jemand reißt die Tür auf, es ist Vogelbusch. «Hier steckt ihr! Hört mal, es ist gerade eine Meldung hereingekommen. An der Elbe wurde ein Mann gefunden, der dem auf unserem Phantombild ziemlich ähnlich sieht. Und … er hat diese Tätowierung. Die Granate mit den Flammen.»

Ich bin aufgesprungen, wische mir mit dem Ärmel über mein tränennasses Gesicht. «An der Elbe? Wo? Und was meinst du mit *er wurde gefunden*?»

«Na ja, er ist halbtot. Offenbar wurde er von vier Männern überfallen und fast erschlagen; sie sind erst abgehauen, als ein Passant die Polizei angerufen hat.»

Ich dränge mich an Vogelbusch vorbei. «Welches Krankenhaus?»

«UKE. Soll ich dich …»

Ich warte den Rest des Satzes nicht ab, denn nein, er soll mich nicht fahren. Bis ich am Ausgang bin, hat Christoph zu mir aufgeschlossen, die Autoschlüssel schon in der Hand. Wie sich zeigt, kann er Auto fahren. Wir brauchen nur eine knappe Viertelstunde bis Eppendorf, trotz des starken Verkehrs, und halten direkt vor der Notaufnahme.

Dass sie uns tatsächlich bis zu dem Mann vorlassen, haben wir Christophs diplomatischem Geschick zu verdanken und der Tatsache, dass er einen der diensthabenden Ärzte gut kennt. In blauen Kitteln, mit Mundschutz und Häubchen dürfen wir bis hinter die Ärzte treten, die den Schwerverletzten versorgen. Das Gesicht ist angeschwollen und unter der Sauerstoffmaske nur schwer zu erkennen, doch die Tätowierung am Arm ist deutlich sichtbar, obwohl sich eine Schnittverletzung quer darüber zieht.

«Eine gebrochene Rippe hat sich in die rechte Lunge gebohrt, und die ist kollabiert.» Der Assistenzarzt, der sich neben uns stellt, spricht leise, als wolle er die Kollegen nicht in ihrer Konzentration stören. «Immerhin liegt kein Schädel-Hirn-Trauma vor, nur eine mittelschwere Gehirnerschütterung. Die Milz ist gequetscht, er dürfte auch ein Nierentrauma haben.» Er neigt sich ein Stück zu mir. «Ist das wirklich Trajan? Kann das sein?»

Ich betrachte das Prügelopfer auf dem Behandlungstisch und kann mich zu keiner Antwort durchringen. «Möglich ist es», sage ich schließlich und versuche die Hoffnung niederzukämpfen, die sich in mir ausbreiten möchte. Dazu ist es noch zu früh. Vielleicht hatte der Mann nur das Pech, ebenfalls ein ehemaliger Fremdenlegionär zu sein, der seinem Kameraden ein wenig zu ähnlich sah.

Aber wenn wirklich Trajan hier vor mir liegt ... dann ist es überstanden. Dann müssen wir Daniel und Tom nur noch finden, und es wird kein Finale geben.

Ullbrecht, denke ich. Seine Leute müssen wirklich gut sein, sie müssen einen Weg gefunden haben, den Mann hinter dem Phantombild zu identifizieren. Vermutlich, indem sie unter Einsatz von viel Geld und illegaler Methoden einen der Legionärskameraden dazu gebracht haben, seinen Ehrenkodex für ein paar Minuten zu vergessen. *Ich habe die Schnauze voll von der Polizei, und ich bin auch nicht auf Sie angewiesen.*

Ich lasse mich von Christoph nach draußen führen, ins Auto setzen und ins Präsidium fahren, nachdem ich ihm erfolgreich ausreden konnte, mich nach Hause zu bringen.

Im Büro klemme ich mich hinter den Computer. Lasse das Forum nicht aus den Augen, bete, dass keine Meldung von Trajan mehr kommt. Keine Beendigung des Votings. Keine Ankündigung der nächsten Show.

All das bleibt tatsächlich aus, dafür ruft am Nachmittag kurz vor vier Uhr Dr. Diewald an.

Er hat die DNA des Mannes vom Elbufer getestet. Sie stimmt mit der aus dem Keller überein.

39

Ich muss ruhig bleiben. Meinen Verstand einschalten und mich darauf konzentrieren, nicht in Panik zu geraten. Vor allem muss ich diese Bilder unterdrücken, die immer wieder in mir entstehen wollen. Von einem verbluteten Anwalt und einem ertrunkenen Arzt. Von den zerfetzten Körperteilen einer jungen Frau. Alle waren sie Gewinner der Abstimmung, in der ich jetzt vorne gelegen habe. Alles in mir sträubt sich gegen diesen Gedanken.

Ich frage mich, was wohl mit Tom geschehen ist. Als ich mir den Stand des Votings zum letzten Mal angesehen habe, lag er an zweiter Stelle hinter dem Beamten. Hinter mir.

Der Mann mit dem Hund, der in fremde Vorgärten macht, fällt mir ein. Der hatte auch die zweitmeisten Stimmen. Trajan schnappt sich offenbar die beiden Führenden schon, bevor die Abstimmung zu Ende ist. Was auch logisch ist: den *Sieger* erst zu entführen, wenn das Ergebnis feststeht, würde zeitliche Probleme mit sich bringen. Warum er das bei dem Anwalt und Sandra Ullbrecht anders gehandhabt hat, weiß ich allerdings nicht.

Aber das alles bringt mich jetzt nicht weiter. Weg mit den Bildern, weg mit diesen Gedanken. Ich muss versuchen, so viel wie möglich über den Ort herauszufinden, an den der Kerl mich gebracht hat. Auch wenn ich noch nicht weiß, was mir das nutzen soll – schaden kann es auf keinen Fall, und irgendetwas muss ich tun. Ich kann mich nicht einfach in den Dreck setzen und abwarten. Immer noch mit dem Stoffsack über dem Kopf mache ich blind den ersten, vorsichtigen Schritt von der Wand weg, höre das Knirschen unter meiner Sohle und stelle mir vor, was alles diesen Boden bedecken mag. Schutt, Staub, wahrscheinlich auch die Exkremente irgendwelcher Tiere. Krankheitserreger, die hier überall lauern. Von Mäusen, Ratten …

Ich bleibe stehen und kämpfe gegen das Ekelgefühl an, das in mir hochsteigt. Habe plötzlich die Stimme meiner Mutter im Ohr, die mir hysterisch erklärt, wie schnell man sich schlimme Krankheiten einfangen kann, wenn man nicht darauf achtet, dass alles penibel sauber ist. Im nächsten Moment frage ich mich, ob ich vollkommen den Verstand verloren habe, mir in meiner Situation Gedanken über Schmutz und Bakterien zu machen. Und über meine Mutter.

Also weiter. Schritt Nummer zwei. Ich zähle mit. Drei, vier, fünf …

Bei zwölf stoße ich an die gegenüberliegende Wand, diesmal mit der Schuhspitze. Zwölf vorsichtige, kleine Schritte. Das werden etwa sieben oder acht Meter sein.

Gut, nun die andere Richtung. Ich drehe mich ein Stück, bis mein Oberarm die Wand berührt, und taste mich Schritt für Schritt weiter, immer darauf bedacht, mit dem Arm an der Wand zu bleiben. Es geht schnell, nach wenigen Schritten habe ich das Ende erreicht. Also umdrehen, mit dem Rücken gegen diese Wand, und los. Eins, zwei … ein Geräusch lässt mich stocken. Ein klägliches Knarzen, das mich an alte Türscharniere erinnert, aber … es klingt seltsam dumpf, als hätte ich Stöpsel in den Ohren.

«Bitte, lassen Sie mich.» Auch die Stimme – zweifellos männlich – klingt wie durch eine Wolldecke gedämpft, und doch lässt sie meinen Puls rasen. Ich glaube zu wissen, wen ich da gehört habe. Wieder ertönt das Jammern der Scharniere, dann ein dumpfer Knall, dann herrscht Ruhe.

Ich stehe wie erstarrt, wende den Kopf ein wenig, in der Hoffnung, etwas zu hören, lausche konzentriert in die Dunkelheit. Nichts.

Wenn mich nicht alles täuscht, kamen die Geräusche aus einem Raum neben meinem. Das würde bedeuten, dass die Wand dazwischen entweder dünn wie Papier sein muss oder dass es eine Öffnung zwischen hier und dort gibt.

«Hallo?», rufe ich verhalten. «Können Sie mich hören?»

Es verstreichen einige Sekunden, bis die Antwort kommt. «Ja, wer … wer sind Sie? Und *wo* sind Sie?» Ich habe Mühe, die Worte zu verstehen.

«Mein Name ist Daniel Buchholz. Ich bin Polizist. Sind Sie Tom? Bitte sprechen Sie etwas lauter.»

Wieder dauert es, bis eine Antwort kommt. «Ja, der bin ich. Woher wissen Sie das?»

«Ich bin ein Kollege von Nina. Nina Salomon. Wie geht es Ihnen?»

Dieses Mal scheint es, als wolle er gar nicht antworten. «Tom?»

«Ja. Das ist … das ist eine komische Frage. Ich bin entführt worden. Aber wieso sind Sie …» Pause. «Mein Gott, der Beamte. Sie sind der Beamte, der über Leichen geht, oder?»

«Ja, ich fürchte, der bin ich», bestätige ich und bemühe mich, den Druck in meinem Magen zu ignorieren.

«Scheiße. Wenn noch nicht einmal ein Polizist vor diesem Irren sicher ist … Nina hat versucht, mich zu warnen.»

«Ich weiß.»

«Aber ich wollte nicht auf sie hören, ich war so wütend auf sie. Wieso wusste sie, dass ich der Künstler auf der Liste bin, aber nicht, dass Sie … also …»

«Das kann ich Ihnen auch nicht sagen.»

Als Tom weiterspricht, klingt seine Stimme anders. Näher. Es scheint, dass er dichter an die Wand herangerückt ist, die unsere Räume voneinander trennt.

«Einer von uns wird sterben, stimmt's?»

Ja, sieht verdammt danach aus, möchte ich entgegnen, während ich mich an der Wand entlang bis zu der Stelle vortaste, von der aus ich seine Stimme höre. *Aber du kannst beruhigt sein, es deutet alles darauf hin, dass ich derjenige sein werde.*

«So weit sind wir noch lange nicht», antworte ich stattdessen. «Das ganze Präsidium wird alles daransetzen, uns zu finden. Das sind eine Menge erfahrene Polizisten.»

«Die gleichen, die bisher an diesem Fall dran waren?»

Ich möchte Tom anfahren, dass er sich diese dämlichen, provokanten Fragen sparen kann. Dass er keine Ahnung hat, wie unglaublich schwierig die Ermittlungen in diesem Fall sind, aber … ich kann ihn letztendlich verstehen.

«Wissen Sie, wo wir hier sind?», höre ich seine dumpfe Stimme. «Ich habe einen Sack über dem Kopf und kann nichts sehen.»

«Nein, mir geht es leider genauso.»

«Aber wieso sind wir beide hier? Das verstehe ich nicht. Sie lagen doch … Ich meine, der Beamte lag doch in der Abstimmung vorne.»

«Ich denke, Trajan bringt frühzeitig die beiden Führenden in seine Gewalt, um schnell handeln zu können, wenn das Ergebnis feststeht.»

«Sie meinen, um einen von uns schnell töten zu können.»

Ich atme tief durch, konzentriere mich auf meine Stimme. «So weit sind wir noch nicht.»

Eine Weile sagt niemand mehr etwas. Ich lasse mich an der Stelle, an der ich gerade stehe, an der Wand entlang zu Boden gleiten. Den kurz aufflackernden Gedanken an den Untergrund, auf dem ich gerade sitze, verdränge ich erfolgreich.

«Sie wollte mi… üen…»

Tom hat so leise gesprochen, dass ich ihn nicht verstanden habe. «Was? Sie müssen lauter sprechen.»

«Sie wollte mich schützen», wiederholt er. «Nina. Sie hat mir Personenschutz angeboten. Und ich habe abgelehnt. Aus gekränkter Eitelkeit und weil ich sicher war, sie möchte damit nur ihr schlechtes Gewissen beruhigen, weil sie sich mir gegenüber so schäbig verhalten hat.»

«Ja, ich weiß.»

«Sie wissen ja eine ganze Menge. Auch, wie lächerlich ich mich gemacht habe, mit meinen ganzen Anrufen, aus Sorge, wenn sie sich nicht gemeldet hat?»

«Nein», antworte ich, und dieses Mal muss ich nicht lügen. «Ich wusste bis zum Erscheinen dieser Liste nicht einmal von Ihrer Existenz. Das ist auch ihre Privatsache, darüber spricht sie nicht mit mir. Ich denke, Sie unterschätzen Nina. Sie hat sich wirklich große Sorgen gemacht, als die Liste erschien.»

«Ja, schon klar. Aber da ging es um ihren Job als Polizistin, nicht um mich als Mann. Aber egal, Sie haben ja recht. Nina hat mich mehrmals gewarnt, und ja, es hat sich so angehört, als ob sie sich wirklich Sorgen macht.»

«Haben Sie eine Ahnung, wo wir hier stecken könnten?», frage ich, mehr, um das Thema zu wechseln, als dass ich wirklich glaube, dass er etwas dazu sagen kann.

«Nein, überhaupt nicht.»

«Wo und wie hat Trajan Sie überhaupt entführt? War das gleich nachdem Sie ihn in diesem Internetcafé getroffen haben? Warum haben Sie sich überhaupt mit ihm getroffen?»

Es dauert eine Weile, bis Tom antwortet. Offenbar wundert er sich, dass wir von seinem Treffen wissen.

«Ja, das war direkt danach. Er hat sich als Interessent für meine Bilder ausgegeben und behauptet, mit mir über eine Ausstellung reden zu wollen.»

«Und dann?»

«Er ist vor mir wieder gegangen, weil ich mir noch einen Kaffee bestellt hatte. Als ich dann nach Hause kam, war er schon da. Er hat sich von hinten an mich herangeschlichen und mich betäubt. Keine Ahnung, wie lange ich weggetreten war, aber als ich wieder zu mir kam, lag ich auf einer Art Karre. Von der hat er mich irgendwann runtergezerrt und in diesen Raum gebracht. Mehr weiß ich nicht. Und bei Ihnen?»

«Bei mir war es ähnlich.»

Ich denke an Trajans Tätowierung. Fremdenlegion. Diese Kerle sind bestens ausgebildete Elitesoldaten, kein Wunder, dass noch keines seiner Opfer eine Chance gegen ihn hatte. Und dass wir ihm bisher nicht auf die Spur gekommen sind.

Doch jetzt gibt es ein Foto von ihm. Das in Verbindung mit dem markanten Tattoo wird die SoKo vielleicht schnell auf seine Spur bringen. Hoffentlich sehr schnell.

Ich weiß nicht, wie spät es ist, aber ich weiß, dass die Abstimmungen bisher immer 36 Stunden gelaufen sind. Das ist nicht lange.

Und ich habe klar vorne gelegen.

40

Niemand hat uns gesagt, ob der Legionär schon ansprechbar ist, dessen ungeachtet fahren Christoph und ich sofort wieder ins Krankenhaus.

Wir haben ihn, sage ich mir immer wieder vor, die DNA stimmt überein, wir haben ihn. Trotzdem lässt meine innere Unruhe sich nicht vertreiben, und ich vermute, das wird so bleiben, bis Daniel und Tom gefunden und in Sicherheit sind. Wenn ich Gelegenheit bekomme, mit dem Legionär zu sprechen, werden wir schlauer sein, und ohne eine Antwort von ihm werde ich hier nicht wieder weggehen.

Der Mann liegt in einem gut bewachten Einzelzimmer, vor dem uns ein hochgewachsener Arzt mit merkwürdigen Haarbüscheln über den Ohren empfängt.

«Der Patient ist außer Lebensgefahr und bei Bewusstsein», erklärt er uns. «Er hat eine außergewöhnlich kräftige Konstitution, und die inneren Verletzungen sind glücklicherweise weniger dramatisch, als wir befürchtet haben.»

Ich setze das unschuldigste Lächeln auf, dessen ich fähig bin. «Darf ich zu ihm?» Es soll klingen, als wäre ich eine besorgte Angehörige, nicht eine zu allem entschlossene Polizistin.

Der Arzt blickt unschlüssig auf sein Clipboard. «Ich weiß nicht ...»

«Bitte. Sehen Sie, wir vermissen noch zwei Personen, deren Leben wir aufs Spiel setzen, wenn wir uns zu viel Zeit lassen.»

«Fünf Minuten.» Er deutet auf die Tür. «Ich warte hier. Achten Sie bitte darauf, dass er sich weder aufregt noch anstrengt.»

Nichts könnte mir egaler sein, trotzdem nicke ich zustimmend und betrete vor Christoph das Krankenzimmer. Ich warte, bis die Tür hinter uns ins Schloss gefallen ist, dann stelle ich mich neben das Bett und blicke auf den Mann hinunter. «Hallo, Trajan.»

Er sieht mich an, regungslos. Sein rechtes Auge ist fast zugeschwollen, die Haut über dem Wangenknochen aufgeplatzt. In seiner Brust steckt ein fingerdicker Schlauch, dessen anderes Ende in eine Flasche mit klarer Flüssigkeit mündet, die in einer Halterung am Bett befestigt ist.

Unser Auftauchen scheint den Mann tatsächlich kalt zu lassen. Nicht nur, dass sich kein Muskel in seinem Gesicht regt, ich kann vom Patientenmonitor ablesen, dass sich auch sein Pulsschlag kein Stück erhöht.

Das Namensschild am Fußende des Bettes fehlt. Noch weiß niemand, wie Trajan wirklich heißt.

«Ihr Arzt sagt, Sie können sprechen», beginne ich. «Tun wir uns gegenseitig einen Gefallen und halten wir es kurz: Wohin haben Sie Tom Tilsen und Daniel Buchholz gebracht?»

Nichts an seinem Verhalten lässt darauf schließen, dass er mich gehört hat. Ich ziehe mir einen Stuhl heran und setze mich. Nehme seine Hand. Auch das lässt er geschehen. Nervös scheint es nur Christoph zu machen, der sich hinter mir vernehmlich räuspert.

Ich beuge mich zu Trajan hinunter, zu seinem von Jodtinktur orange verfärbten Ohr. «Das zwischen uns ist persönlich», flüstere ich. «Nicht wahr? Ich wollte dich austricksen, und das hast du mir heimgezahlt. Glückwunsch. Aber jetzt sind die Karten neu gemischt, und das Beste, was du tun kannst, ist kooperieren. Wo stecken Tom und Daniel?»

Erstmals etwas wie ein Zucken in seinem Gesicht. Ich halte den Atem an, um keines seiner Worte zu verpassen, doch er sagt nichts. Zieht nur den linken Mundwinkel ein Stück nach oben.

Im Gegensatz zu seinem ist mein Herzschlag alles andere als ruhig. Er pocht im Hals, im Kopf, und ich spüre, wie Ungeduld und Wut in mir das Ruder übernehmen. «Ich strecke dir hier eine Hand entgegen, ist dir das eigentlich klar?», sage ich lauter, als ich eigentlich wollte. «Aber du musst sie auch ergreifen. Die Sache ist doch ohnehin vorbei.»

Sein Kopf ruckt ein winziges Stück in meine Richtung. Die grauen Augen halten meinem Blick mühelos stand, und nun bewegt er die Lippen, versucht Worte zu formen. «Wer sagt das?»

Es klingt beinahe amüsiert.

Unwillkürlich drücke ich seine Hand fester, und er erwidert den Druck, mit so viel Kraft, dass ich mir einen Aufschrei verbeißen muss. Lässt erst wieder locker, als er die Reaktion in meinem Gesicht gesehen hat.

Ich winde meine Finger aus seinem Griff. «Es ist nicht vorüber?»

Er dreht den Kopf zur Seite, weg von mir. Schließt die Augen. Wenn er mir damit signalisieren will, dass das Gespräch beendet ist und ich entlassen bin, kann er sich das abschminken.

«Wo sind Tom und Daniel?» Unwillkürlich habe ich nach der Flasche gegriffen, aus der der Schlauch in seinen Brustkorb führt. Im nächsten Moment spüre ich Christophs Hand auf meiner Schulter. «Lass das, Nina.»

Ich ziehe die Hand zurück. «Wo sind Tom und Daniel?», wiederhole ich lauter. «Sag schon, du Arschloch! Kapierst du nicht, dass du verloren hast? Wenn du nicht …»

«Schluss», sagt Christoph bestimmt. «Geh raus, ich übernehme den Rest.»

«Aber –»

«Nein, wir diskutieren das nicht. Du gehst nach draußen und kühlst dich ab, so richtest du nur Schaden an. Für dich, Tom und Daniel.»

Es sind seine Ruhe und die Freundlichkeit, die ich trotz aller Bestimmtheit aus seinen Worten heraushöre, die mich aufstehen und hinausgehen lassen. Er hat recht, ich mache es nur schlimmer, sofern das möglich ist.

Wer sagt das? Drei Worte, die in meinem Kopf einen neuen Albtraum anstoßen. Kann es sein, dass Trajan schon alles in Gang gesetzt hat, dass das Finale auch ohne sein Zutun starten wird? Technisch einrichten ließe sich das sicher – und niemand weiß, welche originelle Hinrichtungsart er sich diesmal hat einfallen lassen.

Ein Blick auf mein Handy, es ist gleich halb sechs. In meinen Mails finde ich eine Presseerklärung, die Arendt kürzlich gegeben haben muss – die üblichen Floskeln, die abgesondert werden, wenn man denkt, man hat den Täter, sich aber trotzdem noch nicht traut, sich festzulegen.

Es habe eine Festnahme im Zusammenhang mit den *Morituri*-Morden gegeben, die Indizien seien sehr stark, über die Identität des Tatverdächtigen könne derzeit aber noch nichts an die Öffentlichkeit gegeben werden und so weiter und so fort. Trotz des zurückhaltenden Tons spürt man die Mischung aus Triumph und Erleichterung in jeder Zeile.

Am Ende des Gangs steht ein Kaffeeautomat, und ich komme gerade mit Cappuccino im Plastikbecher zurück, als Christoph aus dem Krankenzimmer tritt. Er ist blasser als zuletzt und setzt sich stumm an einen Tisch im Wartebereich.

Ich setze mich neben ihn und schiebe ihm den Kaffeebecher hin. Er nimmt ihn wortlos und nippt.

«Ich habe kein gutes Gefühl», sagt er dann. «Der Mann hat noch einen Pfeil im Köcher. Er hat kein Wort mehr gesagt, aber die Art, wie er schweigt … diese Gelassenheit, weißt du?» Er nimmt noch einen Schluck aus dem Becher. «Ich mache mir wirklich Sorgen um Daniel.»

Christoph ist psychologisch geschult, wenn er die Dinge so sieht, ist Optimismus wohl fehl am Platz.

Und die Lösung aller Fragen, der Schlüssel zur Rettung meiner Freunde liegt nur zehn Meter entfernt in einem Bett, an Kabeln und Schläuchen. Schwer lädiert, aber fit genug, um unsere Hilflosigkeit amüsant zu finden.

«Bleib sitzen.» Christoph hält mich am Handgelenk fest, ich habe nicht einmal gemerkt, dass ich aufgesprungen bin.

«Ich kann das nicht», zische ich. «Ich kann nicht hier rumhängen und mich brav an die Regeln halten, während uns die Zeit davonläuft. Wenn Trajan die Wahrheit sagt und es wirklich noch nicht vorbei ist, dann endet das Voting in drei Stunden. Hundertachtzig Minuten. Genug Zeit, Daniel zu finden, wenn dieser Arsch endlich den Mund aufmacht.»

Christoph hält mich immer noch fest und weist mit dem Kinn in Richtung Eingang. Eine kleine Delegation unserer SoKo ist auf dem Weg zu uns. Arendt, Pia, Greg Payne und Jason Moore. Zu meiner eigenen Überraschung stimmt mich der Anblick der Amerikaner hoffnungsvoll. Sie haben mit Tätern vom Kaliber eines Trajan häufiger zu tun, vielleicht finden sie den richtigen Hebel, um ihn zur Kooperation zu bewegen.

Pia gesellt sich zu uns, die anderen drei verschwinden nach kurzer Absprache mit dem Arzt im Krankenzimmer.

«Ich bin so erleichtert.» Mit einem Seufzen gleitet Pia auf den Stuhl neben mir. «Ist zwar schlimm, dass wir die Festnahme einem Schlägertrupp verdanken, aber in Anbetracht der Tatsachen war es ein Glück, nicht wahr?» Sie sucht in meinem und Christophs Gesicht nach Zustimmung, findet sie nicht, und ihr Lächeln schwindet. «Was habt ihr denn? Es ist geschafft, es muss nur Daniel wieder auftauchen; Arendt hat schon alles in die Wege geleitet. Sie schätzt, dass wir ihn und den Zweiten im Lauf der Nacht finden.»

Christoph nimmt den letzten Schluck aus dem Kaffeebecher, steht auf und wirft ihn in einen Mülleimer. Mit hinter dem Rücken verschränkten Händen bleibt er am Fenster stehen und blickt in den wolkenverhangenen Himmel.

Minuten vergehen, in denen meine Gesellschaft Pia sichtlich immer unangenehmer wird. In den gleichen Minuten rückt das Ende des Votings immer näher, und ich sitze hier und tue nichts und warte und könnte die Wände hochgehen.

Daniel liegt uneinholbar vorne, was bedeutet: Tom wird überleben. Ich suche nach Erleichterung in mir und stoße nur auf wütende Verzweiflung. Jeder Atemzug, in dem ich nicht an Trajans Bett stehe und eine Antwort aus ihm herausschüttle, kostet mich Kraft.

Als endlich Arendt und die Amerikaner aus dem Zimmer kommen, springe ich auf. «Und? Was hat er gesagt?»

Payne sieht mich mit steinernem Gesicht an. «Nichts. Das war zu erwarten. Er ist Soldat und dazu noch …»

«Was heißt das, nichts?», unterbreche ich ihn. «Ich dachte, Sie sind speziell für *die harten Jungs* ausgebildet, das waren doch Ihre Worte, oder?»

Paynes Miene wird noch abweisender. «Was wollen Sie damit andeuten?»

«Ich habe nicht an Waterboarding gedacht», fahre ich ihn an, «falls Sie das befürchten. Eher daran, dass Sie vielleicht ein paar zündende psychologische Tricks draufhaben.» Ich sehe Arendt noch verständnislos den Kopf schütteln, dann bin ich an der Gruppe vorbei, reiße die Tür zum Krankenzimmer auf, ich muss etwas tun, betteln oder drohen, egal …

Es ist mehr als nur eine Hand, die mich zurückreißt. Payne hat mich am rechten Oberarm gepackt, der Arzt an der linken Schulter.

«Sie gehen jetzt besser», sagt er.

Ich schüttle seinen Griff ab. «Erst rede ich noch einmal mit –»

«Nein», sagt Arendt. Eisig. Bestimmt. «Verlassen Sie das Krankenhaus, Salomon. Fahren Sie nach Hause, Sie sind ja überhaupt nicht mehr bei Verstand. Nehmen Sie sich zwei Tage frei.»

Wer ist hier nicht mehr bei Verstand, möchte ich sie anbrüllen. Zwinge mir stattdessen ein verkrampftes Lächeln ab. «Ich muss vorher noch ins Präsidium.»

Sie nickt. «Janning soll Sie fahren.»

Beim Hinausgehen fällt mein Blick auf die Uhr über dem Ausgang. Kurz nach sechs. Uns bleiben keine drei Stunden mehr.

VI

Er hat immer schon ein besonderes Verhältnis zur Polizei gehabt, und bereits in den ersten Entwürfen seines Plans rund um *Morituri* war ihr eine größere Rolle zugekommen als die, die sie ohnehin einnehmen würde.

Er will ihnen nah sein, den Freunden und Helfern. Sich nicht nur vorstellen, wie sie scheitern, sondern es sehen, aus nächster Nähe. Ihre Ratlosigkeit. Ihre Frustration. Und am Ende ihre Angst.

Für einige Zeit die Mails der Kriminalhauptkommissarin mitzulesen war ein erster, genussvoller Schritt, der ihm ungeahnte Türen aufstieß. Ganz besonders eine Tür, im wahrsten Sinn des Wortes.

Schön war es etwa zu wissen, dass Magdalena Arendt regelmäßig Abführmittel übers Internet bestellt. Er hat eine Schwäche für die kleinen, privaten Details aus den Leben anderer Menschen. Über seine Verfolger weiß er deutlich mehr als sie über ihn. Manches davon ist geradezu intim.

Der Polizist, der das Finale bestreiten wird, ist zum Beispiel nun dabei, seine Alltagsmaske abzulegen. Er hält sich noch ganz gut, schreit nicht die Wände an, wie der Arzt es getan hat. Sitzt nur da oder läuft von Wand zu Wand. Dabei muss seine Angst weit größer sein, er weiß, wie weit entfernt die Polizei von einer Lösung des Falls ist. Er ist eine bessere Wahl für das Spiel als das Opfer, das er ursprünglich ausgesucht hatte.

Aber auch dieses Opfer wird Opfer bleiben, auf eine noch weit schlimmere Art. Ein Streich, zwei Fliegen.

Er hat nun alles vorbereitet und weiß, er muss aufpassen, dass seine

Vorfreude ihn nicht unaufmerksam werden lässt. Es ist der letzte Akt, den er gleich einläuten wird, aber natürlich nicht das Ende des Spiels. Danach werden weiterhin Köpfe rollen, auf höchster Ebene und auf niedrigster. Wenn er ihnen sein abschließendes Geschenk gemacht hat und sich zurückzieht.

Vielleicht in eine Art von Frieden.

41

Ich sitze mit angewinkelten Beinen auf dem Boden. Nach einigem Ausprobieren ist es mir gelungen, den Kopf so zu drehen und zu beugen, dass der Stoff des Sackes ein paar Zentimeter Abstand zu meiner Nase hat. So kann ich halbwegs frei atmen, ohne mir immer wieder meine verbrauchte Atemluft gegen das Gesicht zu blasen.

Seit das Gespräch mit Tom verebbt ist, kreisen meine Gedanken immer um die gleichen Themen. Nina, Trajan … den Tod. Es ist nicht das erste Mal, dass ich mich mit dem Sterben befasse. Wenn ich zu gefährlichen Einsätzen unterwegs war, habe ich durchaus schon mal darüber nachgedacht, was alles passieren kann. Aber so konkret wie jetzt war es noch nie.

Wie der Stand der Abstimmung wohl gerade aussieht? Ob sie überhaupt noch läuft? Ich habe jegliches Zeitgefühl verloren, weil ich nicht abschätzen kann, wie lange ich ohne Bewusstsein war.

Ob die im Präsidium schon wissen, dass ich entführt worden bin? Wahrscheinlich. Nina wird versucht haben, mich zu erreichen, nachdem ich nicht im Büro aufgetaucht bin. Ihr muss schnell klargeworden sein, was mein Verschwinden in Hinblick auf den korrekten Beamten von der Liste bedeutet. Sie wird alle Hebel in Bewegung gesetzt haben, legale und vielleicht auch nicht ganz legale, aber … was soll das nutzen? Wo sollen sie mit der Suche ansetzen?

«Tom?» Ich bekomme keine Antwort und befürchte schon, Trajan hätte ihn weggebracht, als von nebenan ein dumpfes «Ja?» zu hören ist.

«Hast du eine Idee, wie spät es sein könnte?»

«Nein, keine Ahnung. Wie lange laufen diese Abstimmungen?»

«36 Stunden. Also bis Donnerstagabend, wenn Trajan nichts geändert hat.»

«Dann haben wir noch nicht Donnerstagabend. Sonst wäre einer von uns wohl nicht mehr hier.»

Da hat er recht.

«Hast du Angst? Hat man als Polizist in einer solchen Situation Angst?»

«Ja.»

«Ich auch. Eine Scheißangst habe ich. Und ich kapiere es nicht. Warum macht Trajan das? Ich bin dem Mann nie begegnet und habe ihm nichts getan. Warum will er einen von uns umbringen?»

«Darauf kann ich dir auch keine Antwort geben», gestehe ich.

«Eigentlich ist er es ja gar nicht, der die Leute umbringt. Es sind diese perversen Typen zu Hause vor den Computern. Die bestimmen doch, wer sterben muss und wer weiterleben darf. Anonym und feige.»

«Aber sie töten niemanden. Das tut er.»

«Doch, sie töten. Wenn niemand von denen abstimmen würde, könnte es keinen Gewinner geben, also müsste Trajan auch niemanden umbringen.»

Ich kann Toms Gedanken nachvollziehen, allerdings hat er sie nicht zu Ende gedacht. Hätte Trajan dieses Forum nicht ins Leben gerufen und würde er diese Liste nicht erstellen, käme niemand in Versuchung, für jemanden zu stimmen.

«Weißt du, was ich auch nicht verstehe?» Toms Stimme ist wieder leiser geworden.

«Nein, was? Und bitte sprich etwas lauter.»

«Dich.»

«Mich?» Ich hebe den Kopf und habe sofort wieder den Stoff vor der Nase hängen. «Was meinst du damit?»

«Wenn ich das richtig sehe, magst du Nina doch, oder?»

«Ja», antworte ich ohne Zögern, auch, wenn ich noch einige relativierende Worte dazu sagen könnte. «Sie ist meine Partnerin.»

«Warum hast du sie dann alleine zu diesen Treffen gehen lassen? Ich meine, du konntest doch nicht wissen, ob einer von den Typen, die sie da trifft, nicht vielleicht sogar Trajan ist. Das war doch scheißgefährlich. Ich wäre wahrscheinlich durchgedreht, wenn ich vorher davon gewusst und dann untätig zu Hause hätte sitzen müssen.»

Ich habe keinen Schimmer, wovon Tom redet.

«Treffen? Welche Treffen meinst du?»

«Na, mit diesen Usern aus dem Forum. Um etwas aus ihnen herauszubekommen.»

Nina hat sich heimlich mit Usern von *Morituri* getroffen? Das bedeutet, selbst nachdem ich ihren verheimlichten Mailwechsel mit Trajan herausbekommen hatte, hat sie mich noch angelogen?

«Ey … Du weißt nichts davon, stimmt's? Ich fasse es ja nicht. Sie hat dir echt nichts davon gesagt? Was für eine Art Partnerschaft ist das bei euch Polizisten eigentlich?»

Die Frage stelle ich mir gerade selbst. Und finde keine Antwort darauf.

«Scheint fast, als hätte es Nina grundsätzlich nicht so sehr mit Ehrlichkeit und Vertrauen, oder?»

Selbst durch die dämpfende Wand höre ich die Verbitterung in Toms Stimme. Und kann es ihm nicht einmal verdenken.

«Ich denke, sie lässt einfach nichts unversucht, um in den Ermittlungen weiterzukommen. Das zeichnet sie doch als gute Polizistin aus.»

«Ja, man kann sich alles schönreden.»

Das stimmt. Erst nach einer ganzen Weile, in der mein Verstand mir unterschiedliche plausible Erklärungen für Ninas Alleingang vorschlägt, wird mir bewusst, dass auch Tom wieder schweigt.

«Wann und wo hast du Nina eigentlich kennengelernt?»

Wieder verstreicht einige Zeit, bis Tom antwortet.

«In einer Bar.» Er stößt ein verbittertes Lachen aus. «Eigentlich der Klassiker. Wir waren beide allein dort. Sie hatte wohl die gleichen Bedürfnisse wie ich. Dachte ich zumindest an diesem Abend und in dieser Nacht. Dann stellte sich aber schnell heraus, dass ihr Verlangen sich darauf beschränkte, jemanden zu haben, den sie anrufen konnte, wenn ihr danach war. Und zu ignorieren oder einfach wegzuschicken, wenn nicht.»

Ich denke darüber nach und stelle fest, dass Ninas Verhalten diese Rückschlüsse tatsächlich zulässt. Wenn man sie und die Hintergründe nicht besser kennt.

Nun ist es an mir, ein Lachen auszustoßen. Ein humorloses Lachen. Was rede ich mir da gerade ein? Dass ich Nina Salomon gut genug kenne, um mir ein besseres Urteil über sie erlauben zu können als der Mann, mit dem sie ihre intimsten Stunden verbracht hat?

Und dennoch … meine Menschenkenntnis kann mich unmöglich so sehr im Stich gelassen haben. Und was spielt es jetzt noch für eine Rolle, ob sie mir diese Treffen verheimlicht hat? Darüber können wir uns unterhalten, falls ich hier wieder rauskomme. Wenn man mich vielleicht betäubt irgendwo an der Elbe findet.

Was dann aber bedeuten würde, dass Tom …

Das Knarzen aus dem Nebenraum lässt mich hochschrecken. Für einen Moment ist es ruhig, dann höre ich ein Stöhnen und anschließend Geräusche, die danach klingen, als strample jemand mit den Beinen und schlage dabei mit den Fersen auf den Boden.

«Tom?», rufe ich, höre aber statt einer Antwort nur einen dumpfen Aufschrei und ein Poltern, Sekunden später ein schleifendes Geräusch, gefolgt von dem Türgeräusch und einem dumpfen Knall.

Ich stemme mich keuchend hoch, lehne mich gegen die Wand, hinter der Tom sein muss. «Was ist los?», rufe ich. Aber ich weiß, ich werde keine Antwort bekommen, weil mir klar ist, was nebenan gerade geschehen ist. Trajan. Er hat Tom wieder betäubt und aus dem Raum geschleift.

Das bedeutet, es ist wahrscheinlich kurz nach neun am Donnerstagabend. Die Abstimmung ist gelaufen, und das Ergebnis steht fest. Der *Gewinner* steht fest.

Die große Frage, die sich mir nun stellt und die meine Knie so sehr zittern lässt, dass ich wieder zu Boden sinke, lautet aber: Schleppt Trajan Tom nun vor eine Videokamera, die irgendwann mit der Liveübertragung ins Internet beginnt?

Oder legt er ihn irgendwo draußen ab?

Und kommt dann zurück. Zu mir.

42

Ich sage während der ganzen Rückfahrt ins Präsidium kein Wort. Christoph versucht immer wieder, ein Gespräch in Gang zu bringen, doch ich höre kaum hin. Ich war an der Quelle, bei dem Mann, der meine drängendsten Fragen hätte beantworten können, und man hat mich weggezerrt.

Dann muss es eben anders gehen.

Wir haben immer noch keine Ahnung, wer sich hinter Trajan wirklich verbirgt. Wir haben ihn zwar gefasst, wenn man das so nennen will, aber seine Identität kennen wir nicht. Macht auch nicht den Eindruck, als wolle er sie uns verraten.

In zwei, drei Tagen wird die Frage geklärt sein, aber dann ist es für Daniel zu spät. Falls das Finale wirklich ohne den Initiator stattfinden sollte.

Aber es gab jemanden, der wusste, wer Trajan ist. Jens Vogt, den dieses Wissen das Leben gekostet hat, weil er es nicht für sich behalten konnte. Der sich gar zu gerne in Andeutungen ergangen hat, aber eben leider nur in Andeutungen.

Mein erster Blick, als ich wieder im Büro bin, gilt der Abstimmung. Daniel vor Tom, wie gehabt. Dieser Zwischenstand wird auch der Endstand sein.

Als zweites suche ich heraus, was ich mir nach dem Gespräch mit Marcel notiert habe. Es sind meine Erinnerungen an seine Erinnerungen an ein Chatprotokoll, das es nicht mehr gibt, aber es ist besser als nichts.

V. hat sich häufig über Trajan lustig gemacht, hat ihm Spitznamen verpasst. Würstchen, Tier, großes Tier, Riesenvieh. Das würde Trajans Selbstbild entsprechen. So ist er angeblich früher schon gewesen.

Und dann hat er sich Trajan genannt, den Namen eines römischen Kaisers gewählt. Nicht irgendeines Kaisers, nein, sondern des Herrschers, unter dem Rom seine größte Ausdehnung hatte. Hamburg hat er zu einer Arena gemacht. Zwar kein Brot, dafür aber ganz besondere Spiele.

Das alles wurde im Team schon mehrfach durchgekaut. Größenwahn, Überwertigkeitskomplexe, Allmachtsphantasien.

Ich versuche, dieses Wissen mit dem Mann in Übereinstimmung zu bringen, an dessen Bett ich vor kurzem gestanden habe. Sehr passend fühlt es sich nicht an, aber er hat ja auch kaum ein Wort mit mir gewechselt. Er ist schwer angeschlagen. Wer weiß, welche Atmosphäre er um sich verbreitet, wenn er bei vollen Kräften ist.

Auch *Riesenvieh* ist kein Begriff, den ich mit ihm in Verbindung bringen würde. Er ist groß, ja, aber nicht so sehr, dass es auffiele. Bezieht *Tier* sich auf sein unmenschliches Verhalten?

Ich rücke näher an den Computer heran und öffne Google im normalen Browser. Überlege kurz, und gebe dann Trajan Tier groß ein. Halte die Luft an, als die Ergebnisse erscheinen.

666 – Die Zahl des Kaisers Trajan?, lautet der Titel des ersten Links. Kaiser Trajan soll «Untier» 666 sein, der des zweiten. In beiden Artikeln wird Bezug auf die Offenbarung des Johannes genommen, auf die Apokalypse. Ein Forscher will herausgefunden haben, dass mit dem großen Tier, dem Drachen, der in der Offenbarung für den Teufel steht, der römische Kaiser Trajan gemeint gewesen sei.

Ich überfliege den Text nur oberflächlich, die historisch-biblischen Details helfen mir jetzt nicht weiter. Aber es leuchtet mir ein, dass jemand, der eine Stadt zu seiner Arena, oder besser, zu seinem Schlachthof machen will, für sich den Namen Trajan wählt. Das entspreche seinem Selbstbild, hat Vogt angeblich gesagt. Dass das früher schon so gewesen sei.

Und noch etwas fällt mir ein – etwas, das Johansen in seinem Interview mit Blitzreporter.de gesagt hat. Vogt hätte gemeint, von Troja bis zu Trajan sei es kein weiter Weg.

Ich tippe eine neue Suche bei Google ein. Trojaner 666.

Die Menge der Ergebnisse erschlägt mich beinahe. 666 ist ein Banking-Trojaner, der über Webinjects an die Zugangsdaten der User kommt. Nicht nur an die von Privatusern, sondern auch von Firmen. Etwa dreißig Millionen Dollar Schaden soll 666 in den vergangenen vier Jahren verursacht haben.

Dreißig Millionen. Die alle bei Trajan gelandet sind? Der Mann muss in Geld schwimmen, wozu dann die Spiele mit Menschenleben?

Es ist jetzt nach halb acht. Auf den Gängen im Stockwerk ist noch viel los, die Suche nach Daniel und Tom läuft auf Hochtouren, aber die Stimmung ist entspannt. Nur Vogelbusch kommt kurz zu mir herein und meint, dass der zusammengeschlagene Mann im Krankenhaus eine zu einfache Lösung wäre, für seinen Geschmack.

Ich kann ihm nur zustimmen. Überlege kurz, ob ich ihm von meinen Entdeckungen berichten soll, und lasse es am Ende bleiben. Es ist nicht bekannt, wer 666 programmiert hat. Wir werden es in den nächsten eineinhalb Stunden nicht herausfinden, also ist es besser, das Team konzentriert sich auf die Suche mit klassischen Mitteln – während ich hier sitze und warte, bis es neun Uhr wird, um dann wieder einmal in die Rolle der Zuschauerin gezwungen zu werden.

Die Vorstellung, Daniel in einer ähnlich entwürdigenden Lage sehen zu müssen wie vor kurzem Sandra Ullbrecht, lässt mein Inneres so sehr verkrampfen, dass es schmerzt. Ich krümme mich, schnappe nach Luft, sage mir, dass ich die Nerven behalten muss, obwohl es meine Schuld sein wird. Was auch passiert, es wird meine Schuld sein.

Und plötzlich ist dieses Bedürfnis da, so stark, dass es alles andere überdeckt. Ich möchte mich entschuldigen, und es fällt mir nur ein Mensch ein, bei dem ich das im Moment tun kann.

Ich habe die Nummer im Handy eingespeichert und hoffe, sie ist noch aktuell. Es klingelt mehrmals, ich rechne schon damit, dass niemand abhebt, aber dann habe ich plötzlich ihre Stimme im Ohr.

«Sophie Verhagen.»

Ich schlucke. «Hallo. Hier ist Nina. Nina Salomon.»

Schweigen am anderen Ende. Dann nur ein kurzer Laut. «Oh.»

«Du wunderst dich bestimmt darüber, dass ich anrufe. Ich hoffe, ich störe dich nicht, aber ich wollte mich gerne bei dir melden und dich fragen, wie es dir geht.»

Sie sagt nichts, also frage ich wirklich. «Wie geht es dir?»

Tiefes Ausatmen. «Gut.»

«Außerdem», ich nehme innerlich Anlauf, «außerdem wollte ich mich bei dir entschuldigen. Dafür, dass ich damals nicht mehr getan habe. Mir tut das unglaublich leid, ich habe so sehr das Gefühl, dich im Stich gelassen zu haben.» Ich merke, dass mir die Tränen kommen, nicht nur wegen Sophie, sondern auch wegen Sandra, wegen Valent und vor allem wegen Tom und Daniel. «Ich wollte, dass du das weißt, und ich wollte dir sagen, dass du noch immer zur Polizei gehen könntest. Ich würde dich hundertprozentig unterstützen, das verspreche –»

«Lass mich in Ruhe», unterbricht sie mich. «Das ist ewig her. Und deine Schuld war es ja nicht. Aber ruf mich nicht mehr an. Okay? Ich will keinen Kontakt zu dir.»

Damit legt sie auf. Ich bleibe sitzen wie versteinert und fühle mich noch schlimmer als zuvor, was ich nicht für möglich gehalten hätte. Typisch, hämmert mein Kopf, du hast dir eingebildet, du würdest ihr etwas Gutes tun, dabei wolltest du dich bloß selbst besser fühlen, indem du dein Gewissen erleichterst.

Ich stehe auf und gehe aus dem Büro zu den Waschbecken auf der Toilette. Schaufle mir eiskaltes Wasser ins Gesicht, bis es brennt. Betrachte mich dann im Spiegel. Hasse mich mit jeder Faser meines Herzens.

Die letzte Stunde bis neun Uhr verbringe ich mit verzweifelter Internetsuche. Gab es einen Verdacht, wer hinter 666 stecken könnte? Wurden irgendwelche Namen genannt oder Organisationen? Irgendwas?

Fünf Minuten vor neun gebe ich es auf. Christoph ist zu mir ins

Büro gekommen, er rollt Daniels Stuhl zu mir herüber, wofür ich ihn am liebsten anbrüllen würde. Als wäre der Platz frei, als würde Daniel ihn nicht mehr brauchen.

Um neun Uhr endet das Voting. Der Beamte siegt. Hinter ihm liegt der Künstler. Und wieder öffnet sich die übliche Nachricht von Trajan.

Ihr habt eure Wahl getroffen.
Euer Wunsch sei mir Befehl.

Doch diesmal bleibt nicht nur ein Balken stehen, sondern es sind zwei. Die der beiden vorn Platzierten.

«Da stimmt etwas nicht», sagt Christoph neben mir.

Ich kann nicht antworten, ich kann nicht denken, und ich weiß nicht, was ich furchtbarer fände: jetzt gleich Daniel oder Tom vor mir zu sehen.

Dann öffnet sich das Videofenster. Es dauert einen Moment, bis ich begreife, was ich sehe, und mein Herz setzt einen Schlag aus. *Genieß das Finale*, waren die letzten Worte, die Trajan an mich geschrieben hatte, und ich fand sie damals schon zynisch, aber erst jetzt verstehe ich, wie sie wirklich gemeint waren.

Es ist ein Finale, das er vor allem für mich inszeniert hat, und es ist viel schlimmer als befürchtet.

43

Ich versuche mich zu erinnern, ob wir feststellen konnten, wann der Mann mit dem Hund freigelassen worden war, aber mir fällt nicht einmal mehr sein Name ein. Gefunden worden war er am frühen Vormittag. Ja, genau, und zwar kurz vor dem Beginn dieser Pressekonferenz, auf der dieser Möchtegern-Journalist mir davon erzählte. Aber wie lange hatte er schon dagelegen, als er gefunden wurde? Es will mir ums Verrecken nicht einfallen.

Also gut, gehen wir mal logisch an die Sache ran. Logisch … Worauf wollte ich jetzt hinaus?

Tom. Und die Frage, ob Trajan ihn abgeholt hat, um ihn irgendwo freizulassen, oder ob Tom der Gewinner des Votings ist und deshalb aus dem Nebenraum geschleift wurde.

Ob sich gerade eine Videokamera auf ihn richtet. Ob er vielleicht schon tot ist.

Oder irgendwo liegt. In Freiheit. Aber … nein, fangen wir anders an: Warum sollte Trajan Tom zuerst holen? Und warum nicht?

Verdammt! Ich stehe vollkommen neben mir, ich schaffe es nicht einmal mehr, die einfachsten Gedanken in eine vernünftige Reihenfolge zu bringen. Konzentrier dich, Daniel Buchholz. Reiß dich zusammen.

Ich stemme mich hoch und registriere nebenbei, dass ich mir den Rücken an der rauen Wand aufschürfe.

Also: Die Abstimmung ist vorbei. Was wird Trajan tun? Er sorgt zuerst dafür, dass seine User ihre Show bekommen, oder? Doch, das ist logisch. Um denjenigen, der freigelassen wird, kann er sich immer noch kümmern, später, wenn die Show vorbei ist. Auf den wartet niemand vor den Computermonitoren.

Andererseits … Der Beamte hat in der Abstimmung von Anfang an vorne gelegen. Klar, einen Beamten räumt man gerne aus dem Weg. Jeder hat schon mal schlechte Erfahrungen mit Beamten gemacht. Das ist die Gelegenheit, es einem dieser faulen, trägen Typen mal anständig zu geben! Das macht doch viel mehr Spaß, als einen armen Künstler umzulegen.

Also ist es sehr wahrscheinlich, dass der Beamte schnell so weit in Führung gegangen ist, dass er schon lange vor dem offiziellen Ende der Abstimmung als *Gewinner* feststeht. Was macht Trajan also bis neun Uhr?

«Er entsorgt schon mal den Zweitplatzierten, dann hat er das vom Hals. Einleuchtend, oder?»

Ich höre meine eigene Stimme, erschrecke und merke dann erst, dass ich ein Selbstgespräch führe. Das habe ich noch nie getan.

Es ist die Angst. Es spielt keine Rolle, dass ich Polizist bin, ich habe trotzdem Angst vor dem Sterben. Vor den Augen von Millionen Zuschauern und wahrscheinlich auf eine furchtbare Art, damit diese perversen Arschlöcher auch eine gute Show geboten bekommen.

Kalter Schweiß überzieht mein Gesicht. Bei jeder kleinsten Bewegung reibt der grobe Stoff darüber und macht das Gefühl noch unangenehmer. Ich bewege meine Finger, kämpfe dagegen an, dass sie einschlafen. Mit dem nächsten Atemzug überkommt mich ein plötzlicher Hustenreiz. Noch während sich meine Organe krampfhaft zusammenziehen, denke ich daran, dass es vielleicht das letzte Mal in meinem Leben ist, dass ich huste. Dass alles, was ich ab jetzt tue, vielleicht zum letzten Mal geschieht. Jeden Moment kann die Tür aufgehen. Dann kommt er mich holen.

So müssen Häftlinge sich fühlen, die in der Todeszelle sitzen. Doch die sehen wenigstens noch etwas von ihrer Umgebung.

Meine Gedanken machen einen Sprung. Zu Nina. Warum hat Tom mir von ihrem Treffen mit den Forenusern erzählt? War das wirklich unbeabsichtigt? Oder wusste er, dass Nina mir nichts davon gesagt hat, und hat es genossen, es mir auf die Nase zu binden? Weil er vielleicht eifersüchtig auf mich ist? Und sie bei mir in ein schlechtes Licht rücken wollte? Oder – noch wahrscheinlicher – weil er mir zeigen wollte, dass sie ihm in Wirklichkeit mehr vertraut als mir. Aber warum ist ihm das so wichtig in einer Situation, in der er nicht weiß, ob er morgen noch am Leben ist.

Mein Verstand nutzt sofort die Brücke, die ich ihm mit den Gedanken an den Tod gebaut habe. Wieder sehe ich diese Bilder vor mir, wie in einer modernen Videoinstallation leuchten sie nur kurz auf, weichen dem nächsten, das kurz darauf schon wieder durch ein anderes ersetzt wird, bevor man es richtig erfasst hat. Und doch erkenne ich den in seinem Blut liegenden Anwalt, die milchig-toten Augen des ertrunkenen Arztes, die Sehnen und Hautfetzen an der abgerissenen Hand der jungen Sandra Ullbrecht.

Mein Magen krampft sich zusammen, ich spüre ein ziehendes Gefühl in der Speiseröhre. O Gott, nein. Nicht übergeben. Nicht gegen diesen Sack. Ich werde mir mein eigenes Erbrochenes im ganzen Gesicht verteilen, werde es einatmen … Der Gedanke daran verstärkt das Ziehen noch. Ich konzentriere mich, so gut ich kann, stemme mich mit aller Willenskraft dagegen.

Es gelingt mir schließlich, den Brechreiz zu unterdrücken. Zumindest für den Moment.

Ein Geräusch lässt mich erschrocken zusammenfahren. Es klingt anders als zuvor nebenan – und bedeutet doch das Gleiche. Die Tür ist geöffnet worden. Ich höre das typische Knirschen unter Schuhsohlen.

«Trajan, bitte warten Sie», stoße ich hektisch aus, ohne auch nur einen Schimmer davon zu haben, was ich ihm sagen soll. Tatsächlich hört das Knirschen auf. Er ist stehengeblieben.

«Ich weiß nicht, was Sie als Nächstes tun werden, aber … geben Sie mir eine Chance, es zu verstehen. Hat man Ihnen Unrecht getan?»

Ich bekomme keine Antwort, aber auch das Knirschen setzt nicht wieder ein. Denkt Trajan tatsächlich über eine Antwort nach? Oder steht er nur da, beobachtet mich und genießt die Situation?

«Was auch immer es ist», rede ich weiter drauflos, bevor er die nächsten Schritte macht. «Es ist möglich, jetzt mit dem Töten aufzuhören. Wenn Sie einfach gehen, kann ich Ihnen nicht folgen, Sie können ungehindert fliehen.»

Kurz herrscht noch Stille, dann geht es schnell. Schrittgeräusche, Zerren an dem Sack vor meinem Gesicht, ein Lappen, der gegen meinen Mund gepresst wird, der ekelhaft süßliche Geruch, Schwindelgefühle … Dunkelheit.

44

Trajan hat sich nicht nur beide Männer geschnappt, er führt sie uns nun auch beide vor. Sie stehen aufrecht da, mit nacktem Oberkörper, die Hände über dem Kopf an einen breiten Stahlträger gefesselt. Auf der linken Seite Tom, etwa fünf Meter rechts von ihm Daniel. Ein paar Schritte vor ihnen ist ein Gewehr in einer Halterung montiert, der Lauf richtet sich auf die Lücke zwischen ihnen.

Dieses Gewehr ist auch noch in einer zweiten Einstellung zu sehen, denn das Bild der Videoübertragung ist geteilt. In einem kleineren Fenster kann man direkt über die Waffe hinweg in den Raum blicken, die beiden Opfer unscharf im Hintergrund. Eine große, rote Null leuchtet zwischen ihnen.

Ich ahne schon, was Trajan mit diesem Szenario beabsichtigt, bevor die Erklärung unterhalb des Videofensters eingeblendet wird, einmal in Deutsch, einmal in Englisch.

Die letzte Runde ist ganz allein eure Runde. Ihr habt die Entscheidung in der Hand, ihr habt den Finger am Abzug. Das Gewehr richtet sich nach euren Stimmen aus. Sobald es sich zwanzig Grad in Richtung eines der Delinquenten gedreht hat, löst sich der Schuss.
Jeder hat nur eine Stimme. Es liegt an euch, wie schnell es vorbei ist.
Es liegt an euch, wer lebt und wer stirbt.

Im nächsten Moment erscheinen zwei Buttons, einer beschriftet mit dem Wort Maler, der andere mit Polizist. Unmittelbar darauf beginnt das Gewehr sich zu bewegen. In Daniels Richtung.

Er sieht es auch. Im Unterschied zu Tom, der immer wieder den Kopf senkt und dessen Beine ihn nur mühsam zu tragen scheinen, hat Daniel bisher völlig ruhig gestanden, doch jetzt geht ein Ruck durch seinen Körper. Sein Blick sucht die Kamera, findet sie. «Das hier ist kein Keller, eher eine Halle», beginnt er. «Sieht wie eine ehemalige Fertigungshalle aus, links von mir ist so etwas wie ein Förderband.» Zu Beginn war seine Stimme heiser, wird jetzt aber kräftiger. «Ich kann euch leider nicht sagen, in welchem Stadtteil wir sind. Ich habe auch Trajan nicht gesehen.»

Wieder ruckt das Gewehr ein winziges Stück in Daniels Richtung. Vier Grad sind es bereits, wenn man der roten Anzeige über dem Lauf glauben will. Ich sehe Daniels Blick zwischen der Kamera, dem Gewehr und einem dritten Punkt hin- und herhuschen. Auf diesen dritten Punkt hat Tom seine ganze Aufmerksamkeit gerichtet.

Was ist dort? Ich vergrößere das Bild. Ein dunkler Schatten mit scharfen Kanten … die Rückseite eines Monitors. Trajan lässt seine beiden Opfer die Entscheidung live mitverfolgen, führt ihnen ihre Lage wie in einem Spiegel vor.

«Ruf bitte im Krankenhaus an.» Ich erkenne meine eigene Stimme kaum wieder. «Der Legionär muss uns sagen, wo diese Halle ist, Daniels Beschreibung reicht nicht. Und er soll uns gefälligst auch sagen, wer noch dort ist. Jemand muss die beiden gefesselt haben, das kann er nicht selbst gewesen sein. Sonst stünden sie seit heute Morgen so da, und dann würden sie nur noch in ihren Handschellen hängen.»

Mich in professionelles Denken zu retten, tut mir gut, gaukelt mir vor, ich hätte die Kontrolle über die Situation doch noch nicht verloren. Keine Ahnung, wie lange ich es noch schaffen werde, mich selbst zu belügen, denn der Gewehrlauf ruckt gerade ein weiteres Stück in Daniels Richtung.

Ich sehe, wie er kurz die Augen schließt. Sie wieder öffnet, die Kamera fixiert. «Wissen Sie», sagt er, «Sie können das verhindern. Sie können dafür sorgen, dass diese Waffe auf keinen von uns zielt. Wenn

Sie sie mit Ihren Stimmen in der Mitte halten, oder einfach gar nicht voten, muss niemand sterben.»

«Ja, das stimmt», schließt Tom sich an. Er klingt, als würde er jeden Moment zu weinen beginnen. «Es muss niemand sterben. Wenn Sie einfach gar nichts machen, dann …»

Wie als Antwort auf seinen Appell bewegt das Gewehr sich wieder, zum ersten Mal in die andere Richtung. Auf die Mitte zu, trotzdem beginnt Tom an seinen Handschellen zu zerren, als befände er sich bereits im Fadenkreuz, doch die Kette ist so zwischen zwei Halterungen platziert, dass sie sich nicht seitlich verschieben lässt. Eine Flucht aus dem Schussfeld ist nicht möglich, für keinen von beiden.

Ich merke kaum, wie sich hinter mir die Tür öffnet, wie Marc hereinstürzt und kurz darauf Vogelbusch. Christoph telefoniert bereits, offenbar mit einem Arzt, der sich querstellt und niemanden zu dem einzigen Mann lassen will, der uns wirklich weiterhelfen könnte.

«Ich fahre hin», ruft Marc und ist schon aus dem Zimmer, auf dem Weg zu dem Legionär, der nun vielleicht doch nicht Trajan ist, sondern nur sein Handlanger, gut bezahlt aus den dreißig Millionen Dollar, die 666 vermutlich eingebracht hat.

«Sie finden uns», höre ich Daniel in Toms Richtung sagen. Leise, beruhigend. «Du wirst sehen, sie setzen Himmel und Hölle in Bewegung. Du kennst doch Nina, wahrscheinlich stellt sie gerade ganz Hamburg auf den Kopf.»

Der Satz schnürt mir die Kehle zu. Nein, Nina stellt gar nichts auf den Kopf, Nina sitzt wie gelähmt vor dem Bildschirm, weiß nicht, was sie tun soll, und wird gleich in Tränen ausbrechen, denn das Gewehr dreht sich schon wieder ein Stück auf Daniel zu.

Meine Hände finden die Tastatur, ich öffne einen neuen Thread, obwohl ich sehe, dass es schon einige mit gleichem Inhalt gibt.

Nicht mehr abstimmen!, schreibe ich. Das hier ist eine Wahl zwischen Leben und Tod, nicht zwischen Tod und Tod.

Die Antworten folgen sekundenschnell. Viele davon zustimmend, aber bei weitem nicht alle.

Hey, das ist ein Bulle! Sorry, aber die Gelegenheit kann ich mir nicht entgehen lassen.

Rege Zustimmung anderer User.

Ist das nicht einer von denen, die an dem Fall dran waren? Tja, dann tut es ihm jetzt wohl leid, dass er nicht ein bisschen besser gearbeitet hat!

Wieder ein Ruck des Gewehrlaufs, wieder nach rechts. Die Zehn-Grad-Marke, die halbe Strecke bis zum Schuss.

Daniels Gesicht ist auf dem Bildschirm gut zu erkennen, ich sehe die Angst in seinem Blick, die Kraft, die es ihn kostet, Haltung zu bewahren. «Bitte», sagt er in die Kamera. «Hören Sie auf. Tun Sie mir das nicht an und sich selbst auch nicht.»

Tom stimmt ein, lauter, panischer. «Ja, um Gottes willen, bitte. Wir haben Ihnen doch nichts getan. Wieso machen Sie –»

«Sei still!» Daniel hat den Kopf zur Seite gedreht, als würde er lauschen. Was es auch ist, das er hört, ich höre es auch. Leise und leider undefinierbar. Ein Brummen.

«Ich bin nicht sicher», sagt er und sieht wieder direkt in die Kamera, als würde er meinen Blick suchen. «Aber ich glaube, das war ein Flugzeug. Könnte sein, dass wir irgendwo in der Ein- oder Abflugschneise des Flughafens sind. Notiert euch die Zeit. Checkt die Flüge.»

45

Seit ich aus der Bewusstlosigkeit erwacht bin und verstanden habe, in welcher Situation Tom und ich uns befinden, rasen meine Gefühle auf einer endlos scheinenden Achterbahnfahrt dahin.

Trajan hat den Modus geändert. Das Voting war erst das Halbfinale. Jetzt hat er noch eine Stichwahl hinzugefügt, deren Ergebnis sofort und unumkehrbar zu sehen sein wird. Und auch hier deutet alles darauf hin, dass Künstler besser gelitten sind als Beamte. Polizeibeamte.

Mein Appell an die Leute schien im ersten Moment tatsächlich etwas zu bringen, doch seit einigen Minuten wird die Waffe wieder mehr in meine Richtung gelenkt. Ich schätze, sie hat schon über die Hälfte des Weges zu mir zurückgelegt.

Dieses unterschwellige Dröhnen, das vielleicht von einem Flugzeug stammt, hat einen irrationalen kleinen Hoffnungsschimmer in mir ausgelöst. Die winzige Chance, dass Nina und die anderen uns dadurch finden und befreien könnten, bevor der Mob vor den Computern das Gewehr zu weit in eine Richtung geklickt hat. Was natürlich Unsinn ist.

Mit viel Glück hält sich der Doppellauf der Waffe noch eine Weile dort, wo er jetzt ist, aber irgendwann wird das den Leuten langweilig. Dann wird es kippen. Sie werden sich zusammentun und dafür sorgen, dass der kritische Punkt überschritten wird, auf Toms Seite oder auf meiner.

Ich kann den Lauf nicht aus den Augen lassen. Er zeigt noch immer deutlich in meine Richtung. Jedes Mal, wenn der Elektromotor unter der Drehlafette die Waffe mit verhaltenem Summen zentimeterweise nach links oder rechts bewegt, hämmert mein Herz derart los, dass ich es im ganzen Körper spüren kann.

«Sie dort vor den Computermonitoren», versuche ich es ein weiteres Mal und blicke dabei direkt in die Kamera. Es fällt mir unendlich schwer, mich auf meine Stimme zu konzentrieren. Darauf, dass sie nicht schwach und ängstlich, sondern sachlich und vernünftig klingt. Wenn diese Typen das Gefühl haben, dass ich um mein Leben bettele, könnten sie Gefallen daran finden.

«Denken Sie doch bitte darüber nach, was Sie da gerade tun. Sie sind im Begriff, einen Menschen zu töten. Ja, dieses Mal tun Sie es tatsächlich selbst, und Sie werden sich anschließend nicht damit herausreden können, dass Sie es ja nicht waren, der geschossen hat, denn Sie *werden* schießen. Jeder von Ihnen. Wenn Sie jetzt nicht weiter abstimmen, bleibt die Waffe auf die Lücke zwischen uns gerichtet, und niemandem wird etwas geschehen. Wenn sie aber auf einen der beiden Buttons klicken, ganz egal auf welchen, ist es das Gleiche, als wenn sie selbst die Waffe in die Hand nehmen, auf einen von uns zielen und abdrücken. Trajan hat die Apparatur zur Verfügung gestellt und alles für Sie vorbereitet, aber *Sie* sind diejenigen, die jetzt handeln oder nicht. Die töten oder nicht. Und wir bitten Sie, auf Ihr Gewissen zu hören und es nicht zu tun.»

Ich schaue zu Tom hinüber.

«Das war gut», flüstert er.

«Vor allem ist es die Wahrheit», entgegne ich. Da ertönt das bekannte Summen wieder. Meine Worte zeigen offensichtlich Wirkung – allerdings anders, als ich es mir erhofft hatte. Der Lauf ist ein weiteres Stück zu mir herübergeschwenkt und hat damit nun eine Position erreicht, die gefährlich nahe an dem Punkt sein muss, an dem der Schuss ausgelöst wird. Mittlerweile kann ich in die beiden schwarzen Öffnungen der Läufe schauen.

Schrot, geht es mir durch den Kopf. Er benutzt eine doppelläufige Schrotflinte, um sicherzustellen, dass der Gewinner dem Schuss nicht ausweichen kann. Wahrscheinlich geladen mit einem möglichst großen Kaliber, um den gewünschten blutigen Showeffekt zu erzielen. Und der andere, der Überlebende, wird das alles hautnah mit ansehen müssen.

«Trajan», rufe ich in Richtung Kamera. «Ich weiß, Sie sitzen jetzt irgendwo hier in der Nähe und ergötzen sich an dem Schauspiel. Es muss eine riesige Genugtuung für Sie sein, dass Sie es schaffen, die Menschen da draußen nach Ihrem Willen zu manipulieren und sie damit zu Mördern zu machen. Ja, sie tappen Ihnen nach wie eine Schafherde und merken dabei nicht, dass sie von Ihnen missbraucht werden. Sie fühlen sich uns allen überlegen. Aber in Wahrheit sind Sie ein armseliger Feigling, der sich hinter seiner Anonymität versteckt.»

Die letzten Worte habe ich mehr ausgespuckt als gesprochen. Ich kann die Wut in mir kaum noch im Zaum halten.

«Aber ich versichere Ihnen, man wird Sie erwischen. Es mag eine Weile dauern, aber Sie werden nicht ungestraft davonkommen. Und ich hoffe inständig, man wird Sie unverletzt verhaften können, damit Sie den Rest Ihres Lebens hinter Gittern verbringen und jeden gottverdammten Tag darüber nachdenken können, dass es das jetzt für Sie war. Dass Sie nie wieder einen Schritt in Freiheit machen werden. Und dann, Trajan, wünsche ich Ihnen, dass Sie hundert Jahre …»

Erneut summt der Motor, wieder bewegt sich der Doppellauf. Und wieder auf mich zu. Einen Zentimeter, einen weiteren. So viel also zum Erfolg meines Geredes. Noch immer summt der Motor, und noch immer dreht die Schrotflinte sich in meine Richtung. Jetzt. Jeden Moment muss der Schuss fallen. Ich halte den Atem an, beiße mir die Unterlippe blutig. Mein ganzer Körper zittert wie im Schüttelfrost. Nein, ich will nicht sterben, denke ich, schreie ich innerlich, ohne einen Ton von mir zu geben. Ich werde nicht jammern. Den Gefallen werde ich weder Trajan noch dem verblödeten Mob da draußen tun.

Plötzlich herrscht Stille. Eine Ruhe, die ich erst nach ein paar Sekunden einordnen kann.

Das Summen, es hat aufgehört. Die dunklen Öffnungen weisen drohend auf mich, aber der Schuss ist ausgeblieben. Mit einem Mal verlässt mich alle Kraft. Ich schaffe es nicht mehr, mich auf den Beinen zu halten. Meine Knie knicken ein, die Handschellen, mit denen meine Hände über meinem Kopf gefesselt sind, schneiden schmerzhaft in meine Gelenke, weil sie mein gesamtes Körpergewicht tragen müssen. Ich weiß nicht, ob ich einen Laut von mir gebe. Jetzt ist es mir auch egal. Ich schließe die Augen, lasse das Kinn auf die Brust sinken. Ziehe mich in dem Bewusstsein in mich selbst zurück, mit dem nächsten Motorsummen zu sterben.

Mir ist kalt. Ich fühle mich so einsam wie noch nie in meinem ganzen Leben. Allein unter den Augen von Millionen Gaffern. Ich überlege, welchen Gedanken ich als Letztes denken werde. Stelle im nächsten Augenblick fest, dass ich wohl gerade den Verstand verliere.

Ich hätte gerne mit Nina weitergearbeitet. Sie ist zwar eine recht schwierige …

Nina.

Ich öffne die Augen, hebe den Kopf und versuche, mich wieder auf die Füße zu stellen. Es gelingt mir überraschend schnell. Ich schaue in die Kamera. Ich muss mich beeilen.

«Nina, ich weiß nicht, ob du jetzt zuschaust, aber ich hoffe es, denn ich möchte dir noch etwas sagen.» Ich muss eine kurze Pause machen und versuchen, meine Gedanken zu ordnen und meine Worte zu überlegen.

«Ich … Ich weiß, dass alles, was du bisher getan hast oder jemals tun wirst, nur diesem einen Zweck dient: eine gute Polizistin zu sein. Auch während unserer kurzen Zusammenarbeit war das so. Und ich weiß noch etwas: dass dich keine Schuld trifft. Jetzt nicht und auch nicht zuvor. Du weißt, wovon ich rede. Manchmal muss man tatenlos zusehen, wie furchtbare Dinge geschehen, aber … die Tatsache, dass man eben nichts tun *kann*, schließt die Schuld aus. Weil man handeln würde, wenn es auch nur die geringste Möglichkeit dazu gäbe. Die es aber nicht gibt. Jetzt nicht und auch nicht zuvor.»

Ich mache zwei, drei Atemzüge, denke angestrengt nach. Sie wird Ärger bekommen, wenn ich weiterrede, aber ich *muss* noch etwas loswerden, bevor ich nie wieder etwas sagen kann, und es kümmert mich nicht, was andere darüber denken. Ich blende aus, dass Millionen verrohter Menschen zuhören und konzentriere mich einzig auf sie.

«Nina, du *bist* eine verdammt gute Polizistin.» Ich schaffe sogar ein kurzes Lachen. «Auch, wenn du mir noch immer nicht alle deine Alleingänge gebeichtet hast. Diese Treffen mit den Forenusern … Tom hat mir davon erzählt. Warum hast du mir das verheimlicht? Hältst du mich wirklich für so spießig, dass du mir als deinem Partner so was nicht sagen kannst? Natürlich war das gefährlich, und ich hätte mit Sicherheit versucht, es dir auszureden, aber … hey, wir sind ein Team. Und ich kenne dich schon ein bisschen. Ich weiß, du wärst trotzdem dahingegangen, und ich wäre dir nachgegangen und hätte eingreifen können, wenn es brenzlig wird. Das macht gute Partner aus.»

Verdammte Scheiße, jetzt keine Tränen. Das gönne ich Trajan nicht. Konzentrieren, atmen. Und beeilen. Jeden Moment kann es vorbei sein. Noch einmal in die Kamera schauen. «Sollten wir uns nicht mehr sehen … Mach's gut, Nina.»

Der Motor beginnt zu summen.

46

«Mach's gut, Nina.»

Ich kann vor Tränen kaum noch klar sehen, schon seit Minuten nicht. Das Gewehr hat sich zuletzt unaufhaltsam auf Daniel zubewegt, als wollte die Menge herausfinden, ob er seine Rede auch dann beenden würde, wenn er wüsste, dass es gleich vorbei wäre. Ob er sich dann stattdessen aufs Bitten verlegen würde.

Ich wische mir mit dem Unterarm übers Gesicht und sehe, dass Daniel die Augen geschlossen und den Kopf gesenkt hat. Er zittert, wartet auf den Schuss.

Doch diesmal dreht der Lauf sich in die andere Richtung. Ein kleines Stück. Und dann noch eines.

«Es kommen vier Flüge in Frage», ruft Christoph vom anderen Computer her. Er telefoniert seit Minuten mit dem Flughafen in Fuhlsbüttel. «Sie mailen uns die Flugrouten durch.» Das ist mir jetzt egal, dafür wird die Zeit ohnehin nicht mehr reichen. Das einzig Wichtige ist, dass sich der Gewehrlauf aus der Gefahrenzone dreht, dass er zur Mitte hinwandert, dass er stehenbleibt.

Daniel blickt wieder hoch. Er wirkt nicht erleichtert, nur zu Tode erschöpft. Dafür wird Tom spürbar nervöser. Sieht ebenfalls zur Kamera hin, ringt sichtlich mit sich. «Vielleicht sollte ich ja auch mit Nina reden», stößt er hervor. Sein Blick wechselt hektisch zwischen Gewehrlauf und Objektiv hin und her. «Soll ich, Nina? Ich fürchte nur, ich bin nicht ganz so wortgewandt, aber was soll's. Du hast dir von mir ja keine spektakuläre Show erwartet. Und du hattest recht, ich bin kein Kämpfer.» Er senkt den Kopf, schielt dabei aber auf die

Waffe, die sich tatsächlich wieder ein Stück zu Daniel dreht. Die Mitleidsmasche zieht. Was für ein mieser Schachzug, aber ich kann ihn Tom noch nicht mal verübeln. Wahrscheinlich hat er gehofft, dass mit dem nächsten Ruck alles vorbei und er in Sicherheit sein würde.

«Sag mal, *was* hast du gemacht?» Vogelbusch, der hinter mir steht.

Ich wende mich nicht zu ihm um. Es sieht aus, als wäre Daniel schwindelig, er steht nicht mehr sicher auf den Beinen. Knickt immer wieder für einige Sekunden in den Knien ein. *Manchmal muss man tatenlos zusehen, wie furchtbare Dinge geschehen.*

Er weiß, wie dreckig es mir geht. Ich im Gegenzug kann nur erahnen, was für entsetzliche Angst er haben muss.

«Du hast dich mit Usern getroffen, ohne das mit dem Team abzustimmen?», bohrt Vogelbusch weiter. «Hast du überhaupt eine Ahnung, was für eine schwerwiegende Verletzung der Dienstvorschriften das ist?»

Das kann ja jetzt wohl nicht sein Ernst sein. «Halt die Klappe», fahre ich ihn an.

Das Gewehr steht jetzt seit gut einer Minute still. Daniels Blick irrlichtert zur Kamera, als würde er sich von dort die Hilfe erhoffen, die ich ihm nicht geben kann.

Er hat recht, ich hätte ihm vertrauen müssen. Wie enttäuschend es für ihn gewesen sein muss, von meinen Extratouren aus Toms Mund zu hören. Nicht nur, dass ich ihn beruflich hintergangen habe, ich habe es auch noch rumerzählt …

Moment. Habe ich das?

Ohne den Blick vom Monitor zu wenden, rekapituliere ich die drei Abende, an denen ich mich mit BigBastard, Manxxo und McQuentin getroffen habe.

Nach dem ersten Abend habe ich Tom angerufen und ihn gebeten, zu mir zu kommen. Nach dem zweiten stand er wartend vor meiner Haustür. Nach dem dritten war … nichts.

Am zweiten Abend hatten wir eine Diskussion über meine Aufmachung – Tom fand den Rock zu kurz und das Parfum zu verführerisch. Woraufhin ich … ihm eine Lüge auftischte. Von einem Treffen mit einem Freund des letzten Opfers.

Einige Herzschläge lang dreht sich der Raum um mich. Niemand weiß, dass ich mich mit Forumsusern getroffen habe, außer diesen Usern selbst. Die wiederum haben aber keine Ahnung davon, wer ich in Wahrheit bin.

Darüber hinaus konnte es nur jemand wissen, der Einblick in die Chatprotokolle hatte und wusste, dass Leyla und Nina die gleiche Person sind. Oder es zumindest ahnte, nachdem Leyla Nina nominiert hatte.

Also der Admin des Forums. Also Trajan.

Nein, der Gedanke, der sich in mir breitzumachen beginnt, ist völliger Quatsch. Ich muss Tom gegenüber versehentlich erwähnt haben, dass ich meinem Team gewisse Aktivitäten verschweige. Wahrscheinlich würde ich mich auch daran erinnern, wenn ich nicht so aufgewühlt wäre.

Das Gewehr ruckt wieder ein Stück auf Daniel zu, der die Muskeln in seinem Oberkörper anspannt und den Kopf zur Seite dreht.

«Hört auf, lasst ihn in Ruhe!», brüllt Tom im gleichen Moment. Will er demonstrieren, dass er doch ein Kämpfer ist?

Ein Kämpfer …

Zum ersten Mal, seit die Übertragung begonnen hat, richte ich meine ganze Aufmerksamkeit auf ihn. Sein Oberkörper ist schweißnass, hebt und senkt sich unter schweren Atemzügen. Ich kenne diesen Körper. Schlank und sehnig, aber nicht besonders durchtrainiert. Das Stehen mit über dem Kopf gefesselten Händen muss seinen Kreislauf belasten, trotzdem wirkt er noch frischer als Daniel, der allerdings auch unter der größeren psychischen Belastung steht.

Mein diffuser Verdacht von vorhin kehrt zurück, mit einer weiteren Erinnerung im Gepäck. Wenn etwas dran ist, muss Trajan mehr als perplex gewesen sein, plötzlich Nina Salomon unter den Vorschlägen zu finden. Ausgerechnet. Er wollte damals wissen, ob sie allein lebt, und Leyla antwortete sinngemäß, es gäbe da wohl jemanden, der

Nina nachliefe, aber mit dem hätte sie nichts am Hut. Daran erinnere ich mich noch genau.

In den Chatprotokollen waren Ort und Uhrzeit der jeweiligen Treffen problemlos nachzulesen. Für jemanden, der Nina Salomon kannte, war es kein Problem, in einem der Lokale einen schnellen Blick auf Leyla zu werfen und nachzusehen, ob es sich nicht vielleicht um die gleiche Frau handelte.

Für jemanden, der Nina Salomon etwas besser kannte, war es auch kein Problem, ihr von zu Hause aus zu folgen, wenn sie abends unterwegs war.

Mit zitternden Fingern öffne ich den Chat, suche die allerletzte Nachricht, die ich dort geschrieben habe. Treffer.

Als ich zur Videoübertragung zurückkehre, ruckt gerade das Gewehr ein Stück nach rechts. Es ragt in einem Winkel von achtzehn Grad in Daniels Richtung, so weit wie vorhin.

Nun blickt er wieder hoch. Er sieht es, er weiß, wie es steht. Und zum ersten Mal habe ich den Eindruck, er gibt tatsächlich auf.

Noch einmal sucht er mit seinem Blick die Kamera. «Tu mir einen Gefallen, Nina», sagt er. «Geh vom Computer weg. Sieh es dir nicht an. Du musst das nicht. Ich will es nicht.»

«Wenn du glaubst, ich drücke mich und lasse dich alleine, hast du dich geschnitten», flüstere ich.

Tom hat sich zu Daniel herumgedreht. Nur ein Stück, nur so weit seine Fesseln es zulassen.

In dem Moment sehe ich es. Nicht zum ersten Mal, wir waren ja einige Male zusammen im Bett, aber ich sehe es zum ersten Mal richtig, als das, was es ist.

Und damit stellen sich keine weiteren Fragen mehr.

Als ich die Finger jetzt auf die Tastatur lege, sind sie völlig ruhig. Ich schreibe so schnell ich kann, die Worte fließen wie von selbst aus mir heraus. Sollte ich falschliegen, wird es mich den Kopf kosten, aber das ist dann egal.

Doch ich bin ganz sicher, ich irre mich nicht.

47

Es ist alles gesagt.

Ich habe alles versucht und nichts erreicht. Sie wollen einen Toten. Das wollen sie ja schon seit dem ersten Mord. Immer wieder. Immer mehr von ihnen. Darum dürfte es mich gar nicht wundern.

Ein Blick zum Monitor, zum Gewehr. Kein Summen, keine Bewegung. Und wenn doch … ich kann nichts mehr tun.

Dann bringt mich halt um.

Bisher hat Trajan gemordet, den mit den meisten Stimmen. Unausweichlich. Einer von der Liste *musste* sterben. Aber jetzt ist das anders. Ich möchte es noch mal in die Kamera schreien, damit sie es endlich kapieren: Dieses Mal müsste niemand sterben, nicht, wenn ihr es nicht ausdrücklich wollt.

Es sind verdammt viele Stimmen nötig bis zum Schuss. Und was tut ihr? Ihr klickt eifrig. Trajan hat euch angefüttert, euch blutdürstig gemacht. Nun übergibt er das Zepter an euch. Und ihr wollt mehr Blut sehen. Mein Blut.

Ich zucke zusammen. Das Summen. Der Motor. In dem vielleicht letzten Anflug von Hoffnung hebe ich den Kopf, schaue nicht auf den Lauf der Waffe, sondern direkt in die Kamera. Ich werde nichts mehr sagen, aber sie sollen meine Augen sehen, wenn sie mich umbringen.

Es summt noch immer, und obwohl mein Blick das Objektiv fixiert, sehe ich aus dem Augenwinkel, dass der Doppellauf der Waffe sich in die andere Richtung bewegt, von mir weg, auf die Mitte zu.

Mein Puls beginnt zu rasen, dieses Mal nicht aus Angst oder Wut, sondern aus … Erleichterung?

Das Summen endet abrupt, als die Flinte fast wieder die Mittelstellung erreicht hat. Haben die Leute mit Verstand tatsächlich die Oberhand gewonnen? Hat meine Rede an die Nation doch etwas genutzt? Es scheint so, denn wie sonst … Und wieder summt der Motor. Es dauert einen Moment, bis ich die Richtung der Bewegung erkennen kann, und dann kann ich es fast nicht glauben. Der Lauf wandert weiter auf die Mitte zu und … darüber hinaus. Jetzt wird er gleich stoppen, das ist optimal. Wenn die da draußen es dann schaffen, diesen Stand einigermaßen zu halten …

«Leute, was soll das?» Toms Stimme klingt ungläubig, zaghaft. In seinem Gesicht zeichnet sich etwas ab, das unter anderen Umständen vielleicht als verunglücktes Lächeln durchgegangen wäre, in Wahrheit aber Ausdruck seiner Fassungslosigkeit ist.

«Könnt ihr jetzt bitte aufhören, ja? Hört einfach nur auf. Lasst alles so, wie es jetzt ist.»

Noch immer dreht sich die Waffe auf ihn zu. Zeitlupenlangsam, summend. Aber mit gnadenloser Beständigkeit. Tom windet sich in den Handschellen, bewegt die erhobenen Arme schnell vor und zurück, was ein helles, metallisches Schleifgeräusch erzeugt.

«Hey! Was macht ihr denn da? Ich … ich bin ein Künstler, habt ihr das vergessen? Ich habe noch nie jemandem was zuleide getan. Ich male Bilder. Ihr könnt mich doch nicht … Nun hört schon auf!»

Es sieht aus, als würde Tom gleich die Nerven verlieren, und ich kann es ihm nicht verdenken. Ich weiß, wie ich mich gerade eben noch gefühlt habe. Ich reiße meinen Blick von Tom los und richte ihn auf die Kamera.

«Hört bitte auf zu klicken. Dieser Psychopath hat keine Macht über euch, sein Plan geht nicht auf. Aber ihr müsst jetzt bitte aufhören.»

Ich weiß nicht, ob es etwas mit meinem Appell zu tun hat, aber das Summen verstummt tatsächlich. Ich wage es nicht, etwas zu sagen, nicht einmal, mich zu bewegen. Starre nur stumm auf die Waffe, als könne jedes Lebenszeichen von mir sie wieder in Bewegung setzen. Tom scheint es ähnlich zu gehen, denn auch er steht da wie erstarrt.

Die Mündung hat nun etwa die Hälfte des Weges zwischen der neutralen Stellung und ihm zurückgelegt.

«O Mann, mir ist schlecht.»

Ich schaue zu Tom herüber. Dieses Mal gelingt ihm tatsächlich eine Lächeln-Kopie. «Jetzt verstehe ich erst, wie es dir eben gegangen sein muss.»

Ich nicke ihm kommentarlos zu, weil ich befürchte, jedes unnötige Wort könnte eine Aktion vor den Monitoren auslösen. Wieder denke ich an Nina. Sie muss gerade die Hölle durchmachen, wenn sie noch immer zuschaut. Und im Grunde weiß ich, dass nichts sie davon abhalten kann.

Ich löse meinen Blick von Tom, richte ihn auf die Kamera. Wahrscheinlich war es eine gute Idee, die Leute dazu zu zwingen, mir in die Augen zu sehen. Und trotzdem finde ich den plötzlichen Sinneswandel erstaunlich. Kam er wirklich daher, dass die Zuschauer bewusst gegengelenkt haben?

Oder hat Trajan selbst eingegriffen? Um es spannender zu machen? Er kann sicher sein, dass niemand seinen Platz vor dem Computer verlässt, solange sein Spiel läuft. Und er genießt dieses Spiel, daran zweifle ich keine Sekunde. Was spricht also dagegen, es ein bisschen zu strecken? Dass er das kann, ist klar. Was immer da an Prozeduren im Hintergrund abläuft – sie stammen von ihm, also kann er sie manipulieren, wie er es möchte.

Ein stechender Schmerz im Rücken zwingt mich dazu, das Gewicht zu verlagern. Ich versuche meine Hände zu bewegen, es gelingt mir kaum, sie sind wie abgestorben.

Summen. Ich schaue hoch, registriere die Bewegung auf die Mitte zu. Einige wenige Sekunden nur, dann herrscht wieder Ruhe. Ein Blick zu Tom. Ich sehe die Erleichterung auf seinem Gesicht.

Nein, das kam jetzt sicher nicht von Trajan. Da versuchen die User tatsächlich, die Waffe im neutralen Bereich zu halten. Ich frage mich, wie lange sie das schaffen werden. Und mein Verstand formuliert gleich eine weitere Frage hinterher, die mir wieder eine eiserne Faust in den Magen rammt.

Wie lange wird Trajan dabei zusehen? Denn wenn ich voraussetze, dass er manipulieren kann … dann wird er es irgendwann auch tun.

48

«Was hast du da geschrieben?» Vogelbusch reißt mich an der Schulter zurück, so fest, dass er mich samt meinem Bürostuhl aus der Reichweite des Computers zieht, doch ich habe die Enter-Taste schon gedrückt.

«Der Künstler ist Trajan selbst? Bist du völlig verrückt geworden? Du kannst doch nicht einfach irgendwelchen Unsinn behaupten!»

«Das ist kein Unsinn.» Ich versuche, zurück vor den Bildschirm zu kommen, doch Christoph ist jetzt ebenfalls aufgesprungen und drängt sich vor mich und den Computer.

«Nina, das war unverantwortlich. Wir alle wollen, dass Daniel aus dieser Sache heil rauskommt, aber du darfst nicht einen anderen für ihn opfern.»

«Das tue ich nicht. Er steht dort ganz freiwillig.»

«Du bist verrückt.»

Die Worte höre ich nicht zum ersten Mal, aber aus Christophs Mund tun sie weh. «Ich kenne Tom Tilsen, ziemlich gut sogar. Und ich bin heute Nachmittag auf etwas gestoßen …»

Er hört mir nicht mehr zu, deutet auf den Bildschirm. «Siehst du das? Die Waffe dreht sich jetzt in die andere Richtung, und das ziemlich schnell. Herzlichen Glückwunsch, die Leute tun, was du möchtest.» Er fährt mit dem Mauszeiger zu meinem Posting. «Wenn ihr eine wirklich interessante Show sehen möchtet, dann gebt eure Stimme doch dem Maler», liest er vor. «Trajan ist so sicher, zu wissen, wie ihr euch entscheiden werdet, dass er sich vor seinen eigenen Mordapparat stellt. Wollt ihr ihn nicht ein wenig überraschen?»

Sein Gesicht ist rot vor Wut, als er sich wieder zu mir umdreht. «Das ist unfassbar. Du forderst sie dazu auf, den Mann zu töten.»

«Keine Sorge, dazu kommt es nicht», sage ich mit mehr Überzeugung in der Stimme als im Herzen. «Hör mir zu, Christoph, Daniel hat eben gesagt, er wüsste jetzt von meinen Extratouren, weil Tom es ihm erzählt hatte. Bloß kann der davon gar nichts wissen – außer er hätte meine Chats mit einigen der Forumsuser gelesen. Was ihm nur möglich war, wenn er Adminrechte bei *Morituri* hat.»

Christoph runzelt die Stirn. «Du sagst, du kennst den Mann. War er je bei dir zu Hause?»

«Ja, mehrmals.»

«Könnte er nicht an deinen Computer gegangen sein?»

«Der ist passwortgeschützt. Bombensicher.» Das Gewehr steht wieder still. Zwölf Grad in Toms Richtung. Gut so.

«Vogt wusste, wer Trajan ist, deshalb wurde er getötet. Er hat ein paar interessante Anspielungen gemacht, über Trojaner und das große Tier. Das aus der Bibel, dessen Zahl 666 ist.» Wieder ein Ruck der Waffe. Dreizehn Grad. Tom verzieht weinerlich das Gesicht in Richtung Kamera. O Gott, was, wenn ich mich irre?

«Mit dem Tier 666 war damals vermutlich der römische Kaiser Trajan gemeint. 666 ist außerdem der Name eines Trojaners, der seit ein paar Jahren Bankdaten klaut und über den zig Millionen Dollar gestohlen wurden.»

Christoph schüttelt den Kopf. «Ich verstehe kein Wort.»

«Okay. Sieh dir das an.» Ich greife nach dem erstbesten Stück Papier auf dem Schreibtisch und zeichne eine Blume darauf. Dreiblättrig, mit geschwungenen Dornen, die entfernt an die Zacken eines Ninjasterns erinnern. «Das ist Toms Tattoo. Ich dachte immer, es sei eine Blume, aber wenn du es anders betrachtest – dann sind es drei ineinanderverschlungene Sechsen.»

Christoph wirft einen Blick auf meine Zeichnung. Schüttelt den Kopf. «Du spinnst dir etwas zusammen, Nina. Da ist doch weit und breit kein Beweis. Nichts!» Er nimmt mich hart an der Schulter.

«Mach diesen Aufruf rückgängig. Sofort. Schreib, dass es ein dummer Scherz war. Denkst du, Daniel würde wollen, dass –»

Das Telefon läutet, Christoph greift sofort nach dem Hörer. «Ja? Marc? Aha.»

Während er spricht, rücke ich wieder näher an den Computer heran. Öffne noch einmal meinen Chat mit Trajan, bevor ich einen schnellen Blick auf die Situation in der Halle werfe. Elf Grad nach links. Zu Tom hin, der schwer atmet und immer wieder den Kopf schüttelt.

«Der Fremdenlegionär sagt kein Wort», seufzt Christoph, mehr zu Vogelbusch hin als zu mir. Er legt den Hörer wieder auf. «Marc war zehn Minuten lang bei ihm im Zimmer, aber der Mann hat ihn nur angestarrt. Auf nichts reagiert.»

Er heftet seinen Blick wieder auf den Bildschirm. «Was ist das?»

«Das sind die persönlichen Nachrichten, die Trajan und ich uns geschrieben haben.»

Christoph schnappt nach Luft. «Die … Davon weiß ich überhaupt nichts. Du, Helmut?»

Vogelbusch schüttelt den Kopf, sein Gesicht ist ein einziger Vorwurf.

«Niemand weiß davon», erwidere ich ungeduldig. «Aber das ist doch auch völlig egal. Kannst du dich noch erinnern, was Tom vorhin gesagt hat? Über mich?»

Sichtlich entnervt zuckt Christoph mit den Schultern. «Nicht genau. Dass du ihn nicht für einen Kämpfer hältst.»

«Richtig. Und dass ich recht damit hatte, dass er keine gute Show liefern würde.»

Ich vergrößere das Fenster mit der Nachricht. Drehe den Bildschirm ein Stück zu Christoph hin.

Lass es, lass ihn in Ruhe. Er wird dir keine spektakuläre Show liefern, er ist kein Kämpfer.

Diesmal tut er es nicht sofort als Unsinn ab. Überprüft, ob die Nachricht wirklich an Trajan ging. «Du könntest ihm das auch persönlich an den Kopf geworfen haben. Irgendwann mal.»

«Dass er keine gute Show liefern wird? Dazu hätte ich ihn nach seiner sogenannten Entführung noch einmal sprechen müssen.»

Christoph und Vogelbusch sehen einander zweifelnd an. «Zugegeben», murmelt Vogelbusch, «das ist eigenartig. Aber kein Beweis.»

«Einen Beweis werden wir erst bekommen, wenn die Flinte ein bisschen deutlicher auf ihn zeigt», sage ich. «Davon bin ich überzeugt.»

Christoph blickt schweigend auf den Bildschirm, greift dann nach dem Telefon. «Ich möchte, dass ihr euch über Tom …» Er wirft mir einen fragenden Blick zu.

«Tilsen», souffliere ich.

«Tom Tilsen schlau macht. Überprüft, ob es etwas Offizielles zu ihm gibt.»

Das Gewehr hat sich nun schon längere Zeit nicht mehr gerührt. Zum ersten Mal, seit ich das Posting ins Forum gesetzt habe, sehe ich mir die Reaktionen dort an. Die Vorstellung, Trajan persönlich vor der Flinte zu haben, finden viele geradezu berauschend, der Rest ist amüsiert bis ungläubig.

Woher willst du das wissen? Das kann echt jeder behaupten. Von jedem.

Trajan? Den habe ich mir aber völlig anders vorgestellt. Du verarschst uns.

Ich denke ein paar Sekunden lang nach, bevor ich schreibe.

Lasst es doch einfach darauf ankommen. Setzt ihn ein bisschen unter Druck und seht euch an, was passiert. Ihr müsst es ja nicht bis zum Schluss durchziehen. Ihr sollt es gar nicht bis zum Schluss durchziehen!

Wie zum Protest ruckt das Gewehr wieder ein Stück in Daniels Richtung. Bleibt dort eine knappe Minute stehen, bevor es den Rückweg einschlägt. Ein Grad, zwei Grad, drei Grad in Toms Richtung. Und weiter.

Ich lasse ihn nicht aus den Augen. In seinem Gesicht zeichnet sich absolute Fassungslosigkeit ab, er hat sichtlich nicht damit gerechnet, dass die Dinge sich so sehr zu seinen Ungunsten wenden könnten.

Er windet sich in seinen Handschellen. «Hört auf damit! Er, der dort ist der Polizist! Und ein unfähiger noch dazu, hätte er sich ein bisschen mehr ins Zeug gelegt, würden wir nicht hier stehen!»

Daniel wirft ihm einen Blick zu, voller Müdigkeit, Verständnis und Verachtung.

«Wer zur Polizei geht, muss damit rechnen, in Gefahr zu geraten», fährt Tom fort. «Für ihn ist das Berufsrisiko, aber für mich doch nicht!» Nun wirkt er mehr empört als verängstigt, zuckt aber sofort zur Seite, als das Gewehr sich wieder ein Stück in seine Richtung bewegt. «Hört auf, bitte, hört doch auf! Ich bin ein ganz normaler Mensch, so wie ihr. Ich verstehe das nicht!» Wieder dreht er den Kopf zu Daniel. «Oder – ist das irgendein Trick, den du und Nina hier abzieht?»

Hört noch nicht auf, tippe ich. Lasst es noch ein wenig weitergehen. Nur ein wenig.

Sechzehn Grad. Kurz darauf siebzehn. Toms Augen weiten sich.

«Schießt auf ihn», schreit er in die Kamera. «Nicht auf mich, auf ihn! Auf ihn!»

Das Gewehr steht still, doch Tom tobt immer noch. Beginnt zwischendurch zu weinen, was mich einen Moment lang zweifeln lässt. Versucht dann wieder, die Leute auf seine Seite zu ziehen.

Dass Vogelbusch das Zimmer verlassen haben muss, wird mir erst klar, als er nun wieder hereinkommt und die Tür laut hinter sich ins Schloss fallen lässt. Er stellt sich zu mir und stützt beide Hände auf die Schreibtischplatte. «Ich war eben bei Arendt», sagt er. «Ich habe ihr erzählt, was du getan hast, und sie ist außer sich. Wie es aussieht, wirst du vom Dienst suspendiert.»

49

Ich höre Toms verzweifelte Versuche, die Leute davon zu überzeugen, für mich zu voten. Im ersten Moment möchte ich dazwischenrufen, aber letztendlich … Er hat panische Angst und versucht alles, um sein Leben zu retten. Wer kann es ihm verübeln.

Außerdem erreicht er damit das Gegenteil, wie sich gerade zeigt. Die Mündung der Waffe schiebt sich erneut ein Stück in seine Richtung.

Welche Erklärung gibt es für das plötzliche Umdenken? Ich lag während der regulären Abstimmung im Forum von der ersten Minute an klar vorne, und auch hier gab es sofort eine eindeutige Tendenz in meine Richtung. Und plötzlich ist alles anders. So *deutlich* anders. Etwas muss geschehen sein. Etwas Gravierendes.

«Ist das irgendein Trick, den du und Nina hier abzieht?», wendet Tom sich nun an mich. Ich bleibe ihm eine Antwort schuldig. Kann es tatsächlich ein Trick sein? Ist es jemandem gelungen, die Site zu hacken? Und hat derjenige dort etwas verändert, das dazu führt, dass die Waffe plötzlich in Toms Richtung zeigt? Buchstäblich als Rettung in letzter Sekunde für mich? Nein, das ist Unsinn. Es wäre schon sehr seltsam, wenn ausgerechnet jetzt das gelingen würde, was eineinhalb Wochen lang unmöglich war. Außerdem würden die Kollegen es dann nicht so drehen, dass Tom statt mir sterben muss.

Aber … was, wenn es gar kein Kollege, sondern jemand ganz anderes war?

Toms aufgeregte Stimme dringt an mein Ohr, doch ich höre nicht auf das, was er sagt, sondern starre auf den Monitor, versuche, etwas von dem Text dort zu entziffern. Es gelingt mir nicht, sosehr ich mich auch anstrenge. Viel zu weit weg.

Erneut zieht das Summen des Motors meine Aufmerksamkeit auf sich, und wiederum dreht sich die Waffe weiter auf Tom zu. Bald erreicht sie den kritischen Punkt. Ich verstehe es nicht. Tom redet neben mir wie ein Wasserfall.

«… nicht euer Ernst sein. Überlegt doch mal, wen ihr vor euch habt. Einen Maler. Harmloser geht's überhaupt nicht mehr. Und dort …» Er deutet mit dem Kopf zu mir herüber. «Einen Polizisten. Einen von denen, die euch hinter Ecken versteckt auflauern und Spaß daran haben, wenn sie euch das Geld aus der Tasche ziehen können, weil ihr ein paar Kilometer zu schnell unterwegs wart. Die ungestraft mit dem Knüppel auf euch einprügeln dürfen, wann immer es ihnen gefällt. Weil sie lügen können, bis die Balken sich biegen, und man trotzdem ihnen glaubt und nicht euch. Weil sie Beamte sind. Sie leben wie die Made im Speck von eurem Geld. Und treten euch als Dank dafür bei jeder Gelegenheit in den Arsch.»

«Tom», sage ich bemüht beherrscht. «Hör auf jetzt, das bringt doch nichts.»

Er redet weiter, als habe er überhaupt nicht registriert, dass ich etwas gesagt habe.

«Tom, verdammt noch mal», schreie ich, woraufhin er tatsächlich stockt und mich ansieht. Ich betrachte sein Gesicht. Was ich dort sehe, ist nicht unbedingt Angst. Eher Ungläubigkeit und … Wut?

«Halt jetzt endlich den Mund. Merkst du denn nicht, dass du damit das Gegenteil von dem erreichst, was du möchtest?»

Wie zur Überprüfung meiner Worte richtet er seinen Blick auf die Waffe, zwei, drei Sekunden lang, dann wieder zurück auf mich.

«Lass mich einfach in Ruhe», sagt er so leise, dass ich Mühe habe, ihn zu verstehen. «Ich muss was tun, sonst knallen die mich ab.»

«Ich versuche es noch mal.» Auch ich habe die Lautstärke meiner Stimme abgesenkt. «Du hast doch gesehen, dass ich eben mehr Erfolg hatte. Okay?»

«Ja klar, und wenn du wieder den gleichen Erfolg hast, bin ich im Arsch.»

«Nein, wenn du so weitermachst, bist du im Arsch.»

Er denkt nach, scheint einen inneren Kampf auszutragen. «Also gut. Versuch es.»

Ich nicke ihm zu. Es soll beruhigend wirken, doch sein Gesichtsausdruck ändert sich nicht.

«Ich weiß nicht, was passiert ist», beginne ich mit Blick in die Kamera. «Aber wenn ihr weiter für Tom klickt, werdet ihr ihn umbringen. Das ist genauso schlimm, wie wenn ihr mich tötet. Es geht nicht darum, wer von uns beiden stirbt, sondern darum, dass *niemand* stirbt. Also bitte, sorgt dafür, dass diese Waffe wieder in die Mitte zwischen uns zeigt. Und tut es schnell. Ich weiß nicht, ob Trajan ein Zeitfenster eingebaut hat, aber ich traue es ihm zu. Also bitte … ladet nicht die Schuld am Tod eines Menschen auf euch.»

Es dauert tatsächlich nur zwei Atemzüge, bis die Waffe sich wieder in Bewegung setzt. Die Erleichterung strömt warm durch meinen Körper. Bis ich realisiere, dass der Lauf sich weiter auf Tom zudreht.

«Verdammt. Das hast du gewusst.» Mit wilden Bewegungen rüttelt Tom an den Handschellen über seinem Kopf. «Gib es zu, das hast du geplant. Machst einen auf Fernsehpfarrer, und schon blökt die Herde zufrieden und trottet in die richtige Richtung, ist es nicht so?»

Ruhe. Der Doppellauf steht still. Fünf Sekunden, zehn. Wir starren ihn an, sind beide zu keiner Bewegung fähig. Ich atme ganz flach. Schöpfe erneute Hoffnung. Sie währt keine Minute.

Tom schreit entsetzt gegen das erneute Summen an, dann verstummt er schlagartig. Ich kann meine Augen nicht von der Schrotflinte wenden. Wenn es so weitergeht, hat Tom nur noch Sekunden, trotzdem steht er plötzlich völlig ruhig.

Er hat den Kopf weit in den Nacken gelegt und den Blick auf seine Hände gerichtet, die an den Handschellen über ihm herumnesteln. Im ersten Moment verstehe ich nicht, was ich da sehe. Tom hat etwas in der rechten Hand. Einen kleinen, silbrigen Gegenstand, mit dem er jetzt die Handschelle …

Ein Schlüssel. Es ist ein Schlüssel, der nun den Stahlbügel um Toms linke Hand zurückspringen lässt, im gleichen Moment, in dem das Summen des Elektromotors verstummt. Der linke Arm sinkt herab, Tom stellt sich auf die Zehenspitzen und zieht ruckartig den rechten Arm zur Seite. Die leere Hälfte der Handschelle schlägt klirrend gegen Rohre und … bleibt mit metallischem Klacken an einer der Halterungen hängen.

Ein wutentbrannter Schrei dringt aus Toms Kehle, und während er versucht, das eingeklemmte Teil durch hektisches Ziehen und Reißen freizubekommen, dämmert mir, was sich gerade vor meinen Augen abspielt. Was es bedeutet.

Wie es scheint, geht es nicht nur mir so.

Wieder bewegt sich das Gewehr in seine Richtung. Er sieht es, seine Bewegungen werden hektischer, panisch. Gegen jede Vernunft versucht er, die Hand aus dem engen Metallbügel zu ziehen.

«Nein», brüllt er. «Nicht! Hört auf! Bitte!»

Das erneute Summen des Motors klingt anders. Höher, energischer. Zwei, maximal drei Sekunden lang.

Dann erfüllt ein ohrenbetäubender Knall die Halle.

50

Im Büro herrscht Totenstille. Das Erstaunen, das sich eben noch lautstark Luft gemacht hat, als Tom begann, seine Handschellen aufzuschließen, ist drückendem Schweigen gewichen.

Auch mein persönlicher Triumph ist verflogen. Ich hatte recht, meine Schlüsse waren folgerichtig, ich habe sogar richtig vermutet, dass Tom sich eine Notlösung überlegt hatte, für den Fall, dass die User doch nicht den Polizeibeamten töten wollen.

Doch jetzt, als ich ihn da hängen sehe, blutüberströmt, einen Arm immer noch in der verfangenen Handschelle, fühle ich mich einfach nur leer.

Ich werde ihn nicht mehr fragen können, wieso er mich vor zwei Wochen in dieser Bar angesprochen hat. Es muss auf verquere Weise Teil seines Plans gewesen sein. Vielleicht wollte er durch die Nähe zu mir gewissermaßen bei der Polizei einen Fuß in der Tür haben, obwohl er zu Beginn keinesfalls wissen konnte, dass ich tatsächlich zu dem Team gehören würde, das seine Morde bearbeitet. Nie, kein einziges Mal, hat er mir Fragen zu meiner Arbeit gestellt.

Sein Kopf hängt im Nacken, der Körper dreht sich langsam um die Achse des ausgestreckten Arms. Eine der Schrotkugeln hat ein Loch unterhalb seines linken Auges gerissen, zwei haben den Hals zerfetzt. Der Großteil der Ladung hat den Brust- und Bauchraum getroffen, der eine einzige große Wunde ist.

«Oh Gott», höre ich Daniel sagen. «Oh mein Gott.» Er ist der Erste, der das Schweigen durchbricht. Sein Blick lässt Tom nicht los, ich glaube, er merkt gar nicht, dass er selbst verletzt ist. Eine Wunde am rechten Oberarm, aus der Blut fließt. Zehn Zentimeter weiter rechts, und die Kugel hätte den Kopf getroffen.

«Wir müssen ihn finden», murmele ich, und im selben Moment schaltet sich die Kamera aus. Das Videofenster verschwindet.

«Scheiße.» Christoph greift wieder zum Telefon, tippt. «Haben Sie schon etwas?», bellt er in den Hörer, den Rest bekomme ich nicht mehr mit, denn vor meinen Augen löst das Forum sich auf. *Morituri* verschwindet.

Stattdessen erscheint eine neue Seite. Schwarze Schrift auf weißem Grund, sonst nichts.

Die Spiele sind vorbei, ich ziehe mich zurück. Es war mir ein Vergnügen, euch zu Diensten zu sein. Gemeinsam haben wir einer Stadt, einem Land, genau genommen sogar der ganzen Welt gezeigt, wie machtlos ihre Polizeiapparate und ihre Experten sind.
Das war mir ein persönliches Anliegen. Das, und eine zweite Sache. Menschen tun die widerwärtigsten Dinge, wenn sie sich sicher wähnen. Wenn sie ihr Gesicht nicht zeigen müssen. Wenn sie anonym bleiben können. Das weiß ich schon sehr lange, und nun wisst ihr es auch.
Die Morde, die geschehen sind, gehen auf unser gemeinsames Konto. Ich habe nicht allein getötet, das waren wir gemeinsam. Jeder, der einen Vorschlag gebracht, jeder der abgestimmt hat. Ihr wart die Ankläger und die Richter, ich der Henker. Ihr habt Todesurteile gefällt, ich habe sie vollstrecken lassen.
Ihr wusstet das, nicht wahr? Dass ihr von euren Wohnzimmern aus mordet, vom sicheren Sofa aus. Ihr dachtet, ihr wärt anonym.
Das wart ihr auch. Bis jetzt.
Lebt wohl. Trajan sagt adieu.

«Bis jetzt?», fragt Vogelbusch hinter mir; im gleichen Moment öffnet sich unterhalb des Textes ein neues Fenster. Eine endlose Liste, eng beschrieben.

Ich verenge die Augen, um besser lesen zu können. Es sind Usernamen, daneben die IP-Adressen. Manche von ihnen sind rot unterlegt, und wenn ich mich nicht täusche, sind sie nach Regionen geordnet.

Eine Hand auf meiner Schulter. Christoph. «Wir wissen jetzt, welchen Flieger Daniel wahrscheinlich gehört hat. Er ist um einundzwanzig Uhr sechzehn über Hamburg-Langenhorn geflogen, das würde passen, dort gibt es einiges an Industrie.»

Ich bin bereits aufgesprungen. «Ich fahre. Es wird ja wohl früh genug sein, wenn ihr mich morgen suspendiert.»

Wir laufen zum Parkplatz, Christoph lässt mich kommentarlos das Steuer übernehmen, er telefoniert ohnehin fast pausenlos, unter anderem mit der Dienststelle in Langenhorn. Dort sind zwei Meldungen eingegangen, beide Anrufer behaupten, in der Halle den Kraftanlagenfertigungsbetrieb erkannt zu haben, bei dem sie früher beschäftigt waren.

Christoph gibt die Adresse ein, ich steige aufs Gas.

Irgendwann sieht er mich von der Seite her an. «Du fährst, wie du ermittelst», stellt er trocken fest. «Halsbrecherisch.»

«Tut mir leid.»

«Von wegen.»

In Wahrheit hilft das Tempo mir dabei, meine Aufmerksamkeit zu fokussieren. Nicht wieder Toms zerfetzten Körper vor Augen zu haben oder mir vorzustellen, wie Daniel ausgesehen hätte, wenn die Abstimmung anders ausgegangen wäre.

Christoph streicht sich durchs schüttere Haar. «Du weißt, dass du um disziplinäre Maßnahmen nicht herumkommen wirst?»

«Ich kann es mir denken.»

«Du warst in Bremen auf dem gleichen Trip, oder? Deshalb wollten sie dich loswerden.»

Ich zucke die Schultern, während ich den vor mir kriechenden Golf überhole. «Wie es aussieht, ist das der einzige Trip, der mir liegt.»

Kurzes Auflachen. «Da wirst du noch viel …» Das Klingeln seines Handys unterbricht ihn. «Hallo. Pia? Ja, schieß los.»

Ich konzentriere mich wieder ganz auf den Verkehr, sehe nur hin und wieder zu Christoph hinüber, der kaum etwas sagt, nur zuhört und nickt, minutenlang. Schließlich mit einem kurzen «Danke» auflegt.

«Und?» In sieben Minuten sollten wir an der Adresse sein. «Neuigkeiten?»

«Gewissermaßen. Für uns jedenfalls. Pia hat in den Archiven nach Thomas Tilsen gesucht und ist fündig geworden.»

«Und?», wiederhole ich, als er nicht weiterspricht.

«Sein Name scheint im Zusammenhang mit einem Prozess vor dreiundzwanzig Jahren auf. Ein staatliches Waisenhaus geriet in schiefes Licht, einer der Erzieher gab an, dass es Missbrauchsfälle gegeben hätte. Das Verfahren verlief aber sehr schnell im Sand, die Medien waren kaum involviert. Pia meint, es macht ganz den Eindruck, als wäre von sehr weit oben eingegriffen worden.»

Vor dreiundzwanzig Jahren war Tom zwölf. Immerhin nach seinem Alter habe ich ihn gefragt. Und nach seinem Beruf, aber sonst nach nichts, nichts, nichts. Was für ein Mensch bin ich eigentlich?

«Tom hat damals ausgesagt?»

«Ja. Allerdings hat Pia es nicht geschafft, Zugriff auf seine Aussage zu bekommen. Sie will morgen ins Archiv gehen, ist aber nicht sehr optimistisch.»

Menschen tun die widerwärtigsten Dinge, wenn sie sich sicher wähnen. Wenn sie ihr Gesicht nicht zeigen müssen. Wenn sie anonym bleiben können. Das weiß ich schon sehr lange, und nun wisst ihr es auch.

Wahrscheinlich wäre Mitleid jetzt das angemessene Gefühl, aber wieder habe ich bloß diese grenzenlose Leere in mir.

Die Halle ist schon von weitem an den Blaulichtern zu erkennen, die durch die Straße zucken. Zwei Streifenwagen, zwei Rettungswagen.

Einige Kollegen sind dabei, die Tür aufzubrechen, und als es ihnen gelingt, weiß ich, wir sind richtig.

Es riecht nach Schießpulver.

51

Tom ist Trajan. Trajan ist Tom.

Ich starre auf den Betonboden und sage es mir vor, wieder und wieder. Nicht laut, nur in Gedanken. Glaube ich.

Ich versuche, mir vorzustellen, was dazu geführt haben könnte, Tom mit seiner eigenen Konstruktion so weit zu bedrohen, dass er seine Maske fallenließ.

Gedankenfetzen treiben wie ein Meteoritenhaufen durch meinen Verstand, durcheinandertrudelnd, schwer zu fassen, gar nicht zu ordnen. Nicht jetzt.

Etwas in mir zwingt mich immer wieder aufs Neue, zu dem von Schrotkugeln zerfetzten Körper hinüberzuschauen. Kurze Blicke, für die ich den Kopf nur so weit bewege, wie es unbedingt nötig ist. Ich weiß nicht, warum ich es tue, warum ich mir das antue. Erhoffe ich mir Antworten von diesem zerfetzten Körper?

Ich weiß es nicht. Was ich aber weiß, ist, dass das Bild sich für immer in mein Gedächtnis brennt.

Die Kamera taucht in meinem Blickfeld auf, und ich hebe den Kopf ein Stück weiter. Es kostet mich alle Willenskraft, die noch in mir steckt. Ich starre auf den dunklen Kreis des Objektivs, Millionen von Menschen entgegen, die jetzt vor dem Computer sitzen und auf den Toten starren. Auf ihr Werk.

Ich würde ihnen etwas sagen, doch mein Kopf ist wie leergefegt.

Was sollte ich auch sagen? Mich bedanken, dass sie nicht mich umgebracht haben, sondern den Psychopathen, der all das zu verantworten hat?

Ich horche in mich hinein, versuche herauszufinden, ob es das ist, was ich empfinde. Dankbarkeit, Erleichterung, vielleicht sogar Freude darüber, dass es den Richtigen erwischt hat? Nein. Was dann?

Nichts, ist auch hier die einzig richtige Antwort. Ich denke nichts, empfinde nichts außer unendlicher Leere.

Ich lasse den Kopf wieder sinken, stelle mir vor, ich könnte mich damit den millionenfachen Blicken entziehen.

Bleierne Müdigkeit ergreift mich. Der Boden beginnt vor meinen Augen zu schwanken, sich zu drehen. Spüre nur noch ein fremdartiges Ziehen im Kopf, als sauge jemand mein Bewusstsein aus mir heraus.

Etwas lässt mich hochschrecken. Irgendwann.

Geräusche. Meine Handgelenke schießen glühende Pfeile durch meine Arme bis in den Oberkörper. Mir wird bewusst, dass wieder mein ganzes Gewicht an meinen Gelenken in den Handschellen hängt. Die Geräusche kommen von der Tür, es hört sich so an, als ob sich jemand mit Gerätschaften daran zu schaffen macht.

Moment … Tom. Trajan. Ich fahre herum, sehe den reglosen, blutgetränkten Körper. Begreife. Keine Bilder aus der Bewusstlosigkeit. Nein, real.

Ein schmerzhaft lauter Knall schräg hinter mir, Schritte, Stimmen. Ein Aufschrei. «Daniel!»

Nina erreicht mich als Erste, stoppt abrupt vor mir. Ihr Blick tastet meinen Körper ab und bleibt an meinem Arm hängen. Ihre Augen glänzen feucht.

«Daniel», wiederholt sie und macht Anstalten, mich zu umarmen, überlegt es sich aber im letzten Moment anders. «Du bist verletzt, hast du Schmerzen?»

Verletzt? Ich betrachte die Stelle an meinem Arm, sehe verwundert das Blut und spüre zum ersten Mal den Schmerz, der von der Wunde ausgeht.

«Ja», nuschele ich. «Tut schon ein bisschen weh. Kannst du mich bitte losmachen?»

Zwei Männer tauchen neben Nina auf. Ein Uniformierter, der sofort einen Handschellenschlüssel hervorholt. Der andere ist Christoph. Die Erleichterung steht ihm ins Gesicht geschrieben. «Daniel, Gott sei Dank.»

«Wo wart ihr so lange?»

Die Feuchtigkeit in Ninas Augen schwappt über und hinterlässt zwei nasse Spuren auf ihren Wangen.

«Vorsicht», höre ich den Kollegen in Uniform sagen, doch noch bevor ich verstehe, was er meint, fallen meine Arme kraftlos herab und reißen meinen Oberkörper nach vorn. Ich kippe, falle direkt in Ninas Arme, klammere mich an ihr fest. Sie strauchelt, kann sich aber trotz meines Gewichts auf den Beinen halten. Dann habe ich mich wieder gefangen, richte mich ein wenig auf, verharre.

Nina macht keine Anstalten, ihre Umarmung zu lösen, und eigentlich möchte ich das auch gar nicht. Ich lasse meine Hände auf ihren Hüften liegen und bewege mich nicht.

«Ich bin so froh, dass dir nichts passiert ist.» Es ist nur ein Flüstern.

«Ich auch», flüstere ich zurück.

Der Druck ihrer Arme verstärkt sich. Nur minimal, aber spürbar. Sekunden vergehen, ohne dass wir uns bewegen. Als ich eine Hand anhebe und sanft auf ihren Rücken lege, strafft sich ihr Körper. Ihre Arme geben mich frei, sie richtet den Oberkörper auf, also löse auch ich meine Umarmung und schaue sie an. Mit einer schnellen Bewegung wischt sie sich über die nassen Wangen und zieht die Nase hoch.

«Bilde dir bloß nichts ein, Daniel Buchholz. Ich bin einfach nur froh, dass meinem Kollegen nichts geschehen ist, klar?» Zum ersten Mal seit Trajans Tod gebe ich der Erleichterung nach.

Erst als Nina den Kopf in Richtung des toten Körpers dreht, mit dem sich gerade die Kollegen beschäftigen, frage ich: «Was ist passiert? Wie kam es, dass die Leute plötzlich für Tom gestimmt haben? Und wenn Tom Trajan ist, was ist dann mit diesem Legionär?»

Nina atmet tief durch und streicht sich eine Haarsträhne aus der Stirn. «Der war wahrscheinlich sein Helfer. Wir denken, dass er es war, der die Opfer in Toms Auftrag getötet hat. Und jetzt komm mit nach draußen, zum Rettungswagen. Alles andere erzähle ich dir, während die sich deine Wunde ansehen.»

Ich nicke ergeben und lasse mich von Nina hinausführen. Im Vorbeigehen werfe ich einen letzten Blick auf den toten Trajan.

52

Er liegt in Zimmer 24. Einzelzimmer, mit Blick auf den Park. Ich habe mir überlegt, ob ich ihm nicht einen kleinen Blumenstock mitbringen soll – Veilchen vielleicht – oder einen Lolli, weil er so ein tapferer Junge war. Bin dann aber zu dem Schluss gekommen, dass der Zeitpunkt falsch für kollegiale Neckereien ist, und habe ihm eine Zigarre gekauft. Die dickste, die ich kriegen konnte.

Ich klopfe, trete ein und finde Daniel aufrecht im Bett vor, mit einem Stapel Zeitungen auf dem Nachttisch. Eine liegt aufgeschlagen vor ihm, bei dem Artikel über Bruno Haubard, den Mann, der zwei Stockwerke unterhalb von Daniel im gleichen Krankenhaus liegt. Den Fremdenlegionär.

«Hey.» Daniel blickt auf. «Das finde ich ja schön. Damenbesuch.» Er grinst.

Ich setzte mich an die Bettkante. «Hast du echt nichts Besseres zu tun, als den ganzen Kram über den Fall zu lesen?»

«Nein, definitiv nicht.» Er zeigt auf das Foto des Legionärs. Schmaler Mund, schmale Augen, tiefe Falten um die Mundwinkel. «Er hat immer noch nichts gesagt?»

«Kein Wort», bestätige ich. «Alles, was wir wissen, haben wir von einer der Kellnerinnen des Lokals, in dem er oft gegessen hat. Und getrunken. Ein Treffpunkt für Legionäre, wer sich ein bisschen in der Szene auskennt, weiß, dass man dort hervorragend ausgebildete Männer für gewisse Jobs finden kann. Dort hat ihn Tom auch aufgegabelt, meint sie.»

«Und sie wusste, wie er heißt?»

«Nur den Vornamen. Und die Adresse, er hat sie nämlich zwei-, dreimal mit nach Hause genommen.» Ich weiche Daniels Blick aus, dem ich entnehmen kann, dass *nur den Vornamen* bei ihm die gleichen Assoziationen weckt wie bei mir.

«Die gleichen Infos hatte sie schon den Ullbrechts verkauft», schiebe ich nach, «für so viel Geld, dass sie jetzt ihren Job gekündigt hat.»

Daniel blättert um, überfliegt die nächste Spalte des Artikels. «Im Grunde passend, dass ein römischer Kaiser sich eines Legionärs bedient.»

«Ich denke, genau so hat er es gesehen. Seine Ideen, sein Plan, sein Spiel. Nur die ausführenden Hände haben jemand anders gehört.»

Ich erzähle Daniel nicht, welche Gedanken mich die letzten beiden Nächte wach gehalten haben. Wie fassungslos ich war, als mir klar wurde, dass Tom in der Nacht des ersten Mordes bei mir war. Während Bruno den Anwalt Glasscherben schlucken ließ, lag der Drahtzieher des Mordes in meinem Bett, mit mir und dem besten Alibi, das man haben konnte.

Und ich habe nichts gemerkt. Er war nicht nervös, nicht geistig abwesend, nicht gereizt.

Er war niemand, den ich auch nur im Ansatz gekannt hätte.

«Vogelbusch war heute auch schon hier», unterbricht Daniel meine Gedanken und deutet auf drei gelbe Blümchen, die in einem Wasserglas auf dem Tisch stehen. «Er sagte, ihr hättet die Schaltzentrale gefunden. Trajans Hauptquartier.»

«Nicht unser Verdienst. Nachdem Toms Foto durch alle Medien ging, hat sich die Frau gemeldet, bei der er die Räume gemietet hat. Und zwar schon seit vier Jahren – ein kahles Zimmer, eine winzige Küche, ein Klo. Und Unmengen von Computern.» Ich nehme einen Schluck aus der Teetasse, die auf dem Nachttisch steht, merke zu spät, dass ich erst hätte fragen sollen, und verschlucke mich prompt. Daniel lächelt schadenfroh.

«Hat Vogelbusch dir auch die Pointe der ganzen Sache erzählt?», frage ich, als ich wieder Luft bekomme.

«Pointe?»

«Ja. Dass Tom sich dieses Büro die ersten zwei Jahre lang mit Jens Vogt geteilt hat. Die beiden kannten sich also nicht nur ein bisschen, sondern richtig gut. Hatten ihr eigenes kleines Hackerstudio, bevor Vogt dann zu WTC ging und Tom begann, an seinem Masterplan zu feilen.»

Ich kann Daniel ansehen, dass er das Gleiche denkt wie ich. Hätte Vogt mit uns gesprochen, hätte es ihm nicht so viel Vergnügen bereitet, mehr zu wissen als alle anderen …

«Es hätte so einfach sein können», murmelt er, faltet die Zeitung zusammen und legt sie zu den anderen. Nimmt dann völlig überraschend meine Hand; ich will sie ganz automatisch zurückziehen, doch er hält sie fest. «Und du? Wie geht es mit dir weiter? Vogelbusch hat düstere Andeutungen gemacht, aber er hat mir keine einzige meiner Fragen klar beantwortet.»

Ich beiße mir auf die Lippen. «Ist noch nicht ganz raus, aber es sieht aus, als könnte ich mit einer Verwarnung davonkommen.»

«Das wäre gut.»

«Ja, wäre es.»

Zum ersten Mal, seit ich das Zimmer betreten habe, breitet sich Schweigen zwischen uns aus. Immer noch hält Daniel meine Hand, was sich nun wirklich seltsam anzufühlen beginnt. Ich täusche einen weiteren Hustenanfall vor, bei dem ich beide Hände brauche, um sie mir vor den Mund zu halten.

«Morgen lassen sie mich raus», sagt Daniel, als ich fertiggehustet habe. «Übermorgen bin ich wieder im Büro.»

Ich nicke. Dann kann Daniel sich selbst zu dem Prozess schlaumachen, bei dem Tom damals ausgesagt hat. Und mundtot gemacht wurde, durch Vorlage eines psychiatrischen Gutachtens. Christoph ist unter anderem daran, alle vorhandenen Akten aus dem Archiv zu beschaffen und Zeugen ausfindig zu machen, Kinder von damals. Die Institution wurde längst geschlossen, aber manche der möglichen Täter sind noch nicht mal pensioniert.

Man hat ihm bereits von mehreren Seiten auf die Finger geklopft, aber Christoph ist wild entschlossen.

«Gut, dass du bald wieder einsatzfähig bist», sage ich nach einer längeren Pause. «Nachdem Tom den Inhalt der Forumsdatenbank öffentlich gemacht hat, müssen wir Hunderte IP-Adressen aufschlüsseln. Die der Mitglieder, die Vorschläge gemacht haben. Aber netterweise hat er uns die wenigstens rot markiert.» Ich blicke aus dem Fenster, wo die Sonne gerade hinter einer dunkelgrauen Wolke hervorkommt. «Übrigens war es wirklich Henri Wilbers, der Kornmeier nominiert hat. Und der Vorschlag für Gustav Beranski kam von den Nachbarn, die er selbst im Verdacht hatte. Familie Probst.»

«Na bitte», sagt Daniel. «Ergebnisse. Meierhofer wird begeistert sein.»

«Davon bin ich überzeugt.» Ich lasse mich von seiner Bettkante rutschen. «Langsam muss ich wieder los. Aber falls du etwas brauchst, könnte ich es dir heute Abend noch vorbeibringen. Den Seidenpyjama vielleicht? Die Nachtcreme? Das fünflagige Klopapier mit Sandelholzduft?»

Er grinst. «Hau ab.»

In der Tür drehe ich mich noch einmal um. «Sicher, dass du weiter mit mir zusammenarbeiten möchtest?»

Daniel legt die Stirn in Falten. «Keine Geheimnisse mehr?»

«Nein», sage ich. «Keine. Fast keine. Nur die allernötigsten.»

Er nickt lächelnd, als hätte er nichts anderes erwartet. «Ich denke drüber nach.»

LESEPROBE

URSULA POZNANSKI
ARNO STROBEL

Invisible

thriller

WUNDERLICH

Eine Serie von grauenvollen Morden gibt den Hamburger Kriminalkommissaren Nina Salomon und Daniel Buchholz Rätsel auf: Einem Patienten wird während einer OP ins Herz gestochen, ein Mann totgeschlagen, ein anderer niedergemetzelt … Die Täter sind schnell gefasst. Nur ihre Motive sind völlig unbegreiflich, denn keiner von ihnen hat sein Opfer gekannt. Das Einzige, was sie verbindet: die unermessliche Wut auf das Opfer. Und dass sie nicht wussten, was über sie kam.

Kann es sein, dass sie manipuliert wurden? Aber von wem, und vor allem: wie?

Was Buchholz und Salomon schließlich aufdecken, wirft ein ganz neues Licht auf die Dinge, die unser Leben so bequem machen …

Er war schon um halb sieben da gewesen, obwohl er wusste, dass man den Patienten erst um acht Uhr in den OP schieben würde. Auf den heutigen Tag hatte er seit Monaten hingefiebert – seit er die Bestätigung bekommen hatte, dass er das letzte Drittel seines praktischen Jahres an der Klinik für Herz- und Gefäßchirurgie des UKE Hamburg absolvieren durfte.

Ihm war klar, dass er unfassbares Glück gehabt hatte. Es gab jeweils nur zwei Plätze in dieser Abteilung; er hatte sich bereits ein Jahr vorher beworben, um seine Chancen zu erhöhen. Herzchirurgie war für ihn immer die Königsdisziplin gewesen und der Karriereweg, den er sich mehr wünschte als jeden anderen. Heute würde er seine ersten Schritte auf diesem Weg gehen.

Natürlich noch nicht wirklich, da musste er realistisch sein. Mehr als ein paar assistierende Handgriffe würden für ihn nicht drin sein, wenn überhaupt, aber er hatte vor, sich hier so unentbehrlich wie möglich zu machen. Vielleicht bot man ihm ja eine Stelle als Assistenzarzt an, wenn er sein Studium beendet hatte.

«Tim Marold?» Eine der Schwestern, klein und füllig, winkte ihn heran. «Wir legen dann los.»

Der Patient hieß Olaf Richter, war zweiundsechzig Jahre alt und bereits anästhesiert. Tim hatte die Krankenakte genau studiert: Mitralinsuffizienz, das hintere Segel schlug durch. Damit die Pumpfunktion des linken Ventrikels sich nicht weiter verschlechterte, würde Dr. Hilbrecht die Klappe rekonstruieren. Tim bekam seinen Platz zugewiesen und hatte direkten Blick auf einen der Bildschirme, auf den das Endoskop die Aufnahmen übertrug.

Hilbrecht genoss einen ausgezeichneten Ruf als Herzchirurg, er und Dr. Paul Bremer teilten sich die schwierigen Eingriffe. Routineoperationen wie diese nahmen sie nur selten selbst vor.

Entsprechend entspannt betrat Hilbrecht den OP, grüßte in die Runde und begann dann, an der Leiste des Patienten den Zugang für die Herz-Lungen-Maschine zu legen. Arterielles Blut schoss aus dem kleinen Schnitt, hellrot. «Sie sind unser Neuzugang, nicht wahr?», fragte Hilbrecht, ohne aufzublicken. «Herr ...»

«Marold», kam Tim ihm schnell zu Hilfe. «Ich bin seit gestern hier, und ich hoffe, ich kann mich nützlich machen.»

«Aber sicher», antwortete Hilbrecht gutmütig. «So. Zugang sitzt. Heparin.»

Durch die Venenkanüle setzte eine der Assistentinnen die Injektion mit dem gerinnungshemmenden Mittel. Hilbrecht griff zu einem länglichen Instrument. «Sehen Sie, Herr Marold, jetzt dilatieren wir das Gefäß, damit wir die Kanüle für die Herz-Lungen-Maschine auch gut reinkriegen.»

Tim sah ihm zu, wie er die Arterie dehnte, dann den weißen Plastikschlauch einführte und das Gegenstück hineinsteckte. «Verbindung steht», verkündete er fröhlich. «Und, Herr Marold, was passiert jetzt?»

Tim hatte gestern noch seine Lehrbücher gewälzt, zum Glück. «Jetzt legen Sie einen Zugang zur Vene und schieben einen Draht bis in die große Hohlvene», sagte er nicht ohne Stolz. «Seldinger-Technik. Dann öffnen Sie den Thorax und sehen nach, ob die Lunge frei oder mit der Thoraxwand verwachsen ist.»

Der Chirurg nickte. «Ausgezeichnet. Wir gehen von der Seite rein, das klappt genauso gut, wie wenn wir das Brustbein aufsägen, erspart unserem Patienten später aber eine Menge Schmerzen.»

Ich weiß, lag es Tim auf der Zunge, aber er schluckte es hinunter. Sich gleich zu Beginn als Klugscheißer zu präsentieren, war vermutlich keine gute Idee.

Hilbrecht nickte der OP-Schwester zu. «Messer.» Damit meinte er kein Skalpell im herkömmlichen Sinn, sondern einen Kauter. Ein Stromskalpell gewissermaßen, das nicht nur den Schnitt setzte, sondern gleichzeitig die Gefäße verödete und so die Blutung stillte.

Fasziniert beobachtete Tim über den Bildschirm, wie Hilbrecht das Brustfell durchtrennte, feststellte, dass die Lunge nicht verwachsen war, seine Assistentin anwies, sie aus dem Weg zu schieben, und dann mit einem Retraktor die Rippen so weit spreizte, dass er Zugang zum schlagenden Herzen hatte.

Dass die Tür zum OP sich öffnete, nahm Tim nur nebenbei wahr.

«Guten Morgen.» Eine leise, verhaltene Stimme. Tim warf einen schnellen Blick über die Schulter. Ein weiterer Chirurg hatte den Raum betreten, wie alle anderen trug er einen Mundschutz. «Wie läuft's?»

«Paul!» Hilbrecht sah kurz hoch. «Was tust du denn hier? Es läuft gut, alles problemlos, sieht unkompliziert aus. Ist ja auch keine große Sache.»

Paul, das musste Dr. Paul Bremer sein, in Hamburg einer der Besten in Sachen Gefäßchirurgie. Tim beobachtete neugierig, wie er um den Instrumenten- und den OP-Tisch herumging. Merkwürdig langsam. Auf chirurgischen Abteilungen war das Tempo sonst ziemlich flott, jeder hatte es eilig.

«Ihr habt die Maschine noch gar nicht eingeschaltet?», fragte er.

Hilbrecht sah noch einmal auf. «Nein – kann sich aber nur noch um Sekunden handeln. Was ist denn los?»

Bremer stand nun hinter ihm. «Lass mich mal sehen.»

Tim kannte noch niemanden hier, aber er konnte deutlich spüren, wie befremdet alle Anwesenden waren. Was suchte Bremer überhaupt hier? Zog er Hilbrechts Kompetenz in Zweifel? Laut OP-Plan sollte er in fünf Minuten selbst am Tisch stehen und ein Wurzelaneurysma versorgen.

«Was denkst du denn, dass es hier zu sehen gibt?» Hilbrecht klang nun ungeduldig. «Es läuft alles wie immer, wenn man mal davon absieht, dass du es plötzlich für nötig hältst, dich einzumischen.»

Bremer antwortete nicht. Er warf einen Blick auf den Monitor, einen auf das Operationsfeld, einen auf Hilbrecht. Dann schob er seinen Kollegen grob zur Seite.

Tim sah etwas Silbriges in seiner Hand aufblitzen, begriff nicht, hörte nur die OP-Schwester aufschreien, und wich einen Schritt zurück, als Bremer die linke Hand auf den Brustkorb des Patienten legte.

Mit der rechten stieß er ein Skalpell in die Operationswunde, zwischen den gespreizten Rippen hindurch mitten in das offen liegende Herz.

Über den Monitor sah Tim jedes Detail. Wie das Skalpell den Herzbeutel durchstach und tiefer drang, wie das Blut herausschoss und wie Bremer weiterschnitt, bis in die Lunge hinein.

In dem Tumult, der einen Atemzug später ausbrach – eine Assistentin, die nach draußen rannte, um Hilfe zu holen; der Anästhesist, der sich auf Bremer stürzte; die OP-Schwester, die verzweifelt Unmengen von Blut absaugte; Hilbrecht, der versuchte zu retten, was nicht mehr zu retten war – standen nur zwei Menschen wie gelähmt im Raum. Tim, der nicht glauben konnte, dass wirklich passiert war, was er eben gesehen hatte.

Und Bremer, der fassungslos auf das Skalpell in seiner Hand starrte.

1

Daniel hat Pech gehabt, ich war diesmal einfach schneller. Als der Anruf des Herzzentrums um acht Uhr zweiunddreißig hereinkam, saß er gerade bei Magdalena Arendt im Büro und ließ sich für seine gute Arbeit im Fall Gerstner loben. Bis er sich losreißen konnte, hatte ich schon das Blaulicht aufs Autodach gesetzt und den Motor gestartet; nun leidet Daniel neben mir auf dem Beifahrersitz, demonstrativ eine Hand um den Haltegriff oberhalb des Wagenfensters geklammert, den Blick starr auf die Straße gerichtet.

Er hasst es, wenn ich fahre, obwohl dafür überhaupt kein Grund besteht, er pfeift oft genug selbst auf die Verkehrsregeln. Aber die Kontrolle abgeben – das ist nicht seine Sache. Schon gar nicht beim Autofahren.

«An der nächsten roten Ampel könnten wir tauschen», ächzt er.

«Dafür müsste ich aber stehen bleiben.» Ich umrunde einen Lieferwagen, der dabei ist einzuparken. In fünf Minuten sind wir ohnehin am UKE, bis dahin wird Daniel schon noch durchhalten.

Er gibt auf und schließt die Augen. «Sie sagen, es war einer der Chirurgen?»

«Ja. Ein Oberarzt, angeblich einer der Besten in der Abteilung. Er hatte mit dem Eingriff eigentlich nichts zu tun, das Opfer war nicht sein Patient.» Ich drücke mit aller Vehemenz auf die Hupe, damit der blaue Polo vor mir zur Seite fährt. «Das Team ist erschüttert, sagen sie, aber am fassungslosesten soll der Täter selbst sein. Sie bewachen ihn – nicht um zu verhindern, dass er abhaut, sondern damit er sich nichts antut.»

Am UKE angekommen, drossle ich mein Tempo. Die Klinik für Herz- und Gefäßchirurgie befindet sich in Gebäude O70, es parken schon zwei Streifenwagen davor. Obwohl ich jetzt wirklich zivilisiert langsam fahre, entspannt Daniel sich kein Stück. Er hat eine ausgeprägte Abneigung gegen Krankenhäuser, allerdings muss man das gelassen sehen, denn die Liste der Dinge, die Daniel Buchholz inakzeptabel findet, ist lang. Ich stehe darauf ganz oben.

Am Eingang empfängt uns der Chefarzt der Herzchirurgie, er ist bleich im Gesicht, und die Hand, die er mir reicht, zittert. «Nina Salomon», sagte ich. «Und das ist mein Kollege Daniel Buchholz.»

Er nickt, als hätte er das bereits gewusst. «Professor Doktor Holger Wiedmann», stellt er sich vor. «Ich muss gestehen, ich weiß gar nicht, was ich sagen soll. Ich kann immer noch nicht glauben, dass Dr. Bremer das wirklich getan hat.» Sein Blick wandert von mir zu Daniel und wieder zurück. «Wollen Sie ... also, soll ich Sie zuerst zu dem Verstorbenen führen? Oder möchten Sie mit dem OP-Team sprechen? Oder mit Dr. Bremer?»

«Das alles», erwidert Daniel, «und genau in dieser Reihenfolge.»

Olaf Richter liegt noch auf dem Operationstisch, zugedeckt mit einer Art blauer Plane, unter der zahlreiche Schläuche herausführen. Der OP sieht aus wie ein Schlachtfeld, um den Tisch herum ist überall Blut. Verschmierte Fußspuren zeigen, wie hektisch das Team nach dem Zwischenfall herumgelaufen sein muss.

Hinter uns betritt ein großgewachsener Mann mit graublondem Haar den OP. Er muss während des Geschehens nah am Patienten gewesen sein, denn sein hellblauer OP-Kasack ist blutgetränkt, ebenso wie der Mundschutz, den er nach unten gezogen hat und nun um den Hals trägt. «Jochen Hilbrecht», sagt er leise und reicht erst mir, dann Daniel die Hand. «Sie müssen entschuldigen, ich bin noch nicht dazu gekommen, mich umzuziehen. Der Tote war mein Patient.» Hilbrecht schluckt, er ringt sichtlich um Fassung. «Ich frage mich die ganze Zeit, ob ich es hätte verhindern können, ob ich schneller hätte reagieren müssen – aber ich habe das wirklich nicht kommen sehen.»

Daniel geht langsam auf den Operationstisch zu. «Ich würde Herrn Richter gerne sehen.»

Hilbrecht nickt und zieht die Plane zur Seite. Der Tote ist noch an diverse Katheter und Schläuche angeschlossen; auf der rechten Seite der Brust klafft ein Loch, das von einer Art weißem Rohr offen gehalten wird.

«Bremer hat direkt ins schlagende Herz gestochen», murmelt der Chirurg. «Ich kann es immer noch nicht glauben. Er sagte: ‹*Lass mich mal sehen*›, das hat mich schon stutzig gemacht, weil es ein absoluter Routineeingriff war. Er ist überhaupt nicht der Typ, der sich für die Arbeitsweise von Kollegen interessiert. Wenn, dann sollen die von ihm lernen, nicht umgekehrt.» Hilberts angestrengtes Lächeln fällt auf halbem Weg in sich zusammen.

«War Herr Bremer denn in letzter Zeit anders als sonst?», frage ich. «Stand er unter besonders hohem Druck, gab es berufliche Schwierigkeiten?»

Hilbert denkt nach, bevor er antwortet, das finde ich sympathisch. «Der OP-Plan war in den letzten zehn Tagen sehr dicht», sagt er schließlich. «Das schon. Aber so außergewöhnlich ist das nicht. Und ja, Paul hat hin und wieder gereizt gewirkt. Vor zwei Tagen haben sich die Angehörigen eines Patienten beschwert, er habe sie ziemlich unfreundlich angefahren, als sie sich nach dem Ergebnis eines Eingriffs erkundigt haben.» Er zuckt mit den Schultern. «Das ist unschön, aber kein Drama, wissen Sie? Es gibt viele Kollegen, die fachlich toll, aber persönlich nicht gerade einfühlsam sind.»

Ich versuche, näher an den Patienten heranzukommen, ohne in Blut zu treten. «Hatte Dr. Bremer Streit mit Herrn Richter? Wissen Sie von irgendetwas, das die Tat ausgelöst haben könnte?»

Hilbert lacht auf, es klingt verzweifelt. «Nein, das ist ja das Groteske. Olaf Richter war nie Pauls Patient. Ich glaube nicht, dass die beiden je ein Wort miteinander gewechselt haben.»

Daniels Brauen bilden über der Nasenwurzel ein steiles V. «Ich möchte, dass wir gemeinsam den Ablauf der Ereignisse genau rekonstruieren. Es waren eine ganze Menge Leute anwesend, nicht wahr?»

«Richtig.» Der Chirurg weist auf die Bildschirme, die sich oberhalb des Operationstischs befinden. «Aber ich kann Ihnen außerdem eine Aufzeichnung des Eingriffs zeigen. Unsere Endoskope verfügen über Full-HD-Kameraköpfe, mit denen wir die Eingriffe auf die OP-Monitore übertragen. Meistens zeichnen wir die Operation damit auch auf, und wenn die Patienten das möchten, brennen wir ihnen den Film auf DVD. Manche finden das spannend.»

«Eine solche DVD hätten wir sehr gerne», erkläre ich. «Und ich denke, es ist jetzt an der Zeit, mit Dr. Bremer zu sprechen.»

Vor dem Untersuchungsraum, in dem Bremer wartet, steht ein Kollege in Uniform und spricht mit einer alten Frau, die sich an ihrem fahrbaren Infusionsständer festhält.

«... doch sehr komisch», sagt sie eben mit brüchiger Stimme. «Ich möchte wirklich wissen, warum die Polizei hier ist. Die beiden anderen Patientinnen in meinem Zimmer sind auch beunruhigt.»

«Dafür gibt es keinen Grund», sagt der Kollege freundlich. «Sie müssen sich keine Sorgen machen, legen Sie sich einfach wieder hin.»

Die Frau zögert, gibt sich dann aber geschlagen und schlurft mit kleinen Schritten davon.

Daniel tritt auf den Kollegen zu. «Ich bin Daniel Buchholz, und das ist Nina Salomon. Wir sind vom LKA.» Er hält dem Mann seinen Ausweis vors Gesicht. «Dr. Bremer ist da drin?»

Der Polizist nickt. «Ja. Aber Sie sollten wissen, er hat eine Beruhigungsspritze bekommen, und wir haben alle Gegenstände aus dem Raum entfernt, mit denen er sich eventuell verletzen könnte. Der Mann ist völlig verstört.»

Bremer sitzt auf der Untersuchungsliege, den Kopf gesenkt, die Hände auf den Knien ineinander verschränkt, als würde er beten. Wir treten ein und schließen die Tür hinter uns.

«Herr Bremer?», versuche ich es sanft. Auch er trägt immer noch OP-Kleidung, das Blut darauf ist größtenteils schon eingetrocknet. «Herr Bremer, wir möchten gerne mit Ihnen reden. Wir kommen vom LKA. Nina Salomon und Daniel Buchholz.»

Er reagiert nicht. Blickt einfach nur auf den Boden zwischen seinen Füßen, oder nach innen, oder ins Nichts. Vielleicht war das mit dem Beruhigungsmittel keine so gute Idee.

«Herr Bremer», versucht es nun Daniel. «Können Sie mich hören? Es ist wirklich wichtig, dass Sie mit uns sprechen.»

Immer noch keine Reaktion. Wahrscheinlich ist es am klügsten, wir nehmen ihn einfach mit und befragen ihn im Präsidium. Festnehmen werden wir ihn ohnehin, aber es wäre mir ganz recht, wenn er sich vorher noch waschen und umziehen könnte. Schon Daniel und seiner Schmutzphobie zuliebe.

«Ich hole jemanden von den anderen Ärzten, vielleicht dringen die eher zu ihm durch», schlage ich vor, und prompt hebt Bremer den Kopf.

«Meine Karriere ist vorbei», sagt er leise. «Ich habe nicht nur Olaf Richter getötet, sondern mich gleich mit.»

Ich ziehe mir einen Stuhl heran und setze mich ihm gegenüber. Er hat gerade ein Geständnis abgelegt – nicht, dass das nötig gewesen wäre, bei der Menge von Zeugen, aber es vereinfacht die Dinge.

«Warum, Herr Bremer? Was hat Sie dazu gebracht?»

Er schließt kurz die Augen. «Ich weiß es nicht genau. Gestern ... wurde er aufgenommen, und ich habe ihn zweimal gesehen. Seitdem wurde dieses Gefühl immer stärker. Es war, als könnte ich nicht mehr atmen.»

Ich sehe aus den Augenwinkeln, wie Daniel näher kommt. «Welches Gefühl, Herr Bremer?»

Der Arzt legt die Stirn in die Hände, als hätte er Kopfschmerzen. «Ich habe ihn so gehasst», flüstert er. «Ich kann es überhaupt nicht beschreiben.»

Daniel und ich wechseln einen kurzen Blick. «Verstehe», sage ich, obwohl davon keine Rede sein kann. «Also haben Sie ihn gekannt? Er war aber nicht Ihr Patient, soviel ich weiß.»

«Nein. War er nicht.»

«Aber Sie haben in gewisser Form trotzdem Kontakt gehabt?»

Bremer gibt ein Geräusch von sich, das irgendwo zwischen Lachen und Schluchzen liegt. «Oh Gott. Ich habe doch Familie. Meine Frau wird nie wieder ein Wort mit mir sprechen. Und meine Kinder ...»

Er beginnt zu weinen, wiegt sich vor und zurück, das Gesicht in den Händen verborgen.

Der falsche Zeitpunkt, um ihn darauf hinzuweisen, dass Olaf Richter vermutlich auch Familie hatte.

Ich räuspere mich. «Herr Bremer, also kannten Sie den Patienten doch? War er vielleicht zu einem früheren Zeitpunkt bei Ihnen in Behandlung?»

Erst denke ich, er will meine Frage ignorieren, doch dann atmet er durch, wischt sich mit dem Ärmel über das nasse Gesicht und hinterlässt dabei einen Streifen Blut auf Nase und Wange. «Er hat … es ist so lächerlich, ich möchte es eigentlich gar nicht aussprechen.»

Ich kann fühlen, wie Daniel neben mir ungeduldig wird. Wie sehr ihn die Ichbezogenheit des Mannes nervt, der uns gegenübersitzt. Er verschränkt die Arme vor der Brust. «Ich glaube nicht, dass Sie es schlimmer machen, wenn Sie uns einweihen. Was verbindet Sie mit Herrn Richter?»

Bremer blickt zur Seite. «Er hat vor ein paar Monaten eine negative Kritik über meine Privatpraxis auf einer Online-Plattform geschrieben. Man kann darauf Ärzte bewerten. Es war ein niederträchtiger Text und so besonders schlimm, weil Richter nie bei mir gewesen ist. Es war also reine Boshaftigkeit, aber natürlich trotzdem kein Grund für …» Seine Stimme versagt; er kämpft darum, sie wiederzuerlangen.

«Von dem Moment an war er … ich weiß nicht, wie ich es beschreiben soll. Hinter mir her, aber ohne sich zu zeigen. Wie ein Schatten, verstehen Sie? Wie ein unsichtbarer Stalker, der versucht hat, mir zu schaden, mich zu reizen. Alles Kleinigkeiten, aber in der Summe unerträglich.»

Einen Moment lang bin ich sprachlos. Das ist lächerlich, wie er selbst gesagt hat. Er hat sich verfolgt gefühlt? Von einem zweiundsechzigjährigen herzkranken Mann, der vermutlich kaum eine Treppe hochgehen konnte, ohne unter Atemnot zu leiden?

«Und seit gestern war es, als hätte ich ständig eine rote Wolke um mich herum», fährt Bremer fort. «Wut und Hass … ich konnte mich auf nichts anderes mehr konzentrieren. Es klingt verrückt, aber es war so. Trotzdem verstehe ich nicht – glauben Sie mir bitte, ich verstehe nicht, wieso ich dann etwas so Furchtbares getan habe.» Er hält inne. «Vielleicht bin ich krank.» Etwas wie Hoffnung schwingt in seiner Stimme mit. «Ich kann das überprüfen lassen, nicht wahr? Sie werden ein psychologisches Gutachten erstellen lassen, das ist doch üblich in solchen Fällen.»

Ich will ihm antworten, aber Daniel kommt mir zuvor. Ich hatte schon befürchtet, dass es mit seiner Geduld bald vorbei sein wird.

«Wir werden Ihnen ganz genau auf den Zahn fühlen, machen Sie sich da keine Sorgen.» Er baut sich vor dem Chirurgen auf. «Dr. Paul Bremer, ich nehme Sie fest wegen Verdachts des Mordes an Olaf Richter.»

Ursula Poznanski
Arno Strobel
Invisible

Ein Arzt, der während einer OP wie im Rausch das Skalpell ins Herz eines Patienten sticht. Ein junger Mann, der an den Hamburger Landungsbrücken in aller Öffentlichkeit brutal erschlagen wird. Ein Immobilienmakler, niedergemetzelt in einer wahren Blutorgie …

Es sind grauenvolle Morde, die ganz Deutschland erschüttern. Die Täter sind schnell gefasst – nur ihre Motive sind völlig unklar, denn alle sagen aus, sie wüssten selbst nicht, was über sie gekommen sei.

Die Hamburger Kriminalkommissarin Nina Salomon hat bald den Verdacht, dass die Morde irgendwie zusammenhängen. Es kann doch kein Zufall sein, dass sich in allen drei Fällen Opfer und Täter überhaupt nicht kannten! Ist es möglich, dass jemand die Täter angestiftet hat?

352 Seiten

Ro 546/1

Weitere Titel von Ursula Poznanski

Alle Morde wieder (Hg.)

Kaspary & Wenninger ermitteln

Fünf

Blinde Vögel

Stimmen

Zusammen mit Arno Strobel

Anonym

Fremd

Invisible

MIX
Papier aus verantwortungsvollen Quellen
FSC® C083411

Das für dieses Buch verwendete Papier ist FSC®-zertifiziert.